SOTURIN TAAKKA

SOTURIN TAAKKA

Äidille,
joka ei koskaan sanonut "ei tuosta mitään tule".

Kustantaja: BoD · Books on Demand, Mannerheimintie 12 B, 00100 Helsinki,
bod@bod.fi
Kirjapaino: Libri Plureos GmbH, Friedensallee 273, 22763 Hampuri, Saksa
ISBN: 978-952-80-8430-3

1. OSA
KOTONA

1. luku

Päivästä oli tulossa hyvä. Esra Tulikoura asetteli eteensä suorakaiteen muotoisen ohuen palan käsiteltyä nahkaa, jota heimon parissa kutsuttiin pergamentiksi. Viereen hän laski variksen sulasta muotoillun kynänsä, ja nahkaisen kirjoitusalustan toiselle puolelle kivisen koverretun astian mustetta varten. Esra oli jo aiemmin tottunut jäljentämään käsikirjoituksia pergamentilta tuohenpaloille käyttäen luista piirtopuikkoa ja hiiltä puhumattakaan vahatauluista nopeita muistiinpanojaan varten. Nyt oli kuitenkin aika jäljentää jokin tärkeä teksti suoraan lähteestä pergamentille, ja jättää niin tuohenpalat kuin vahataulukin sivuun kirjoituspöydän kulmalle.

Aamupäivän aurinko paistoi kirkkorakennuksen ikkunaluukuista sisään. Se valaisi lukuisten askelten alla tiiviiksi painautunutta maalattiaa. Esra tunsi lämmön poskellaan, ja tavallisesti hän olisi siirtänyt kirjoituspöytäänsä pois auringon kiilan tieltä. Mutta ei tänään. Pitkät punaiset hiuksetkin oli sidottu tiiviiksi kimpuksi niskaan nahkanyörillä. Esran työpisteen ja alttarin lisäksi kirkossa ei muita huonekaluja ollutkaan, sillä toimituksien aikana heimo seisoi.

Esra kuuli tutun äänen, ja nosti katseensa alttarin takana aukeavaa ovea kohti. Tiitus Kalmanlehto tervehti ja asteli kirkkosaliin päällään tuttu yksinkertainen kaapunsa. Rinnalla hän kantoi suurikokoista puista ristiä, joka riippui kaulasta nahkaisen hihnan varassa. Kalmanlehto piteli käsissään puista laatikkoa kuin pientä lasta ikään.

"Hienoa, olet ajoissa paikalla niin päästään aloittamaan", Kalmanlehto sanoi ja käveli Esran viereen toista jalkaansa selvästi nilkuttaen. Pappi tunnettiin heimon lasten keskuudessa nimellä "huojuva Tiitus", sillä Esra ja häntä nuoremmat eivät edes muistaneet aikaa, jolloin heidän pappinsa ei olisi toista jalkaansa aristanut.

"Tietysti olen ajoissa. Sitä paitsi halusin viimeinkin nähdä lähteen omin silmin pelkkien kopioitujen otteiden sijasta."

Kalmanlehto asetteli puisen laatikon Esran viereen hyvin varovasti ja hitaasti. Sen jälkeen hän laski kätensä kannelle, jonka pintaan oli kaiverrettu risti. Papin toisessa yläraajassa oli ainoastaan kolme sormea, mutta tästä ominaisuudesta eivät heimon lapset olleet erillistä kutsumanimeä antaneet. Juhlallisen hitaasti Kalmanlehto avasi laatikkoa kiinni pitävät nahkaiset hihnat, ja siirsi kannen sivuun. Esra tuijotti sisältöä silmät suurina.

2.

Laatikon esineessä oli mustat kannet, joskin etukansi näytti aikaa sitten haljenneen ja osittain rikkoutuneen. Alla erottui tarkasti pinottu kasa mitä ohuinta kirjoitusalustaa täynnä tiheästi kirjoitettua tekstiä. Esra oli kuullut tällaisia esineitä kutsuttavan kirjoiksi, mutta ei ollut koskaan sellaista omin silmin nähnyt. Tämäkin kappale oli säilynyt vain osittain. Sen reunat olivat mustuneet, merkittävä osa kirjan arkeista näytti puuttuvan kokonaan ja syvän kellertävä yleisväri vaikeutti ajoittain tekstin lukemista.

"Tässä se heimon ainoa kirja nyt on, josta niin paljon olet kuullut puhuttavan", Kalmanlehto sanoi leveästi hymyillen ja syvää kunnioitusta äänessään. "Ja kuten huomaat, joskus tulevaisuudessa koittaa aika, jolloin koko teksti pitää kopioida uudelleen. Minusta nimittäin tuntuu siltä, että kirja muuttuu ennen pitkää lukukelvottomaksi. Mutta ei mietitä sitä asiaa tänään."

Kalmanlehto tarttui kaksin käsin kirjaan, ja avasi sen hitaasti ja varovasti laatikosta kuitenkaan pois ottamatta. Tämän vuoksi Esra huomasi joutuvansa kurottamaan kaulaansa nähdäkseen jäljennettävän tekstin. Hän ei kuitenkaan aikonut asiasta huomauttaa, sillä lyhyt vilkaisu pappiin paljasti, ettei tällä ollut aikomustakaan ottaa kirjaa pois säilytyslaatikostaan.

Esra pyyhkäisi sormiaan paitaansa, ja laski sitten hellästi sormenpäänsä tekstin päälle. "Mitä tämä kirjoitusalusta oikein on?" hän kysyi hämmästellen materiaalin ohuutta ja kirjoitetun tekstin taidokkuutta.

"Se on paperia", vastasi Kalmanlehto silmäillen kirjaa itsekin kuin näkisi sen vasta ensimmäistä kertaa. "Tai siis paperiksi edeltäjäni sitä nimitti, ja uskon häntä. Muistan joskus itsekin nähneeni tätä paperia, mutta siitä on jo kauan. Silloin minäkin kävelin suorana, ja kaikki sormeni olivat tallella." Puhuessaan Kalmanlehto katseli kolmisormista kättään, ja tuntui hetkeksi päätyvän ajatuksissaan jonnekin kauas menneisyyteen.

3.

"Mitä minä tänään kopioin?"

Esran kysymys herätti Kalmanlehdon muistoistaan. Hän rykäisi, ja osoitti sitten toisen sivun ylälaitaa. "Tästä: psalmi 23. Olet sen moneen kertaan kuullutkin vuosien varrella. Tarvitsen tekstistä uuden jäljennöksen, koska vanha alkaa olla jo turhan kulunut."

Esra katseli Kalmanlehdon osoittamaa tekstiä pitkään mitään sanomatta. Osa sanoista oli lukukelvottomaksi maatunut, ja siellä täällä paperissa olevat pienet reunoistaan palaneet reiät tekivät mahdottomaksi edes arvata, mitä tekstissä oli alun perin sanottu. Lisäksi Esrasta näytti siltä, että koko kirjasta ehkä vajaa puolet puuttui kokonaan.

"Mitä minä teen sanoille, joita ei enää ole olemassa?"

"Saatat muistaa ainakin osan puuttuvista sanoista muutenkin, mutta minä toki autan. Luetaan teksti ensin ääneen, ja sitten voit ryhtyä kopioimaan."

Esra muisti toki tekstin ulkoa, sillä hän oli sen tottunut lausumaan yhdessä muun heimon kanssa lapsesta asti. Nyt hän tuijotti osittain tuhoutunutta tekstiä, ja entinen varmuuden tunne kaikkosi.

--- on minun paimeneni,
ei minulta mitään puutu.
Hän vie minut vihreille niityille,
hän johtaa minut ---
Hän virvoittaa minun sieluni,
hän ohjaa --- oikeaa tietä
nimensä --- tähden.
Vaikka minä --- pimeässä laaksossa,
en pelkäisi mitään pahaa,
sillä sinä olet minun kanssani.

"Hyvinhän se meni, kuten aina ennenkin", Kalmanlehto sanoi pienen tauon jälkeen hymyillen.

"Mutta mistä sinä tiedät, että juuri nuo ovat puuttuvat sanat, joita me aina yhdessä lausumme?"

"En tietysti ehdottoman varmasti tiedäkään", vastasi Kalmanlehto vaivautuneen oloisena. "Näin edeltäjäni minulle kertoi, ja niin olen teillekin opettanut."

Esra tuijotti pappia kysyvästi, mutta ei sanonut mitään. Kalmanlehdon paljastus tuntui Esrasta paljon vavahduttavammalta kuin puoliksi tuhoutuneen kirjan näkeminen ensimmäistä kertaa.

Kalmanlehto vastasi katseeseen tyynesti. "Kerron sitten joskus myöhemmin."

4.

Työ sujui hitaasti, mutta niin Kalmanlehto oli Esraa ohjeistanutkin. Pergamentille jäljentyvää tuttua tekstiä oli määrä käyttää ainakin seuraavien sadan satokauden ajan, joten työhön kannatti panostaa. Kokemuksen tuomalla varmuudella kirjaimet piirtyivät nahan pinnalle yksi toisensa jälkeen. Tekstin tuntemuksesta huolimatta Esra kohotti ajoittain katseensa tarkistaakseen jonkin yksittäisen sanamuodon laatikossa lojuvasta kirjasta. Näin tehdessään hän yritti parhaansa mukaan unohtaa, että tekstiä oli jäljentämisen lisäksi myös täydennettävä heimon perinteen mukaisesti. Sanojen mahdollisimman tarkka kopiointi oli kunnia-asia.

Kun sitten lopultakin teksti oli valmiina pergamentilla, Esra hengähti syvään, ja ryhtyi kokoamaan mukana tuomiaan tavaroita. Varmuuden vuoksi hän sulki viereensä avatun nahkanyöreillä toisiinsa liitetyt kaksi vahataulua uudestaan toisiaan vasten kuin kirjan ikään, ja muisti ottaa piirtopuikkonsakin mukaan. Sulkakynän hän kuitenkin laski varovasti pergamentin viereen, ja nousi sitten seisomaan.

"Teksti taisi valmistua?" kysyi Kalmanlehto enemmänkin todeten tilanteen.

"Sain valmiiksi. Tarkista kuitenkin vielä itse, että kaikki on varmasti kunnossa."

"Toki näin, ja tuleehan teksti tulevina satokausina muutenkin luettuna tarkistetuksi lukuisia kertoja", Kalmanlehto kommentoi leppoisasti samalla pergamentin tekstiä silmäillen. "Oletko nyt menossa Mooseksen oppituntia seuraamaan?"

"Se oli tarkoitus. Ehkä ehdin vielä jotain opettavaista kuulemaan."

Esra käveli kirkosta ulos johtavalle ovelle, ja kääntyi vielä kerran katsomaan taakseen. Kalmanlehto asetteli huomattavan suurella hartaudella ja huolella heimon ainoan kirjan tuttuun paikkaan puulaatikossa, ja sulki kannen yhtä varovaisesti.

"Palaan taas huomenna."

Pappi oli liian keskittynyt vastatakseen.

5.

Päivä oli jo pitkällä, mutta aurinko paistoi silti edelleen korkealta. Kirkko sijaitsi heimon muista rakennuksista hieman erillään, ja pääovelle johti jokseenkin suora leveä polku, johon oli ajan myötä ripoteltu soraa ruohottumisen estämiseksi. Kirkon katolle oli veistetty suuri risti, mutta muuten rakennus ei eronnut heimon muista asumuksista.

Kävellessään Esra ohitti sikojen aitauksen, ja röhkimisestä päätellen olosuhteet olivat mitä parhaimmat. Ruoantähteitä kaukaloon kaatava nainen tervehti päätään lyhyesti nyökkäämällä, johon Esra vastasi kädessään olevaa vahataulua kohottamalla. Piirtopuikon hän oli asettanut toisen korvansa taakse. Jonkin matkan päässä käyskenteli muutama hevonen omassa aitauksessaan, ja hirnahtivat Esran kulkiessa ohitse. Tai ainakin sellaisen vaikutelman eläimet ohikulkijalle jättivät.

Oman talonsa viereen oli heimon nahantyöstäjä tehnyt erillisen katoksen välineineen, jossa hän nyt istui. Hän näytti tekevän jollekin uusia jalkineita. Esran silmäilyn perusteella malli näytti siltä samalta korkeavartiselta ja puupohjaiselta kengältä, jollaisia hän oli itse tottunut käyttämään. Katoksen vieressä oli useita nahkoja levitettynä ja venytettynä aurinkoon kuivumaan. Niitä käytettäisiin aikanaan myös uusien tekstien kopiointiin, Esra mietti.

Tie vei myös heimon sepän talon ohitse, ja jo kaukaa erottui kivien kilke, murahtelu ja työkalujen kalahtelu toisiaan vasten. Katoksen alla kookkaaseen esiliinaan sonnustautunut seppä ryhtyi kiinnittämään teroittamaansa kivistä terää puiseen varteen.

"Olethan muistanut pitää hyvää huolta omastasi?" kysyi seppä Esralta nähdessään tämän kulkevan ohitse.

"Tottahan toki: se on aina mukanani." Puhuessaan Esra laski kätensä vyötäisilleen ja muisti, että oli jättänyt kivikirveensä aamulla kotiin. Kalmanlehto oli hyvin tarkka siitä, ettei kirkkoon saanut tuoda aseita. "Tai siis melkein aina."

Esra jatkoi vähin äänin matkaansa siitäkin huolimatta, ettei seppä vaikuttanut harmistuneelta saamastaan vastauksesta.

Taivallettuaan heimon soraisen pääkadun – tai oikeastaan polun – melkein päähän saakka Esra pysähtyi puisen talon eteen. Ulkoisesti se näytti olkikattoaan myöten lähes täysin samalta kuin kirkko. Suuren ristin sijasta oven yläpuolella oli puusta veistettyinä kirjaimet A, B ja C. Sisäpuolelta kuului tuttuja ääniä.

2. luku

Heimopäällikön talossa ei ollut kuin yksi iso huone, joka oli jaettu käyttötarkoituksen mukaan eri osiin. Hallitsevin oli leveä pöytä, jolla tällä hetkellä ei ollut muuta kuin tuohenpaloja, hiiltä ja jokunen piirtopuikko. Pääovea vastapäätä olevalla seinällä roikkui taidolla kudottu ryijy, jonka kuviointia hallitsi punainen sahalaitainen koivunlehti. Muuten seinät olivat paljaat. Ikkunaluukut oli avattu, ja sisään kantautui hieman valoa, ja sitäkin enemmän lintujen ja ulkona askareitaan toimittavien asukkaiden ääniä. Ulkona helottavasta auringosta huolimatta sisällä oli hämärää.

Jeremia Tulikoura käveli rauhattomasti pöydän ääressä edestakaisin. Hän pyyhkäisi paljasta päälakeaan, ja raaputti sormilla vielä takaraivollaan jäljellä olevia punaisia hiuksia. Silmäkulmissa olevat juonteet olivat vuosien karttuessa syventyneet. Nuorempana hän oli ollut uljas ilmestys pituutensa ja voimakkaiden lihastensa ansiosta. Nyt kumaraan jo painuneena hän hallitsi heimoyhteisöä kokemuksen tuomalla arvovallalla, tai niin hän ainakin itse toivoi muiden ajattelevan. Harva asukas enää edes muisti aikaa, jolloin päällikön sukunimi olisi ollut jokin muu kuin Tulikoura.

Jeremia istahti pöytänsä ääreen, ja suki hetken harmaantuvaa partaansa. Hän ei kuitenkaan ehtinyt ottaa kirjoitusvälineitä eteensä, kun ulko-ovi avautui.

2.

"Päivää päällikkö! Pojat eivät ilmeisesti ole vielä saapuneet paikalle?" Tulijan katse onnistui aina luomaan kohteelleen vaikutelman siitä, että tämän tulisi pystyä parempaan. Juuri tästä ominaisuudesta Jeremia Tulikoura oli hyvillään.

Ritarin suku oli vastannut heimon poikien – ja joskus tyttöjenkin – ruumiillisesta karkaisusta jo pitkään. Erik Ritari sulki oven takanaan, ja jäi seisomaan selkä suorana päällikköä tiiviisti tuijottaen. Jeremia oli ollut jo kauan salaa kateellinen Ritarin lihaksikkaista käsivarsista ja leveistä hartioista. Ne kun muistuttivat päällikköä liiaksi siitä, että aika jättää jälkensä kaikkiin.

"Samuelin pitäisi kyllä kohta saapua", vastasi Jeremia nousten seisomaan pöytänsä takana.

"Eikö nuorempi poikanne siis osallistu lainkaan?" puhuessaan Ritari otti kaksi isoa harppausta, ja jäi katselemaan päällikköä silmiin heitä erottavan pöydän toiselta puolelta.

"Kalmanlehto sanoi tarvitsevansa Esraa johonkin, ja annoin luvan mennä sen jälkeen koululle kuuntelemaan oppituntia."

Ritarin silmät kapenivat, ja lyhyen hiljaisuuden jälkeen hän vastasi: "Kaikella kunnioituksella päällikkö, minusta te olette suhtautuneet nuorempaan poikaanne liian hempeästi Hannan kuoleman jälkeen."

Kokemuksen suomalla viisaudella Jeremia tiedosti, ettei kahden kesken lausuttu vastalause ollut haaste hänen arvovaltaansa kohtaan, vaan enemmänkin poikien opettajan roolissa lausuttu osoitus huolesta.

"Minun täytyy ottaa tämä palaute huomioon. Toisaalta Esrastahan kaavaillaan muutenkin Kalmanlehdon seuraajaa heimon papiksi."

"Siitä huolimatta ei olisi ainakaan haitaksi, jos tuleva pappi osaa tarvittaessa toimia myös soturina. Sellainen Kalmanlehto itsekin oli ennen nykyistä tointaan."

Jeremia siirsi katseensa valokiilaan, joka tulvi sisään ikkunaluukusta. Hän ei vastannut mitään. Se oli päällikön vakiintunut tapa tunnustaa kuulemansa asia oikeaksi.

"Päällikkö, saanko tiedustella jotain henkilökohtaista?"

Jeremia katsoi taas Ritaria, ja kallisti hiukan päätään sivulle. "Kysykää vain."

"Miksi ette ole ottanut rinnallenne edes rakastajatarta, uudesta vaimosta nyt puhumattakaan? Hannan kuolemasta on kuitenkin jo aikaa useita satokausia."

"Se ei vain tunnu vielä oikealta", Jeremia vastasi syvään huokaisten. "Sitä paitsi saan paljon lohtua käydessäni polttohaudalla puolisoani muistelemassa."

13

3.

Ulko-ovelta kuului äänekäs koputus, ja vastausta odottamatta Samuel Tulikoura astui sisään jääden seisomaan oviaukkoon. "Missä Esra on?" Jeremia oli jo vuosia sitten huomannut, että Samuel oli perinyt ruumiinrakenteen isältään. Hän oli kookkaana ja pitkänä vaikuttava näky heimon keskuudessa. Esra oli sen sijaan jäänyt selvästi lyhyemmäksi ja varreltaan hinteläksi. Samuelin kasvot ja ruskeat hiukset olivat Jeremialle joka päivä muistutus edesmenneestä puolisostaan. Toisaalta Samuel oli perinyt myös äitinsä kärsimättömyyden, kun taas maltillisuus ja taito käsitellä erilaisia ihmisiä näytti periytyneen ainoastaan Esralle leiskuvan punaisten hiusten ohella. Jeremia toivoi kuitenkin, että tulevat vuodet hioisivat Samuelille malttia. Viimeistään sitten, kun hänestä aikanaan tulisi heimolle päällikkö.

Samuel seisoi oviaukossa yllään monesta nahkakappaleesta ommeltu viitta, ja kädessään hän piteli paksuvartista keihästä kivisellä kärjellä. Vyölleen Samuel oli asettanut kookkaan kivikirveen, ja mustan puseron rintamuksessa erottui ulkoa tulevassa vastavalossakin punainen sahalaitainen koivunlehti. Suojaavien jalkineiden varret ulottuivat puoleen sääreen asti. Samuel näytti olevan valmiina sotaan.

Tervehtimisen sijasta Erik Ritari vilkaisi nopeasti Samuelin sisään tuomaa keihästä, ja siirsi sitten hiljaa katseensa päällikköön.

"Jätä keihääsi ulkopuolelle, ja sulje ovi perässäsi." Jeremian ääni oli merkille pantavan vaativa.

"Minkä vuoksi? Enhän minä sillä teitä uhkaa?"

"Tee kuten ohjeistin", Jeremia vastasi, ja osoitti kädellään ulko-ovea. Samuel seisoi hetken paikoillaan, jätti sitten keihäänsä ulos seinää vasten ja sulki oven perässään.

Jeremia oli iloinen, että tilanne oli ratkennut näinkin helposti. Hän ei kuitenkaan voinut sitä pojalleen sanoa. "Tulevana päällikkönä on tärkeää, että osaat näyttää muille esimerkkiä. Jopa silloin, kun kukaan ei ole katsomassa. Koulutuksenne ei ole vielä päättynyt."

"Ei ole niin, mutta missä Esra on?" Samuel kuulosti jo selvästi ärtyneeltä, sillä hän oli joutunut tiedustelemaan samaa asiaa kahdesti.

"Annoin Esralle luvan mennä koululle kuuntelemaan."

"On siinäkin yksi vätys."

"Pidä siis huoli siitä, ettei sinusta tule sellaista", Jeremia sanoi ja osoitti Samuelia sormellaan. "Äläkä koskaan lausu veljestäsi tuollaista muuta kuin perheen kesken. Sitä paitsi heimomme tarvitsee myös pappia."

Samuel suoristi selkänsä, ja laski päänsä muutama metrin päähän eteensä lattiaan. "Kyllä isä."

Muutaman hetken hiljaisuuden jälkeen Erik Ritari taputti Samuelia olalle ja ohjasi tämän ulos. Ritarin lausuma "olethan muistanut harjoitella?" oli viimeinen asia, jonka Jeremia kuuli ulko-oven sulkeutuessa.

3. luku

S isältä kuuluvista äänistä huolimatta Esra astui sisään koulurakennukseen mahdollisimman hiljaa kuin vanhasta tottumuksesta. Tämä olikin varsin helppoa, sillä talossa oli kirkon lailla maalattia, ja Esran pehmeät nahkasandaalit olivat omiaan hiljaiseen askellukseen. Luokan vastakkaisille seinille oli ajan kuluessa maalattu puupinnoille kuvia, jotka opettivat heimon tärkeitä toimintoja. Yhdessä kuokittiin maata, toisessa näytettiin hoitavan hevosia ja kolmannessa metsästettiin keihäiden kanssa. Yhteistä kaikille kuville oli se, että ne painottivat muiden kanssa toimimisen tärkeyttä.

Hallitsevin esine kaikista oli kuitenkin monesta palasta koottu pergamentti. Se oli levitetty niin, että nahka peitti melkein kokonaan luokan yhden seinän. Näkyvissä oli taidokkaasti maalattuja kuvia, ja niiden vieressä selventäviä tekstejä. Esra oli jo vuosia odottanut pelolla sitä, milloin suurikokoista pergamenttia olisi ryhdyttävä jäljentämään. Toistaiseksi nahka oli kuitenkin kestänyt aikaa, vaikka kuviointi olikin jo alkanut himmentyä.

2.

Mooses Opinahjo huomasi ylimääräisen tulokkaan saapumisen, mutta ei keskeyttänyt puhettaan. Hän oli Esran arvelun mukaan suurin piirtein saman ikäinen kuin päällikkö Jeremia, joskin ulkonäöltään tyystin toisenlainen. Pyöreät kasvot ja roikkuvat posket jäivät mieleen viimeistään siksi, että hänellä oli vain yksi näkevä silmä, ja sekin pahasti likinäköinen. Sokean silmän puoleisesta korvasta puuttui suuri pala. Lisäksi Mooses mielellään istui, sillä käveleminen tuotti hankaluuksia. Näin ollen tukeva keppi toimitti monenlaista tehtävää. Sillä saattoi osoittaa seinältä tarvittavia kuvia, ja keppiin saattoi tukeutua liikkuessa. Lisäksi likinäköisyys aiheutti sen, että oppilaita oli joskus parempi puhutella koskettamalla heitä ensin olalle kepillä eikä silmiin katsomalla.

Vapaassa kädessään Mooses piteli vahataulua, johon Esra ei ollut enää moneen satokauteen nähnyt opettajan tekevän muistiinpanoja. Uteliaasta luonteestaan huolimatta Esra ei ollut koskaan kysynyt, miten Mooses Opinahjo oli aikanaan näkyvät vammansa saanut. Heimon keskuudessa kulkevien tarinoiden mukaan Mooses olisi ollut nuorena mukana mittavassa taistelussa, ja haavoittunut vakavasti. Vastassa olisi ollut joukko hurjia sotureita, jotka olivat koristelleet ihonsa erilaisin piirroksin. Näiden tarinoiden huomiota herättävin yksityiskohta oli Esran mielestä aina ollut se, että tämän hyökkäävän joukon johtajalla oli ollut aseenaan suurikokoinen metallista valmistettu veitsi. Esra ei ollut vieläkään päättänyt, pitäisikö hänen uskoa tarinaa, ja miltä osin.

3.

Opettajan edessä maalattialla istui kymmenkunta eri-ikäistä lasta, joista jotkut olivat jo oikeastaan nuorukaisia. Kaikilla oli allaan neliömäinen puinen alusta, ja ristittyjen jalkojen päällä oli avattuna kaksi yhteen sidottua vahataulua. Suurin osa pyöritteli sormissaan piirtopuikkoa, sillä se oli ainoa liike, jonka Mooses Opinahjo yleensä salli oppilailleen opetuksen aikana.

Esra otti oven vierestä itselleen istuma-alustan, ja asettui kauimmaisen oppilaan viereen. He olivat kumpikin jo melkein aikuisia, mutta täällä he molemmat silti istuivat kuuntelemassa.

"Hei Aaron, kuinka monta satokautta sinä olet ollut täällä kuuntelemassa isääsi?" Esra kuiskasi vieressään istuvalle, ja levitti samalla vahataulun syliinsä. Näön vuoksi hän otti korvansa takaa piirtopuikon, vaikka ei uskonutkaan tekevänsä muistiinpanoja.

"En muista, eikä se ole tärkeää. Tarina tuntuu aina kuin uudelta, kun sen kuulee."

Esra oli aina pitänyt Aaron Opinahjoa hieman yksinkertaisena. Varreltaan hän oli selvästi Esraa kookkaampi, ja fyysinen työ tuotti hänelle selvästi iloa. Lisäksi Aaron tuntui kaikesta huolimatta aina pärjäävän, ja olevan muutenkin heimolle hyödyksi ainakin silloin, kun sai siihen selkeät ohjeet. Kovinkaan hyvin Esra ja Aaron eivät toisiaan tunteneet, mutta Esra oli tulevana pappina ja päällikön poikana oppinut olemaan hyvissä väleissä kaikkien kanssa.

4.

Opettaja suoristi selkäänsä istuimellaan, ja osoitti takanaan olevasta pergamentista kauniisti kirjailtua lyhyttä sanaa. "Mitä tässä lukee?" Esra tunnisti nopeasti sanan "lumi", ja muisti jo osittain, miten tarina jatkui.

"Miksi meidän tarvitsee osata lukea, kun missään sitä taitoa ei tarvitse?" Esran edessä istuva tyttö osoitti piirtopuikollaan kohti pergamenttia ja nakkeli niskojaan niin, että letitetty hiuspalmikko heilahteli.

Mooses Opinahjo laski keppinsä alas, ja tuijotti hetken kysyjää ainoalla silmällään. "Tässähän sitä luettavaa juuri on. Sitä paitsi päällikön linjaus" – Mooses vilkaisi nopeasti Esran suuntaan – "on se, että jokaisessa talossa on oltava ainakin yksi lukutaitoinen. Siksi te olette täällä. Ajatelkaa itseänne etuoikeutettuina oppimaan jotain, mitä kaikille ei suoda." Tämän sanottuaan opettaja antoi keppinsä kiertää kaikkien oppilaiden päiden yläpuolella.

"Mutta miksi sitten tuo on täällä?" kuului toisesta suunnasta, ja yksinäinen sormi osoitti Esran vieressä istuvaa Aaronia.

"Poikani tarvitsee hieman muita enemmän aikaa oppiakseen. Ja sinähän et päätä sitä, kuka saa opetusta, eikö?" Viimeistä sanaa painottaakseen Mooses laski keppinsä kysyjän olalle, ja lyhyen hiljaisuuden aikana Aaronia osoittava sormikin laskeutui.

Keppi lävähti terävän äänen kanssa uudelleen pergamenttiin kirjoitetun sanan alle. "Otetaan nyt uudelleen: mitä tässä lukee?"

Aaron kohotti kättään ja puheenvuoron saatuaan vastasi hieman arastellen "lumi".

"Hyvin tehty", sanoi Esra ja tökkäsi kevyesti Aaronia kylkeen piirtopuikollaan.

"Ja mitä onkaan lumi? Ajatelkaa käteenne kasa höyheniä, jotka ovat epämiellyttävän kylmiä. Jos kuitenkin pidätte näitä höyheniä nyrkissänne riittävän pitkään, katoavat ne kokonaan muuttuen vedeksi."

Opettaja piti merkitsevän tauon, ja osoitti sen jälkeen avoimesta ikkuna-aukosta ulos. "Kukaan meistä ei ole tätä lunta koskaan itse nähnyt, mutta sana on säilynyt muistoissa. Pappanne tai mummonne on ehkä joskus kertonut kuulleensa taivaalta satavasta lumesta, ja näitä tarinoita he taas olivat kuulleet omilta isovanhemmiltaan. Nuorempana olin kovin innokas näkemään edes kerran elämässäni lunta, mutta nyt hieman vanhempana en enää elättele sellaista toivoa."

Esra huomasi lasten vaihtavan hämmästyneitä katseita keskenään. He olivat epäilemättä kuulleet puheita tästä "lumesta" aiemminkin, mutta opettajan suusta kerrottuna tiedosta tuli virallista. Tästä huolimatta Esra itse oli aina kokenut lumitarinan epäuskottavaksi. Ettäkö taivaalta putoaisi kylmiä höyheniä, jotka käsissä sitten sulaisivat? Ääneen hän ei kuitenkaan ollut uskaltanut haastaa heimon perimätietoa.

5.

"Ja muistakaa lapset, ettei maailma aina ollut tällainen. Meidän kaltaisten pienten heimojen sijasta ihmiset asuivat niin suurissa keskittymissä, että niissä elävien lukumäärää ette osaisi edes laskea." Mooses levitti kätensä puhuessaan, ja hänen äänensä kohosi. Esra hymyili muistaen jo vanhastaan, että tätä tarinaa kertoessaan opettaja aina innostui.

"Mutta sitten maailmaa kohtasi jokin hirvittävä sairaus, joka iski aikuisiin, ja myös joihinkin lapsiin. Nämä sairauden välttäneet lapset ovat meidän esi-isiämme. Seuranneen ajan on täytynyt olla vaikeaa. Kuvitelkaa nyt, miltä heimon elämä näyttäisi, jos äkkiä vain te lapset olisitte jäljellä!" Kepin kärki osoitti painokkaasti jokaista lasta erikseen. Takana istuviin Esraan ja Aaroniin Mooses ei katsahtanut: hehän olivat jo käytännössä aikuisia muun heimon silmissä.

"Lopulta tämä sairaus kuitenkin katosi. Ilmeisesti siksi, etteivät kaikki sairastuneet lainkaan. Mutta ne, joihin tauti iski, kuolivat pois."

6.

Seuranneen hiljaisuuden aikana Mooses otti kaapunsa taskusta esineen, ja näytti sitä luokalle. Harmaassa kappaleessa oli siellä täällä ruskeita pilkkuja. Varmistettuaan kaikkien lasten nähneen esineen opettaja kopautti sitä keppiinsä, jolloin kuului tunnusomainen kilahdus. "Ehkä näihin aikoihin metallit – jota siis tämä esine on – katosivat. Tai eivät oikeastaan kadonneet, mutta ainakin muuttuivat hyvin harvinaisiksi. Tarinoiden mukaan tästä metallista olisi voinut valmistaa voittamattomia aseita, ja toinen toistaan parempia työkaluja."

"Kyllä minusta kivi ja puu ovat parempia. Ja miten ihmeessä tämä 'metalli' saattoi noin vain kadota?"

Esra käänsi katseensa opettajalle haasteen esittäneen lettipäisen tytön puoleen. Hyvin harvoin opettajalle esitettiin kysymyksiä, eikä varsinkaan tällaisia kysymyksiä. Tyttö tulee olemaan heimolle tärkeä hieman vanhempana, Esra mietti odottaessaan Mooseksen vastausta.

"Moniakaan asioita emme vain enää tiedä. Paljon on kadonnut, sillä tieto siirtyy nykyisin suurimmaksi osaksi suullisesti kerrottuna, kuten minä nyt tässä teille teen. Tärkeitä asioita koottiin myös kirjoiksi nimitettyihin esineisiin, mutta niitä ei juurikaan enää ole. Heimollakin on vain yksi, ja se on pappimme Tiitus Kalmanlehdon hoidossa. Ja mitä metalliin tulee, uskon sitä olevan edelleen olemassa. Metalli on kuitenkin joka tapauksessa hyvin harvinaista."

Mooses Opinahjo hengitti muutaman kerran syvään hiljaisuuden vallitessa, ja hieroi kevyesti vammautunutta korvaansa. "Muistakaa kuitenkin lapset se, että jos joskus kohtaatte metallia käyttäviä, suhtautukaa heihin tavallista varovaisemmin." Ruskeapilkullinen kappale kiersi vielä kerran kaikkien lasten silmien edessä. "Oman heimon väki on tietenkin eri asia", opettaja täsmensi ja laittoi sitten metallin takaisin piiloon kaapunsa suojiin.

7.

"Mitä metsän ulkopuolella sitten on? Kysyin joskus asiaa isältä, mutta hän ei osannut sanoa."

Mooses Opinahjo osoitti kepillään kysyjää ja hymyili. Esra tiesi, että nuorena Mooses oli kuulunut niihin, jotka olivat käyneet metsän ulkopuolella. Kaikki eivät olleet palanneet takaisin, mutta ainakin opettaja Opinahjo ja pappi Kalmanlehto olivat.

"Metsän ulkopuolella oleva maailma on ihmeellinen, mutta hyvin vaarallinen. Siksi me emme sinne yleensä lähde, koska ei ole tarvetta. Välillä luoksemme eksyy kärryineen kauppiaita, joilla on myymisen ohella aina jos jonkinlaista tarinaa kerrottavanaan. Muistakaa kuitenkin, etteivät nämä jutut ole aina totta. Osa kauppiaista jopa ansaitsee tarinoimalla, ja silloin jutut tuntuvat olevan aina lennokkaimmillaan. Kuitenkin meidän on heimona syytä arvostaa näitä kulkevia kauppiaita, sillä heidän ansiostaan kuulemme silloin tällöin ulkomaailman uutisia. Tai jos emme uutisia niin ainakin viihdyttäviä tarinoita."

Kuunnellessaan Esra teki puikolla vahatauluunsa merkinnän koskien metalleja ja kiertäviä kauppiaita. Jospa hän vielä kerran kohtaisi sellaisen, joka myisi hänelle jotain metallista valmistettua. Toistaiseksi näin ei ollut käynyt, mutta Esra jaksoi silti toivoa.

8.

Loppuun päästyään Mooses Opinahjo käski lapset ulos. Syyksi hän sanoi aina lasten tarvitsevan liikuntaa, mutta vuosien kuluessa kyse alkoi olla yhä enemmän siitä, että hän tarvitsi tauon pitkien puheidensa välissä. Esra ja Aaron nousivat ylös, ja menivät yhtä matkaa ulos iltapäivän aurinkoon.

Aaron ryhtyi tekemään voimisteluliikkeitä puutuneille jaloilleen, mutta Esra lähti kävelemään koululta pois.

"Mihin olet menossa? Vielä on ainakin yksi istunto jäljellä?" Aaron esitti kysymyksen enemmänkin tavan vuoksi, sillä hän tiesi oikein hyvin, ettei Esralla enää ollut varsinaista tarvetta seurata isä-Opinahjon opetusta.

"Menen Jelenan luokse."

Aaron nosti peukalonsa ylös, ja hymyili hyväksynnän merkiksi.

4. luku

Esra pysähtyi, ja jäi vain katselemaan näkymää hymyillen. Ivanovin talo oli yhtä suuri kuin heimon alueen toisella puolella olevan Tulikourankin asumus, mutta pääsisäänkäynnin yläpuolelle oli asetettu ristikkäin kaksi isoa keihästä, joiden kivikärkien alapuolella oli vielä koristeena punaiset nauhat. Korkean olkikaton harjalla raakkui yksinäinen varis ikään kuin julistaen, ettei kannattanut tulla edes lähelle. Talolle johti sorapolku, ja sisäänkäynnin molemmin puolin oli keppien varassa kasvavia punaisia köynnösruusuja. Esran leveä hymy johtui kuitenkin ennen kaikkea kukkien hoitajasta.

Jelena Ivanov oli pukeutunut muuhun heimoon verrattuna värikkääseen asuun, ja leninki näytti siltä kuin se olisi tehty yhdestä isosta kankaasta suurella taidolla. Kokonaisuus jätti käsivarret suurimmaksi osaksi näkyviin paljastaen toisen olkavarren tumman ihopiirroksen. Se esitti ylös kiemurtelevaa ruusunoksaa. Jelenan hieman kiharalle kaartuvat vaaleat hiukset ulottuivat alaselkään, ja liikkuivat laineillen iltapäivän leppeässä tuulessa. Nilkkoihin saakka ulottuva hame peitti sääret, joiden Esra tiesi olevan pitkät ja jäntevät. Jelena käänsi lyhyesti katseensa Esran suuntaan kuin aavistaen olevansa huomion kohteena. Kasvojen selvästi tyytymättömästä ilmeestä huolimatta Jelena oli silti kauneinta, mitä Esra muisti koskaan nähneensä. Ylvästä vaikutelmaa alleviivasi korostetun suora ryhti ja se, että Jelena oli kämmenen leveyden verran Esraa pidempi.

"Hei, pääsin tänään jäljentämään tekstiä ihan nahkaiselle alustalle niiden ainaisten tuohien sijaan. Ja sen jälkeen…"

"Miksi minulla ei ole vieläkään omaa palvelijaa niin kuin suvussani muuten on tapana?" Jelena keskeytti tylysti, mutta piti edelleen muuten huomion ruusuissaan.

Keskeytyksestä hämmentyneenä Esra vaikeni. Seuranneen hiljaisuuden aikana Jelenan suupielet kohosivat hymyyn, ja hän katseli Esran olan yli kättään tervehdykseen kohottaen. Taaksensa vilkaisten Esra huomasi jonkin matkan päässä kävelevän veljensä Samuelin, joka näytti kuuntelevan voimakkaasti elehtivän Erik Ritarin ohjeita. Samuel heilautti nopeasti kättään Jelenalle, ja keskittyi sitten omiin toimiinsa.

"Katso nyt, miten tuokin katselee aina minut nähdessään", Jelena pohti ääneen, eikä ollut vieläkään siirtänyt katsettaan Esran puoleen. "Samuelilla on jo puoliso. Ja vaikka ei olisikaan, hän kuitenkin tietää varsin hyvin, kenelle sinut on luvattu." Esran hymy oli nyt tyystin hyytynyt. "Ja tätä mainitsemaasi osoitettua palvelijaa Ivanovin talolla ei ole, koska heimolla ei ole tapana omistaa muita ihmisiä."

"Orjat ovat osoitus vallasta ja voimasta!"

Esra yritti niellä harminsa, sillä Jelenan huono mieliala alkoi tarttua. Eiväthän kaikki voineet olla sotureita ja heimon päälliköitä. Lisäksi papin ja kirjurin työ oli mitä kunnioitettavin virka puhumattakaan siitä, että Esra oli sentään päällikön poika.

"Muistahan osoittaa edes hieman kunnioitusta. Olet kuitenkin erittäin etuoikeutetussa asemassa heimon moneen muuhun naiseen verrattuna."

"Niin, koska esiäitini naitettiin tänne joskus muinoin paljon voimakkaammasta heimosta. Tämä teidän yhteisönne pelkäsi niin paljon, että katsoi paremmaksi lopulta solmia liiton kuin viedä välienselvittelyn loppuun saakka."

Jelena oli koko lapsuutensa ajan kuunnellut tarinoita suvustaan ja sen urotöistä, mutta ei ollut koskaan heitä nähnyt oman talonsa asukkaita lukuun ottamatta. Esra oli joskus miettinyt, mahtoiko tätä raakaa ja vahvaa soturiheimoa olla enää olemassakaan muuta kuin Jelenan talonväen perimätiedossa ja mielikuvituksessa.

"Onhan sinulla edelleen sukusi merkkinä tuo käsivarren ihopiirustus. Isäni olisi voinut halutessaan sanoa, ettet saa sellaista. Olethan syntynyt ja kasvanut meidän parissamme, etkä ole tämän myyttisen toisen heimon luona koskaan edes käynyt."

Jelena ei vastannut mitään, mutta risti kuitenkin kätensä rinnalle ja käänsi selkänsä Esralle. Tämä tulkitsi keskustelun päättyneen, tuhahti harmissaan ja lähti kävelemään pois Ivanovin talolta.

5. luku

Asser Ohrajuuri oli ylpeä asemastaan, ja tunsi työstään suurta ylpeyttä. Hänen käsissään tuntui olevan aina multaa, ja jos ei muuten niin ainakin kynsien alla. Hän pyyhkäisi pitkiä takkuisia hiuksiaan pois kasvoilta, ja laskeutui loivia puuportaita hämärään maakellariin. Vanhasta muistista hän sulki oven perässään, ja jäi seisomaan täydelliseen pimeyteen. Kellarin maalta tuoksuva pimeys vastaanotti lyhyen kirouksen, minkä jälkeen Ohrajuuri avasi oven uudelleen. Sisään virtasi juuri sen verran valoa, että hän pystyi näkemään, mitä oli tekemässä.

Heimolla oli tällaisia kellareita ruokatarpeiden säilyttämiseksi useita, mutta Ohrajuurella oli asiaa juuri tähän kellariin. Puiselle lavetille oli koottu päällekkäin miehen selän kokoisia säkkejä, joita Ohrajuuri nyt laski jokaista erikseen sormella osoittaen. Hän oli perinyt isältään aseman ruokamestarina, ja oli aika laskea pian kylvettävän uuden sadon siemenperunat. Todettuaan säkkien määrän edelleen oikeaksi hän niisti suuren koukkunokkansa sormiinsa, ja pyyhki kätensä sen jälkeen karkeakankaisten housujen punttiin.

Ohrajuuri otti pinosta yhden säkin, ja vavahti. Paino tuntui tutulta, mutta jotain oli pielessä. Säkki vaikutti epätavallisen kosealta ja pehmeältä. Hän avasi säkin suun, ja poimi sieltä yhden perunan. Epäuskoisena sitä hetken tunnusteltuaan Ohrajuuri kaatoi säkin kumoon, jolloin sisältö levisi vaimean äänen päästäen kellarin maalattialle. Joka ainoa peruna oli musta ja pehmeä.

Ohrajuuren hengitys alkoi kiihtyä, ja hän avasi yksitellen vaivojaan säästämättä jokaisen säkin, ja tunnusteli sisältöä. Kaikissa sama juttu. Heimon siemenperunat olivat tyystin kelvottomia. Ohrajuuren ajatuksissa risteili lyhyessä ajassa monenlaisia ajatuksia. Ensin hän pohti jonkinlaisen tuhotyön mahdollisuutta, mutta hylkäsi sen nopeasti hyvin epätodennäköisenä. Seuraavaksi hän koki epäonnistuneensa tehtävässään, ja menettävänsä kasvonsa heimon silmissä. Lopulta hän kuitenkin tuli siihen tulokseen, että koko siemenperunasadon menettäminen tulisi joka tapauksessa ennen pitkää ilmi.

Ensijärkytyksen haihduttua Ohrajuuri sulki kaikki säkit, ja asetti ne uudelleen lavetille hyvään järjestykseen. Sen jälkeen hän nousi maakellarista takaisin päivänvaloon, ja sulki oven perässään huolellisesti. Ohrajuuri potkaisi edessään olevaa kiveä, ja yritti miettiä. Miksi hän ei ollut osannut tällaista ennakoida ja kenties varautua? Miten heimolle nyt käy? Täytyykö lähettää ihmisiä metsään jotain täydennystä keräilemään? Mutta vaikka jotain löytyisikin, ei ravintoa varmaankaan riittäisi kaikille seuraavaan satokauteen saakka.

Niin tai näin, on tästä kerrottava heti päällikölle, Ohrajuuri päätti, ja lähti kävelemään nopein askelin.

6. luku

"Tänäänkin tuli sellainen olo, että olisin mielelläni neuvojasi kuunnellut."

Jeremia Tulikoura seisoi suuren kiven edessä, joka oli ajan kuluessa hakattu täyteen heimon vainajien nimiä. Hän kosketti sormenpäillä nimeä "Hanna", ja katsoi ison hautapaaden juureen. Siitä alkoi pitkä erillinen rajattu alue, johon kuolleiden tuhkat laskettiin puisissa uurnissa. Jostain syystä Jeremia koki paremmaksi osoittaa puheensa puolison uurnan sijasta kivelle, johon Hannan nimi oli hakattu.

"On kuin metsäkään ei enää tuoksuisi samalta nyt, kun olet poissa." Jeremia veti syvään henkeä, suoristi selkäänsä ja jatkoi sitten. "Pojat ovat onneksi jo isoja, mutta silti koen, etten ole yhtä hyvä isä kuin ennen. Sinulla tuntui aina olevan kaikkiin tilanteisiin ne oikeat ratkaisut. Samuelissa on tarvittavaa päällikön kovuutta ja intoa, mutta – suonet rakas anteeksi – hän tuntuu perineen sinulta kärsimättömyyden. Tämän seurauksena Samuel saattaa luoda muiden edessä itsestään sellaisen mielikuvan, ettei heimon paras kiinnosta häntä. Esralla taas olisi päälliköltä tarvittavaa malttia ja kykyä käsitellä erilaisia ihmisiä, mutta toisaalta hän tuntuu olevan kiinnostuneempi kirjoittamisesta ja uskonnollisista menoista kuin heimon johtamisesta. Toisin sanoen ajatuksesi laittaa Esra pappimme oppiin oli mitä loistavin ajatus."

"Ikävä ei vain hellitä", Jeremia jatkoi yksinpuheluaan lyhyen tauon jälkeen. "Heimon edessä muistan aina näyttää ja esiintyä niin kuin tietäisin oikeat ratkaisut, eikä epävarmuus koskaan vaivaa. Mutta eihän se niin ole. Aina isomman päätöksen edessä mietin, mitä sinä olisit ollut tästä mieltä. Minähän sen päätöksen toki tein, mutta tukesi ansiosta olo oli aina parempi, kun lopulta päätökseni heimolle kerroin."

Jeremia painoi kätensä Hannan nimen molemmin puolin ja muisteli tunnetta, kun vielä piti kämmeniään puolisonsa hartioilla. "Ketään toista en ole vielä edes harkinnut. Se vain tuntuisi edelleen väärältä. Sitä paitsi olen jo tottunut olemaan poikien kanssa, ja toivottavasti Samuel ja Esra ajattelevat samoin. Toisaalta tiedän, että toivoisit jo varmasti minun siirtyvän eteenpäin elämässä. Muun heimon taholta olen aistivinani hienoisia vaatimuksia siitä, että päälliköllä pitäisi aina olla puoliso. Vain Erik Ritari on toistaiseksi asiasta suoraan huomauttanut. Muu heimo tuntuu vain tyytyvän hienovaraisempaan vihjailuun silloin, kun heidän kanssaan keskustelee. Varmasti ymmärrät, mitä tarkoitan." Jeremia irrotti otteensa kivestä, ja kääntyi katsomaan uurnalehdon suuntaan. "En tiedä, kuuletko minua, mutta sitä ainakin kovasti toivon. Seuraa teen tietysti aikanaan, mutta en vielä. Pojat ja heimo tarvitsevat minua vielä."

Joidenkin kyynärien päästä takaa erottui oksan katkeaminen, ja askelten ääni. "Päällikkö: pahoittelen tunkeilua, mutta minulla olisi erittäin tärkeää asiaa."

2.

Ohrajuuri oli jo kaukaa erottanut hautapaaden edessä seisovan Jeremian. Lähemmäs päästyään Ohrajuuri oli erottanut myös puheen, vaikka ei ketään muuta nähnytkään. Se oli siis totta, hän ajatteli. Päällikkö todellakin kävi edelleen puolisonsa haudalla puhumassa tälle, kuten oli kuullut heimon keskuudessa supistavan. Ohrajuuri jäi joksikin aikaa paikoilleen hieroen käsiään yhteen ja samalla pohtien ankarasti, miten asiansa esittäisi. Lopulta hän rohkaistui, ja puhutteli päällikköä.

"No hei Asser, mitä kuuluu?" Jeremia laski kätensä hautapaadelta ja kääntyi kohtaamaan tulijan.

Ystävällinen hymy sai Ohrajuuren hieman rennommaksi. "En löytänyt teitä kotoanne, joten ajattelin teidän ehkä olevan täällä."

"Siinä tapauksessa asian täytyy todellakin olla tärkeä, koska se ei voinut odottaa paluutani." Jeremian ääni ei vaikuttanut lainkaan ärsyyntyneeltä keskeytyksestä huolimatta.

"Olisin ehkä voinutkin odottaa, mutta kyse on työasioista."

"Tuntuu siltä, että teillä Ohrajuurilla työasioiden hoitaminen otsa rypyssä on suorastaan suvussa kulkeva ominaisuus." Jeremian kasvoilla viihtyvä hymy yhdessä äänensävyn kanssa alleviivasi Ohrajuurelle sitä, ettei kyse ollut sanallisesta piikittelystä.

"Kiitän, päällikkö. Onhan tässä jo monessa sukupolvessa hoidettu heimon viljelysasioita muodossa tai toisessa."

3.

Ystävällisestä hymystään huolimatta Jeremia Tulikoura alkoi jo huolestua, sillä yleensä Ohrajuuri ilmoitti asiansa nopeasti ja täsmällisesti. Viivyttely ei ennakoinut hyvää.

Jeremia seurasi kärsivällisesti, kun Ohrajuuri selvitteli vielä hetken kurkkuaan hieroen samalla käsiään yhteen. Lopulta tämä sai asiansa sanottua, ja silloinkin vasta otettuaan muutaman askelen lähemmäksi ja äänenvoimakkuutta madaltaen.

"Päällikkö, heimon siemenperunat ovat tuhoutuneet, koko sato on tältä osin pilalla, tyystin käyttökelvotonta."

Jeremian hymy hyytyi, mutta tilalle tuli tuomitsevan ja syyttävän ilmeen sijasta huoli. "Oletko aivan varma siitä, että koko sato on tuhoutunut?"

"Tarkistin itse. Toki joukossa voi jokunen olla jäljellä, mutta ei sillä koko heimoamme voi ruokkia seuraavaan satokauteen asti."

"Selviämmekö sinne asti muilla keinoilla?"

"No… ehkä, jos kaikki yhdessä ovat valmiita näkemään jonkin aikaa nälkää. Mutta ennen pitkää edessä on suoranainen nälänhätä, ellei uutta siemenperunaa saada tilalle."

Jeremian silmät laajenivat, kun tilanteen vakavuus alkoi hiljakseen valjeta. "Eikö meillä siis ole missään enempää jäljellä?"

Ohrajuuri laski katseensa maahan, ja huokaisi. "Ei ainakaan tarpeeksi koko heimolle. Ja minähän niistä muutenkin vastaan."

Päällikkö säilytti ilmeensä tyynenä, mutta naamionsa takana hän ajatteli ankarasti. Toivoa sopi, ettei poskipäiden nytkähdys ja tihentyvä hengitys paljastanut mielentilaa Ohrajuurelle.

"Meidän on siis lähdettävä hakemaan apua muualta. On hierottava kauppaa muiden heimojen kanssa ja ostettava se, mitä tarvitsemme."

Liian pitkältä tuntuvan tauon jälkeen Ohrajuuren kasvot kirkastuivat. "Entä jos ostamme siemenperunaa täällä joskus käyviltä kiertäviltä kauppiailta?"

"Oletko koskaan nähnyt heidän myyvän kärryistään perunaa? Kiertävät kauppiaat tietävät, mitä meillä itsellämme jo on, joten he eivät tietenkään edes varustaudu sellaisella, jota eivät voi odottaa myyvänsä meille hyvään hintaan. Kauppiaathan päinvastoin haluavat ostaa meiltä perunaa, eivät suinkaan myydä sitä. Sitä paitsi emme voi vain jäädä odottamaan, että joku kauppias ehkä tulisi käymään, ja ehkä hänellä olisi perunaa myydä. Ja vieläpä koko heimon tarpeiksi." Jeremia tunsi villisti laukkaavien ajatustensa olevan asettumassa tuttuun uomaan. Päätös oli syntymässä: hän tunsi sen.

"Mutta kuka tai ketkä sellaiselle tärkeälle ja vaaralliselle matkalle lähetettäisiin? Sehän tarkoittaisi..." Ohrajuureen ääneen lausuttu ajatus jäi kesken.

"Päällikkö! Nyt on hätä, ja väki parveilee kuin kanalauma konsanaan!"

Jeremia näki nahantyöstäjän juoksevan heitä kohti, ja huutavan asiansa jo kaukaa.

"Meidän on Asser jatkettava keskusteluamme myöhemmin. Näyttää siltä, että tapahtumassa on jotain vieläkin kiireisempää." Päällikkö taputti Ohrajuurta olalle ja lähti harppomaan erottuvien huutojen suuntaan.

7. luku

Aukealle oli kerääntynyt parisenkymmentä ihmistä, ja kaikilla tuntui olevan jotain sanottavaa toisilleen. Jeremia erotti joukon keskeltä yksinäisen miehen, joka istui maassa.

"Antakaa hieman tilaa. Haluan puhua hänelle." Jeremia joutui korottamaan ääntään saadakseen itsensä kuuluviin muun puheensorinan ylitse.

Ihmiset hajaantuivat pysytellen silti edelleen kuulomatkan päässä. Maassa istuvan miehen silmät olivat laajenneet, ja tärisevin käsin hän puristi sylissään kivikirveen vartta. Jeremia erotti selvästi, että niin kirves kuin miehen käsivarsikin olivat veren tahrimat.

"Mitä on tapahtunut?" Jeremia kysyi laskeutuen kyykkyyn miehen eteen. Kysymys hiljensi koko joukon, ja kaikki jäivät odottamaan vastausta.

"Kuten jo moneen kertaan sanoin, sudet hyökkäsivät metsässä kesken töiden. Niitä oli ainakin kymmenen." Mies pyyhkäisi kädellä kulmiaan, ja piirsi näin otsan yli ohuen verivanan.

"Ja miten sitten kävi?" Jeremia esitti kysymyksensä enemmänkin saadakseen miehen rauhoittumaan. Hänen ulkomuotonsa paljasti jo valmiiksi suurin piirtein sen, mitä metsässä oli tapahtunut.

"Onnistuin pääsemään pakoon, ja tulin hakemaan apua. Mutta helppoa se ei ollut!" Viimeisen lauseen mies sanoi huutamalla nostaen samalla verisen kirveen päänsä yläpuolelle. Jeremia ymmärsi, että näin mies tahtoi ehkä ennen kaikkea alleviivata heimolle sitä, ettei suinkaan ollut vain paennut jättäen muut pulaan.

Päällikkö nousi suoristaen selkänsä. Hän tunsi kaikkien katseet itsessään. Koko heimo odotti päätöksiä.

"Me emme tietenkään jätä omiamme pulaan", Jeremia lausui kuuluvalla äänellä, ja antoi katseensa kiertää ihmisjoukossa. "Kaikki lähtemään kykenevät tulkoot mitä pikimmin taloni eteen aseistautuneina."

Vielä puhuessaan Jeremia löysi katseellaan joukosta Samuelin, joka oli edelleen pukeutunut samaan asuun kuin lähtiessään aiemmin harjoittelemaan Erik Ritarin kanssa. "Myös Tulikoura lähtee mukaan."

Samuelin kasvoille levisi hymy. Jeremia ymmärsi, että hänen vanhin poikansa oli selvästi mielissään isänsä koko heimon edessä osoittamasta huomiosta.

"Sidotaan ensin kuitenkin hänen haavansa", Jeremia päätti puheensa osoittaen maassa vielä istuvaa miestä. Sen jälkeen päällikkö lähti kohti taloaan tuntien edelleen lukuisat silmät selässään. Jeremia tiesi, että toistaiseksi oli erittäin tärkeää pitää yllä itsevarman johtajan roolia.

2.

Päällikön talon edessä seisoi jonkinlaiseen riviin järjestäytyneenä viisi eri-ikäistä miestä. Jeremia silmäili joukkoa ulko-ovensa kynnyksellä. Hän piti selkäänsä korostetun suorana, vaikka se tekikin hieman kipeää. Tyyni ilme ei paljastanut yllättyneisyyttä siitä, että kasaan oli saatu niin vähän lähtijöitä. Onneksi jokaisella oli sentään oma keihäs, ja vyöllä ainakin jonkinlainen veitsi tai kirves. Hieman erillään muista seisoi susilta pakoon päässyt mies käsivarsi sidottuna. Vyöllä riippuvan kivikirveen verta hän ei ollut ehtinyt pestä pois.

Samuel Tulikoura astui rivistä isänsä eteen, ja hieroi samalla keihäänsä tylppää päätä maata vasten kuin sanojaan punniten. "Miksei Esra ole nytkään paikalla?"

Jeremia katsoi poikaansa tietäen, että kaikkien rivissä seisojien huomio oli kohdistuneena heihin. Päällikkö ei olisi halunnut lähettää mahdollisesti vaaralliselle tehtävälle molempia poikiaan. Tilanne oli kuitenkin nyt muuttunut, kun Samuel oli esittänyt haasteen julkisesti. "Käy siis noutamassa veljesi."

Samuel potkaisi soratien yhden kiven edestään, ja näytti käyttävän tärkeän hetken seuraavan tekonsa miettimiseen. Sen jälkeen hän isälleen vastaamatta lähti kävelemään heimon kirkkoa kohti.

Samuelin mentyä Jeremia selvitti kurkkuaan, ja osoitti jälleen huomionsa edessä seisoville miehille. Näillä on nyt pärjättävä: alkaa olla kohta kiire, päällikkö mietti. Sitä paitsi heimolla oli pian edessään kivuliaampia päätöksiä kuin pienen pelastuspartion nopea kokoaminen.

"Heimomme uskalikot! Lähdette kohta metsään, ja kuten kokemuksesta tai muiden tarinoista tiedätte, teidän tulee olla valmiita mihin tahansa. Varautukaa siis myös henkisesti, ja muistakaa, ettei ketään jätetä yksin. Huolehtikaa itsestänne, mutta sen lisäksi käsken, että huolehditte myös toinen toisistanne."

Samuel saapui pian Esra perässään, jolla oli edelleen kainalossa vahataulut.

"Lähdette mahdollisimman pian, mutta katsokaa ensin, että olette asianmukaisesti varustautuneet." Jeremia loi puhuessaan lyhyen silmäyksen Esraan, joka rivissä seisten otti kirjoituspuikon korvan takaa piilottaen sen kämmenensä suojaan.

"Samuel johtaa joukkoa, sillä näen teitä katsellessani, että hän on teistä eniten harjoitellut." Tämän sanottuaan Jeremia kääntyi katsomaan heimon luo palannutta miestä. "Pystytkö lähtemään oppaaksi? Se olisi tärkeää paikan päälle nopean pääsemisen kannalta."

"Totta kai pystyn", kuului malttamaton vastaus.

3.

Jeremia seisoi ulos metsään johtavan portin vieressä, ja toivotti onnea joukon oppaaksi lähtevälle miehelle. Päällikkö loi katseen jokaiseen lähtijään näiden kävellessä ohi. Samuelin hän kuitenkin otti sivuun muista ja jäi odottamaan, että muut olivat päässeet portista ulos.

"Muistakaa, ettette sitten ota Esran kanssa turhia riskejä. Haluan teidät molemmat vielä takaisin."

Samuel ei vastannut, mutta nyökkäsi nopeasti, ja lähti sitten hölkkäämään muiden perään. Jeremian tyyni naamio petti, ja hän nielaisi katsellen poikiensa loittonevia selkiä. Esra oli sentään ehtinyt vaihtaa kirjoitusvälineensä keihääseen ja kirveeseen.

8. luku

Samuel sai vain vaivoin pysyteltyä oppaaksi lähteneen haavoittuneen miehen mukana, ja piiskasi sanallisesti takanaan tulevia säännöllisin väliajoin. Se oli turhaa, sillä joukon tahdin määräsi opas itse, jonka tasainen irvistys kertoi, ettei matkanteko ollut hänelle helppoa.

Aurinko oli liikkunut hyvän matkan eteenpäin taivaalla, kun pelastuspartio viimein saapui työmaan laitaan. Muutama puu oli vain puoliksi juurestaan kirvein hakattu, ja jokunen runko oli jäänyt maahan perkaamatta oksineen lojumaan. Mukana olleet kaksi hevosta makasivat maassa ja sätkivät ajoittain kavioillaan. Ne olivat vielä selvästi elossa, mutta niiden kimpussa oli useita susia repimässä irti suuhunsa mahtuvia palasia.

Samuelin käskystä heiteltiin muutamia kiviä ja maasta poimittuja keppejä susia kohti. Yksi osuikin, jolloin eläin kiljahti ja pakeni kauemmaksi metsään. Loput seurasivat perässä.

"Montako teitä täällä oli?" kysyi Samuel oppaalta, joka kyyneliä pidätellen katseli näkymää.

"Meitä oli minun lisäkseni viisi."

Samuel loi nopean silmäyksen, ja löysikin katseellaan kaikki viisi. Heistä kaksi näyttivät pahasti raadelluilta, eivätkä liikkuneet enää. Samuel kääntyi perässään tulleiden puoleen, jotka seisoivat paikoillaan ohjeita odottaen.

"Tiedätte kyllä mitä tehdä. Nyt vain ensiapua haavoittuneille." Jäämättä valvomaan käskynsä noudattamista Samuel käveli maassa sätkivien hevosten viereen. Hän tarkkaili ammottavia haavoja, pyysi hiljaa kummaltakin eläimeltä anteeksi ja sysäsi sitten voimalla keihäänsä yksitellen kummankin hevosen pään läpi. Näin jäljelle jäi enää haavoittuneiden ihmisten vaikerrus.

Samuelin viereen kävellyt Esra laskeutui kyykkyyn keihääseensä nojaten, ja tarkasteli kuollutta hevosta. "Ovatpa olleet rohkeita nämä sudet. Metsätöiden metelistä huolimatta ovat tulleet lähelle, ja käyneet kimppuunkin."

"Ehkä nälkä on ajanut niitä. Tai ainakaan muuta syytä en keksi. Tämä aiheuttaa kuitenkin varmasti muutoksia siihen, miten jatkossa liikutaan heimon alueen ulkopuolella. Mutta sen päättäköön isä aikanaan." Vielä puhuessaan Samuel kääntyi katsomaan taakseen, ja tunsi ärtyneen punan kohoavan poskilleen.

2.

Pelastuspartion nuorimmainen oli noin 15-vuotias poika, joka vain seisoi paikoillaan edessään avautuvaa näkyä tuijottaen. Rystyset valkoisina hän puristi keihästään, ja hengitti katkonaisesti. Samuel astui pojan eteen. Hän ei voinut sietää tällaista niskoittelua.

"Oliko käskyssä jotain epäselvää?"

Poika ei tuntunut kuulevan mitään, eikä näyttänyt edes huomaavan edessään seisovaa Samuelia.

"Sinä olet soturi, ja suorittamassa täällä tehtävää. Liikettä!" Saadakseen halutun tuloksen Samuel huusi viimeisen sanan pojan kasvojen edessä. Mitään ei vieläkään tapahtunut.

"Vauhtia!" Samuel tunsi ohittaneensa jonkin rajan, ja läimäisi poikaa avokämmenellä poskelle. Tämä kaatui maahan ulvahtaen, mutta ei vieläkään sanonut mitään.

Samuel kuuli takaansa muutaman juoksuaskeleen, ja Esra astui veljensä eteen maahan lyödyn pojan suojaksi. Mitään sanomatta hän kääntyi ja nosti pojan istuvaan asentoon. Samuel ei kiinnittänyt huomiota Esran puheeseen muuten kuin siten, että äänensävy vaikutti rauhoittavan poikaa. Tämä hieroi hetken kipeää poskeaan, nousi sitten seisomaan ja lähti Esran osoittamana auttamaan haavoittuneita.

Samuel katsoi pojan perään ja näki, että tämä todellakin ryhtyi työhön siinä missä muutkin.

"Huutaminen ja uhkailu ei aina ole se paras tapa taivuttaa ihmiset tahtoonsa", Esra sanoi puoliääneen veljensä puoleen ojentautuen.

Samuelin silmät laajenivat, ja hän kohtasi harmista punoittavin kasvoin Esran syyttävän katseen.

"Painu sinäkin siitä töihin. Minulla on omani", Samuel tuhahti ja tönäisi Esraa rajusti. Tämä teki työtä käskettyä sananvaihtoa jatkamatta. Samuel tunsi, että häntä tuijotettiin. Hän oli jo aikeissa ryhtyä puolustamaan itseään pojan kohtelun vuoksi. Sitten hän kuitenkin muisti, ettei ole muulle pelastuspartiolle tilivelvollinen johtamistavastaan. Isällä on sen sijaan varmaan jotain sanottavaa, kunhan kuulee tästä, Samuel mietti.

Haavoittuneita oli yhteensä kolme, joista yksi oli jäänyt muita kauemmaksi. Hänen raajoihinsa kiedotut kankaat paljastivat hänenkin onneksi saaneen jo jonkinlaisen avun. Esra rakensi yksinkertaisia paareja haavoittuneiden kuljettamista varten. Kaksi metsään töihin lähtenyttä makasi kuolleina rinnakkain odottamassa kotiinkuljetusta. Samuel kohtasi toisen vainajan lasittuneen katseen ja mietti, että edessä olisi heimon yhteinen suruaika hautajaisineen.

9. luku

Hyytävä kiljaisu havahdutti Samuelin pohdinnoistaan. Neljä rohkeinta sutta – tai ehkä nälkäisintä – oli palannut, ja yksi tarttui sitä lähimpänä maassa makaavaa haavoittunutta olkapäästä. Seuraavaksi Samuel näki Esran heittävän sutta kivellä, joka meni kuitenkin ohi kohteestaan. Punaiset hiukset hulmuten Esra juoksi heittämänsä kiven perään, ja huitaisi sutta keihäällä kylkeen. Kuului kumahtava ääni, ja eläin irrotti otteensa peräytyen taaksepäin hampaitaan näyttäen.

Esra kääntyi katsomaan veljeään. Samuel erotti katseessa vaatimuksen antaa käskyjä yllättävän tilanteen ratkaisemiseksi. Samuel tunsi aivojensa tyhjentyvän kuin nahkaisesta leilistä olisi laskettu neste ulos. Suu tuntui äkkiä kuivalta, käsivarret puutuneilta. Hänen jalkansa olivat juurtuneet maahan niille sijoilleen. Samuel pystyi ainoastaan tuijottamaan eteensä silmät suurina. Hetki kesti vain muutaman silmänräpäyksen, mutta se tuntui ikuisuudelta.

"Keihäät tanaan ja auttakaa!" Esra viittoi erikseen jokaiselle neljälle mukaan lähteneelle soturille. Nämä jättivät työnsä ja ajoivat keihäittensä kärjillä sudet uudelleen pakosalle.

"Täältä on lähdettävä. Sudet eivät näemmä halua luopua saaliistaan kovinkaan helposti", puhuessaan Esra käveli Samuelin eteen ja jäi odottamaan vastausta.

Lopulta Samuel tunsi ajatustensa alkavan toimia, ja tilalle hiipi häpeä. Hän karkotti sen mielestään nopeasti. "Kumpikin pahemmin haavoittunut kannetaan takaisin paareilla. Minä ja Esra otamme molemmat kuolleet yksille paareille. Hevoset on pakko jättää susien saaliiksi."

"Pystytkö kävelemään?" kysyi Samuel osoittaen kolmatta haavoittunutta, joka oli noussut omin avuin seisomaan.

"Pystyn, ainakin riittävän hyvin. Lähdetään jo."

2.

Niin haavoittuneet kuin kuolleetkin siirrettiin nopeasti paareille. Samuel huomasi, että kuolleita nostaessaan Esra irvisti, eikä paluumatkan alkaessa tuntunut osaavan irrottaa katsettaan verisistä ruumiista.

Samuel haistoi itsekin veren makean hajun sieraimissaan, mutta paljon enemmän häntä harmitti oma jäätymisensä. Ei tällaista saa tapahtua tulevalle päällikölle, hän soimasi itseään koko paluumatkan ajan.

Joukkoa ei tarvinnut erikseen kannustaa vauhtiin, sillä kaikki halusivat päästä takaisin mahdollisimman nopeasti. Säännöllisin väliajoin perää pitävän oli käännyttävä katsomaan taakseen, mutta sudet eivät lähteneet seuraamaan. Samuel lohdutti itseään sillä ajatuksella, että hevosten jättäminen susille oli ollut se oikea ratkaisu.

Auringon laskiessa näköpiirissä erottui jo tuttu heimon portti.

10. luku

Jeremia Tulikoura seisoi talonsa edustalla, ja siirsi vuorotellen painoaan jalalta toiselle. Hän oli tehnyt niin pelastuspartion lähdöstä saakka, sillä hän halusi olla ensimmäisten joukossa vastaanottamassa palaajia. Hänen ilmeensä oli tyyni, mutta silmäkulman ajoittainen nytkähdys paljasti päällikön mielen sisäisen kuohunnan. Jeremia huomasi jälleen kaipaavansa edesmennyttä puolisoaan. Juuri tällaisina hetkinä ikävä tuntui kaikkein kovimmin. Suurin huoli koski tietenkin poikia. Samuelin Jeremia uskoi pärjäävän ihan hyvin, mutta Esrasta hän ei ollut yhtä vakuuttunut. Ennen pitkää sekin tietysti selviäisi.

Auringon jo painuessa mailleen alkoi väkeä jälleen kerääntyä portin edustalle, ja Jeremia erotti itsekin palaavan pelastuspartion tutulla heimon luo johtavalla polulla. Hän huokaisi helpotuksesta, ja käveli nopein askelin tulijoita vastaan.

Ensimmäisinä sisään tulivat pojat kantaen välissään paareja. Kannettavat näyttivät erittäin kuolleilta revittyine verisine vaatteineen. Esra oli kasvoiltaan valkea kuin lakana, mutta näytti muuten voivan hyvin. Paarit laskettiin maahan, ja Jeremia näki Samuelin kävelevän keihäänsä kanssa häntä kohti.

"Kaksi hevosta menetettiin. Kaksi kuollutta, ja kolme haavoittunutta, joista yksi lievemmin. Tai oikeastaan kaksi lievemmin, kun oppaamme lasketaan mukaan."

"Hyvä kun saitte tuotua kaikki ihmiset takaisin, joko elävinä tai muuten", vastasi Jeremia. "Menikö muuten hyvin?" Hän esitti kysymyksen selvästi tavallista hiljaisemmalla äänellä.

Samuel punastui poskistaan, ja silmät laajenivat. "Ihan hyvin meni."

Jeremia huomasi, kuinka kauempana kymmenen askeleen päässä olevien kahden vainajan sukulaiset olivat jo ehtineet paikalle. Kädet vielä veressä Esra halasi heitä, ja otti silmiin katsoen osaa heidän suruunsa.

"Olitteko sopineet tällaisen työnjaon?" kysyi Jeremia edessään seisovalta Samuelilta. Tämä kääntyi ympäri katsomaan, ja samassa hartiat painuivat kasaan.

Tehtävä ei ehkä sujunutkaan ihan niin hyvin kuin mitä heimolle halutaan viestittää, Jeremia mietti. Hän tunsi useat katseet selässään, ja tiesi vanhemman poikansa harmin. Tämä oli mitä ilmeisimmin vaatinut paljon itseltään, eikä sitten kuitenkaan ollut onnistunut sitä omaa mittaansa täyttämään.

"Hyvin onnistuitte kaikki, ja pelastitte sen, mitä pelastettavissa oli." Jeremia puhui niin suureen ääneen, että kaikki ympärillä olevat varmasti kuulivat. "Sait hyvää harjoitusta, ja tulevan päällikön on osattava ratkaista yllättäviä tilanteita."

Samuel otti vastaan isänsä seläntaputuksen, mutta ei vastannut. Hän siirtyi Esran viereen, ja otti sanallisesti osaa omaisten suruun.

2.

Jeremia kiinnitti nyt ensimmäisen kerran huomionsa poikien ohella muihin läsnä oleviin. Antaessaan katseensa kiertää hän havaitsi olleensa oikeassa. Koko heimo tuntui saapuneen paikalle, ja kaikki näyttivät nyt tuijottavan häntä päätöstä odottaen.

"Vainajat viedään puhtaisiin liinoihin kiedottuina suureen maakellariimme odottamaan. Hautajaiset pidetään kolmen päivän kuluttua, ja toki vietämme koko heimossa suruajan."

Jeremia etsi katseellaan pappi Tiitus Kalmanlehtoa, mutta tämä ei näyttänyt olevan ihmisten joukossa. Toisaalta liikkuminen on muutenkin hänelle hieman vaikeaa, mietti päällikkö. Olisin silti odottanut, että pappi olisi ollut heti paikalla tällaisen kriisin hetkellä.

Jeremia kääntyi ympäri, ja erotti kauempana kirkon edessä paikoillaan seisovan Kalmanlehdon.

3.

Pappi odotti kaikessa rauhassa, kunnes lähestyvä päällikkö oli kuuloetäisyyden päässä.

"Järjestämme hautajaiset kolmen päivän kuluttua?"

"Kuulit siis? Näin teemme, jos vain suinkin kykenet siinä ajassa menot järjestämään. Ja puhu jotain lohduttavaa, sillä heimo on selvästi järkyttynyt tästä."

"Sen uskon. Minä voin joskus pahoin nähdessäni verta. Siksi en halunnut tulla katsomaan", Kalmanlehto vastasi hieroen samalla kättään, josta puuttui kaksi sormea.

Lyhyt hiljaisuus ja sitä seurannut hymy kertoi papille, että päällikkö oli odottanut hänen läsnäoloaan vainajien ja haavoittuneiden saapuessa.

"Kaikilla on oma rajansa, me jos ketkä sen tiedämme", vastasi Jeremia ja kääntyi jo lähteäkseen.

"Jos saan Esran avukseni valmisteluihin, saamme varmasti kaiken valmiiksi kolmen päivän kuluttua."

"Tehdään niin."

11. luku

Seuraavana aamuna Tiitus Kalmanlehto käveli kirkolleen heti auringon noustua. Hän polki äänekkäästi jalkojaan maalattiaa vasten, sillä sisällä oli vielä viileää. Sen jälkeen hän avasi ikkunaluukut, ja valon lisäksi hän toivoi, että lämpökin alkaisi pian vaikuttaa. Oli ryhdyttävä tekemään valmisteluita hautajaisia varten. Sitä paitsi tällä kerralla vainajia oli enemmän kuin yksi.

Sen pidemmälle pappi ei pohdinnoissaan ehtinyt, kun pääovelta jo kuului ääni.

"Huomenta, ajattelin tulla aikaisin. Sitä paitsi ei ollut oikein muutakaan tekemistä juuri nyt."

Kalmanlehto huomasi, että pääoven edessä seisovalla Esralla oli päällään samanlainen yksinkertainen kaapu kuin olisi opetellut papiksi pukeutumista. Ja näin tietysti olikin. Heimon ainoa kirkonmies oli toki iloinen siitä, että hänen apulaisensa oli tunnollisesti saapunut paikalle jo heti auringon noustua. Esra kohtasi Kalmanlehdon hymyn tummat puolikuut silmiensä alla.

"Nukuitko huonosti eilisen seikkailun jäljiltä?" tiedusteli Kalmanlehto tuntien iloisen mielensä haihtuvan.

Esra keräsi selvästi harjaamatta jääneet punaiset hiuksensa niskaan, ja ryhtyi sitomaan niitä hevosen hännäksi nahkanyörillä. "Aika huonosti nukuin. Tuntuu siltä, että kävin tapahtumat läpi unissani moneen eri kertaan."

"Se ei ole ihme. Voin kuitenkin sanoa kokemuksesta, että ajan kuluessa sellaisten unien määrä vähenee."

Kalmanlehto mietti, että työnteko saattaisi nyt olla mitä parhain tapa saada Esra unohtamaan edellisen päivän koettelemukset. Hän käveli alttarina toimivan pitkän ja matalan suorakaiteen muotoisen kaapin luokse, ja otti sieltä joukon tasaiseksi työstettyjä koivutuohen kappaleita.

"Oikein hyvä, kun tulit jo näin aikaisin. Hautajaisia varten tarvitsee kopioida tekstejä uudelleen tuohille. Ehdin polttaa vanhat enkä ehtinyt vielä jäljentää uusia itse. Toivoin, että heimolla olisi jonkin aikaa tarve mieltä ylentävämmille teksteille."

"Käyhän se", vastasi Esra. "Käynkö hakemassa sen ison laatikon, jossa kirja on?"

Kalmanlehto nilkutti pitkän alttarin toiseen päähän, kumartui, ja nosti varovasti esille laatikon, jossa kirjaa säilytettiin. "Ei tarvitse. Nostin sen jo eilen illalla tänne talteen, koska tiesin sen tulevan tarpeeseen."

Esra asettui ikkunan vieressä olevan leveän pöytänsä ääreen. Sen jälkeen hän laski tasaiseksi työstetyt tuohet eteensä, ja niiden viereen melkein aina mukana kuljettamansa vahataulut luista piirtopuikkoa unohtamatta. Käteen mahtuva kappale hiiltä oli myös valmiina, että tuoheen piirretyn kirjoituksen sai paremmin näkyviin.

Kalmanlehto laski kookkaan laatikon Esran eteen, ja avasi kantta kiinni pitävät nahkanyörit hitain ottein. Pappi tunsi aina kirjaa esiin ottaessaan olevansa hieman lähempänä ikuisuutta, ja suhtautui siksi kirjan esille ottamiseen kuin uskonnolliseen toimitukseen. Niin hänen edeltäjänsäkin oli tehnyt.

Hiljaisuuden vallitessa Kalmanlehto etsi sopivaa tekstiä hautajaisia varten. Hän kuitenkin säpsähti kuullessaan Esran kysymyksen.

"Lupasit joskus kertoa, miten heimo voi luottaa opetukseesi, joka ei sitten kuitenkaan välttämättä ole oikea."

"Niinhän minä lupasin", myönsi Kalmanlehto. Hän mietti, olisiko tällainen lisäpohdiskelu Esralle liikaa näin lyhyessä ajassa kaiken muun tapahtuneen ohella. Toisaalta opillisten asioiden pohtiminen voisi omalla tavallaan rauhoittaa. Ainakin toivottavasti. "Miksikäs ei sitten nyt olisi oikea aika. Jos vain pystyt kirjoittamaan samalla, kun kerron. Tekstit ovat kuitenkin varmasti jossain määrin tuttuja. Sen tiedän."

Kalmanlehto osoitti jäljennettävät kohdat, ja Esra ryhtyi painelemaan kirjaimia tuohiin piirtopuikollaan. Saatuaan yhden rivin valmiiksi hän levitti päälle kerroksen hiiltä, ja siirtyi sitten seuraavan rivin pariin.

2.

Kalmanlehto haki itselleen tuolin, ja asetti sen Esran pöydän viereen. Istumisen sijasta hän ryhtyi tekemään voimisteluliikkeitä, joilla hän tapasi jokaisen aamunsa aloittaa.

"Edeltäjäni kuoli äkillisesti jo kauan sitten. Jos oikein muistan, veljesi oli silloin hyvin pieni, mutta sinä et ollut vielä syntynyt." Puhuessaan pappi ojensi kätensä suoriksi kohti kattoa, ja yritti pysyä pystyssä huonosta tasapainostaan huolimatta.

"Olin heimostamme se, joka oli edes hieman kiinnostunut tällaisista asioista." Pappi urahti, ja tavoitteli nyt varpaitaan pitäen samalla jalkansa suorina. "Todellinen syy oli kuitenkin se, että olin haavoittunut pahasti edellisen satokauden aikana. Ymmärsin, että tässä oli tilaisuuteni olla heimolle hyödyksi."

Kalmanlehto nosti toisen jalkansa alttarille, ja tavoitteli suoriksi ojennettuja varpaita käsillään. "En siis ollut koskaan erityisesti valmistautunut näinkin tärkeään tehtävään. Jouduin oppimaan kaiken sen mukaan, miten muistin edeltäjäni toimineen."

Pappi vaihtoi venytettävää jalkaa alttarilla, ja ojensi yläruumistaan kohti uusia varpaita. "Joidenkin satokausien jälkeen esitin päällikölle toiveen, että seuraajani saisi aikanaan kasvaa tehtäväänsä selvästi pidemmän ajan kuluessa."

Esra keskeytti kirjainten painelemisen tuohelle. "Mitä isä siihen vastasi?"

"Hetken pohdittuaan isäsi ilmoitti, että hän voisi antaa sinut minulle oppiin sitten, kun kasvat vähän isommaksi." Kalmanlehto hymyili leveästi, ja koetti tavoitella Esran katsetta. "Ja niin tapahtuikin."

Muutaman lisävenytyksen jälkeen pappi lopetti aamuvoimistelunsa, ja istahti jo aiemmin varaamalleen tuolille Esran viereen. "Erityisen iloinen olen ollut siitä, miten nopeasti opit kirjoittamaan taidokkaasti. Minun piti opetella kirjoittaminen uudestaan toisella kädellä menetettyäni sormia. En koskaan oppinut siinä niin hyväksi kuin tällaiset pyhät tekstit ansaitsisivat."

"Kiitokset kauniista sanoista", Esra vastasi. Kalmanlehto oli kuulevinaan äänessä jo ärtyneisyyttä. "Ja mukava kuulla tällainen kertaus menneisyydestä. Mutta siis se oppimme..."

"...niin että onko tämä uskomme sitten kuitenkaan totta, vaikka siihen heimona uskomme, ja vainajatkin viimeiselle matkalle laskemme?" Kalmanlehto päätti itse Esran ajatuksen.

"Asia on vaivannut siitä asti, kun kirjan näin", Esra osoitti puikollaan kopioitavaa kohtaa kirjasta. Tekstin keskellä oli iso muinaisen kipinän polttama reikä.

"Kyllä opettamani usko totta on, tai ainakin niin totta kuin ymmärrän, ja olen itse kirjasta lukenut. Ja omaa lukemistani toki edelsi elämän mittainen kuunteleminen edeltäjäni johdolla aivan samoin kuin sinä olet minua kuunnellut koko ikäsi."

"Mutta eikö tällaisesta kannattaisi puhua muiden heimojen pappien kanssa? Ehkä heidän käytössään on ihan ehjä kirja eikä tällaista osittain tuhoutunutta? Ehkä jopa useita erilaisia kirjoja? Tai mahdollisesti jotain muuta tietoa?"

Kalmanlehto huokaisi syvään ja mietti, että Esran ajatuksissa oli järkeä. Toisaalta poika oli vielä nuori, eikä ollut päässyt kokemaan maailmaa. Pappi katseli kolmisormista kättään, ja vastasi sitten. "Ei sellaisista asioista ole tapana puhua heimon ulkopuolella. Tämä kirja on meidän sisäinen aarteemme. Jos joku ulkopuolinen asiasta kysyisi, voisi silloin tietysti jotain keskustellakin. Mutta sellaista ei ole tapahtunut ainakaan minun aikanani. Sitä paitsi enhän minä enää raajarikkona mihinkään matkusta muutenkaan. Kirja on kuitenkin sen luokan aarre, että se vaatii jatkuvaa valvontaa. Mitä sitten, jos joku sen varastaisi? Olisimme pulassa."

Esra laski merkitsevästi luisen piirtopuikon tuohen päälle, ja käänsi syyttävän katseensa papin puoleen. "Oletko koskaan kertonut kenellekään, ettet itse asiassa ole varma, ovatko opettamasi asiat tosia?"

"En muuta kuin sinulle nyt tänä aamuna ja toivon, ettet kerro sinäkään. Ihmiset tarvitsevat toivoa, ja varsinkin kuoleman koskettaessa sille on tarvetta. Ja vaikka joissakin asioissa olisimmekin väärässä niin en usko, että olemme erehtyneet niissä tärkeissä totuuksissa." Kalmanlehto tunsi rentoutuvansa, kun näki Esran jälleen tarttuvan piirtopuikkoon, ja jatkavan tekstin jäljentämistä.

"Se on kyllä tunnustettava", pappi jatkoi lyhyen tauon jälkeen, "että paljon tärkeää tietoa on selvästi kadonnut. Silmämääräisesti olen arvioinut, että kirjassamme on vain ehkä kolmannes jäljellä. Osan puuttuvista osista tiedämme edeltäjäni ja hänen edeltäjiensä perimätiedon ansiosta, mutta silti... ajoittain tällaiset asiat jäävät mietityttämään." Kalmanlehto jätti lausumatta ääneen viimeisen ajatuksensa: toivottavasti ainakaan mitään keskeisen tärkeää ei ole kadonnut.

3.

"Satokausien seuratessa toistaan olen ymmärtänyt, että isäsi teki minulle suuren palveluksen nimittäessään minut heimon papiksi. Mitä muutakaan olisin voinut raajarikkona tehdä? Oman perheen hankkiminen oli automaattisesti poissa laskuista, koska olin sen verran pahasti vammautunut." Kalmanlehto katsoi ulos ikkuna-aukosta, jossa muu heimo oli herännyt askareisiinsa.

"Mutta onhan opettaja Opinahjo myös näkyvästi vammautunut, mutta hänellä on vaimo ja lapsiakin?"

Poika on kieltämättä terävä, ja uskaltaa väittää vastaankin. Se on ihan hyvä ominaisuus, hallittuna ainakin, mietti Kalmanlehto ennen kuin vastasi Esralle. "Mooseksella oli perhe jo silloin, kun hän haavoittui. Ja olisi ollut vaimolle suuri häpeä hylätä miehensä. Hänet päällikkö sitten nimitti opettajaksi, mikä oli Mooseksellekin hyvä ratkaisu."

Esra nyökkäsi, ja Kalmanlehto sai itseluottamusta jatkaa. "Eikä tämä papin elämä hullumpaa ole. Työ ei ole kovin rasittavaa, paitsi nyt joskus täytyy seistä paikoillaan liian pitkiä aikoja kerrallaan. Saan olla hyvissä väleissä kaikkien kanssa, eikä minun koskaan odoteta ottavan riita-asioissa kantaa kenenkään puolesta tai ketään vastaan. Papin kun halutaan olevan ennen kaikkea heimon puolella."

"Mutta minä koen pystyväni muuhunkin kuin tähän, kaikella kunnioituksella", sanoi Esra ja koputti piirtopuikolla itseään otsaan.

"Niin pystytkin. Sinusta ja Samuelista tulee vielä melkoinen taistelijapari heimollemme, kunhan veljesi päällikön paikan isältänne perii. Erik Ritari on opettanut niin Samuelille kuin sinulle paljon sellaista, josta on varmasti vielä joskus hyötyä. En tosin tiedä millä tavalla, mutta minusta turhaa oppia ei olekaan." Kalmanlehto veti syvään henkeä, ja osoitti sitten sormellaan kirjaa. "Mutta onneksi ainakin toistaiseksi olet apunani. Tekstit on saatava kopioitua, ja sen jälkeen meidän täytyy kaiken lisäksi rakentaa vainajille hautaroviot heimon perinteiden mukaan."

4.

Esra kopioi tunnollisesti kaikki Kalmanlehdon osoittamat tekstit, nousi sen jälkeen pöydän äärestä ja laski tuohenkappaleet siistiin pinoon alttarin kulmalle. Pappi huomasi ilokseen, että Esra ei koskenut kirjaan tai laatikkoon, vaan jätti sen Kalmanlehdon itsensä hoidettavaksi.

"Tarvitsetko minua vielä johonkin?" Esra kysyi ja taputteli hiiltä pois käsistään.

"Aivan varmasti tarvitsen, ja moneen kertaan", Kalmanlehto hymyili leveästi. "Mutta en juuri nyt. Meillä on vielä paljonkin tehtävää, mutta pyydän kyllä sitten myöhemmin."

Esra laittoi luisen piirtopuikon korvansa taakse, sujautti vahataulunsa kainalon alle ja kääntyi lähteäkseen. "Muistakin sitten myös pyytää apua. Sen vuoksihan minä täällä olen. Älä yritä jääräpäisesti tehdä kaikkea itse."

Yksin jäätyään Kalmanlehto vilkaisi ikkunaluukusta ulos. Aurinko oli noussut jo korkealle. Päivästä oli tullut lämmin. Heimon kirjaa takaisin laatikkoon hartain menoin laittaessaan Kalmanlehto pysähtyi. Hän tuijotti laatikon kaiverrettua ristiä ja mietti, että Esra varmaankin kertoo äskeisestä keskustelusta jollekin. Kuten esimerkiksi sille kauniille morsiamelleen.

Aika osoitti papin pohdinnat vääräksi. Esra ei koskaan ehtinyt kertoa heidän keskustelustaan Jelena Ivanoville.

12. luku

Esra oli kertonut menevänsä tapaamaan Jelenaa heti, kunhan vain Kalmanlehto päästäisi. Työtä oli ollut enemmän kuin Esra oli odottanut, mutta nyt hän viimeinkin seisoi Ivanovin talon edessä päällään edelleen kirkollinen kaapunsa, kainalossaan vahataulut ja se piirtopuikkokin korvan takana.

Sisäänkäynnin molemmin puolin kasvavat ruusut liikkuivat hitaasti vienossa tuulessa. Ne olivat ehdottomasti koko heimon kauneimmat kukat, Esra mietti itsekseen hymyillen. Väriltäänkin ne olivat kuin... Samassa hän värähti, ja katsoi kämmentään. Edellisenä päivänä iholle tarttunut veri erottui vieläkin kämmenen juonteissa tummanpunaisina viivoina. Esra puristi kätensä nyrkkiin, ja pakotti itsensä olemaan miettimättä edellisen päivän tapahtumia.

Hän nosti nopeasti katseensa oven yläpuolella ristissä oleviin keihäisiin. Ehkä he voisivat joskus tehdä matkan sen heimon luokse, josta Jelenan suku oli kotoisin? Esra ei tiennyt, millaisia valmisteluja sellainen matka vaatisi. Hän kuitenkin lupasi itselleen ottaa siitä ainakin selvää. Viimeistään sen jälkeen, kun Kalmanlehto olisi koko heimon läsnä ollessa Esran ja Jelenan toisilleen antanut perinteiden mukaan. Heidän edellinen kohtaamisensa talon edessä ei ollut sujunut kovinkaan hyvin. Mutta ei se mitään, Esra vakuutti itselleen. Kaikillahan on huonoja päiviä. Jelenasta tulee vielä hyvä puoliso: olen varma siitä.

2.

Esra koputti ovelle. Vastausta ei kuulunut, joten hän koputti uudestaan, ja astui sitten sisään. Jelena istui nurkassa avatun ikkunaluukun vieressä, ja tuijotti tiiviisti ulos. Istuin oli kuin puusta veistetty vuode, joka oli asetettu puolimakaavaan asentoon. Jelenalla oli päällään sama Esran mielestä suorastaan säkenöivä vaate kuin edellisenäkin päivänä. Jelena itse piti tiukasti sekä käsiään että jalkojaan ristissä. Hän ei noteerannut

Esran saapumista muuten kuin siten, että toinen jalkaterä alkoi taputtaa puista lattiaa.

Syvän ja painostavan hiljaisuuden aikana Esra laski vahataulunsa pienelle pöydälle, joka oli sijoitettu pääsisäänkäynnin viereen. Seinillä oli useita kilpiä, joita ei kuitenkaan ollut koskaan käytetty oikeaan käyttötarkoitukseensa. Muilla saattoi olla seinillään koristeina kuvioituja kankaita tai nahkaan piirrettyjä kuvia, mutta Ivanovin talossa sen työn hoitivat sotaisammat koriste-esineet. Sisäänkäyntiä vastapäätä olevalle seinälle oli ripustettu suuri peuran pää. Esra ei tiennyt, kuka eläimen oli aikoinaan kaatanut, sillä urotyö oli hänen muistinsa mukaan tehty jo ennen Esran syntymää. Näytteille ripustettuja keihäitä ja kivikirveitä oli useita. Esra oli aina pohtinut, pidettiinkö seinien aseet toimintakunnossa, vaiko ainoastaan näyte-esineinä. Jelenan vieressä puisella lattialla näytti olevan multaisia välineitä, joilla Esra oli edellisenä päivänä nähnyt hoidettavan ruusuja.

"Lopultakin pääsin tulemaan. Papillamme oli enemmän työtä kuin luulinkaan." Esra käveli Jelenan viereen, joka ei edelleenkään katsonut tulijaan. Muita talossa ei näyttänyt sillä hetkellä olevan paikalla.

"Onko jokin hätänä?" kysyi Esra tuntien hyvän mielensä vaihtuvan hiljalleen ärsyyntymiseen.

"Ei tietenkään ole. Kaikki on niin kuin aina ennenkin."

"Ja se on ilmeisesti sinulle ongelma, vai kuinka? Missä muuten äitisi on? Olisin halunnut tervehtiä häntäkin."

"Meni auttamaan hautajaisvalmisteluissa. En halunnut mennä mukaan, joten en kysynyt tarkemmin." Jelena ei edelleenkään edes katsonut Esraan, mutta toisen jalan taputus lattiaa vasten kiihtyi selvästi.

"Et halunnut mennä mukaan? Mitä ihmettä? Suru on koko heimon yhteinen asia, ja on aina ollut. Tiedät sen varmasti aivan hyvin. On huonoa käytöstä olla auttamatta järjestelyissä." Esra piti tauon, mutta kun vastausta ei kuulunut, hän päätti jatkaa. "Miksi tämä oman poikkeuksellisen sukuperinnön korostaminen on noussut viime aikoina niin näkyvästi esille? Vaikka et ole koskaan kuullut heistä muuta kuin tarinoita?"

"Miksi sinä et voi olla kunnon mies?" Jelena vastasi, ja lopultakin siirsi vihaisen katseensa Esraan.

"Niin siis… tai siis… jos kun… mitä ihmettä?" Esra oli mielessään varautunut kaikenlaisiin vastauksiin, mutta itseään kohdistettua suoraa hyökkäystä hän ei ollut osannut ennakoida, ja kaikkein vähimmin morsiamensa taholta.

"Miehen tulee olla oikea soturi, eikä missään tapauksessa kynäniekka, joka auttaa rampaa pappia säkkiin pukeutuneena." Jelena osoitti halveksivasti ensin Esran asua, ja sen jälkeen ovensuuhun pöydälle laskettuja vahatauluja.

Esra tunsi kasvojensa punehtuvan. Siitä huolimatta hän piti tärkeänä hillitä itsensä, kuten isä oli aina opettanut. "Sinä olet ehkä suurten sotureiden sukua, mutta niin olen minäkin. Tai ainakin tämän heimon päälliköiden sukua. Vielä koittaa aika, jolloin veljeni on päällikkö, ja se merkitsee minulle etuoikeutettua asemaa heimossa. Ja tietysti myös sinulle minun puolisonani."

"Niin niin, mutta minusta ei ole koskaan tulossa päällikön puolisoa! Samuelilla on jo omansa."

Esran silmät laajenivat, ja hän tunsi kaulasuontensa pullistuvan. Loukkaus oli liian suora ohitettavaksi. Ainoa hyvä puoli oli se, että Esra ja Jelena olivat kahden sisätiloissa. Toivoa vain sopi, ettei kukaan kuunnellut ikkunaluukkujen takana.

"Samuelinko sinä siis haluaisit, mutta jouduit minuun tyytymään?"

Esran mielestä Jelena oli epämukavan pitkään hiljaa, ennen kuin vastasi. "En tietenkään, sillä Samuelilla on jo puoliso, kuten sanoin. Mutta tietenkin odotin, että tuleva mieheni olisi pitkä, näyttävä ja vahva ilmestys, joka vaatii aina itseltään sitä parasta mahdollista. Sinä et tunnu vaativan itseltäsi mitään, koskapa vaikutat ihan tyytyväiseltä voidessasi vain kirjoittaa ja auttaa pappia."

"Olen hyvä siinä, mitä teen." Esra tunsi raivokasta tarvetta puolustautua, vaikka järjellisesti hän tiesi, ettei sille oikeastaan ollut tarvetta. Asiat olivat niin kuin olivat. "Sitä paitsi päällikön nuorempana poikana olen saanut aivan saman koulutuksen kuin heimon muutkin miehet, ja kaiken lisäksi Erik Ritarilta saman lisäopin kuin Samuel. Puhumattakaan siitä, mitä kaikkea olen isältä oppinut. Ja eilen metsässä kohtasin susia…"

"Loukkaantuneiden hoitaminen ei ole oikean soturin työtä. Valloittaminen ja metsästäminen on. Näin eilen, kuinka joukko naisia hoiti niitä metsässä haavoittuneita. Autoit siis naisia heidän työssään. Sellaista mainetta sinä eilen itsellesi keräsit."

Esra teki parhaansa hengittääkseen tasaisesti, ja puristi hitaasti kaavun hihan alla kätensä nyrkkiin. Hän pohti, onko keskustelua jatkamalla enää mitään saavutettavaa. Pitkältä tuntuvan painostavan hiljaisuuden päätteeksi Esra päästi ilman keuhkoistaan, ja avasi nyrkkinsä. Hän uskoi, ettei Jelena ollut huomannut elettä: eihän tämä muutenkaan ollut muuta kuin lyhyesti vilkaissut Esraan koko sananvaihdon aikana.

Kaavun helma kahahtaen Esra käveli ulos johtavalle ovelle, kaappasi vahataulut kainaloonsa ja jäi hetkeksi paikalleen taakseen katsomatta. Hän kuuli ainoastaan puulattiaa vasten taputtavan Jelenan jalkaterän äänen.

"Nähdään taas, viimeistään hautajaisissa. Odotan, että seisot rinnallani, kuten hyvä tapa vaatii." Vieläkään taakseen katsomatta Esra astui ulos, ja sulki oven perässään.

3.

Esra oli suunnitellut viettävänsä loppupäivän Ivanovien luona, joten nyt hän huomasi seisovansa soratiellä tietämättä, mitä seuraavaksi tulisi tehdä. Hän hypisteli luista piirtopuikkoa sormissaan ja hetken mietinnän jälkeen päätti lähteä kotiin lukemaan jotain. Toinen mahdollisuus olisi ollut palata kirkolle kysymään Kalmanlehdolta, tarvitsiko tämä jotain apua. Esra koki kuitenkin tehneensä siltä osin jo tarpeeksi. Hän auttaisi kyllä, jos pyydettäisiin, mutta ei vapaaehtoisesti. Ei ainakaan tänään.

Matkalla Esra erotti seurueen naisia, jotka näyttivät suuntaavan pääportista metsään. Ensimmäinen ajatus oli kauhistus: mitä jos sudet ovat tulleet tänne asti? Lyhyt vilkaisu lähellä olevan nahantyöstäjän puolison kukkapenkkiin palautti mieleen, että naiset olivat ilmeisesti hakemassa kukkia seppeleisiin hautajaisia varten. Tai ainakin katsovat valmiiksi paikan, josta kukkia hakea omien istutuksiensa lisäksi. Koko heimossa vain Ivanovin talon edessä kasvoi punaisia ruusuja.

Kyllä Jelena lopulta ymmärtää, että minä olen hänelle hyvä, ja ajan kanssa se oikea. Minun pitää vain muistaa olla kunnollinen, ja hillitä itseni. Vaikka Jelena ei itse aina muistaisi sitä tehdä, Esra päätti ajatuskulun itselleen.

Seuraavien päivien aikana koko heimo tuntui valmistautuvan hautajaisiin. Esra ei tuona aikana nähnyt Jelenaa kertaakaan muiden naisten mukana auttamassa.

13. luku

Aamu oli kuulas, ja melkein koko heimo oli kokoontunut hauta-jaisiin. Pois olivat jääneet vain ne, jotka eivät syystä tai toisesta pysty-neet olemaan jalkojensa päällä toimituksen ajan. Tiitus Kalmanlehto seisoi selin suureen hautapaateen, johon siunauksen jälkeen hakattai-siin viimeiselle matkalle saatettujen vainajien nimet. Kalmanlehdolla itsellään oli musta maahan asti ulottuva kaapu muun heimon tyytyessä ruskeaan vaatetukseen, jonka hihaan oli sidottu musta huivi surun mer-kiksi. Pappi kohotti molemmat kätensä eteen ja ylöspäin pitäen samalla ehjässä kädessään pakkaa tuohia, joihin Esra oli aiempina päivinä teks-tiä jäljentänyt.

Papin edessä oli kaksi korkeaa hautarovioita, ja vainajat lepäsivät kumpikin oman rovionsa päällä päästä varpaisiin valkeaan kankaaseen käärittynä. Päälle oli vielä laitettu ristiin vihreitä kuusenoksia. Papin vasemmalla puolella katse rovioihin päin seisoivat Tulikourat siistissä rivissä. Keskellä oli tietenkin Jeremia itse, ja hänen vasemmalla puolel-laan Esra. Nuorempi poika huomasi silmäkulmastaan, miten päällikkö tavoitteli välillä vasemmalla kädellään jotain. Esra muisti, että siinä hä-nen äitinsä olisi seissyt, jos olisi vielä elossa. Isä siis vieläkin kaipaa äitiä, Esra päätteli hiljaa mielessään. Hän kurotti omaa vasenta kättään vie-ressä seisovan Jelenan puoleen, joka Esran iloksi ei vetänyt kättään pois siitä huolimatta, että oli ilmeestä päätellen edelleen huonolla tuulella.

Jeremian oikealla puolella seisoi Samuel, ja näytti isänsä rinnalla huo-mattavan lihaksikkaalta ja soturimaiselta. Esra oli iloinen, ettei joutu-nut seisomaan tänä aamuna veljensä vieressä. Jelenan huomiot "kunnon miehestä" yhdessä Esran hintelämmän ruumiinrakenteen kanssa ei-vät olleet hellineet itsetuntoa. Esra oli silti päättänyt pitää ajatuksensa tiukasti ominaan yrittäen lohduttautua sillä, ettei hänestä koskaan pi-tänytkään tulla päällikköä isänsä jälkeen. Samuelin oikealla puolella seisoi hänen puolisonsa, joka oli Esran morsiameen verrattuna selvästi lyhyempi ja vankkarakenteisempi. Päällikkö tuntui valinneen pojilleen puolisot heimon etua ajatellen eikä niinkään sen perusteella, miltä pa-rit näyttäisivät vierekkäin seisoessaan.

Papin oikealla puolella Tulikouria vastapäätä seisoivat vainajien sukulaiset omassa rivissään. Esra oli Kalmanlehdon apulaisena osallistunut paljonkin hautajaisiin, ja järjen tasolla hän ymmärsi kuoleman olevan osa elämää. Siitä huolimatta hänellä oli aina vaikeuksia katsoa kuolleiden sukulaisia silmiin, sillä heidän kokemansa ahdistus ja suru tuntui aina tarttuvan. Sitä paitsi hänen asemassaan olevalta ei muutenkaan suvaittu julkista nyyhkimistä.

Kalmanlehto laski kätensä alas, ja antoi katseensa kiertää edessään polttorovioiden toiselle puolelle kokoontuneessa muussa heimossa. Kaikki seisoivat kunnioittavasti surunauha käsivarressa odottaen tilaisuuden alkamista. Pappi vilkaisi oikealle puolelleen, ja sytyttäjän virkaa toimittava soihdunkantaja kohotti tultaan osoittaen näin olevansa valmis. Esra ymmärsi tilaisuuden vakavuuden ottavan aina oman aikansa, mutta silti hän alkoi jo salaa pitkästyä.

2.

Oltuaan vielä hyvän tovin hiljaa Kalmanlehto viittasi sytyttäjälle, joka kiirettä pitämättä tartutti tulen molempien hautarovioiden juureen. Hetken aikaa kohti taivasta nousi vain savua, mutta sitten tuli otti vallan. Rauhallisesti, kuin oman kunnioituksensa vainajille osoittaen.

"Hän on minun paimeneni, ei minulta mitään puutu", aloitti pappi sointuvalla äänellään. "Hän vie minut vihreille niityille, hän johtaa minut toiselle puolelle. Hän virvoittaa minun sieluni, hän ohjaa oikeaa tietä nimensä tähden."

Esra ojentui hitaasti ja huomiota herättämättä Jelenan puoleen. "Tuo on yksi niistä teksteistä, joita kopioin muutaman päivä sitten."

Jelena ei vastannut, mutta entistä enemmän alaspäin kääntyvät suupielet paljastivat, että sanoma oli kyllä kuultu.

Kalmanlehto oli nyt päässyt kaikille tuttuun vaiheeseen, jossa hän nosti ja laski ehjää kättään ylös ja alas. "Tulesta sinä olet syntynyt, tuleen sinä olet palaava. Jokaisella, joka uskoo Herraan, on oleva elämä. Minä olen polut, totuus ja elämä. Ei kukaan mene Herran tykö muuten kuin minun kauttani."

Esra oli auttanut pappia lohduttavan puheen muotoilussa, ja nyt Kalmanlehto katsoi vainajien sukulaisiin ja muistutti, kuinka kuolleet olivat vain siirtyneet toiselle puolelle iäisyyden kudelmaa, ja päässeet nyt kotiin. Esra ei kestänyt katsella vainajien sukulaisia surussaan, joten hän kiinnitti huomionsa heimon hautapaateen, jonka juurelle oli jo asetettu kaksi puista savikulhoa vainajien tuhkille.

Palava puu tuoksui, ja havupuiden oksat räiskähtelivät kuuluvasti. Esra tunsi kasvoillaan roviosta kantautuvan kuumuuden ja mietti, oliko oikein tuntea hyvää oloa lämmöstä ja ennen kaikkea siitä, että koko heimo oli taas yhdessä. Ääneen hän ei ainakaan uskaltanut sanoa ajatuksiaan.

3.

Papin suorittaman siunauksen jälkeen väki oli vielä kunnioituksesta seurannut hetken palavia rovioita, mutta hiljalleen joukko oli alkanut palata takaisin päivän askareisiin. Esra oli isänsä ja veljensä mukana käynyt vielä kättelemässä vainajien sukulaisia, mutta oli sen jälkeen päässyt lähtemään muiden mukana. Esra oli iloinen, ettei Kalmanlehto pyytänyt häntä auttamaan tuhkien keräämisessä saviuurniin. Näin Esra pääsi palaamaan takaisin hautapaikalta Jelenan seurassa.

Siunaustilaisuuden aikana heimon ruohoaukealle oli ilmestynyt kauppias. Hän oli asettunut tarkoituksella näkyvälle paikalle, ja levittänyt tavaransa esille auringonpaisteeseen. Kärryjen sisällöstä päätellen hän oli myymässä kankaita. Esra tervehti kauppiasta lyhyellä nyökkäyksellä, ja jäi katselemaan kangaspakkojen väriloistoa. Hänen huomionsa kiinnittyi punaiseen, sillä hän pohti, haluaisiko Jelena tehdä siitä itselleen uuden asun. Väri muistutti Ivanovin ruusujen väriä.

"Pahoittelut tällaisesta tunkeilusta", sanoi kauppias Esralle ottaen samalla pois päätään suojanneen yksinkertaisen huivin ikään kuin alleviivatakseen anteeksipyyntöään. "En tiennyt teidän viettävän tänään hautajaisia. Olisin muutoin tullut vasta huomenna."

"Ei se mitään, ja siunaustilaisuushan päättyi jo. Koetan tässä vain valita, mikä olisi kankaista paras." Puhuessaan Esra huomasi, ettei Jelena ollut pysähtynyt hänen kanssaan, vaan jatkoi jo kaukana edessä kohti Ivanovin taloa taakseen katsomatta. Joudun varmaankin vielä myöhemmin tänään selittämään, miksi jättäydyin jälkeen.

"Miettiessäsi haluatko samalla kuunnella, mistä olen tulossa?" kauppiaan äänessä oli aimo annos intoa. Hän vaikutti odottaneen tilaisuutta päästä kertomaan.

"Oikein mielelläni. Me emme juurikaan käy kovin kaukana, joten uutiset ja tarinat ovat aina tervetulleita."

"Palasin kaukaa sieltä, mistä aurinko aamuisin nousee", kauppias aloitti, ja selkänsä oikaisten näytti kädellään puhuttuun suuntaan. "Pitkään sain kärryineni kulkea, mutta kun olin päättänyt, en aikonut kesken jättää. Lopulta pääsin sellaisen heimon luo, ettei teidän pieni kylänne ole mitään siihen verrattuna."

Kauppias piti tauon, ja sai Esran kiinnittämään itseensä vieläkin enemmän huomiota. "Alue oli varmasti kymmenen kertaa niin suuri kuin tämä teidän, ja se oli ympäröity toistensa viereen maahan isketyillä puunrungoilla. Huomasin kuitenkin pian, ettei tarkoitus ollut pitää eläimiä ja tunkeilijoita pois heimon alueelta. Tavoitteena oli estää ihmisiä pääsemästä ulos."

"Miksi he niin olivat tehneet?"

"Toiset myyvät kankaita, kuten minä, ja he myivät ihmisiä. Tämä heimo liikkuu pienissä ryhmissä lähialueilla ja vähän kauempanakin. Kun he kohtaavat muita ihmisiä, he saattavat ottaa heitä vangiksi ja myydä orjiksi. Tai ehkä pitää ihan vain itsellään. Joskus he tekevät erityisiä ansoja, joilla houkuttelevat tulevia vankeja paikalle kuin petoeläimiä ikään."

Esran silmät laajenivat, ja lyhyen hiljaisuuden jälkeen kauppias jatkoi. "Mitä nyt ympärilleni katselin, olivat työikäiset miehet ja nuoret naiset erityisen haluttuja. Tietenkin siksi, koska heistä saa parhaan hinnan. Niin ja kauneimmat naiset he tuntuivat varaavan itselleen. Vaikka minulla jo ikää onkin niin pakko sanoa, että olivathan heidän naisensa varsin näyttävän näköisiä."

"Mutta miksi sinua ei sitten otettu vangiksi ja myyty orjaksi muiden lailla?" Esra kysyi nostaen toista kulmaansa.

"Eiväthän he kauppiasta halua kiinni ottaa. Minusta on hyötyä heille tällaisena kuin olen. Hyvät kaupat teinkin. Lähden varmasti heidän luokseen vielä joskus uudestaan, mutta sille matkalle varustaudun ensimmäistä paremmin. Koin nimittäin mennen tullen liian monta tiukkaa tilannetta."

"Ehkä voit myöhemmin kertoa minulle niistä tiukoista tilanteista", vastasi Esra ja osoitti sitten punaista kangasta. "Käyn katsomassa, mitä voisin antaa sinulle vaihdossa tuosta. Ajattelin antaa sen morsiamelleni."

Päällikön taloa kohti kävellessään Esra muistutti itseään isän ohjeesta, että kauppiailla oli tapana puhua melkein mitä tahansa saadakseen mahdollisen ostajan viihtymään. Ja myönnettävä oli, että kauppias oli siinä onnistunut. Esran mielikuvitus loihti jo silmien eteen kuvan suuresta alueesta, jota ympäröi korkea puunrungoista rakennettu korkea aita.

Ajatuksiinsa vaipuneena Esra huomasi kauempana isänsä, joka käveli isoin harppauksin kohti varastokellareita. Jeremian vieressä käveli heimon ruokamestari Asser Ohrajuuri. Kaksikko näytti keskustelevan varsin kiivaasti, mutta Esra ei erottanut, mistä he puhuivat.

14. luku

Päällikkö nosti kulmiaan, kun Ohrajuuri riuhtaisi kellarin luukun auki suorastaan väkivaltaisesti, ja katosi salamavauhtia kuoppaan. Jeremia seurasi perässä, ja näki sen, mitä oli odottanutkin: puisille laveteille ladottuja säkkejä, joissa hän tiesi olevan heimon siemenperunat. "Sulkisitteko oven perässänne, päällikkö?" "Emmehän me silloin näe täällä mitään? Sitä paitsi ei sattunut tulemaan soihtuakaan mukaan." "Hämärään tottuu kyllä hetken kuluttua", suostutteli Ohrajuuri. "Sitä paitsi en haluaisi, että joku utelias tulee peräämme katselemaan." "Minä en näillä silmillä enää näe yhtä hyvin kuin joskus ennen", Jeremia vastasi rauhallisesti. "Sitä paitsi voimme keskustella hieman pienemmällä äänellä. Onkohan tilanne nyt kuitenkaan niin paha kuin aiemmin kerroit? Ymmärrän kyllä vastuuntuntosi ja halusi olla sukusi perinnölle kunniaksi, mutta…"

Päällikön puhuessa Ohrajuuri oli ehtinyt aukaista yhden säkin suun, ja kaatoi sisällön Jeremian jalkoihin. Maalattialle levisi kasa pehmeitä ja mustuneita perunoita.

"Puhutaan vain hiljaisemmalla äänellä. Tilanne on silti vakava."

Jeremia hieroi harmaantuvaa partaansa, mutta ei sanonut hetkeen mitään. Hänen mielessään risteili monenlaisia vaihtoehtoja sille, miten olisi toimittava. "Onko mitään jäljellä?"

"Käytännössä ei ole. Ei syötäväksi, eikä myöskään siemenperunaksi. Koko sato on menetetty."

"Toisin sanoen me emme välttämättä pärjää seuraavaan satokauteen asti. Tai ainakin meidän on nähtävä nälkää jonkin aikaa."

"Näin minäkin päättelin, päällikkö." Ohrajuuri laski katseensa maahan, ja näytti olevan häpeissään. Jeremia ei kuitenkaan kiinnittänyt tähän huomiota, sillä heimoa kohdannut vastoinkäyminen oli sillä hetkellä suurempi asia.

2.

"Me tarvitsemme apua", Jeremia aloitti toteamalla ilmeisen. "On siis pyydettävä avustusta muilta heimoilta, ja hierottava heidän kanssaan kauppaa. Omillaan pärjääminen on ollut sukupolvien ajan meille kunnia-asia, mutta pelkän ylpeyden vuoksi ei kannata nähdä nälkää."

"Mutta entä jos muilla heimoilla on sama tilanne?"

Jeremia hymyili kevyesti, sillä hän arvosti Ohrajuuren suvussa heidän kykyään ennakoida ja ajatella tulevaisuutta. "Parempi kun emme ajattele ihan niin pitkälle, että kaikki muutkin olisivat samassa tilanteessa kuin me. Eri asia tietenkin on, haluavatko muut heimot meitä auttaa. Tai pystyvätkö siihen edes."

"Matka muita heimoja etsimään ja kauppasuhteita solmimaan on vaarallinen. Eikä ole mitään takeita onnistumisesta, vaikka perille pääsisikin. Eikä sekään auta mitään, ellei selviydy vielä takaisin kotiinkin. Kiertävien tarinoiden mukaan kärryillään liikkuvia kauppiaita katoaa aina välillä matkan varrelle jälkiä jättämättä."

"Olet varmasti oikeassa, Asser", Jeremia vastasi tuntien ilmeensä synkkenevän. "Meillä ei kuitenkaan ole vaihtoehtoja. On kysyttävä kaikilta, joiden kanssa on mahdollista solmia hyvät suhteet. Jos ei muuta, voimme luvata tulevaisuudessa vastavuoroista apua, jos he vain nyt auttavat meitä. Ja matkalle lähtevien on oltava rohkeita ja hyvin varustautuneita."

"Mutta päällikkö", Ohrajuuri nielaisi, "tiedättekö edes te, mistä sitä apua kannattaa tarkalleen lähteä kysymään?"

"Muistan nuoruudestani muutaman sellaisen heimon, joskin ne kaikki ovat kaukana. Ja kauppiaiden kertomien tarinoiden perusteella voivat ainakin rohkeimmat yrittää suunnistaa. Ehkä muut heimot tekevät enemmän yhteistyötä toistensa kanssa kuin me? Onhan Esrankin morsian sukunsa puolesta toista heimoa."

Jeremia näki Ohrajuuren katselevan kellarin ovelle yrittäen varmistaa, ettei heitä kuunneltu. "Kaikella kunnioituksella päällikkö, kaikki ehdotuksenne sisältävät paljon riskejä. Lähtijät eivät välttämättä koskaan palaa takaisin. Siihenkin meidän pitäisi olla valmiita."

"Niinhän se on", Jeremia huokaisi, ja laskeutui kyykkyyn mustia perunoita tuijottaen. "Mutta meillä ei taida olla vaihtoehtoja. On lähetettävä riittävän paljon avunhakijoita matkaan ja toivottava, että edes muutama palaa takaisin hyvien uutisten kera." Päällikkö poimi maasta mustuneen perunan, ja paineli sen pehmeää kuorta. Tämä päätös ei tule olemaan helppo. Nyt jos koskaan kaipaisin Hannan ajatuksia asiaan. En haluaisi lähettää ketään sellaiselle matkalle, josta ei välttämättä ole paluuta. Mutta juuri minun on tietysti tehtävä se päätös.

Jeremia pudotti perunan maahan muiden joukkoon, ja suoristi selkänsä. "Heimon jokaisesta perheestä lähetetään yksi pystyvä mies, mutta ei sen enempää. Siten meidän pitäisi saada kokoon riittävä määrä lähtijöitä. Ja... Tulikouralta lähtee Esra." Hän osaa Samuelia paremmin käsitellä ihmisiä, eikä ole muutenkaan perimässä minulta päällikön asemaa, Jeremia perusteli päätöksensä itselleen sanomatta sitä kuitenkaan ääneen.

"Siis ihan jokaisesta perheestä yksi?"

Päällikkö ymmärsi nopeasti, että Ohrajuuri mietti mitä ilmeisimmin omaa isoveljeään. Perhe oli aikoinaan yhdessä päättänyt, että ruokamestarin viran saisikin Asser, ja Jeremia oli tähän järjestelyyn suostunut.

"Emme me siinäkään tapauksessa saa liiaksi väkeä lähtemään. Mutta ainakin silloin kaikki ymmärtävät tilanteen vakavuuden, ja matkasta tulee näin koko heimon yhteinen asia." Ajatuksissaan Jeremia lisäsi vielä ja samalla kaikki näkevät, että myös Tulikoura maksaa saman hinnan kuin muutkin.

Ohrajuuri katseli päällikköä lannistunein katsein, joka puolestaan vastasi katseeseen tutulla tyynellä ilmeellään. Jeremia ei halunnut ruokamestarin näkevän, miten ahdistuneeksi päällikkö itsensä tunsi jo nyt lähitulevaisuuden vuoksi.

15. luku

Esra Tulikoura asteli soratietä kohti taloaan. Kainalossa hänellä oli vahataulu, ja korvan takana kirjoituspuikko. Punaisia hiuksiaan hän ei ollut ehtinyt sitoa, sillä sinä päivänä koulurakennuksen sisälle astuttuaan oli Mooses Opinahjo sanonut päällikön käskeneen luokseen heti, kun Esra saapuu kirkolta koululle.

Oven ulkopuolelle saakka kuului Samuelin kantava ääni, mutta selvää Esra ei puheesta saanut. Ikkunaluukut olivat kiinni, mikä oli harvinaista. Sisällä Jeremia seisoi suuren pöytänsä takana, ja kulmalla paloi yksinkertainen soihtu antamassa valoa hämärään. Savun haju leijaili ilmassa vahvana ja siitä Esra päätteli, että soihtu oli sytytetty jo hyvän aikaa sitten.

"Minä en vieläkään voi uskoa, että olet tosissasi. Minunhan pitäisi saada tällainen kunnia!" Samuelin ääni suorastaan tihkui turhautuneisuutta.

Jeremia ei vastannut, mutta nosti kätensä osoittaen ovella seisovaa Esraa. Nyt vasta Samuel huomasi veljensä olevan paikalla.

"Tulehan hieman lähemmäksi. Olemme kolmisin, joten ei ole tarvetta huutaa", Jeremia loi Samueliin nopean silmäyksen. "Heimon tilanne on vakava."

"Mitä ihmettä?" Esran silmät suurenivat, ja laskettuaan kirjoitusvälineensä oven vieressä olevan pienelle puupöydälle hän käveli Samuelin viereen päällikön pöydän eteen. "Liittyykö tämä jotenkin Ohrajuureen? Näin teidät kävelemässä kellarivarastoja kohti silloin hautajaisten jälkeen."

Päällikön silmissä vilahti yllättynyt katse Esran terävän havainnon vuoksi. "Itse asiassa juuri siitä on kysymys. Meidän perunasatomme on tuhoutunut siemenperunaa myöten. Asser ei tiedä syytä, mutta epäilee jotain kasviin iskevää tautia. Joka tapauksessa meillä on pian pulaa ruoasta. Ja ilman ruokaa emme pärjää, joten on lähdettävä hakemaan apua muualta."

Esra tunsi värähtävänsä. Hän osasi heti kuvitella useitakin mahdollisuuksia, mitä seuraavaksi tapahtuisi.

"Heimolla ei ole tapana käydä kovinkaan kaukana kotoa, sillä olemme tottuneet pärjäämään omillamme. Joskus täällä tietenkin käy kiertäviä kauppiaita, mutta heidän sanojensa mukaan turvallisuussyistä on parempi liikkua aina samoja reittejä. Meidän tilanteemme on kuitenkin nyt toinen. Heimon tulevaisuus tulee olemaan joka tapauksessa vaikea, mutta jos mitään ei tehdä, voi edessä olla suoranainen tuho."

Jeremia piti tauon, ja katsoi sitten merkitsevästi kumpaakin poikaansa erikseen. "Olen päättänyt, että matkaan lähetetään pareittain kyvykkäitä ja pystyviä miehiä. Jokaisesta perheestä lähtee yksi, ja tämä koskee myös Tulikouran taloa."

Esra huomasi Samuelin katselevan talon takaseinään kaulasuonet pullistuneina. Hän näytti tekevän työtä pysyäkseen hiljaa.

"Mutta eihän heimon jokaisessa perheessä taida olla nuorta tai kyvykästä miestä?", Esra ajatteli ääneen.

"Ei välttämättä tietenkään ole, mutta näin alleviivaamme sitä, että kyseessä on koko heimoa koskeva hätätilanne. Kaikki osallistuvat."

"Entä jos useampi kuin yksi onnistuu, ja tuo takaisin kotiin niitä perunoita?" Samuel puuttui puheeseen. "Kuka silloin saa kunnian heimon pelastamisesta?"

Päällikön poskille nousi puna, jonka Esra tulkitsi johtuvan pettymyksestä Samuelin itsekästä ajattelutapaa kohtaan.

"Ei tässä ole kunnia panoksena, vaan mahdollisesti koko heimon selviytyminen. Mitä useampi lähtijä palaa takaisin hyvien uutisten kera niin sitä parempi. Tulevana päällikkönä sinun on korkea aika ryhtyä ajattelemaan omaa etuasi pidemmälle."

Samuel ei vastannut, ja tuijotti edessään olevaa tyhjää pöytää.

"Mutta miksi vain miehiä lähetetään?" Esra päätti katkaista painostavaksi käyvän lyhyen hiljaisuuden.

"Ilman nuoria naisia heimomme kuolee yhtä varmasti kuin jos nälänhätä meidät kaikki tappaa. Jos taas isokin joukko nuoria miehiä menetetään, voi heimo siitä kuitenkin ajan kanssa selviytyä."

Nyt oli Esran vuoro tuijottaa tyhjää pöytää kaulasuonet pullistellen ja suu tiukkana viivana. Hän ymmärsi täysin isänsä ajattelutavan, mutta asian kuuleminen ääneen tuntui silti ahdistavalta. Henkeä vedettyään Esra nosti katseensa isäänsä, ja näki tämän silmäkulman nykivän.

Tilanne ei näyttänyt olevan helppo kenellekään, vaikka jokainen parhaansa mukaan yritti tyyntä esittää.

"Olen siis tehnyt päätöksen, että Tulikouran talosta lähtee matkalle Esra."

2.

"Mitä ihmettä?" Esra huudahti ja hänen suunsa jäi auki. "Onhan Samuel minua selvästi vahvempi. Ja jos oikein tulkitsin, myös selvästi halukkaampi lähtemään."

Jeremia nielaisi, ja jatkoi vasta sitten. "Samuel on myös esikoinen, ja siten perimässä aikanaan päällikön aseman. Yksi velvollisuuksistani on varmistaa, että heimon johdossa on jatkossakin Tulikoura. Ja Samuel on valmistautunut koko ikänsä siihen tehtävään."

Esran itsehillintä petti. "Niin eli minä olen uhrattavissa, koska olen nuorempi, ja kaiken lisäksi vain pahainen kirjuri ja pappiskokelas?"

Jeremia hieroi käsiään yhteen, eikä halunnut kohdata poikansa syyttävää katsetta. "Meidän on näytettävä esimerkkiä muille, miten tärkeää tämä kaikki on. Samalla osoitamme senkin, että myös Tulikoura kantaa vastuunsa siinä missä muutkin."

"Voiko käydä niin, etteivät kaikki palaa takaisin lainkaan?" Tehtävän vaarallisuus alkoi vasta nyt hiljalleen kulkeutua Esran tajuntaan.

"Kaikki on mahdollista", vastasi päällikkö kuivasti.

Samuel löi nyrkkinsä pöytään, ja melkein huusi: "Sitä suuremmalla syyllä minun pitää lähteä Tulikouran talosta, eikä suinkaan pappiskokelaamme!"

"Olen tehnyt päätökseni. Sinusta tulee heimon päällikkö minun jälkeeni, ja Esra lähtee talostamme hakemaan apua."

3.

Jeremia ja Samuel jatkoivat vielä tovin sanailua keskenään. Ajoittain heidän äänensä kohosivat, ja kädet huiskivat ilmaa kiihtyneisyyden merkiksi. Esra ei kuitenkaan enää kuullut, mitä puhuttiin. Hän kykeni miettimään vain sitä, että hänen elämänsä olisi muuttumassa, ehkä lopullisesti. Vielä aamulla kirkossa Kalmanlehdon apuna ollessa kaikki oli tuntunut niin selvältä ja turvalliselta, ja nyt edessä ei näkynyt mitään varmaa.

Erikseen lupaa kysymättä Esra poistui kotoaan, ja unohti samalla melkein aina mukana pitämänsä kirjoitusvälineet ulko-oven pöydälle. Tutulla soratiellä vastaan käveli Mooses Opinahjo syvään nilkuttaen ja ilman keppiään. Hän näytti kovin kiihtyneeltä, eikä Esra kovin usein muutenkaan nähnyt opettajaansa astelemassa ilman tukea.

16. luku

Opettaja pyyhki hikeä otsaltaan ja irvisti. Polvea särki, sillä hän oli unohtanut uskollisen kävelykeppinsä koululle. Kuultuaan lyhyesti oppilaidensa keskenään puhumasta huhusta, oli Mooses Opinahjo lähtenyt parasta mahdollista vauhtia kohti päällikön taloa. Vastaan kävellyttä Esraa hän oli hädin tuskin huomannut tervehtiä. Nyt hän seisoi päällikön talon edessä, ja kuuli sisältä jonkinlaista keskustelua. Jonkin aikaa odoteltuaan Opinahjo rohkeni koputtaa, ja astui sitten sisään.

"Päivää, päällikkö. Kuulin kylällä liikkuvasta huhusta, ja ajattelin varmuuden vuoksi tulla heti kysymään asiasta itse." Taloon laskeutuvasta hiljaisuudesta Opinahjo päätteli keskeyttäneensä jotain. Jeremia ja hänen vanhin poikansa Samuel seisoivat suuren pöydän molemmin puolin, ja kumpikin näytti yhtä kiihtyneeltä kuin vasta nyt sisään astunut opettaja itsekin.

"Me jatkamme tästä vielä", totesi Jeremia Samuelille ja kääntyi sitten Opinahjon puoleen. "Aloitetaan Mooses vaikka siitä, että kerrot minulle tästä kylällä liikkuvasta huhusta."

Opinahjo ehti hädin tuskin astua peremmälle, kun Samuel suorastaan juoksi ulos paiskaten oven kiinni perässään. Pöydällä valaiseva soihtu oli palamassa loppuun, ja talossa oli varsin hämärää runsaan savun hajun ohella.

"Kuulin oppilaideni puhuvan heimoa uhkaavasta nälänhädästä. Eniten kuitenkin huolestuin siitä, että jokaisesta perheestä lähetettäisiin yksi jäsen hakemaan apua jostain ulkopuolelta."

Päällikkö ei heti vastannut, mutta osoitti nurkassa olevaa tuolia. Opinahjo siirsi osoitetun tuolin suuren pöydän eteen, ja istui. Helpotuksesta hengähtäen hän ryhtyi hieromaan toisella kädellä polveaan, ja jäi odottamaan vastausta.

"Tarkoituksenani oli tiedottaa asiasta Asserin kanssa seuraavien kirkonmenojen jälkeen. Kaikki kun ovat silloin yhdessä läsnä. Mutta koska olet jo täällä, voimme tietenkin keskustella. Oikeassa olet siinä, että asia todellakin koskee kaikkia heimon perheitä."

Jeremia istui takanaan olevaan jykevään tuoliin, ja katsoi opettajaa silmiin. Edes päällikön ystävällinen ilme ei riittänyt rauhoittamaan Opinahjon mieltä.

2.

"Siis jokaisesta perheestä yksi pystyvä mies?" Opinahjo kertasi kuunneltuaan hiljaa päällikön kuvauksen heimon tilanteesta ja tehdystä päätöksestä. Selostuksen edistyessä opettaja oli kokenut hien kihoavan uudelleen otsalleen kasvavan ahdistuneisuuden seurauksena. "Mutta kun minulla ei ole kuin Aaron, ja hänkin hengeltään varsin yksinkertainen, kuten päällikkö itsekin hyvin tietää. Kaikki muut lapseni ovat tyttäriä."

"Oletko siis sitä mieltä, ettei Aaronilla ole menestymisen mahdollisuuksia?"

"No, siis... onhan Aaron iso ja vahva, mutta kuitenkin aika yksinkertainen. Pelkään, ettei hän pärjäisi yksin sellaisella vaarallisella matkalla." Äkkiä Opinahjon ilme kirkastui. "Mutta päällikkö: entä jos minä lähtisin perheestäni matkalle?"

Heti kysymyksen esitettyään Opinahjo muisti vielä särkevän polvensa, kosketti sormilla sokeaa silmäänsä ja sipaisi vielä korvaansa, josta puuttui melkein puolet.

"Mooses hyvä", aloitti Jeremia, "olet palvellut heimoa jo nyt huomattavan kunniakkaasti, ja kannat siitä arpia ruumiissasi joka päivä merkkinä meille muille. Lisäksi opastat uutta sukupolvea koululla, ja olen kuullut taidostasi pelkkää hyvää. Palvelet siis jatkossakin heimoa mitä parhaimmin siinä asemassa, jossa jo olet."

"Mutta eikö päällikkö ymmärrä?" Opinahjo tunsi kiemurtelevansa Jeremian katseen alla. "Ei ole mitään mieltä lähettää Aaronia vaaralliselle matkalle, jos hänellä ei ole onnistumisen mahdollisuuksia. Sehän olisi vain hirvittävää tuhlausta!"

Seuranneen hiljaisuuden aikana Jeremia siirsi katseensa ulko-ovea kohti, ja suki sen jälkeen takaraivonsa punaisia hiuksia. Lopulta hänen harhaileva katseensa löysi pöydällä lojuvan piirtopuikon.

"Mitä jos teemme niin, että laitamme Aaronin pariksi Esran?"
Opinahjon kulmat nousivat hämmästyksestä. "Lähteekö päällikön perheestäkin joku?"
"Tulikoura osallistuu niin kuin kaikki muutkin", Jeremia ilmoitti painottaen jokaista sanaa erikseen. "Ja olen päättänyt, että nuorempi poikani Esra lähtee. Itse asiassa ilmoitin hänelle päätöksestäni hetki ennen saapumistasi."

Opinahjo laski katseensa alistumisen merkiksi. "Ehkä tämä tieto muuttaa asioita hieman. Ja minä jos kuka tiedän, että Esra on ollut välkky oppilas koulussa. Eikä minun tarvinne erikseen pyytää Esraa katsomaan vähän Aaroninkin perään."

"Minusta tuntuu Mooses siltä, että ajattelet pojastasi turhan vähän", Jeremia vastasi. "Poikahan tekee kaikkia pyydettyjä töitä, ja on ystävällinen kaikille. Ohjausta hän ehkä tarvitsee, mutta ihan pystyvä hän kuitenkin on."

"Kiitos päällikkö, kerron tämän Aaronille kotona." Opinahjo toivoi vilpittömästi, että Jeremia oli tosissaan eikä halunnut pelkästään parantaa isän ja pojan mielialaa korvia hivelevällä palautteella.

Opettaja nousi seisomaan, ja nilkutti ulko-ovelle. Lopuksi hän kääntyi vielä katsomaan taakseen, ja kosketti uudestaan vammautunutta korvaansa. "Kerron Aaronille samalla kaiken, mitä vielä muistan taistelemisesta ja erämiestaidoista."

17. luku

Tiitus Kalmanlehto seisoi alttarin takana, ja katseli verkkaiseen tahtiin kirkosta ulos purkautuvaa ihmisjoukkoa. Messun jälkeen päällikkö oli pitänyt jo aiemmin ilmoittamansa tiedotustilaisuuden, ja Kalmanlehdon mielestä väki oli ollut silminnähden järkyttynyttä. Vastalauseita esitettiin kuitenkin vain muutamia, eikä niistä näyttänyt seuranneen lyhyttä nurinaa enempää.

Alttarin takana seisonut Esra riisui kaapunsa, ja taiteltuaan sen asetti vaatteen alttarin alla olevaan kaappiin. Sen jälkeen hän kääntyi Kalmanlehdon puoleen.

"Pappi varmaan tietää, mitä tämä tarkoittaa?"

Kalmanlehto laski kädessään olleen tuohenpalan alttarille, hipaisi kaulassaan roikkuvaa puista ristiä ja vastasi sitten: "En tiedä, mutta minulla on paha aavistus."

"Isä on päättänyt, että minä lähden matkalle Tulikouran perheestä. Minä kun olen nuorempi, ja Samuelista tulee aikanaan päällikkö."

"Ota ainakin mukaan ylimääräisiä kirjoitusvälineitä, ja tee muistiinpanoja matkalla. Niistä voi olla hyötyä myöhemmin."

"Sen teen kyllä. Pärjääthän täällä ilman minua?"

"Tottahan toki", vastasi Kalmanlehto selvää surua äänessään. "Pyydän vain rohkeasti apua itselleni niin asiat kyllä järjestyvät niin kuin tähänkin asti."

"Emmekä me kuitenkaan ihan huomenna lähde, joten olen täällä vielä jonkin aikaa niin kuin ennenkin", vastasi Esra kävellen ulos johtavalle ovelle. "Sitä paitsi tulenhan minä aikanaan takaisinkin."

Kalmanlehto heilautti kättään Esralle hyvästiksi, mutta ei vastannut mitään. Sen jälkeen pappi jäi tuijottamaan arpeutunutta kättään, josta puuttui kaksi sormea.

2.

Seuraavien päivien aikana koko heimo kuhisi kuin muurahaispesä, ja Esrasta tuntui, että jokainen perhe kävi yksitellen puhumassa jotain hänen isälleen. Muuten Esra oli viettänyt poikkeuksellisen paljon aikaa kirkolla Kalmanlehdon apuna. Ensinnäkin hän tiesi olevansa pian lähdössä, ja toisekseen jatkuva vierailijoiden virta kotona hermostutti häntä. Esra saattoi vain kuvitella, miten paljon se aiheutti hermopainetta isälle. Samuelin turhautuneisuudesta ei kuitenkaan ollut syytä kantaa huolta. Oppikoon veli ottamaan ilon irti siitä, ettei hänen tarvinnut lähteä.

Päällikön käskystä matkalle lähtijät oli selvin sanoin komennettu koulurakennukselle. Esran astuessa sisään näytti siltä, että kaikki muut olivat jo paikalla. Noin tusinan verran nuoria miehiä istui koulun maalattialla, mutta toisin kuin oppitunneilla, kenelläkään ei ollut edessään avattua vahataulua muistiinpanojen tekemistä varten. Tasainen puheensorina täytti huoneen. Lähtijöiden itsensä lisäksi muita ei vielä näkynyt olevan paikalla. Esra otti seinustalta neliön muotoisen istuma-alustan, ja asettautui takarivissä jo istuvan Aaronin viereen.

"Jos on päällikön poika, saako silloin tulla myöhemmin kuin muut?" Aaronin leveä hymy paljasti, ettei kysymys ollut piikittelystä, vaan hyväntahtoisesta keskustelunavauksesta.

"Ei missään nimessä", vastasi Esra ja asetti ihmeempiä miettimättä vahataulun auki syliinsä. "Ei tullut sellainen edes mieleeni. Enkä minä myöhässä ole, viimeinen vain."

"Et ole toki. Niin tai näin, on päivästä tulossa mielenkiintoinen." Aaron nosti peukkunsa pystyyn.

Esra seurasi esimerkkiä. "Siitä olemme samaa mieltä."

3.

"Nouskaa ylös!"

Kaikki luokassa olijat nousivat seisomaan. Esra tiesi taakseen katsomatta, että käskyn oli antanut Erik Ritari, joka Esran ja Samuelin fyysisen harjoittamisen ohella teki samaa muillekin heimon nuorille. Ritari käveli päällikön perässä joukon eteen.

"Istukaa." Jeremia loi katseensa lähtijöihin. Hänen ilmeensä ei paljastanut, mitä hän joukosta ajatteli. Ei sillä ehkä ollut väliäkään, Esra mietti, sillä muita kuin he ei ollut käytettävissä.

"Jokaisesta perheestä pitäisi olla yksi lähtijä paikalla. On tullut aika jakaa teidät pareiksi, koska näin vaaralliselle matkalle ei tietenkään ketään lähetetä omin päin. Tehtävänne on vaativa, ja heimon tulevaisuus voi hyvinkin riippua teistä. Suhtautukaa siis työhönne asian vaatimalla vakavuudella. Tuotte takaisin joko mahdollisimman paljon siemenperunaa, tai jos se ei onnistu, lupauksen siitä, että olette luoneet hyvät suhteet johonkin toiseen heimoon, joka toimittaa meille apua mitä pikimmin."

"Kuka on kenenkin pari?" Aaronin kysymys laukaisi yleisen puheensorinan.

"Olin juuri tulossa siihen", vastasi Ritari nostaen eteensä pinkan täyteen kirjoitettuja tuohenpaloja. "Parit on valittu parhaan harkinnan mukaan. Kun oma nimi mainitaan, sanokaa jotain kuittauksena."

Koko maailma tuntui muuttuneen hiljaiseksi, ja ainoa ääni oli matala rapina, kun Ritari laittoi tuohet järjestykseen käsissään.

"Tulikouran perheestä lähtee Esra, ja Opinahjon talosta Aaron."

Joukossa kuului kohahdus, kun Aaronin nimi mainittiin heti ensimmäisenä päällikön pojan jälkeen. Kaikki tiesivät jo, että myös Tulikoura lähtisi matkaan, mutta tuskin kukaan oli odottanut, että pariksi laitettaisiin opettaja Mooses Opinahjon poika.

"Paikalla", vastasivat Esra ja Aaron lähes yhtä aikaa, ja katsoivat lyhyesti toisiaan. Aaron vaikutti vilpittömän innostuneelta. Esra puolestaan ei osannut ajatella oikein mitään. Joskus asiat oli parempi ottaa vastaan sellaisina kuin ne eteen tulivat.

"Nahantyöstäjän talosta lähtee Mikael, ja hän saa parikseen kalastajan pojan Taavin."

Kesti pitkään ennen kuin mitään tapahtui, mutta lopulta kumpikin mutisi epämääräisen "paikalla". Esra tiesi jo vanhastaan, etteivät nahantyöstäjän ja kalastajan perheet olleet oikein väleissä keskenään. Aina heillä tuntui olevan jotain ongelmaa, ja erimielisyydet näyttivät aikaa myöten vaikuttaneen myös perheenjäsenten keskinäisiin suhteisiin. Esran mieleen nousi väkisinkin ajatus siitä, että isä ja Ritari olivat jollakin tavalla erehtyneet valinnassaan. Mikaelilla ja Taavilla ei tuntunut olevan muuta yhteistä kuin se, että kumpikin oli ylpeä erillisen sukunimen puuttumisesta. Yksi nimi riitti, ja sillä oli pärjättävä. Harjoitettava ammatti riitti lisätunnisteeksi tarvittaessa.

"Ohrajuuren perheestä lähtee Vilhelm, ja Haavasen talosta Jalmari."

"Ainakin on jauhot ja lääketarpeet mukana!" huusi joku aiheuttaen lyhyen naurunremakan.

Ruokamestarin perheestä ei siis lähde Asser itse, vaan hänen veljensä, mietti Esra silmäillen joukkoa. Ja seuraksi laitetaan parantajan poika. Onkohan parit kuitenkin valittu sen mukaan, missä asemassa lähtijän perhe on heimossa? Toisaalta eipä sillä kauheasti merkitystä ole, sillä koko heimo tässä pulassa on, kaikki yhdessä.

"Kokin talosta lähtee Untamo, ja hän saa parikseen leiväntekijän pojan Aukustin."

"Eipä lopu leipä matkalla kummaltakaan!" kuului sivusta naljaileva ääni. Tosin Esra tunnisti huutajaksi Untamon itsensä. Parivalinta vaikutti siis onnistuneelta.

Aaron tönäisi kyynärpäällään Esraa kylkeen ja ojentautui kohti. "Heh hee... ainakin on tuolla parilla ruokapuoli kunnossa, kun Untamo Kokki ja Aukusti Leipuri reissuun lähtevät."

Esra nyökkäsi hymyillen ja mietti, ettei kummallakaan ollut varsinaista sukunimeä. Ajan myötä Kokki ja Leipuri saattaisivat jäädä pysyviksi liikanimiksi.

"Metsätyömiehen talosta lähtee Anselmi, ja hän saa parikseen toisen metsätyömiehen pojan Emilin."

"Minä en olisi halunnut tulla tänne ollenkaan", ilmoitti Anselmi kuuluvalla äänellä kädet ristissä rinnalla. "Olisi parempaakin tekemistä, kuten vaikka auttaa isää metsätöissä."

Erik Ritari avasi suunsa, mutta ei ehtinyt vastata, sillä tähän asti hiljaa pysytellyt päällikkö puuttui puheeseen. "Kukaan meistä ei olisi halunnut tulla tänne tänään. Joskus vain on tehtävä asioita, joita ei haluaisi. Se on teidän taakkanne oman perheenne sotureina. Ja siksi te olette matkalle lähdössä."

Anselmi tuhahti, ja laski katseensa väittämättä vastaan enempää. Ritarille Anselmi uskalsi vielä soittaa suuta, mutta isälle ei, havainnoi Esra tilannetta takarivistä. Vaaralliselle matkalle lähteminen iski Anselmin perheeseen erityisen kovasti, sillä toinen metsässä susien vuoksi kuolleista oli ollut Anselmin isoveli. Ja varmaankin juuri siksi Anselmin osaksi jäi nyt lähteä, Esra päätti pohdintansa.

Merkille pantavaa oli, ettei toisella puolella luokkahuonetta istuva Emil tuntunut olevan lainkaan kiinnostunut siitä, kuka hänen parikseen oli osoitettu. Valinta oli kuitenkin sikäli luonnollinen, että molemmat perheet harjoittivat samaa ammattia.

"Kauppiaan talosta lähtee Ilmari, ja hän saa parikseen rakentajan pojan Johanneksen."

Muutama rivi Esran edessä kuului kaksi miltei samanaikaista kuittausta, ja heti perään yhteen läjähtävien kämmenten ääni. Ilmari ja Johannes olivat jo entuudestaan hyviä ystäviä, ja varsinkin Ilmari otti varmasti matkan hyvänä mahdollisuutena nähdä maailmaa. Hänen isänsä kun oli kauppiaana varsin vähän kotona, mutta palasi aina tarinoiden kera. Johannes puolestaan oli viettänyt suuren osan lapsuudestaan juuri niitä tarinoita kuunnellessaan. Ja nyt tarjoutui mahdollisuus kokea jotain itse. Vaikka asiaan vaaroja liittyikin.

4.

Erik Ritari lopetti lukemisen, ja jäi seisomaan kädet selkänsä takana. Seuranneen lyhyen hiljaisuuden aikana pojat katselivat toisiaan. Kaksitoista heitä oli lähdössä suorittamaan tehtävää kuudeksi erilliseksi pariksi jaettuna.

"Muutaman päivän kuluttua alkaa koulutus tässä samassa paikassa", päällikkö katsahti merkitsevästi Ritarin puoleen ennen kuin jatkoi. "Kaikkea edessänne olevaa emme voi tietää, mutta yritämme antaa teille kaiken mahdollisen tiedon siitä, mitä saattaa olla edessä. Käyttäkää siis tulevat päivät valmistautumiseen. Ja muistakaa kaiken aikaa säilyttää tehtävänne tarkoitus kirkkaana mielessä. Heimon tulevaisuus voi hyvinkin riippua teistä."

"Nouskaa ylös!" Ritarin käsky alleviivasi jokaiselle, että tilaisuus oli päättynyt.

"Tästähän voi tulla ihan hyväkin reissu", totesi Aaron hymyillen. Vakavatkaan varoitukset tulevaisuuden epävarmuudesta tai vastuun painosta eivät näyttäneet lannistaneen hänen hyvää mielialaansa.

"Jos ei muuta niin ainakin ikimuistoinen. Yhdessä lähdetään, ja yhdessä palataan", sanoi Esra enemmän itseään kuin Aaronia rohkaistakseen.

18. luku

M atkalle lähtijät alkoivat koulurakennuksen edessä hajaantua. Osa suuntasi askareisiinsa, ja muutama jäi keskustelemaan osoitetun parinsa kanssa. Esra lähti kävelemään kapeaa soratietä pitkin, ja sai rinnalleen Aaronin.

"Täytyy heti kotona katsoa, mitä oikeastaan otan mukaan."

"Ota ainakin keihäs ja kirves: niillä pääsee jo pitkälle. Minä puolestani lupasin papille ottavani kirjoitusvälineet mukaan."

Aaron vastasi, mutta Esra ei kiinnittänyt siihen huomiota. Heitä kohti käveli Jelena Ivanov. Askeleet olivat pitkät, ja kädet heiluivat suuressa kaaressa molemmilla sivuilla.

"Nähdään Aaron sitten koulutuksessa", totesi Esra ja suuntasi kulkunsa kohti Jelenaa.

"Kyllähän sekin sopii, mutta miksi..." Aaronin lause jäi kesken, sillä nyt hänkin huomasi Jelenan tulevan kohti. "Tehdään niin. Voidaan sitten miettiä enemmän, mitä kumpikin ottaa matkalle mukaan."

Poistuessaan Aaron hymyili Jelenalle, joka ei kuitenkaan vastannut sen enempää katseeseen kuin hymyynkään.

2.

"Onko se totta? Oletko tosiaankin lähdössä pois etsimään heimolle siemenperunaa?" Jelenan äänessä ei kuulunut huoli, vaan enemmänkin suuttumus.

"Jokaisesta perheestä lähtee yksi, ja minä edustan Tulikouraa. Olen siis lähdössä. Jonkinlaisena kunniana se on tietenkin syytä ottaa. Olin juuri tulossa kertomaan uutisia. Mukava kun tulit." Esra yritti ottaa Jelenan käden omaansa, joka kuitenkin veti kätensä pois Esran kosketuksen ulottuvilta.

Jelena vilkuili ympärilleen, ja vaikeni. Esra teki samoin ja huomasi, että ohikulkijat katselivat heitä alta kulmain varsin kiinnostuneina. Jelenan teatraalinen ele oli syystäkin herättänyt muun heimon mielenkiinnon.

"Mennäänkö hautapaaden luo?" ehdotti Jelena. "Siellä on rauhallista, ja minulla on muutenkin asiaa."

"Mennään vain. Samalla voimme osoittaa hyvien tapojen mukaista kunnioitusta esi-isille." Esran mieliala nousi välittömästi. Hän ei edes muistanut, koska Jelena oli viimeksi ehdottanut, että he viettäisivät yhdessä aikaa kahden.

3.

Kävely hautausmaalle ja siitä edelleen nimiä täyteen hakatun hautapaaden luokse sujui äänettömyyden vallitessa. Maassa oli vielä havaittavissa jälkiä viimeisimmästä polttohautauksesta. Maassa näkyi kaksi mustunutta aluetta muistona rovioista. Pitkän ja kapean uurnalehdon kulmassa erottui kaivausjälki, jonne kahden tuoreen vainajan tuhkat oli laskettu saviastioissa. Esra huomasi, ettei kahta uutta nimeä ollut vielä ehditty lisätä muiden joukkoon kiven pintaan.

"Isä käy täällä usein. En ole kysynyt syytä, mutta olettaisin hänen muistelevan äitiä. Tai sitten hän käy täällä ihan vain ajatuksiaan keräämässä. Kuten sanoit, täällä on rauhallista." Esra katseli Jelenaa, mutta laski puhuessaan kätensä äidin nimen päälle.

"Ei tästä mitään tule", Jelena aloitti. Hän seisoi niin kädet kuin jalatkin ristissä tuijottaen jonnekin kauas metsän suuntaan.

"Niin mistä ei mitään tule?" Äänensävy ja kehonkieli tekivät Esran varovaisemmaksi, mutta samaan aikaan Jelenan kauneus sai edelleen toivomaan vain parasta. Tulevalla morsiamella oli päällään tuttu värikäs maahan asti ulottuva leninkinsä, ja vaaleat hiukset laskeutuivat raskaina vyötärölle asti peittäen hunnun lailla melkein koko yläruumiin. Käsivarren kiemurtelevaa ruusunoksaa esittävä ihopiirros erottui mustana muuten niin vaaleita värisävyjä vasten.

"Ethän sinä mikään soturi ole. Ja silti halusit lähteä sellaiselle vaaralliselle matkalle."

Esra tunsi punan nousevan poskilleen kasvavasta suuttumuksesta. "Kukaan ei kysynyt minun mielipidettäni. Samuel olisi tietysti halunnut lähteä, mutta isä ei antanut. Vanhimman pojan on ajateltava sitä, että hän ennen pitkää perii päällikön aseman."

"Nimenomaan Samuelista tulee joskus päällikkö!" Jelena kivahti. "Minun suvussani kaikki naiset ovat aina menneet suurille sotureille ja heimon päälliköille eikä kirjureille ja papeille!"

Esrankin hymy hyytyi. Taas oli palattava tähän samaan asiaan, jolle hän ei edes voinut mitään. "Sinulle ei siis riitä puolisoksi heimopäällikön poika, vaan pitäisi olla nimenomaan vanhin poika?"

"Et sinä sellaisesta matkasta tule selviämään! Ja jos sinä oikeasti minua rakastaisit, et olisi lainkaan lähdössä."

"Mielipidettäni ei kysytty, kuten jo sanoin. Lisäksi kyse on velvollisuudestani Tulikourana ja tämän heimon jäsenenä. Muut lähtijät ovat kanssani samassa asemassa. Sitä paitsi sinut on jo minulle luvattu, ja kaikki tietävät sen. Ajatuksenani oli ehdottaa, että vasemman käden sormen polttojälki olisi tehty ennen lähtöäni meille molemmille. Se olisi ollut hyvä tapa muistuttaa minulle, miksi olen lähdössä. Ja hyvä keino muistuttaa sinua, miksi haluat minun palaavan." Esra katsoi vasenta kättään, ja puristi sen sitten nyrkkiin kasvojensa edessä.

"Mitä jos lupaudun sinulle sitten, jos palaat hengissä takaisin?" Jelena ei edelleenkään halunnut katsoa Esraa silmiin.

"Sinä siis haluat jo eläessäni mennä mieluummin jollekin toiselle kuin että jäisit odottamaan paluutani?" Esran silmät laajenivat. Ehdotuksen julkeus puhumattakaan koko muun heimon edessä koettavasta nöyryytyksestä alkoi vasta nyt iskeä tajuntaan.

"Itsepähän siis aiheutit eron. Minä annoin mahdollisuuden. Löydän kyllä itselleni jonkun muun miehen."

Jelena käänsi päättäväisesti Esralle selkänsä, ja otti muutaman nopean askeleen. Sitten hän pysähtyi, ja päätään kääntäen suuntasi ensimmäisen kerran koko keskustelun aikana välinpitämättömän katseensa Esran puoleen.

"Olisin aina halunnut Samuelin. Hän on kaikin tavoin sinua parempi. Sinussa ei ole ainuttakaan miehekästä ominaisuutta. Ansaitsen jonkun paremman kuin sinä."

Esran suu tuntui äkkiä kuivalta, ja hän otti kädellä tukea hautapaadesta. Näkökenttä tuntui kutistuvan ohueksi putkeksi, ja ympäristön äänetkin katosivat jonnekin kauas. Hämärästi mielensä sopukoissa hän näki Jelenan selän loittonevan kauemmaksi.

4.

Jelena tunsi itsensä huojentuneemmaksi kuin koskaan aikaisemmin. Suuri ahdistus liian alhaiseen mieheen sitoutumisesta oli lopultakin ohi. Aluksi Esra oli vaikuttanut ihan siedettävältä, mutta nopeasti tulevaisuuden ankeus oli alkanut valjeta Jelenalle kaikessa kauheudessaan. Esran rinnalla Jelena olisi ollut tuomittu elämään mitätöntä elämää Samuelin varjossa. Jo pelkkä Esran näkeminen sai hänet tuntemaan inhoa, nuoren miehen kosketuksesta nyt puhumattakaan. Suurten sotureiden sukua olevana naisena Jelena ansaitsi jotain paljon parempaa. Ja nyt hän oli lopultakin vapaa muiden hänen jalkaansa asettamasta kahleesta.

Kävellessä Jelenan ajatukset suuntautuivat omalla painollaan Samuelin puoleen, kun äkkiä koko kehon yli huokuva lyhyt pahoinvoinnin aalto katkaisi pohdinnan. Jelena oli jo jonkin aikaa ollut tuntevinaan vatsansa hieman turvonneen, ja kuunkieron mukainen vaiva oli jäänyt jo kahdesti peräkkäin tulematta. Kenellekään ei Jelena ollut asiasta puhunut, mutta jos vaiva jatkuisi, olisi hänen pian käännyttävä heimon parantajan puoleen.

19. luku

Seuraavan kuunkierron aikana matkalle lähtijät harjoittelivat päivittäin taitoja, joita heimon varttuneemmat jäsenet saattoivat odottaa nuoremman polven kohtaavan ulkomaailmassa. Jokainen sai ohjeistusta kodin ja sukulaisten ohella myös Erik Ritarilta. Esra mietti moneen otteeseen, kuinka monta tuntia Ritari mahtoi nukkua öisin saatuaan päälliköltä merkittävän lisätyönsä. Nuorempi Tulikoura itse yritti parhaansa mukaan vain keskittyä oppimaan, ja Jelenakin tuntui häntä vältelevän. Esra oli hakeutunut tietoisesti Aaronin seuraan jo siksikin, että he tulisivat viettämään muutenkin tulevaisuudessa runsaasti aikaa. Oli siis hyödyllistä oppia olemaan hyvissä väleissä.

"Minkä vuoksi meidän pitää tänään istuskella sisällä? Koko mennyt viikko on ollut muuten niin toimeliasta. Varsinkin ansojen asettelu eläimille oli mielenkiintoista." Aaron hiveli puhuessaan kirjoituspuikkoa sormissaan heidän kävellessä tuttua soratietä kohti koulurakennusta.

"Isän mukaan meitä kaikkia täytyy opastaa vieraille ihmisille puhumisen taidossa. Mehän olemme menossa pyytämään muilta apua, joten on osattava asettaa sanansa oikein. Isä kutsui sitä diplomatiaksi." Esra piti kainalonsa alla niin omaa kuin Aaroninkin vahataulua varmuuden vuoksi, sillä tämä oli jo useamman kerran unohtanut omansa milloin kotiin ja milloin koululle.

"Toki muutkin taidot ovat tärkeitä, mutta joskus on osattava toiminnan ohella myös neuvotella."

"Aivan, niinhän se oli." Aaron asetteli samalla mustia hiuksiaan parempaan asentoon. Esra oli huomannut Aaronissa viime aikoina lisääntyneen kiinnostuksen omaan ulkonäköönsä. Hän oli lisäksi panostanut huomattavan innokkaasti lähtökoulutukseen, mistä Esra oli tietenkin iloinen. Yleinen innostus johtui ehkä siitä, että Aaronin sosiaalinen asema heimon tyttöjen silmissä oli noussut huomattavasti peräti kaksinkertaisesti. Olihan hän nyt yksi urheista lähtijöistä, ja vieläpä päällikön pojan pariksi osoitettu. Esra itse ei ollut huomannut tytöiltä saatavan huomion lisääntyneen. Hän keskittyi pitämään ajatuksensa koulutuksessa, ettei olisi liiaksi antanut pohdinnoissaan tilaa Jelenalle.

2.

Koululla ei vielä ollut paikalla muita kuin kokin poika Untamo seuranaan parinsa leiväntekijän poika Aukusti. Kaksikko oli edelleen erittäin innoissaan matkasta, sillä nimitys oli tuonut kummallekin reilusti nostetta heimon sisäisessä hierarkiassa. Esra tiesi, että Untamossa oli aina ollut jonkinlaista seikkailijan vikaa. Nuorempana hän oli useamman kerran tehnyt päivän tai parin mittaisia karkailuja lähimetsään, mutta palannut onneksi aina takaisin hyvissä voimissa. Tällainen oli tietenkin saanut muun perheen aina suunniltaan, mutta seikkailua seuraava rangaistus ei koskaan ollut estänyt Untamoa tekemästä samaa uudestaan. Aukustissa puolestaan oli yllytyshullun vikaa, ja Esra tiesi hänen ainakin yhden kerran lähteneen Untamon mukaan lyhyelle karkausreissulle.

Aaron osoitti koulun takanurkassa seinän kokoisen pergamentin vieressä olevaa pinoa, jossa lojui siististi viikattuja vilttejä. Jokaisen päällä näkyi lisäksi irrallisena merkkinä heimon tunnuksena toimiva punainen sahalaitainen koivunlehti. Esra nyökkäsi arvaten vilttien tarkoituksen, mutta ei sanonut mitään. Molemmat istuivat alas maalattialle tuttujen puualustojen päälle, ja jäivät odottamaan muita.

Kolmantena sisään asteli nahantyöstäjän poika Mikael, ja jonkin ajan kuluttua erikseen perässä tuli kalastajan poika Taavi. Esran edellisen kuunkierron aikana tekemien havaintojen mukaan kaksikko ei edelleenkään ollut kunnolla edes puheväleissä, mikä alkoi olla jo huolestuttavaa. Esra ei vieläkään voinut ymmärtää, miksi päällikkö ja Ritari olivat laittaneet nämä kaksi pariksi. Mikael ja Taavi jopa valitsivat istumapaikkansa täysin eri puolilta luokkaa.

Neljäs seuraan liittynyt pari oli heimon ruokamestarin veli Vilhelm Ohrajuuri ja parantajan poika Jalmari Haavanen. Molemmilla oli ollut aluksi suuria vaikeuksia oppia tarvittaviksi katsottuja taitoja. Aikaa myöten he olivat kuitenkin päässeet jyvälle toisiaan rohkaisten. Jalmari oli yllättäen löytänyt itsestään suoranaisen mestarin ansoittamisessa, ja Esra olikin katsellut mielenkiinnolla parantajan pojan ansavirityksiä menneissä harjoituksissa.

Toiseksi viimeisenä paikkansa koulun maalattialta etsivät metsätyömiesten pojat Anselmi ja Emil. Heistä Emil tuntui panostaneen asioiden oppimiseen - tai ainakin jo osaamiensa taitojen mieleen palauttamiseen - edes vähän. Vastaavasti Anselmi oli ollut ajoittain suoranaisessa istumalakossa. Hän oli edelleen sitä mieltä, että koko touhu oli silkkaa ajanhukkaa, ja oli selvästi myös päättänyt tehdä koulutuksesta itselleen ajanhukkaa. Ritarin keinot saada Anselmi oppimaan alkoivat kuitenkin jo loppua, mietti Esra ottaen vastaan Anselmin vihaisen pälyilevän katseen tämän istuessa Aaronin viereen.

Kuudentena ja viimeisenä parina luokkaan saapuivat kauppiaan poika Ilmari, ja heimon rakentajan poika Johannes. Ilmari oli edelleen erittäin iloinen lähdöstä, ja oli vakaasti päättänyt käydä kauempana kuin hänen isänsä oli koskaan kärryineen käynyt. Ritari oli kuitenkin muistuttanut, ettei tarkoituksena ollut kulkea mahdollisimman kauas, vaan etsiä heimolle apua. Ja mitä lähempää apua olisi tarjolla, sen parempi. Esra veikkasi Johanneksen puolestaan luottavan ennen kaikkea vikkeliin sormiinsa, jos ihmisille puhuminen ei riittäisi. Hän olikin jäänyt nuorempana kiinni varastamisesta useitakin kertoja. Uimassa käydessä Esra oli nähnyt, että Johannes kantoi jostakin kolttosesta vieläkin muistona arpea toisessa pakarassaan.

<h2 style="text-align:center">3.</h2>

"Nouskaa ylös!"

Ritarin jo tutuksi käyneen äänen kajahtaessa kaikki nousivat ylös istuimiltaan. Esra pani merkille kulmiaan nostaen, että metsätyömiehen poika Anselmi tuntui nousevan sijoiltaan mielenosoituksellisen hitaasti.

Heimopäällikkö Jeremia Tulikoura käveli kasvot vakavina luokan eteen, mutta jatkoi samaa vauhtia sivuun jättäen paikkansa Erik Ritarille. Tämä vilkaisi päällikköä, joka sanaakaan sanomatta osoitti vain kädellään edessä olevaa lähtijöiden joukkoa.

"Istukaa." Ritari selvitti kurkkuaan, ja aloitti sitten. "Pian koittaa aika, kun lähdette pareina tehtäväänne suorittamaan. Olette saaneet oppia kaikenlaista, mutta vielä on jäljellä jotain tärkeää: diplomatia. On hyvin todennäköistä, ettette saa muilta heimoilta apua asettelemalla ansoja tai heittämällä keihästä. Teidän on hallittava diplomatian taito. Päällikkö on antanut minulle luvan kertoa tästä teille, ja on sanonut tekevänsä lisäyksiä tarvittaessa."

Merkitsevä tauko viesti kuulijakunnalle, että seuraavia sanoja oli syytä kuunnella tarkkaan. "Tehtävä on aina pidettävä kirkkaana mielessä! Tavoitteena on löytää heimolle apua, kuten tuomalla edes joitakin säkkejä siemenperunaa takaisin kotiin. Teidän odotetaan neuvottelevan ja hierovan kauppaa. Heimon etu ja säilyminen ovat kuitenkin kaikkein tärkeintä. Jos siis ette saa apua hyvällä, voitte oman harkinnan mukaan varastaa. Mutta silloinkaan ette saa varastaa kaikkea, ettei tämä toinen heimo joudu samaan tilanteeseen kuin missä me olemme nyt. Hätä ei lue lakia, mutta rajansa kaikella."

"Teille kaikille on jaettu kirjoitusvälineet ja vahataulut. Tehkää matkallanne tarpeen tullen merkintöjä siitä, mitä näette ja koette. Kaikesta voi olla hyötyä heimolle, kun palaatte kotiin. Esimerkiksi jonkinlaista yksinkertaista karttaa käyttämästänne reitistä kannattaa yrittää tehdä."

Päällikön tekemä lisäys luokan sivusta kirvoitti Ritarilta muutaman nyökkäyksen.

4.

Aaron tökkäsi Esraa kylkeen. "Tuli mieleen tässä samalla, että miksi olet ollut niin epätavallisen hiljainen koko koulutuksen ajan? Muistan sinun olleen aiemmin varsin puhelias ennen kaikkea pappia auttaessasi."

Esra henkäisi syvään, ja ajatukset kulkeutuivat yrityksistä huolimatta toistaiseksi viimeiseksi jääneeseen keskusteluun Jelenan kanssa. "Sille on ollut syynsä. Kerron kyllä sitten jossain vaiheessa, kun olemme matkalla. Nyt kannattaa kuitenkin keskittyä tähän viimeiseen koulutukseen. Uskon vahvasti, että sille tulee olemaan käyttöä."

"Joo, tehdään niin." Aaron laittoi sormen suunsa eteen vaikenemisen merkiksi, ja käänsi taas huomionsa luokan etuosaan.

5.

"Eikö meille voisi antaa hevosia? Liikkuminen olisi nopeampaa, ja saisi enemmän tavaroita kannettua mukana." Esra nosti kulmiaan tunnistaessaan kauppiaan pojan Ilmarin äänen. Ehdotuksessa oli kieltämättä järkeä. "Isä lupasi jo minulle, että voisi tietyin ehdoin harkita hevosensa antamista."

"Ajatus on oikein hyvä", vastasi Ritari samalla mutristaen suupieliään harmista. "Heimo tarvitsee kuitenkin nyt kaikki hevosensa. Menetimme jokin aika sitten peräti kaksi susille metsässä, eikä tätäkään menetystä ole vielä saatu korvattua. Sitä paitsi kyllä teillä mahtuu reppuun niin kaupankäynnin välineitä kuin siemenperunaakin. Toivotaan, ettei teidän tarvitsisi ihan hirvittävän kauaksi vaeltaa."

Ritari osoitti oikealla puolellaan olevaa vilttipinoa. "Hevosia meillä ei ole antaa, mutta jokainen lähtijä saa yöpymistä varten oman viltin. Ja jos tilanne niin vaatii, voi sen tarvittaessa myydä heimon edun vuoksi. Lisäksi puolisoni on yhdessä muutaman vapaaehtoisen kanssa tehnyt kaikille oman tunnuksen, josta teidät ja asianne voidaan tunnistaa."

Ritari nosti yhden punaisen sahalaitaisen merkin kaikkien näkyville. "Ajatelkaa sitä heimonne tunnustuksena, jonka turvissa liikutte. Ette siis ole enää yksilöitä, vaan heimonne edustajia. Odotan jokaisen ompelevan merkin rintaan ennen lähtöä. Tarkistan tämän henkilökohtaisesti jokaiselta, joka portista ulos astelee."

"Entä jos ei osaa ommella?" Anselmin tylsistymistä ja halveksuntaa tihkuvasta äänestä ei voinut erehtyä.

"Sitten opetellaan", Ritari vastasi kasvot kivisinä. "Teidän on sitä paitsi muutenkin osattava tarpeen mukaan korjata omia varusteitanne matkan aikana."

Enempiä vastaväitteitä ei kuulunut, joten Ritari otti käsiinsä viltteja, ja pudotti jokaisen lähtijän syliin yhden. Päällimmäiseksi ikään kuin tervehdyksenä jäi kullekin räikeän punainen sahalaitainen koivunlehti odottamaan ompelemista.

Jonkin aikaa yleistä puheensorinaa ja jaettujen varusteiden ihmettelyä kuunneltuaan Ritari teki vielä lisäyksen. Yllättävänä sitä ei voinut pitää, mutta mitään ei kannattanut jättää oletuksien varaan, päätteli Esra.

"Jokainen teistä on käyttänyt jonkinlaista reppua tai laukkua koulutuksen aikana. Odotan, että kaikki ottavat sellaisen myös mukaan. Ette voi olla matkalle lähtiessä liian hyvin varustautuneita. Kukaan meistä ei voi olla täysin varma siitä, mikä teitä odottaa."

Erik Ritari siirtyi sivuun, ja Jeremia Tulikoura otti hänen paikkansa. Päällikkö risti kätensä, ja seisoi liikkumatta hiljaa kuin patsas. Kesti hetken, ennen kuin puheensorina taukosi. Mutta kun se taukosi, oli luokassa taas hiljaista kuin hautajaisissa.

"Nouskaa ylös."

Tällä kertaa kaikki tottelivat ilman viivettä.

"Lienee paikallaan vielä kerran muistuttaa, miksi teitä ollaan lähettämässä. Tämä ei ole seikkailu, vaan kysymys on heimon tulevaisuudesta. Älkää missään tilanteessa luulko, että työnne olisi turhaa tai edes vähäarvoista. Lausukaamme siis yhdessä heimon tunnustus."

"Heimo on kotini. Ilman kotia olen hukassa. Heimon luo minä
kuulun.
Heimo on elämäni. Ilman elämää olen hukassa. Heimolta saan
elämän.
Heimo on kunniani. Ilman kunniaa olen hukassa. Heimoa ilman en
ole mitään."

Lapsesta saakka opittu vala kajahti lähtijöiden lausumana kuin yhdestä suusta. Esra ihaili sitä, miten isä oli onnistunut läsnäolollaan ja oikein ajoitetuilla sanoilla painottamaan kaikille, miten tärkeä tehtävä oli edessä. Tai ainakin melkein kaikille, Esra päätti ajatuksensa vilkaisten Anselmin puoleen, joka oli kuitenkin lausunut valan yhdessä muiden kanssa.

6.

"Huh! Nyt alkaa jo hiljalleen jännittää." Aaron piteli vilttiä kainalossaan, ja katseli rintamerkkiä iltapäivän aurinkoa vasten. Esra ei oikein hahmottanut, miten kirkasta valoa vasten tunnusmerkin katseleminen auttoi näkemään paremmin. He seisoivat koulurakennuksen edessä, ja muut lähtijät olivat jo hajaantuneet kuka mihinkin. Ritari ja päällikkö olivat kuitenkin vielä jääneet koulurakennukseen.

"Kyllä tuo äskeinen teki viimeistään selväksi, että todellakin olemme lähdössä. Yritän vielä saada järjestettyä meille hieman lisävarustetta. Olen koettanut olla hyvissä väleissä nahantyöstäjän kanssa. Nyt jos koskaan on aika lunastaa häneltä se hyvä tahto."

Aaron nyökkäsi Esralle hymyillen, ja jatkoi punaisen rintamerkkinsä tarkastelua valoa vasten.

20. luku

Kolmen päivän kuluttua koitti aika lähteä. Erik Ritari oli ehdottanut kahden kesken päällikölle, että jokainen pari olisi saanut oman lähtöseremonian pienessä piirissä Tulikouran talossa. Jeremia oli kuitenkin päättänyt, että kaikki lähetetään matkaan julkisesti ja erikseen heimon portin edessä. Perusteluksi hän sanoi, että näin koko heimo näkisi halutessaan lähtijät vielä viimeisen kerran. Toinen syy oli tietenkin se, että varsinainen läksiäisjuhla olisi verottanut heimon ruokavarastoja entisestään eikä sitä paitsi ollut varmuutta, koska täydennyksiä saataisiin.

Jeremia Tulikoura seisoi korkean pääportin vieressä seuranaan ruokamestari Asser Ohrajuuri ja pääasiassa lähtijöiden koulutuksesta vastannut Erik Ritari. Aamu oli kuulas, tuulen sattuessa kohdalle suorastaan viileä. Se oli poikkeuksellista, ja Jeremia toivoi hiljaa mielessään, ettei se merkinnyt huonoa ennettä. Portin toisella puolella avautuva metsä näytti aina uhkaavalta, mutta Jeremia tiesi, että tänään jokainen lähtevä pari tunsi joutuvansa suorastaan nielaistuksi kadotessaan näkyvistä portista ulos kävelemisen jälkeen. Nyt jos koskaan oli päällikön kuitenkin tärkeää näyttää itsevarmalta ja tyyneltä niin lähtijöiden kuin muunkin heimon vuoksi.

Uusi pari oli tarkoitus lähettää matkaan aina, kun edellinen oli löytänyt tiensä pois heimon asujaimiston välittömästä läheisyydestä. Jeremia katsoi kuitenkin lähdön sopivan ajankohdan lähinnä sen mukaan, miten aurinko taivaalla liikkui.

Joitakin lähtijöiden sukulaisia oli jo ilmaantunut portin edustalle, mutta kaikki pitivät kunnioittavaa etäisyyttä päällikköön, ja hänen seuranaan oleviin Ritariin ja Ohrajuureen. Päällikön päätös oli kaikesta huolimatta herättänyt ihmisissä yllättävän vähän vastalauseita, ja jokainen perhe oli nimennyt oman lähtijänsä verrattain nopeasti sitä kysyttäessä. Kaikki oli siis hyvin ainakin näennäisesti. Jeremia oli kuitenkin näkevinään sukulaisten katseissa syyttävän sävyn. Ikään kuin silmät olisivat sanoneet, että jos vain olisit ollut parempi päällikkö, ei tällaiseen uhkayritykseen olisi tarvinnut ryhtyä. Nyt poikamme asetetaan vaaraan sinun vuoksesi. Tällaisina hetkinä Jeremia tunsi asemansa taakan erityisen painavana hartioillaan. Asiaa ei millään tavoin helpottanut se, että myös Esra oli lähdössä.

"Miksi minun pitää seistä tässä teidän seurananne?" Asser Ohrajuuri oli saapunut paikalle kutsuttuna, mutta kysyi syytä vasta nyt.

Jeremia säpsähti mietteistään. "Asser hyvä, sinä huomasit ensimmäisenä heimomme hädän, ja hoidat muutenkin ruokavarantoamme."

"Syyttääkö päällikkö siis minua kaikesta tapahtuneesta?" Ohrajuuren äänensävy paljasti, ettei hän aikonut ottaa syyllisyyttä niskoilleen ainakaan yksin.

"En usko, että tämä on kenenkään syy. Eikä kaikkea voi aina ennakoida, vaikka toki parasta yritämme, ja aika usein onnistummekin. Me kolme olemme kuitenkin ne, joiden hoidettavaksi tämä kaikki on jäänyt. Niin ja lähtijöidemme harteille tietysti myös."

"Yritetään ainakin jättää pojille mahdollisimman hyvä muisto heimosta. Jos se vaikka lisäisi intoa palata takaisin onnistuneen avunhaun jälkeen."

Päällikkö hymyili nousevaa aurinkoa katsellessaan. Ritari jaksoi aina painottaa niin ensimmäistä kuin viimeistäkin vaikutelmaa.

2.

Ensimmäisenä lähtövuoroon Jeremia oli nimennyt kauppiaan pojan Ilmarin, ja rakentajan pojan Johanneksen. Kauppias itse oli hänkin paikalla saattamassa puolisoineen, koska oli joutunut metsässä tapahtuneen susien hyökkäyksen jälkeen antamaan oman hevosensa muun heimon käyttöön. Johanneksella ei näkynyt sukulaisia saattamassa. Ehkä he olivat hyvästelleet jo aiemmin, Jeremia mietti. Tai ehkä lähtijä ei osannut edes kaivata muun perheen läsnäoloa sillä hetkellä.

Ilmarin ja Johanneksen into oli säilynyt koko menneen kuunkierron ajan, ja näytti olevan vahva edelleen. Molemmilla oli käsipuolessaan tyttö, joita heimon kesken oli tavattu nimittää epävirallisiksi morsiamiksi. Tai ainakaan Jeremialle ei ollut juuri näistä morsiamista mitään kerrottu. Pojat olivat todellakin ottaneet kaiken ilon irti sosiaalisen asemansa noususta yhteisön keskuudessa.

Jeremia viittaisi nuoria naisia siirtymään kauemmaksi, ja katsoi kumpaakin lähtijää silmiin vuorotellen. "Näen, että olette edelleen innokkaita. Se on hyvä. Älkää kuitenkaan koskaan unohtako tehtäväänne. Ja tulkaa myös ehjänä takaisin, kun olette onnistuneet."

Päällikön äänen ja olemuksen vakavuus tarttui. Pojat hiljenivät, näyttivät vielä kerran varusteitaan Ritarille, ja tyttönsä hyvästeltyään suuntasivat ulos portista. Ei mennyt kauaakaan, kun metsä nieli heidät. Jeremia vilkaisi lyhyesti kauppiaaseen, jonka olemus näytti suorastaan pelokkaalta. Ainakin Ilmari oli saanut roppakaupalla neuvoja ennen lähtöään.

3.

Aurinko nousi, ja toisena parina portille saapuivat metsätyömiesten pojat Anselmi ja Emil. Kummankaan sukulaisia ei näkynyt portilla. Jeremia mietti, onkohan tässä kyse jonkinlaisesta mielenosoituksesta tehtävää kohtaan. Toivottavasti ei.

"Minä en halunnut lähteä ollenkaan. Parempaakin tekemistä olisi ollut." Anselmi halusi vielä viimeisen kerran tehdä selväksi, mitä ajatteli koko matkasta.

"Heimon palvelemista tärkeämpää tehtävää ei olekaan", painotti Ritari tarkistaen samalla, että molemmilla oli rinnassaan ommeltuna punainen sahalaitainen koivunlehti.

"Niinhän te olette koko ajan sanoneet. Ei se silti sitä tarkoita, että juuri minun pitää kaikki tehdä."

Päällikkö vilkaisi Emiliin, joka vastasi katseeseen, mutta ei sanonut mitään. Päällikkö osoitti silti puheensa molemmille. "Joskus miehen on vain tehtävä, mitä on tehtävä. Ja tämä on sellainen hetki. Kukaan ei tätä halunnut, mutta teidän vastuullenne se lankesi. Toivotan teille molemmille onnea ja menestystä."

Emil kumarsi lyhyesti, ja kääntyi lähteäkseen. Anselmi nojaili hetken keihääseensä kuin miettien, voisiko vielä jollakin tavalla väittää vastaan. Hän ei kuitenkaan keksinyt mitään, ja hölkkäsi Emilin perään enempiä taakseen katsomatta.

4.

Kokin pojan Untamon ja leiväntekijän pojan Aukustin lähdön koit-
taessa heidät erotti muista se, että kummankin reput näyttivät olevan
täynnä tarvikkeita. Kysyttäessä molemmat vastasivat, että repuissa oli
leipää, kuivattua lihaa ja muuta sen sellaista joko syötäväksi tai kau-
pankäyntiä varten. Päällikkö pani kuitenkin merkille, että molemmat
katselivat hyvin epätietoisen näköisinä vuoroin metsään, vuoroin pääl-
likköön ja vuoroin heitä saattamassa oleviin sukulaisiin.

"Muistakaa pojat säilyttää maltti ja harkinta joka tilassa", Jeremia te-
roitti. "Te olette tähän valmistautuneet, ja teidät on valittu siksi, että
pystytte suoriutumaan tehtävästä menestyksellä."

Ohrajuuri rykäisi, ja puuttui puheeseen. "Ja muistakaa olla säästeliäitä
ruokatarvikkeiden kanssa. Ei ole tietoa, kuinka kauan olette poissa. Ja
tulkaa vielä ehjinä takaisinkin."

Metsään loittonevia lähtijöitä katsellessaan Jeremia mietti, että mo-
lemmat tulevat löytämään itsestään soturin hyvin nopeasti. Tai jos eivät
löydä, jää matka heidän osaltaan lyhyeksi tavalla tai toisella.

5.

Päällikkö huomasi Asser Ohrajuuren käyneen rauhattomaksi. Syyn
hän tiesi kysymättäkin, sillä seuraavana lähtövuorossa oli ruokamesta-
rin oma veli. Auringon siirtyessä Vilhelm Ohrajuuri saapuikin seuras-
saan heimon parantajan poika Jalmari Haavanen.

"Onnea nyt vain sitten. Ole kunniaksi meille kaikille, ja palaa takaisin-
kin." Asser tarttui Vilhelmiä kädestä ja ravisti voimakkaasti. Päällikkö
huomasi ruokamestarin pidättelevän kyyneliä.

"Onhan sinulla riittävästi haavansitomistarpeita mukana?" Jeremia
osoitti kysymyksensä parantajan pojalle Jalmarille tietäen, että esitti
kysymyksensä lähinnä muodon vuoksi yrittäen keventää painostavaa
tunnelmaa.

"Kyllä me pidimme huolen siitä, että varusteita on riittävästi." Jal-
mari kopautti keihästään maahan, tarkisti vyöllään olevan kivikirveen

ja taputti lopuksi reppuaan. Sitten hän vielä katsoi Vilhelmin rinta-
musta osoittaen, että punainen sahalaitainen lehti oli asianmukaisesti
paikoilleen ommeltuna.

Muuta sanottavaa ei ollut. Asser Ohrajuuri katseli metsän suuntaan
vielä pitkään senkin jälkeen, kun Vihelm ja Jalmari olivat kadonneet
näkyvistä.

6.

Päivä kului, ja toiseksi viimeisenä koitti nahantyöstäjän pojan Mikae-
lin ja kalastajan pojan Taavin vuoro. Lähtijät pitivät toisiinsa useiden
kyynärien mittaista välimatkaa, mikä ei tietenkään enteillyt hyvää. Mi-
kaelilla oli paistavasta auringosta huolimatta yllään monesta eri nahan-
palasta tehty sadeviitta, joka tietenkin suojaisi tarvittaessa niin viimalta
kuin vaikka eläinten kynsiltä. Taavi puolestaan piti keihästä toisessa
kädessään, ja heilutteli kivikirvestään samalla epäluuloisesti Mikaelia
pälyillen. Kummallakaan ei ollut sukulaisia saattamassa. Jeremia tiesi,
että molemmille oli pidetty yksityiset läksiäiset tiukasti toisistaan eril-
lään omassa perhepiirissä. Sekään ei ollut hyvä merkki.

Ohrajuuri ja Ritari katsahtivat toisiaan, mutta kumpikaan ei sanonut
mitään. Jeremia pani kaiken merkille, mutta toivotti silti lähtijöille on-
nea ja menestystä. Lopuksi hän painotti, että ilman sujuvaa yhteistyötä
tehtävä tulee olemaan liian vaikea kestää.

Portista ulos päästyään Mikael kiskoi nahkaista sadeviittaa tiukem-
min ylleen, ja otti entistä enemmän etäisyyttä Taaviin. Toivottavasti
en tehnyt kammottavaa virhettä, mietti Jeremia kaksikon kadotessa
metsään.

7.

Jeremia tunsi epämiellyttävän palan kohoavan kurkkuunsa. Aika oli
koittanut. Samuel oli saapunut portille veljeään saattamaan. Hänelle
niin tyypillinen uhmakkuus oli poissa, ja näin Jeremia toivoi vanhimman

poikansa hyväksyneen sen, ettei tuleva heimopäällikkö voi lähteä vaaralliselle matkalle, josta ei ehkä olisi paluuta. Pappi Tiitus Kalmanlehto oli myös paikalla, ja lupaa kysymättä asettui Samuelin rinnalle toivottamaan lähtijöille hyvää matkaa. Kalmanlehdolla oli päällä tuttu kaapunsa, ja kainalossaan kahdet vahataulut.

Aaron saapui portille etuajassa. Myös hänen päällään oli nahkainen sadeviitta, mitä Jeremia piti oikein miellyttävänä yllätyksenä. Esra oli varmastikin käynyt neuvottelemassa molemmille viitat nahantyöstäjän kanssa. Aaronin seurassa oli hänen isänsä Mooses Opinahjo pitäen poikaansa käsivarresta, vaikka piteli toisessa kädessä kävelykeppiään. Tutun saattajan kanssa kulku sujui nopeammin. Perässä tuli muu Opinahjon talonväki, eli Aaronin äiti ja kaksi sisarta.

Viimeisenä saapui Esra, vakavana, nahkaiseen sadeviittaan sonnustautuneena ja punaiset hiukset niskaan nyörillä sidottuina.

Aaron päästi otteen isästään, joka kuitenkin kiskoi poikansa takaisin karhunhalaukseen. "Ole perheellesi kunniaksi, ja tule takaisin." Jeremia kuuli lyhyen niiskauksen, vaikka Mooses koetti salata sen painamalla päänsä poikansa lihaksikasta rintaa vasten.

Tiitus Kalmanlehto ojensi kainalonsa alla kuljettamiaan vahatauluja Esran puoleen. "Onhan teillä välineet kirjoittamista varten? Haluan kuulla paljon tarinoita, kun palaatte takaisin."

Esra siirsi nahkaviittaansa sivuun, ja taputti selkäreppuaan. "Varasin mukaan vahataulun, muutaman piirtopuikon ja niiden seuraksi joitakin kirjoitustuohia ja hiiltäkin vähän."

Jeremia pyysi maltillisella kädenliikkeellä lähtijöitä eteensä. Nyt vasta lähdön tuska tuntui iskevän, ja hänellä oli työtä pitääkseen ilmeensä tyynenä. Jeremia yritti unohtaa sen, ettei tiennyt lainkaan, milloin näkisi taas nuoremman poikansa.

Nahkaisen sadeviitan ohella niin Esralla kuin Aaronilla oli samanlainen reppu, jonka sivulle erilliseen lenkkiin oli ripustettu kirves. Kivinen terä oli suojattu nahalla. Repun alla oli rullalle kieriteltynä viltti. Aaronilla oli aiemmin yhteisesti jaettu peitteensä, mutta Esra oli jostain etsinyt itselleen aivan toisenlaisen viltin. Jeremian suupieleen ilmaantui pieni hymy tästä havainnosta, mutta hän ei silti sanonut mitään. Molemmat lähtijät puristivat kädessään puista keihästä, jonka kivistä kärkeä Jeremia oli nähnyt poikien teroittavan joitakin päiviä aikaisemmin. Ritarin tähdentämän ohjeen mukaisesti kumpikin oli ommellut rintaansa punaisen sahalaitaisen koivunlehden oman heimon symboliksi. Jeremia vilkaisi syrjäsilmällä Erik Ritariin, joka myös hymyili kädet lanteilla leväten. Jalkansa ja säärensä niin Esra kuin Aaronkin olivat verhonneet puupohjaisilla nahkajalkineilla, jotka pysyivät paikallaan sääreen asti nousevien nyörien avustuksella. Tämän valmiimmaksi heistä kumpikaan tuskin voisi tulla tällaista matkaa ajatellen, Jeremia mietti.

"Tiedätte mitä pitää tehdä. Ja kun olette onnistuneet, muistakaa tulla takaisinkin. Me odotamme." Muuta päällikkö ei osannut sanoa.

Aaronin äiti ja sisaret riensivät halaamaan lähtijää, jolloin Samuel käytti tilaisuutta hyväkseen, ja kätteli veljeään tuimasti kyynärvarresta asti. Joitakin sanoja lausuttiin, mutta Jeremia ei kuullut niiden sisältöä. Veljesten keskinäisestä hymystä päätellen ero oli kuitenkin sopuisa.

8

"Koetetaan aluksi kävellä vaikka kauppiaiden reittiä, tai ainakin suunnilleen seurata sellaista. Oletettavasti niitä polkuja pitkin löydämme ennen pitkää muitakin heimoja." Esra tunsi varusteiden painon yllään, mutta onneksi kaikki tuntui olevan kohdallaan. Upouusi nahkaviitta tuoksui vielä, keihäs vaikutti istuvan hyvin käteen ja jalkineet antoivat toivottua tukea.

Aaron katseli portin toisella puolella avautuvaa metsää silmät suurina, ja korjasi samalla reppunsa hihnaa. "Tehdään niin. Nyt se matka sitten alkoi."

Jonkin matkan päähän kuljettuaan Esra pysähtyi, ja pyysi Aaronia odottamaan hetken. Molemmat kääntyivät ympäri, ja loivat vielä viimeisen silmäyksen omaan kotiheimoon. Portilla seisoivat edelleen Jeremia, Samuel, Tiitus Kalmanlehto, Erik Ritari ja Mooses Opinahjo perheineen. Esra toivoi kovasti näkevänsä muiden joukossa Jelenan pitkät vaaleat hiukset iltapäivän auringossa rauhallisesti liehuen. Mutta Esra ei nähnyt ketään. Jelena ei ollut halunnut tulla saattamaan häntä ja Aaronia matkaan.

2. OSA

UUSI MAAILMA

21. luku

"Yksi asia lähtemisessä sitten kuitenkin harmitti." Aaronin mieliala oli pysytellyt korkealla pitkään sen jälkeen, kun oma heimo oli jäänyt taakse.

"Jaa mikä niin?" Esra katseli samalla ympärilleen pitäen huolen siitä, etteivät he päätyisi kävelemään ympyrää metsässä.

"Minulla jäi juttu pahasti kesken useammankin tytön kanssa."

"Ehkä voit palattuasi jatkaa siitä, mihin nyt jäit", ehdotti Esra. "Tai ehkä matkan varrelta löytyy vieläkin parempi. Maailmahan on naisia täynnä. Tai ainakin niin isä minulle kovasti teroitti ennen lähtöämme."

Kauppiaiden kärrypolkuna alkanut soratie oli jo hyvän aikaa sitten kutistunut hädin tuskin kahden ihmisen rinnakkain kuljettavaksi leveäksi poluksi. Pohjaa peitti tasainen matto maatuvia lehtiä ja suuria neulasia. Esrasta tuntui, että ympäröivien havupuiden runkojen paksuus kasvoi, mitä pidemmälle heidän matkansa edistyi. Lehtipuiden rungot puolestaan olivat ennallaan lukuun ottamatta sitä, että lehdet tuntuivat kasvaneen kämmenen kokoisiksi. Ehkä kymmenen kyynärän korkeuteen nousevat oksat muodostivat kävelijöiden yläpuolelle katoksen, joka päästi valoa lävitseen vain ohuina kiiloina. Välillä heidän sivuillaan kuului lehtien kahahdus, ja ajoittain oksat näyttivät taittuvan, kun jokin eläin otti matkalaisiin etäisyyttä lähestymisen ääniä kuullessaan. Aaron oli suurimmaksi osaksi pitänyt puhumisellaan huolta äänistä, jotka olivat ainakin toistaiseksi karkottaneet metsän muut asujat heidän tieltään pois. Esra oli salaa pelännyt susien palaavan kostamaan viime aikojen menneet tapahtumat, vaikka hän järjen tasolla ymmärsikin sellaisen ainakin miltei mahdottomaksi.

Yläpuolelta kuului voimakas kahahdus, ja samalla he näkivät kookkaan lintuparven lähtevän vauhdilla lentoon korkean puun oksilta. Esra ei ehtinyt tunnistaa lintuja, mutta kooltaan ne olivat heimon ympärillä tuttuna näkynä olevia variksia suurempia.

"Tyttöjä tosiaan on ainakin toivottavasti paljon maailmassa, ja luulisi siitä määrästä liikenevän minullekin sitten, kun palaamme." Aaronin ajatukset näyttivät ainakin puheen tasolla siirtyvän hyvin hitaasti enemmän käsillä olevan tehtävän suuntaan.

Esra hymyili surumielisesti, ja katsoi vielä kerran taakseen. Niin hän oli tehnyt jo monta kertaa lähdön jälkeen. Esra tiesi kyllä, ettei Jelena olisi häntä odottamassa, eikä varsinkaan kulkisi heidän perässään metsässä. Yrityksistä huolimatta Esrasta edelleen tuntui, että asiat olivat jääneet kesken siitäkin huolimatta, että Jelena tuntui selvittäneen kaiken ainakin itselleen jo aikoja sitten.

2.

"Katsohan tuonne", Esra osoitti keihäänsä kärjellä suoraan eteen.

"Tuossako on metsän reuna?" Aaron tuijotti eteensä, ja kiihdytti samalla askeleitaan.

"Se sen on pakko olla. Nyt olemme sitten oikeasti uudessa maailmassa."

He jäivät seisomaan metsän reunaan viimeisten suojaavien puiden muodostaman katoksen alle. Kumpikin vain katseli avautuvaa maisemaa käännellen päätään molempiin suuntiin yrittäen parhaansa mukaan sisäistää kaiken näkemänsä.

Vasemmalta oikealle kulki molempiin suuntiin taivaanrantaan asti ulottuva tie, joka oli leveämpi kuin mitä Esra ja Aaron olivat koskaan nähneet. Tie näytti päällystetyn jollakin harmahtavalla kovalla materiaalilla, joka oli kuitenkin pahoin halkeillut. Kaikenlaisia ruohoja ja muuta vihreää kasvoi halkeamista, mutta varsinainen tie oli silti edelleen näkyvissä, vaikkakin huonosti. Tien toisella puolella poikien edessä alkoi uusi metsä, jonka olemassaolosta he eivät olleet koskaan kuulleetkaan. Maasto kuitenkin vietti nopeasti alaspäin näkökentän ulottumattomiin, ja paljasti kaukana avautuvan suuren järven. Mielenkiintoisinta oli kuitenkin oikealla tien vieressä erottuva muodostelma, joka oli jo kauan sitten joutunut puiden ja muiden kasvien valtaamaksi.

"Mikähän tuo laatikkomainen rakennelma oikein on?" Esra huomasi ajattelevansa ääneen.

"Jaa että mikä?" kysyi Aaron kääntyen vasta nyt osoitettuun suuntaan. "Minulle se tuo mieleen jonkinlaisen alkeellisen talon, joita on kuitenkin aseteltu päällekkäin ja vierekkäin aivan liian lähelle toisiaan."

"Sinulla on näemmä hyvä mielikuvitus. Mennäänkö katsomaan lähempää?"

"Minua olisi kiinnostanut tuo tuolla edessä näkyvä järvi." Aaron osoitti sormellaan kauas eteenpäin.

"Meidän olisi ensin kuljettava tuon kokonaan vieraan metsän läpi. Minusta tuntuu vahvasti siltä", Esra osoitti keihäällään leveää tietä, "että tuota pitkin kulkeminen on paitsi helpompaa, myös turvallisempaa. Sitä paitsi tuollaisen ison tien varrella luulisi olevan jo muitakin ihmisiä. Ehkä jopa kokonainen heimo."

Aaron yhtyi näkemykseen, ja molemmat kävelivät tien viereen jatkuvasti ympärilleen katsellen.

3.

"Ihan kovaa tämä pinta tuntuu olevan." Esra tunnusteli nahkaan verhotuilla varpaillaan tien pintaa. Hän erotti rakenteessa hiekanjyviä, mutta silti materiaali toi mieleen halkeillun, paksun ja jäykän maton. Heidän takanaan tie kiemurteli mäen taakse näkymättömiin, mutta edessä oikealla poikien huomion kiinnitti edelleen laatikkomainen kasvien valtaama rakennelma. Kokonaisuus oli moninkertaisesti korkeampi ja leveämpi kuin ainutkaan heidän oman heimonsa rakentama.

"Mennään hieman lähemmäksi, mutta pysytellään tiellä." Esra toivoi, että ohjeen ääneen sanominen rohkaisisi häntä itseäänkin noudattamaan käskyä. Uteliaisuus oli ottamassa vallan, eikä kukaan ulkopuolinen ollut asettamassa heille ylimääräisiä rajoituksia.

He pysyttelivät tiellä vaistomaisesti halkeamat varmuuden vuoksi kiertäen. Ajoittain piiloon tien alle vilahti jokin kämmeneen mahtuva kuoriainen, mutta niihin Esra ja Aaron olivat jo kotona tottuneet. Rakennelman kohdalle päästyään he istuivat maahan jalkojaan lepuuttamaan.

"Onkohan tämä ollut joku varastorakennus, jossa säilytettiin jotain aivan ihmeellistä?" ehdotti Aaron.

Esra kurtisti kulmiaan, ja yritti miettiä. Kasvien ja puiden valtaamanakin rakennuksen muoto oli erotettavissa. Siinä oli kolme erillistä kerrosta, ja rakennus todellakin näytti päällekkäin ja rinnakkain kasatulta laatikkokasalta. Näiden kuutioiden sisällä erottui epämääräisiä kumpareita, mutta Esra ei erottanut, oliko kyse kivistä vai jostain muusta. Kaikkea peitti paksu kerros vihreää sammalta ja muuta kasvustoa. Rakennelma näytti kuitenkin olleen alun perin harmaa.

"Minusta tuntuu, että tässä asui joskus ihmisiä."

"Mitä ihmettä? Oletko tosissasi?" Ajatus oli Aaronille tyystin käsittämätön.

"En tietenkään ole varma, mutta mieti hetki. Tuollainen laatikkomainen yksikkö on ehkä ollut yhden perheen asumus, ja jostain syystä nämä asukkaat ovat valinneet asua hyvin lähekkäin ja jopa päällekkäin. Eikö tuo sinustakin näytä siltä, että ihmisiä olisi mahtunut tuollaiseen asumaan joskus kauan sitten?"

"Niin kai", Aaron raaputti mustia hiuksiaan täynnä epäluuloa. "Mutta miksi ihmeessä tämä heimo olisi asunut näin ahtaasti rinnakkain, ja jopa päällekkäin? Tilaahan riittää muutenkin joka suuntaan."

"Siihen en osaa vastata", Esran varmuus omaan selitykseensä alkoi horjua. "Teen silti jonkinlaisen merkinnän tästä paikasta. Ehkä joskus lähempi tutkiminen on paikallaan."

Esra ryhtyi etsimään kirjoitusvälineitään repusta, kun äkkiä rakennelmasta kuului matala murahduksia ja jonkun ison olennon kulkemisesta kumpuavaa ääntä.

"Sinun kannattaa ehkä tehdä se merkintä hieman myöhemmin", Aaron sanoi. "Katsohan tuonne."

Rauniorakennelman ympärille alkoi metsästä ilmaantua Esraa ja Aaronia selvästi suurempia eläimiä, joilla oli paksu turkki. Pyöreät korvat liikehtivät ilmassa, ja pian yhden silmät kääntyivät poikien suuntaan.

"Tuo on karhu", tai ainakin siksi isä tuota kutsui, kun joskus lapsena sellainen metsässä vastaan tuli. Ja missä on yksi, siellä on useampi. Meidän ei kannata vaarantaa tehtäväämme ottamalla mittaa näistä eläimistä. Jos tuolla joskus asui ihmisiä, on se nyt karhujen aluetta. Ja on selvästi ollut sitä jo pitkään."

Aaron ei väittänyt vastaan. Esra asetteli reppunsa takaisin selkään nahkaisen sadeviitan alle, jonka jälkeen he jatkoivat matkaa hieman kyyryssä ja vaistomaisesti hyvän matkaa hiipien.

4.

He pysyttelivät tiellä, ja aurinko alkoi hiljalleen lipua heidän selkänsä taakse. Reitiksi valittu tie tuntui jatkuvan loputtomiin, mutta kaksikolla ei ollut erityistä syytä olla seuraamatta tien osoittamaan suuntaan. Molemmilla puolilla heidän kulkuaan reunusti tuntematon metsä, ja ajoittain Esra ja Aaron huomasivat lisääkin laatikkomaisia raunioita. Vihdoinkin Esra pääsi tekemään haluamansa merkinnän vahatauluun, mutta aiemmin koettu karhujen melkein tyhjästä ilmestyminen oli opettanut varovaiseksi. He eivät lähestyneet raunioita, vaan pysyttelivät kaiken aikaa tiellä.

Sitten koitti hetki, jolloin metsä loppui kummaltakin puolelta. Edessä avautui aiempaa huomattavasti aukeampi alue, joka nousi ja laski matalien mäkien mukaan. Siellä täällä näkyi yksittäisiä laatikkomaisia raunioita. Maasto näytti olevan lähinnä polven korkuista heinää, ja maisemaa täplittivät myös ihmisen kokoiset matalat puut, jotka saattoivat olla myös kookkaita pensaita.

Esra katseli edessä avautuvaa uutta ja outoa maisemaa epäluuloisena. Aaron ei tätä edes huomannut, vaan tuijotti kaikkea näkyvän uteliaana.

"Voi kun mahtavaa", Aaron sanoi ja tönäisi Esraa käsivarteen. "Hevosiako nuo ovat?"

Esra oli hetkeä aiemmin tehnyt saman päätelmän. Varsin kaukana tien vasemmalla puolella aukealla erottui kymmenen eläimen joukko, jotka todellakin muistuttivat hevosia. Eläimillä näytti olevan ruokailu kesken, ja ne vaikuttivat kaukaakin katsottuna hyvin rauhallisilta. "Hevosiltahan nuo näyttävät. Ihmisiä ei näy missään, joten ovat kai vailla isäntää."

"Otetaanko tuosta pari eläintä itselle? Sujuisi matkantekokin nopeammin." Aaronin ilme kirkastui.

"Osaatko sinä kesyttää tuollaisen eläimen alistumaan tahtoosi?" kysyi Esra käytännöllisesti. "Minä en ainakaan osaa. Muistan joskus opetelleeni hevosen käsittelyä, mutta silloin eläin oli halukas tottelemaan ohjeitani."

"Aivan, hyvä huomio." Aaron alistui. "Mutta myönnä silti, että ideani olisi ollut hyvä."

"Totta kai myönnän. Kummallekin hevosen saaminen alle olisi auttanut meitä merkittävästi olettaen, että meillä olisi myös keino ruokkia ja hoitaa hevosiamme."

"Toisin sanoen taito kesyttää hevonen olisi pitänyt opetella ennen lähtöä", Aaron pohti eläimiä edelleen katsellen. "Mitähän taitoja me oikeastaan tulemme täällä tarvitsemaan?"

"Jos sen tiedät jo etukäteen, kerro minullekin", hymyili Esra ja jatkoi rauhallista kävelyään tietä myöten. "Minusta vaikuttaa siltä, että tällä aukealla on joskus kasvatettu syötävää. Tosin selvästikään niin ei ole tehty enää pitkään aikaan."

"Joku on siis pitänyt näin isoa kasvimaata?"

"Muistan isäsi joskus kertoneen koulussa, että aiemmin ihmiset kasvattivat ruokaansa paljon isommissa kasvimaissa kuin mihin me olemme kotona tottuneet. Tämä alue sopisi siihen kuvaukseen melko hyvin. Tosin en ymmärrä, mihin yksikään heimo tarvitsisi näin suurta maa-alaa ruokansa kasvattamista varten." Lyhyen tauon jälkeen Esran ilme kirkastui. "Elleivät he sitten myyneet suurinta osaa sadostaan muille."

"Nyt meidän tarvitsee siis enää löytää ne ihmiset, jotka tällaisia alueita ruokansa kasvattamiseen käyttivät. Heillä ainakin olisi jakaa omastaan, ja mieluiten perunaa." Aaron näytti vihdoinkin muistavan kotona annetun opin siitä, että tehtävä on pidettävä kirkkaana mielessä.

"Toivotaan parasta. Jatketaan matkaa."

5.

"En ole koskaan ollut näin kaukana kotoa." Aaronin toteamus oli jokseenkin ilmeinen.

"En minäkään. Kaikenlaisia tarinoita muistan kuulleeni ulkomaailmasta, mutta suurinta osaa varsinkaan kauppiaiden puheista en koskaan uskaltanut uskoa. Mitähän kaikkea täällä vielä kohdataankaan?"

Tien oikealla puolella aukea alue jatkui, mutta keskellä erottui tavallista tiheämpi rypäs matalia puita ja pensaita. Suuri lintuparvi nousi lentoon, ja viiletti kaksikon pään ylitse jatkaen matkaa kohti taivaanrantaa.

"Onko tuo... käärme?" Aaron ihmetteli.

Esra katseli paikkaa, josta linnut olivat karkuun lähteneet. Nyt hänkin erotti outoa sihisevää ääntä, joka toi mieleen ajoittain kotinurkilla kohdatut käärmeet. Hetken kuluttua esiin mateli jotain, joka sai pojat haukkomaan henkeään. Käärmeellä oli paksuutta enemmän kuin Aaronin rintakehällä oli leveyttä, ja otuksen pituutta Esra ei edes uskaltanut arvioida. Valtavan kokoinen pää kohosi muun heinän seasta, jolloin Esra erotti käärmeen selässä olevan sahalaitaisen kuvion. Paksu haarakas kieli lipoi ilmaa. Käärme lähti liikkumaan tietä kohti, mutta ei näyttänyt olevan Esrasta ja Aaronista kiinnostunut.

"Mitä tehdään?" Aaron kuiskasi keihästään puristaen. Kivinen kärki värisi hänen otteessaan.

"Ei toistaiseksi tehdä yhtään mitään. Nyt ollaan vain paikoillaan ja toivotaan parasta."

Käärme halkoi heinää auran lailla edetessään, ja nousi pinnastaan halkeilleelle ruohojen valtaamalle suurelle tielle. Otuksen liikkumisesta aiheutuva ääni toi mieleen kiven pintaa vasten hierottavien hiekanjyvien matalan jyrinän. Äkkiä käärme pysähtyi, ja kääntyi katsomaan Esraa ja Aaronia kielellä ilmaa lipoen.

"Lähdetäänkö pakoon?"

Esra yritti pitää äänensä tasaisena. "Se ei edelleenkään vaikuta olevan meistä kiinnostunut, vaikka onkin huomannut meidät."

Tuijotuskilpailu oli lyhyt, sillä käärme suuntasi huomionsa muualle, ja hiljaisesti tien pintaa lipuen katosi toiselle puolelle. Sen reitin pystyi näkemään auramaisesti kaatuvaa heinää seuraamalla. Jostain poikien takaa aukealta kuului hirnahdus, ja sen jälkeen maahan iskevien kavioiden rytmikäs ääni.

"Taisivat hevoset huomata käärmeen, ja pyrähtivät nyt vauhdilla pakoon."

"Siltä vaikuttaa", vastasi Esra. "Kiristetään mekin hieman etenemisen tahtia siltä varalta, että tuo käärme keksii palata katsomaan, mitä meille kuuluu."

Kevyt hölkkä teki jaloille hyvää, joskin pieni tauko olisi kohta jo paikallaan, mietti Esra. Aaron ei tuntunut olevan tehdystä matkasta vielä rasittunut, mikä sai Esran tuntemaan mielessään alemmuutta seuralaisensa vahvuuden rinnalla.

"Onneksi tuo olio ei ole koskaan tullut meidän heimoa häiritsemään", ajatteli Aaron ääneen. "Sen pois ajamisessa voisi olla melkoinen urakka."

6.

Leveä, pinnastaan halkeillut ja ruohojen valtaama tie jatkui edelleen eteenpäin, joskin ajoittain kaartuen vuoroin oikealle ja vasemmalle. Aukea näytti hiljakseen päättyvän, ja oikealla puolella erottui jälleen uusi neliömäinen raunio. Jos siellä joskus oli joku asunut, oli katto romahtanut jo kauan sitten. Muoto oli edelleen hahmotettavissa, mutta muuten kaikkialla tuntui kasvavan lähinnä ruohoa, sammalta ja pieniä puita. Alaosastaan neliömäinen raunio näytti aikoinaan kootun isoista suorakulmaisista kivistä, ja aluetta ympäröi tasainen aukea osuus. Kaukaa katsottuna pinta vaikutti samalla tavalla halkeilleelta ja harmaalta kuin se tie, jota pitkin pojat kävelivät. Raunioiden ympärillä oli sikin sokin useita erottuvia möykkyjä, jotka eivät näyttäneet luonnon muovaamilta. Eivät onneksi myöskään eläviltä, Esra mietti näkymää katsellessaan.

"Mihin suuntaan ne muut partiot mahtoivat suunnata? Satuitko kysymään keneltäkään?" Aaronin kysymys herätti Esran ajatuksistaan.

"Koetin kysellä, mutta ei kukaan osannut sanoa omasta suunnastaan sen enempää kuin mekään heille. Mutta tuota minä haluan katsoa lähempää", Esra osoitti sormellaan neliömäistä rauniota, ja sen edessä olevia ruohottuneita tummia kasamaisia muodostelmia.

Lähestyttäessä Esra ei erottanut mitään liikettä. Hyvä niin. Hän tökkäsi lähintä möykkyä keihäällä, ja kuuli leimallisen kalahduksen. Aaron säpsähti outoa ääntä.

"Ei näytä olevan hätää", Esra tunsi uteliaisuutensa heräävän. "Pidä sinä vahtia, minä katson tätä lähempää."

Jokainen aukealla oleva möykky oli suunnilleen samankokoinen, mikä tuntui erikoiselta. Lisäksi lähempi tarkastelu osoitti, että ne kaikki - tai ainakin lähellä olevat - näyttivät olevan sisältä suurimmaksi osaksi onttoja. Kaikkien alla oli neljä pyöreätä esinettä. Esra kumartui lähemmäksi, ja kopautti kivikirveellä kevyesti mustaa kiekkomaista massaa. Ääntä ei kuulunut, mutta kirveen terä pomppasi kevyesti takaisin kohti lyöjäänsä. Möykyn pinta näytti vihreän ruohon alla ruskealta. Voisiko se olla…? Esra raaputti kirveensä terällä pintaa. Ruoste ja muu roska varisivat pois, ja alta paljastui harmaan metallinen pinta.

"Tulehan katsomaan. Haluat varmasti nähdä tämän", Esra viittasi Aaronin lähemmäksi.

"Metallia!" Aaron huudahti, ja hänen äänensä kaikui muuten niin hiljaisessa autiudessa. "Tuohan olisi omaisuuden arvoinen!"

"Niinhän se olisi, mutta emme voi ottaa näitä mukaamme, eikä se sitä paitsi auttaisi meitä tehtävässämme. Mutta mitä ihmettä nämä ovat olleet? Sisällys on ontto, ja jokaisessa on alla tuollaiset neljä pyöreää esinettä. Sitä paitsi tuo pyöreän esineen ympäröimä musta massa on erikoisen tuntuista."

Lyhyen hiljaisuuden jälkeen Aaronin ilme kirkastui. "Muistan isän kertoneen, että joskus kauan sitten ihmiset liikkuivat tuollaisilla paikasta toiseen."

"Ai tuollaisilla?" Esra osoitti lahoavaa läjää. "Hevosten vetäminäkö?"

"Sitä en muista", Aaron pahoitteli jatkaen paljastuneen metallin tuijottamista. "Mutta jos siitä on kyse, olivat näiden esineiden omistajat satumaisen rikkaita. En ole koskaan elämässäni nähnyt näin paljon metallia."

"Oli nyt mitä hyvänsä, tästä on tehtävä merkintä, ja aikanaan kerrottava muille. Voivat vaikka tulla tänne ja korjata metallin omaan talteen. Se saattaisi olla heimolle ajan kuluessa hyväksi tavalla ja toisella."

Esra heilautti nahkaisen sadeviittansa sivuun, kaivoi vahataulun ja kirjoituspuikon repusta ja istahti möykyn viereen. Lyhyitä merkintöjä tehdessään hän kopautti useita kertoja metallista pintaa piirtopuikollaan. Kalahtava ääni teki joka kerta vaikutuksen outoudellaan. Vasta laittaessaan vahatauluja takaisin reppuun Esra huomasi, että Aaron oli kaiken aikaa seisonut joidenkin askeleiden päässä ympäristöä katsellen ja näin vahtia pitäen.

"Kertoiko isäsi Mooses Opinahjo koskaan sitä, miksi juuri meidät laitettiin pariksi?" Esra korjasi sadeviittansa ojennukseen ja päätti kysyä asiaa, joka oli häntä mietityttänyt.

"Ei tullut mieleeni kysyä, koska olin alusta alkaen riittävän tyytyväinen ratkaisuun. Miten niin? Olenko mielestäsi...?"

"Ei mitään sellaista", riensi Esra täsmentämään. "Olen yrittänyt miettiä, miten isä ja Erik Ritari tekivät valintansa eri pareista. Minulle jäi nimittäin sellainen tunne, etteivät kaikki olleet läheskään yhtä tyytyväisiä kuin sinä ja minä."

"Sinullekaan ei siis kerrottu?" Aaron ihmetteli.

"Ei kerrottu, joskaan en huomannut kysyäkään asiasta sitten lopulta. Oli niin paljon muuta pohdittavaa." Esra oli näkevinään edessään tuulessa hulmuavat Jelenan vaaleat pitkät hiukset, ja karkotti välittömästi ajatuksen jonnekin kauas.

"Isäsi on kuitenkin päällikkö. Siksi olisin odottanut, että ainakin sinulle kerrottaisiin."

"Ei isä muutenkaan pitänyt tapanaan kertoa ratkaisuistaan minulle. Äidille kyllä paljonkin ja usein, sen muistan. Ja enenevässä määrin Samuelille, minkä ymmärrän oikein hyvin."

Aaron ei sanonut mitään, joten Esra katsoi tarpeelliseksi päättää keskustelun palauttamalla tehtävä mieleen. "Oli se perimmäinen syy mikä tahansa niin tässä me nyt olemme, ja yhdessä matkaa teemme."

"Ja niin jatketaan!" Aaron nosti peukkunsa pystyyn, ja lähti kävelemään takaisin tielle.

"Jatketaan niin, ja tänään vielä jonkin aikaa. Aurinko painuu kohta mailleen, ja meidän pitää löytää paikka yöpymiselle." Esra vilkaisi vielä kerran sikin sokin aukealla lojuvia metallisia möykkyjä. "Tämä paikka vaikuttaa enemmänkin hautausmaalta. Laitetaan vähän välimatkaa sen ja itsemme väliin."

7.

Lopulta heidän seuraamansa leveän tien halkeillutkin päällystys katosi. Tilalle tuli kuoppainen ja kivinen pohja, jossa ei näkynyt merkkejä siitä, että sitä olisi lähiaikoina käytetty. Kotimetsään verrattuna aukea alue jatkui, joskin maisemaa täplittivät nyt pienet metsälaikut. Edessä oikealla alkoi erottua mittavan kokoinen luonnon valtaama raunioalue. Kokoa oli moninkertaisesti verrattuna siihen, mitä pojat olivat aiemmin nähneet. Romahtaneet jäänteet erottuivat hiljakseen laskevan auringon valossa, ja paljastivat rakennelmassa olleen aikoinaan useita kerroksia.

"Sinähän etsit yöpymispaikkaa?" Aaron osoitti rauniota. "Tuonne me mahdumme varmasti suojaan yöksi."

Esra laskeutui kyykkyyn, hieroi kävelystä rasittunutta polveaan ja nojasi poskensa keihään varteen. "Tuollaiseen paikkaan mahtuvat kaikki muutkin piiloon. Myös sellaiset, joita me emme halua kohdata."

Aaron näytti harmistuneelta ja aukaisi jo suunsa vastalauseeseen, mutta Esra ehti jatkaa. "Toisaalta kohta tulee pimeä, ja tuota parempaa suojaa me emme ennen sitä tule löytämään. Täytyy varmaankin sopia yön ajaksi vahtivuorot. Mennään katsomaan lähempää."

Ennen suurelle rauniolle pääsemistä he joutuivat kävelemään aukean yli, jonka pohja oli leveän tien lailla ollut joskus päällystetty. Tämä sai Esran painumaan kyyryyn ja puristamaan keihästä tiukemmin. Jokaisessa pimeässä nurkassa ja raunion halkeamassa tuntui joku tuijottavan. Täysin ilman suojaa niin ison raunion luo käveleminen tuntui epämiellyttävältä.

Aikoja sitten romahtanut seinä paljasti, että raunion sisäpuolella näkyi liikettä. Lähemmäs hiipiessä Esran otsalle nousi kylmä hiki: hän luuli nähneensä susia.

"Nyt varovasti ja hiljaa", Esra sanoi Aaronille. "Tuolla sisällä on jonkinlaista liikettä."

Vähenevä päivänvalo teki näkemisen työlääksi, mutta lopulta kaukaa katsellen Esra erotti jo paremmin. "Ne ovat näköjään onneksi koiria eivätkä susia. Koetetaan saada vähän iltapalaa, ja evästä huomiselle?"

"Mitä ihmettä?" Aaron sähähti. "Meinaatko, että me ryhdymme koiria syömään? Meillähän on niitä kotona lemmikkeinäkin."

"Minulla on nälkä. Sitä paitsi nuo ovat selvästi villejä koiria." Esra tähysti raunioita tarkemmin, mutta ei nähnyt enempää liikettä. "Meidän on kuitenkin joka tapauksessa häädettävä nuo eläimet pois täältä ennen kuin uskallamme nukkua. Saatamme olla näiden koirien reviirillä."

Esra ohitti puun, joka oli onnistunut ajan kuluessa nousemaan kohti taivasta usean kerroksen verran. Joka kerta se oli löytänyt rauniosta reiän, jonka läpi saattoi työntyä yhä ylemmäs. "Tämän on täytynyt olla jossain muussa käytössä kuin asumisessa. Ei kukaan tarvitse näin mittavasti tilaa pelkkään oleskeluun."

"Oletko varma?" kysyi Aaron ja ihasteli kieron puun sitkeyttä ja määrätietoisuutta.

"En tietenkään, mutta siltä tämä paikka ainakin näyttää. Mutta nyt hiljaa. Yritetään päästä vähän ylemmäs, ja ennen kaikkea lähemmäs noita koiria."

Hiipimisestä huolimatta jokainen askel raunioissa tuntui tuottavan liikaa ääntä. Esra ohjeisti Aaronia kiertämään koirien toiselle puolelle. Itse hän nousi kivisiä portaita pitkin toiseen kerrokseen kiittäen mielessään sitä, että portaat olivat vielä kulkukelpoiset. Kaikesta huolimatta Esra muisti katsoa tarkasti, mihin astui. Nyt oli tavoitteena yllättää, eikä suinkaan tulla itse yllätetyksi.

Lopulta Esra pääsi katselemaan koirien joukkoa ylempää. Aaron oli maatasolla, ja katseli vuoroin koiria ja Esraa. Neljä kohotettua sormea osoitti, kuinka monta koiraa oli näkyvissä. Esra mietti, olivatko eläimet jo havainneet heidät, mutta eivät vain jostain syystä aavistaneet pahaa. Niin tai näin, Esra valitsi joukosta yhden koiran, tähtäsi keihäällään ja heitti niin voimakkaasti ja tarkasti kuin pystyi.

22. luku

Vartaaseen nuotion ylle nostettu paisti oli saatu kypsäksi. Liha maistui jokseenkin erikoiselta, mutta kuitenkin riittävän hyvältä nälän tyydyttämiseksi. Aaron oli valmistanut kiviveitsellään saaliin kypsennettäväksi avotulella, ja Esran osaksi oli jäänyt nuotion sytyttäminen. Pimeys oli laskeutunut raunioiden keskelle, ja vain loimottavat liekit loivat valoaan lähiympäristöön. Alkava yö ei onneksi ollut niin kylmä kuin Esra oli pelännyt, mutta siitä huolimatta lämpö, tuttu savun haju ja kypsyvä liha loivat omanlaistaan kodin tuntua Aaronin seurasta puhumattakaan. Molemmat olivat levittäneet alleen kotoa saadut viltit, ja ylleen nahkaisen sadeviitan. Kauempaa kuului hiljaista puiden oksien kahinaa yltyvässä tuulessa. Mitään myrskyä ei merkeistä päätellen ollut kuitenkaan tulossa, ja rauniot tarjosivat riittävästi suojaa öiseltä viimalta.

"Miksi olit koulutuksen aikana usein niin alakuloisen oloinen?" Aaron leikkasi itselleen kämmenen kokoista palaa paistista pienellä kiviveitsellä. Jo valmiiksi unisella Esralla kesti hetki ymmärtää, että kysymys liittynytkään ruokaan tai sen valmistukseen.

"Olinko? En enää muista niin tarkasti. Yritin vain keskittyä kaikenlaisten taitojen kartuttamiseen ja oppimiseen yleensä."

"Kyllä sinä olit allapäin, ja aivan selvästi vieläkin", Aaron jatkoi jättämättä asiaa sikseen. "Ja lupasit kertoa tarkemmin, kun aikanaan ollaan matkalla. Nyt olemme matkalla."

Esran vatsaa kouraisi, vaikka ruoka olikin ollut hyvää. Hän oli onnistunut hetkeksi taas unohtamaan surunsa, mutta Aaronin kysymys toi jälleen kaiken pintaan kattilasta yli reunan kiehahtavan veden lailla. Esra katsoi nuotion loimussa vasenta kättään, jossa ei ollut heimon polttomerkkiä sitoutumisen merkiksi. "Kuultuaan lähestyvästä lähdöstäni Jelena ilmoitti, ettei halua enää olla minulle luvattu. Paljon muutakin hän sanoi, mutta sen pitäisin mieluiten omana tietonani."

Aaron söi irrottamansa lihan ääneti nuotioon tuijottaen. Seuranneen hiljaisuuden rikkoi ainoastaan ajoittainen palavan puun räiskähdys. "Se on ikävä kuulla. Olisi pitänyt arvata, sillä en muista nähneeni Jelenaa saattamassa sinua matkaan. Ajattelin ensin kysyä siitä, mutta silloin oli niin paljon muutakin mietittävää."

"Toisaalta", Aaron jatkoi laittaen samalla muutaman ohuen oksan nuotioon, "nyt ainakin voit keskittyä täysillä tehtävään, kun ei ole muutakaan."

"Onhan se niin tietysti. Tosin olin ajatellut, että Jelena olisi antanut oman lisänsä siihen, että tältä matkalta kannattaa palata onnistumisen jälkeen takaisin kotiin."

"Oletko sitten miettinyt, ettet välttämättä aio..." Aaronin lause jäi kesken.

2.

"Terve vain teille siellä! Voimmeko lähestyä?"

Vieras ääni tuntui kaikuvan raunioissa, joten Esra ja Aaron eivät välittömästi pystyneet päättelemään, mistä suunnasta kysymys esitettiin. He pomppasivat jaloilleen, perääntyivät kauemmaksi nuotion välittömästä valokehästä ja suuntasivat keihäänsä kohti pimeyttä.

Hetkeen ei tapahtunut mitään, mutta sitten ääni jatkoi, ja tällä kertaa selvästi lähempänä. "Toivottavasti ette pelästyneet. Teidän nuotionne valo näkyy kaiken tämän pimeyden keskellä niin kauaksi, ettei tätä paikkaa voinut olla huomaamatta. Sitä paitsi täytyyhän meidänkin jossain yömme viettää."

Rauniokasan takaa nuotion valoon ilmestyi kuin tyhjästä kaksi miestä. Molemmat olivat selvästi Esraa ja Aaronia vanhempia. Edellä kulkeva antoi keihäänsä kaverilleen, ja näytti kämmeniään. "Jos olisimme halunneet tehdä pahaa, olisi se ollut hyvin helppoa tässä ympäristössä ja pimeydessä. Sitä paitsi te keskustelette varsin kovalla äänellä muutenkin. Otan osaa menetykseesi", tulija päätti sanottavansa ja nyökkäsi päätään Esran suuntaan.

"Kiitokset osanotosta. Ja toisekseen siitä, kun ette yrittäneetkään yllättää meitä. Istukaa siis lämmittelemään, kun kerran tässä kaikki olemme." Esra istuutui uudelleen alas, mutta jätti keihään syliinsä poikittain valmiiksi. Nahkaviitan alla hän lisäksi tarkisti, että kivinen veitsi oli edelleen käden ulottuvilla. Aaron seurasi esimerkkiä, mutta antoi oman veitsensä toiselle tulokkaalle lihan leikkaamista varten.

Esra tunsi olevansa samaan aikaan sekä iloinen että hyvin varuillaan. Toisaalta he olivat kohdanneet ihmisiä, joiden kanssa voisi ehkä tehdä yhteistyötä. Toisaalta heidät oli nolosti yllätetty varomattoman leiriytymisen vuoksi. Seuraavalla kerralla vastaantulijat eivät välttämättä olisi näin ystävällisiä. Esran ja Aaronin seuralaiset olivat kaikesta päätellen hekin jonkinlainen työpari. Molemmilla oli olkapäällä roikkuva nahkainen laukku, ja kumpikin oli pukeutunut lähes yksinomaan nahkaisiin vaatteisiin. Kummallakaan ei näkynyt asusteissa mitään erityistä tunnusta. Vankkarakenteisia jalkineita silmäillessään Esra mietti, että tältä heimolta voisi oppia yhtä jos toista ainakin suojaavien vaatteiden tekemisestä.

Lähestymisestään suureen ääneen ilmoittanut otti vastaan Aaronin tarjoaman veitsen, ja leikkasi itselleen ja toverilleen palan paistia. "Minä olen Sadelehto, ja tässä on kaverini."

Sadelehdon kaveri ei sanonut mitään, mutta nyökkäsi hienovaraisesti ensin Aaronille ja sitten Esralle. Hiljaisuus saattoi olla huono merkki. Esra toivoi kuitenkin kovasti, että kyse oli vain terveestä varovaisuudesta. Eiväthän Sadelehto kavereineen tunteneet sen enempää Aaronia kuin Esraakaan.

"Oletteko te veljeksiä? Ehkä jopa oman heimonne päällikölle sukua?" Kysyi Aaron sen ihmeempiä miettimättä. "Tämä tässä on nimeltään Tulikoura ja heimomme päällikön poika, joten siitä tuli mieleen."

Esra tunsi hiljaa punehtuvansa. Hänkin oli pannut merkille tulijoiden yhdennäköisyyden. Aaron oli silti puhunut liikaa ja liian varhain.

"Vai että päällikön poika? Ja täällä te kaksistaan olette kaukana kotoa?" Sadelehto näytti ymmärtäneen Aaronin puhuneen sivu suunsa, mutta vastauksessa ei ollut aistittavissa pahantahtoisuutta. "Teillä on varmaan jokin tärkeä tehtävä, oletan?"

"Voi sen niinkin sanoa", Esra riensi vastaamaan ennen Aaronia. "Olemme etsimässä täydennystä heimon ruokavarantoihin, ja toki tässä samalla katselemme, mitä muuta maailmalla on tarjota."

"Mitä heimoa te olette? Tuo punainen lehtikuvio on kai jonkinlainen tunnuksenne?" Sadelehdon kaveri kysyi väliin, ja osoitti lihapalallaan Aaronin rintaa.

Aaron avasi jo suunsa vastatakseen, mutta Esran vihainen katse sai hänet vaikenemaan.

"Olemme tästä melko läheltä."

Keskustelu jatkui nuotion äärellä hyvän tovin. Esra mietti kuitenkin koko ajan, ettei kumpikaan paljastanut sen enempää omaa kokonaista nimeään eivätkä sitäkään, mistä ovat kotoisin. Heillä saattoi olla huonoja kokemuksia tällaisista kohtaamisista, tai sitten kysymys oli vain yleisestä varovaisuudesta. Ehkä tässä olisi oppi, joka Esran ja Aaronin olisi hyvä sisäistää?

3.

Sadelehto otti laukustaan kourallisen kuivia puukalikoita, ja heitti ne hiipuvaan nuotioon, joka pian leimahti uudelleen eloon.

"Kuulkaahan", hän sanoi ja otti laukustaan esille kämmenelle mahtuvan esineen. "Ehdotan vaihtokauppaa. Meille hieman lisää tätä teidän paistianne, ja saatte tilalle tämän suunnan osoittajan."

Esra ojensi kätensä, ja Sadelehto laski esineen avatulle kämmenelle. Suunnan osoittaja oli melko kevyt, ja sen keskellä pyöri jonkinlainen nuoli. Ja miten tahansa esinettä käänteliakin, asettui nuoli lopulta osoittamaan samaan suuntaan.

"Kuten jo varmaan nimestä arvasitkin", Sadelehto sanoi, "nuoli osoittaa aina samaan suuntaan. Toisin sanoen sen avulla voi seurata, mihin on matkalla. Jos siis ei tunne ympäristöä jo valmiiksi."

Aaron halusi myös katsella, ja pyöritteli esinettä käsissään pitkän aikaa. Nuolen ympärillä oli ympyräkuvio numeroineen. Kumpikaan pojista ei ymmärtänyt numeroiden merkitystä, mutta sen Esra ymmärsi, että tästä suunnan näyttäjästä voisi olla hyötyä.

"Mistä te tällaisen oikein löysitte?" Aaron ei ollut vieläkään kyllästynyt ihmettelemään sitä, että nuoli päätyi aina osoittamaan hänen rintaansa kohti.

"Aiemmilta matkoiltamme se jäi mukaan. Meillä on jo tuollainen, emmekä välttämättä tarvitse toista. Mutta ruokaa me kyllä tarvitsemme", päätti Sadelehto selityksensä paistia osoittaen.

"Tehdään vain vaihtokauppa. Ja paisti on siinä, voitte ottaa tarvitse-manne, kunhan jätätte meillekin." Esra siirsi nahkaviittansa sivuun, ja laittoi nuotion valossa suunnan osoittajan reppuunsa. Sen jälkeen hän laski keihään sylistään viereensä maahan, ja alkoi kääriytyä vilttiin. "Minua väsyttää. Sovitaanko Aaron niin, että sinä otat ensimmäisen vahtivuoron. Herätä minut sitten, kun aika on." Esra siirsi huomionsa vieraisiin. "Toivottavasti ette pahastu. Päivä on ollut pitkä."

"Ei hätää", vastasi Sadelehto. "On se ollut päivä pitkä meilläkin."

"Pidän kyllä vahtia", sanoi Aaron nousten seisomaan oikoen sääriään pitkän istumisen jäljiltä.

4.

Esra havahtui hereille. Hänellä oli vahva tunne siitä, että jokin oli vialla. Alla oli edelleen kotoa saatu viltti, päällä nahkaviitta ja pään alla reppu. Aaron nukkui vähän matkan päässä omaan viittaansa kääriytyneenä. Nuotio oli sammunut, ja paisti riippui edelleen sen yläpuolella. Sade-lehto kavereineen olivat kuitenkin poissa. Ja mikä huomionarvoisinta: aurinko oli jo noussut.

Esra nousi ylös, tarkisti kaikki varusteensa ja käveli nuotion ympäri joka suuntaan katsellen. Aaron nousi unisena istumaan, ja katseli hän-kin ympärilleen. "Oletkin jo jalkeilla."

"Niin olen!" Esra huusi. "Nyt on jo aamu. Et herättänyt minua lain-kaan. Missä ne eiliset kaksi ovat? Sadelehto ja sen kaveri?"

"En tiedä. Nukahdin jossain vaiheessa, ja näemmä lähtivät ennen meitä jatkamaan matkaa. Olivat kyllä mukavaa väkeä."

"Hehän olisivat voineet vaikka tappaa meidät nukkuessamme ja va-rastaa tavaramme!" Esra potkaisi kiveä, jonka kalahdus kaikui rau-nioissa. Aaron kalpeni, ja tuijotti vain eteensä mitään sanomatta.

"No, onneksi olivat kunnon väkeä. Tarkista vielä varusteesi, että kaikki on tallella." Esra ei halunnut jatkaa samasta aiheesta enempää. Aaronin kauhistunut ilme kertoi, että oppi oli jo mennyt perille.

Aaronin tarkistaessa tavaroita Esra poimi repustaan suunnan näyttäjän. Nuoli asettui edelleen aina samaan suuntaan, vaikka kuinka esinettä käsissään käänteli.

"Olisin halunnut kysyä tarkemmin, miten tätä käytetään. Onneksi kuitenkin se tärkein tuli jo eilen selväksi." Esra katsoi raunioiden raosta eilisen leveän tien suuntaan. Aurinko oli puoliksi noussut. Vielä oli viileää, mutta ei enää pitkään.

"Laitetaan tavarat kasaan ja jatketaan matkaa. Muista kuitenkin jatkossa, ettei tuntemattomiin kannata noin vain luottaa, vaikka nyt hyvin kävikin."

Aaronin hartiat painuivat harmista kasaan, ja hän valmistautui lähtöön jäätävän hiljaisuuden vallitessa. Esra ei kuitenkaan aikonut pahoitella, sillä hän tiesi olevansa oikeassa. Onneksi Aaron leppyi aamupäivän kuluessa.

23. luku

"Jaaha... mihin nyt?" Aaron puki sanoiksi sen, mitä Esrakin oli miettinyt.

He olivat palanneet leveälle tielle, joka päivän edetessä ja matkan jatkuessa sai taas päällysteen. Nytkin pinta oli pahasti halkeillut, ja ajoittain suuria lohkareita harmaata päällystettä nousi koholle tien pinnasta kuin muistona menneisyyden suuruudenajasta. Paikoin tien pohja erottui harmaana ja pölyisenä, mutta pääasiassa hiipivä sammal ja pienet ruohot paljastuneiden halkeamien raoista olivat selviytyneet voittavina valloittajina.

Keskellä tietä oli melkein koko sen leveydeltä epäsäännöllinen kivilohkare, joka oli ihmistä korkeampi. Sen päällä Esra nyt istui ja nautti siitä, että aurinko oli ehtinyt lämmittää ja kuivattaa lohkareen sammalpeitteen. Kivenheiton päässä edessä suuri tie haarautui. Se jatkui yhtä leveänä ja taivaanrantaan kurkottavana kahteen eri suuntaan. Oli tehtävä matkan toinen merkittävä valinta suunnasta.

"Mietitään", vastasi Esra Aaronille. "Kumpaankin suuntaan voimme lähteä, mutta vaihtoehtona ei ole se, että eroamme, jolloin kumpikin ottaisi toisen tien suunnakseen. Joka tapauksessa toinen tie näyttää kulkevan edelleen sinne, mistä aurinko nousee. Toinen taas..." Esra piti kämmenellään suunnan näyttäjää. "Toinen suunta jatkuu sinne, mihin nuoli osoittaa."

Aaron kipusi Esran rinnalle, ja ihmetteli nuolta. Se todellakin osoitti suoraan sinne, mihin toinen tie jatkui. "Minusta tuntuu, että tuo on hyvä enne. Mitä jos ei seurata enää auringonnousua, vaan jatketaan sinne, mihin meitä johdatetaan?"

Esra katseli lohkareen päältä avautuvaa maisemaa, ja yritti miettiä kokonaisuutta. Nuolen osoittamassa suunnassa näytti olevan enemmän metsää, ja samalla siellä täällä erottui tähän saakka aiempaa tiheämmässä kulmikkaita raunioita. Auringonnousun suunnassa puolestaan jatkui aukeampi alue, jota täplittivät ajoittaiset metsäiset laikut ja yksittäiset isommat rauniokasat.

"Me olemme täällä etsimässä ennen kaikkea muita ihmisiä, joilta voisimme pyytää apua. Jos kerran ihmisiä joskus oikeasti asui tuollaisissa kulmikkaissa raunioissa, saattaa niissä asua väkeä edelleen. Ajatuksesi nuolesta hyvänä enteenä voi siis hyvinkin olla oikea."

Aaronin suupielet nousivat leveään hymyyn. "Sitähän minä sanoin. Lähdetään." Aaron kierähti lohkareen päältä maahan, ja lähti päättäväisesti kävelemään valittuun suuntaan kohti metsää ja uusia raunioita. Esra laittoi suunnan näyttäjän reppuunsa, ja riensi sitten Aaronin perään.

2.

Pian he saavuttivatkin metsän reunan, joka tuntui ojentavan oksiaan leveän tien ylle suojaavan katoksen lailla. Reitti ei enää mutkitellut, vaan jatkui täysin suorana niin pitkälle kuin silmä saattoi erottaa. Tien molemmin puolin oli melkein vieri vieressä kulmikkaita raunioiden jäänteitä. Mutta nyt jokainen oli matalampi ja muutenkin pienempi kuin aiemmin kohdatut.

"Ihmiset siis asuivat joskus näin?" Aaron mietti ääneen. "Eivätkä yksinomaan sellaisissa laatikoissa päällekkäin ja rinnakkain, vaan omissa rakennelmissaan toistensa vieressä?"

"Siltähän tämä vaikuttaa, jos siis olemme oikeassa", vastasi Esra. Yhdessäkään rauniossa ei näyttänyt olevan enää kattoa, joten yöpyminen sateen sattuessa olisi ainakin epämiellyttävää. Puut ja muut kasvit olivat vallanneet rapistuvat rakennelmat sisältäkin jo kauan aikaa sitten. "Eivätkö nämä hiukan tuo mieleen meidän omat kotimme? Jos nyt ajattelet, että kotimme olisivat laatikkomaisia ja paljon isompia?"

"Miksikäs ei niin", Aaron nyrpisti nenäänsä. "En kyllä haluaisi tällaisessa asua."

"Jos näissä on joskus asuttu, on kaikki hyödyllinen tavara jo aikaa sitten viety tai muuten tuhoutunut. Näissä on kuitenkin voinut myöhemmin joku majoittua, joten katsellaan hetki ympärillemme."

Lähintä rauniota lähestyttäessä Esra erotti kolme matalaa porrasta, joiden jälkeen vielä pystyssä olevassa seinässä näkyi riittävän kookas aukko. Esra pystyi melkein kuvittelemaan, että tässä oli joskus ollut ovi. Sisäpuolella - jos tällaisessa rauniossa nyt sisäpuolta saattoi ajatella olevan - ei kuitenkaan näkynyt mitään hyödyllistä. Ei edes jälkiä siitä, että siellä olisi käyty pitkään aikaan.

Takanurkassa erottui jotain, joka kiinnitti Esra huomion. Hän laskeutui kyykkyyn, ja poisti hieman sammalta kohoumasta. Sen alta paljastui kellertävä pääkallo. Esra kavahti taaksepäin niin rajusti, että joidenkin askelten päässä ympärilleen katsellut Aaronkin hätkähti.

"Mitä nyt?"

Esra sai itsensä hallintaan, ja vastasi tyynesti. "Odota hetki. Tutkin tätä lisää."

Ruohojen, sammalten ja kuivuneiden neulasten alta paljastui toinenkin pääkallo, ja niiden alapuolelta sekalaisia luita epämääräisessä järjestyksessä. Muutamissa luissa pystyi erottamaan kaluamisen jälkiä. Ilmeisesti eläimet ovat saaneet syödäkseen, Esra mietti.

"Tule Aaron katsomaan."

"Löysitkö jotain kiinnostavaa? Täällä ei… no johan nyt!"

"Tule vähän lähemmäksi ja mieti. Miltä tämä sinusta näyttää?" Esra tunsi näkevänsä mielessään kuin kangastuksena, mitä tälle epäonniselle parille oli tapahtunut joskus kauan sitten.

"Kaksi pääkalloa rinnakkain yhden erikoisen raunion nurkassa," Aaron esitti käytännöllisesti.

"Sekin tietysti," kuittasi Esra. "Mutta eikö tämä näytä siltä, että nämä kaksi ovat ehkä nukkuneet tässä kuin mies ja puoliso, ja kuolleet rinnakkain. Myöhemmin sitten eläimet ovat tehneet työnsä, ja luut ovat levinneet hujan hajan pienelle alueelle."

"Mutta ethän sinä tuollaista voi millään tietää pelkkiä luita katselemalla."

"En voikaan, mutta ainakin haluaisin ajatella niin tapahtuneen." Luiden katseleminen johdatti Esran ajatukset Jelenaan kuin itsestään.

"Toivottavasti joku osaisi kertoa meille, millainen tämä vanha maailma oli." Aaron oli jo siirtänyt huomionsa toisaalle, ja raaputti sammaleista seinää keihäänsä kärjellä.

"Sitä minäkin toivon. Katsotaan vielä muitakin raunioita." Esra käänsi selkänsä löytämilleen luille, ja työnsi samalla Jelenan ajatuksissaan niin syvälle piiloon kuin suinkin pystyi.

3.

Raunio toisensa perään näytti lähemmässä tarkastelussa yhtä tyhjältä ja luonnon valtaamalta kuin ensimmäinen. Sammalet, matalat kasvit ja lopulta puut tuntuivat ottaneen alueen täysin hallintaansa leveää tietä lukuun ottamatta. Päällyste piti edelleen puoliaan, mutta epäilemättä häviäisi lopulta kamppailunsa. Metsä oli hiljainen lukuun ottamatta lehtien kahinaa ja ajoittaista linnun ääntelyä. Paikka vaikutti kuolleen hyvin kauan sitten. Kunnes yhden raunion pienet portaat erottuivat joukosta.

"Tuo näyttää tuoreelta", Aaron sanoi ja osoitti maahan.

Portaiden yli kulki tumman punainen vana, joka ei ollut vielä täysin hyytynyt. Esra laskeutui kyykkyyn, ja pyyhkäisi verta sormellaan. Se oli todellakin vielä melko tuoretta. "Joku on haavoittunut, eikä siitä voi olla kauaa."

"Hei! Onko täällä joku? Me voimme auttaa!" Aaronin huutoon vastasi ainoastaan hiljaisuus.

"Nyt ainakin tietävät, että olemme tulossa. Mennään." Esra laski keihään kärjen osoittamaan eteensä, ja kipusi portaat astuen sisään rakennuksen jäänteisiin.

Etsintä oli lyhyt. Sisällä makasi yksinäinen ruumis, joka näytti yhtä tuoreelta kuin äskeinen verivanakin. Vainajan selässä erottui useita suuria haavoja. Uteliaana Esra asetti keihään haavan päälle ja huomasi, että jäljet olivat mahdollisesti syntyneet juurikin keihäällä. Uhri oli mitä ilmeisimmin keihästetty takaapäin.

Esra käänsi ruumiin selälleen, ja huomasi arvanneensa oikein. Kalastajan poika Taavi katsoi Esran vieressä seisovaa Aaronia lasittuneilla silmillään. Suusta oli valunut poskelle se viimeinen sylkeen sotkeutunut verivirta.

"Mitä on mahtanut tapahtua?" Aaron oli pysytellyt kaiken aikaa taka-alalla hiljaa seisten. Hänen äänessään erottui hienoinen värinä, jota Aaron yritti parhaansa mukaan peittää.

"Taavin reppu on viety, samoin keihäs, kirves ja näemmä jalkineetkin", vastasi Esra osoittaen vainajan paljaita jalkoja. "Tästä ei voi olla kauaa aikaa. Tapahtunut vaikuttaa varsin selvältä."

"Eli mitä siis?"

Esra kääntyi katsomaan Aaronia. Tämä näytti siltä, ettei vain halunnut sanoa ääneen sitä, minkä jo kuitenkin sisimmässään tiesi.

"Muistathan sinäkin, miten vihamielisesti Taavi ja nahantyöstäjän poika Mikael suhtautuivat toisiinsa koko koulutuksen ajan? Ehkä heille tuli jostain riitaa, ja Mikael tilaisuuden tullen keihästi Taavin. Varasti näemmä tavaratkin. Ei kuollut niitä tietenkään enää muutenkaan tarvinnut. Varusteiden vieminen viittaisi ehkä siihen, ettei Mikaelilla ole aikomuksia palata kotiin. Tai jos palaa, hän epäilemättä kehittää jonkin sankarillisen tarinan sille, miksi Taavi jäi matkan varrelle."

"Toivottavasti Mikael ei tule jossain meitä vastaan", Aaron pohti ruumista katsellessaan. "Me tiedämme hänen teostaan, ja hän saattaa arvata, että me tiedämme."

"Etsitään nyt ainakin jostain pehmeää maata ja haudataan Taavi", Esra sanoi ja katseli ulos tien suuntaan. "Meillä ei ole nyt aikaa tai voimavaroja kerätä isoa roviota. Toisaalta en aio jättää häntä eläinten kaluttavaksikaan."

4.

Taaville sopivan paikan löytäminen osoittautui vaikeaksi. Puiden juuret tuntuivat levittäytyneen kaikkialle, joten kaivaminen oli hankalaa. Lopulta Aaron keksi hajottaa kivillä tien päällysteen, jonka alta paljastui tasaista ja hiekkaista maata. Syvälle kumpikaan ei jaksanut kaivaa, mutta ainakin sen verran, että vainaja saatiin maahan. Lopuksi pojat asettelivat päällysteen irronneet palaset takaisin ainakin suunnilleen vanhoille paikoilleen. Esra veisti haarakkaan oksan teräväksi, puki sille Taavin verisen paidan ja tökkäsi lopuksi rangan pystyyn tien halkeamaan. Aaron viimeisteli haudan vierittämällä päälle isoimman ja samalla lituskaisimman kiven, jonka läheltä löysi. Se ei ollut kovinkaan suuri.

"Eihän se kaunis ole, mutta ainakaan Taavia ei ihan mikä tahansa eläin pääse kaluamaan." Esralle oksaan puettu reikäinen ja verinen paita toi mieleen oman heimon linnunpelättimet kasvimaalla. Punainen sahalaitainen koivunlehti oli tarkoituksella jätetty selvästi näkyviin.

"Pitäisikö sinun sanoa jotain? Kun kerran vähän niin kuin pappi olet? Tai ainakin melkein", täsmensi Aaron samalla kämmeniään hiekasta ja mullasta pyyhkien.

"Pappimme ei ole paikalla, mutta jospa minä riittäisin", Esra sanoi ja nosti käsiään samalla tavalla kuin oli nähnyt Kalmanlehdon tekevän. "Tulesta sinä olet syntynyt, tuleen sinä olet palaava."

"Tosin nyt ei taida olla tulta saatavilla?" Aaronin ääni oli puhtaan toteava, eikä siinä ollut lainkaan keveyttä tai viisastelua.

"Olet oikeassa", Esra vastasi, ja jäi hetkeksi miettimään. "Tulesta sinä olet syntynyt, maaksi sinun pitää nyt tuleman."

Kotona opitun mallin mukaisesti pojat seisoivat hiljaa pitkään. Esra huomasi ajattelevansa moneen kertaan sitä, miksi ihmeessä isä laittoi Mikaelin ja Taavin pariksi tällaiselle matkalle. Hän lupasi itselleen kysyä asiasta, jos vielä joskus kotiin pääsee.

"Mitä teemme, jos Mikael tulee vastaan? Tai muuten vain kuulemme hänestä jotain?" Aaron oli päättänyt, että Taaville vietettävä hiljainen hetki oli päättynyt.

"Minusta tuntuu, että tiedämme kyllä, miten toimia, jos sellainen tilanne vastaan tulee."

Esra heitti nahkaisen sadeviitan taas päälleen, tarttui keihääseensä ja lähti kävelemään tietä myöten eteenpäin. Hän kuuli Aaronin seuraavan. Taakse jäänyttä tuoretta hautaa Esra ei halunnut enää katsoa. Puut kuulivat kuiskauksena lausutun hartaan toiveen, ettei Mikaelia tarvitsisi enää koskaan kohdata.

Toive toteutui. Sen enempää Esra kuin Aaronkaan eivät nähneet tai kuulleet Mikaelista mitään.

24. luku

Tie jatkui halkeilevana, välillä nousevana ja ajoittain laskevana, mutta aina suorana kuin keihäs. Kummallakin puolella oli melkein toinen toisensa vieressä erikokoisia raunioita. Yhdessäkään ei ollut kattoa jäljellä. Siksi pimeän laskeutuessa Esra ja Aaron valitsivat sellaisen, jonka ylle puiden oksat tarjosivat edes jonkinlaisen katoksen suojaksi. Vahtivuorotkin toimivat, sillä Aaron oli ottanut kerrasta opikseen. Seuraavana päivänä joitakin taloja pojat jaksoivat tutkia, mutta kun mitään ei tuntunut löytyvän, luopuivat he toivosta ja päättivät vain kävellä tiellä pysytellen. Alueella oli mitä ilmeisimmin joskus asuttu, mutta jo pitkään se oli ollut hylättynä ja puhtaaksi kaluttuna.

Muutaman päivän jälkeen yksitoikkoisuus alkoi jo masentaa, mutta sitten puut harvenivat. Tien molemmilla puolilla ei ollut enää pieniä raunioita lähekkäin, vaan enemmän yksittäisiä ja suurikokoisempia. Aurinkokin näyttäytyi. Oikealla puolella alkoi erottua kumpuilevia mäkiä, joiden päällä kasvavia vajaan metrin korkuisia heiniä tuuli heilutti. Vasemmalla puolella oli edelleen metsää, mutta siellä aluskasvillisuus oli aiempaa vähäisempää. Esra oli erottavinaan ylimääräistä liikettä.

"Kuunnellaan hetki hiljaa. Olin näkevinäni jotain."

Vasemmalta todellakin kuului kaukaista kolinaa, jota rytmittivät puheäänet. Esra erotti erilaisia ääniä, joten ihmisiä täytyi olla useita.

"Siellähän on väkeä! Puheesta en saa selvää, mutta jotain ihmisen pulinaahan tuo on! Nyt voidaan kysyä apua. Ja ehkä pääsemme aloittamaan paluumatkankin." Viime päivien yksitoikkoisuus oli selvästi käynyt Aaronin hermoille, joten ajatus muiden ihmisten kohtaamisesta nosti hänen mielialaansa huomattavasti.

"Jos oikein hyvin käy niin kyllä", vastasi Esra polviaan koukistaen, ja osoittaen keihäällä äänen suuntaan. "He eivät kuitenkaan välttämättä ole ystävällisiä. Ja vaikka olisivatkin niin voi olla, etteivät he voi meitä auttaa. Mutta niin tai näin, on parasta katsoa lähempää."

Aaron perässään Esra siirtyi tieltä metsään, ja lähti varovasti astelemaan suoraan ääniä kohti. Välillä hän pysähtyi, ja jäi hetkeksi kuuntelemaan. Mitään ei vielä näkynyt, mutta äänistä päätellen heitä ei ollut vielä huomattu. Aaron siirtyi näköetäisyyden päähän Esran sivulle, ja molemmat jatkoivat näin rinnakkain hiipimistä.

Metsän reuna erottui selkeästi edessä. Sen jälkeen alkoi aukea, jossa näkyi runsaasti liikettä. Esra ja Aaron jäivät metsän suojaan, ja tarkkailivat näkemäänsä.

2.

Terno Lindeman osoitti viimeisille saapuville hevoskärryille pysähdyspaikkoja. Hän huitoi rintansa korkeudelle ylettyvällä kepillä suuntia hevosten ohjastajille. Onneksi kuvio oli jo kaikille tuttu, joten järjestäytyminen sujui juohevasti. Kärryt hevosineen asetettiin suureen ympyrään, ja sisään jäävä alue varattiin majoitusta varten. Lindeman ei tarvinnut keppiä kävelemisen tueksi, mutta oli iän myötä oppinut, että oli hyvä pitää jotain kättä pidempää ulottuvilla. Hän oli mielestään tehnyt hyvän valinnan yöpymistä ajatellen. Leiriä koottiin parhaillaan L-kirjaimen muotoisen korkean raunion edustalle. Maa oli pääasiassa soraa, mutta siellä täällä näkyi myös ruoholaikkuja. Niistä saisivat ainakin lapset iloa leikkeihinsä. Sitä paitsi raunio antaisi jonkinlaista suojaa tuulta vastaan peräti kahdelta eri suunnalta, mikäli sellaista suojaa tarvittaisiin.

Lindeman oli joskus kuullut tarinoita siitä, ettei entisinä aikoina ollut tapana opettaa lapsia oman heimon keskellä. Sen sijaan kaikki oli koottu tällaisiin isoihin kulmikkaisiin asumuksiin, jotka oli tehty nimenomaan lapsien kouluttamista varten. Lindeman ei ollut koskaan täysin uskonut tarinaa. Silti hänen oli myönnettävä, että tuulelta suojaava raunio vastasi kuvausta juuri tällaisesta koulutusasumuksesta.

Terno Lindeman oli muuhun heimoon verrattuna poikkeuksellisen pitkä, ja laiha kuin keihään varsi. Hänen hiuksensa peittivät selän yläosan, ja parta laskeutui rinnalle. Silmät olivat pistävät, ja suuri nenä toi mieleen variksen nokan. Lindeman tiesi, ettei hänen ulkonäköään koettu miellyttäväksi, ja hän olikin päälliköksi noustuaan joutunut tekemään töitä vakuuttaakseen muut hyvästä tahdostaan heimon hyväksi.

Hevosten ajajat olivat jo melkein paikoillaan, mutta Lindeman ohjeisti heitä vielä levittämään suojaavaa ympyrää vieläkin isommaksi.

Ympäristö ei näyttänyt uhkaavalta, joten täysin tiivis suojaympyrä ei ollut tarpeen. Lopulta Lindeman antoi merkin siitä, että leirin tuttu pyöreä muoto oli saatu paikoilleen.

Kustakin kärrystä laskeutuivat alas niissä matkustaneet miehet, naiset, lapset ja lopulta heimon vanhimmatkin. Jokainen tiesi tehtävänsä, joten yksinkertaiset teltat nousivat pikavauhtia ympyrän keskialueelle. Pian syttyivät ensimmäiset tuletkin, ja Lindeman katseli tyytyväisenä kookasta saviruukkua suuren ympyrän keskelle sijoitetun nuotion vieressä. Nälkä alkoi jo olla. Jokaisella hevosella oli oma hoitajansa, joka jäi eläimen luokse osallistumatta siis varsinaisen leirin pystytykseen. Lindeman oli antanut siihen luvan, kuten kaikki hänen edeltäjänsäkin olivat erikseen tehneet. Se kuului hyviin tapoihin.

Lindeman kuuli takaansa katkeavan oksan paukahduksen, ja heti sen jälkeen vielä tukahdutetun ihmisäänen. Lindeman käännähti ympäri tuijottaen metsän reunaa pistävillä silmillään. Mitään hän ei nähnyt, mutta tiesi, että hänet nähtiin.

"Vartijat! Hälytys!" Huuto kaikui takaisin raunioista, ja Lindeman levitti kädet sivuilleen merkiksi. Pian hänen molemmille puolilleen harvaan riviin ilmestyi kourallinen miehiä keihäineen, jotka olivat huudon kuultuaan irtautuneet muista toimistaan.

Tämä on sen verran hyvä paikka leiriytymiseen, että ihan helpolla en aio tästä nyt luopua. Muutenkin on ollut pitkä päivä tien päällä, Lindeman mietti ja tuijotti edelleen metsään yrittäen erottaa pienimmätkin liikkeet.

"Tulkaa esiin!"

3.

Esra ja Aaron olivat seuranneet leirin pystytystä metsän suojissa. Kun hevosten vetämät kärryt oli ajettu rengasmaiseksi muodostelmaksi, oli Esra viitannut Aaronia luokseen leveän puun taakse. Oli selvää, ettei heitä ollut vielä huomattu. Heimo oli valmistautumassa majoittumaan ison raunion edustalla olevalle kentälle.

"Eivät ainakaan näytä sotaisilta", sanoi Aaron seuraten katseellaan telttoja pystyttäviä naisia.

"Ja heillä on lapsiakin runsaasti mukana", jatkoi Esra Aaronin aloittamaa ajatusta. "Sotaan tämä joukko ei ole lähdössä."

"Mitä me täällä puskassa sitten vielä istumme? Mennään pyytämään apua!"

"Tietysti menemme. Mietin vain sitä, miten sen voisimme tehdä mahdollisimman kohteliaasti ja samalla meidän puoleltamme vakuuttavasti."

Esra sitoi punaiset hiuksensa nahkaisella nyörillä niskaan hevosen hännäksi, ja otti yhden hiipivän askeleen. "Oli miten oli, mennään ainakin lähemmäksi ennen kuin alamme huutelemaan olevamme täällä."

Kaksi askelta otettuaan Esra astui kuivan karahkan päälle, joka paukahti poikki epätavallisen äänekkäästi. Vieressä hiipinyt Aaron hypähti säikähdyksestä, ja kaatui kyljelleen vaimeasti ähkäisten. Esra heittäytyi Aaronin perässä vatsalleen maahan, ja molemmat jäivät paikoilleen liikkumatta.

"Vartijat! Hälytys!"

"Kuulivatkohan he meidät?" kuiskasi Aaron poski tiiviisti maata vasten.

"Aivan varmasti kuulivat. Nyt vain odotetaan, mitä oikeastaan mahtoivat kuulla."

"Tulkaa esiin!"

"Mitä jos paetaan?" ehdotti Aaron valmiina ponnahtamaan pystyyn kuin jousi käskyn saatuaan.

"En halua juosta ties minne tuollaiset perässäni. Sitä paitsi emmehän me mitään pahaa ole tehneet. Ja tehtävämme suorittaminen on mahdotonta, jos aina pakenemme muiden ihmisten luota." Esra kohottautui kontilleen, ja näki edessä aukean puolella harvan rivin miehiä keihäineen.

"Noustaan vain ylös, kohotetaan kätemme näkyville ja mennään sanomaan päivää." Esra nousi seisomaan, ja alkoi varovasti kävellä kohti metsän reunaa. Hänen syytäänhän tämä oli. Toisaalta nyt ei enää tarvinnut miettiä, miten esittäytyisi leiriytyneelle heimolle.

Matka metsän suojasta aukean reunaan tuntui ikuisuudelta. Useaan kertaan Esra kääntyi katsomaan Aaronia varmistaen tuimalla katseella, että molempien liikkeet olivat liioitellun selviä ja rauhallisia. Lopulta Esra tunsi hiekkaisen maan nahkaisten jalkineidensa alla. Hän ja Aaron tuijottivat keihäsrivistön keskellä seisovaa parrakasta miestä, jonka he olettivat antaneen käskyn astua esiin.

25. luku

"Millä asialla liikutte pimenevässä metsässä? Ja montako teitä on?"
Esra näki silmäkulmastaan, miten Aaronin silmät liikkuivat villisti
vartijasta toiseen kuin pakenemaan valmistautuvan eläimen katse. Nyt
ei kuitenkaan voinut tehdä muuta kuin käyttäytyä rauhallisesti ja toi-
voa, että Aaron saisi pidettyä itsensä kurissa.

"Tervehdys teille!" aloitti Esra tavoitellen samaa äänensävyä kuin mitä
muisti pappi Kalmanlehdon käyttäneen puheissaan. "Olen Esra Tuli-
koura, ja tässä on Aaron Opinahjo. Oman heimomme asialla olemme,
eikä meitä ole kuin kaksi. Kuulimme täältä ääniä, ja päätimme tulla
katsomaan. Ei meillä ole pahoja aikeita."

Lindeman ei vastannut heti, mutta teki kepillään ympyrän muotoisen
liikkeen. Vartijat muodostivat ripeästi ringin Esran ja Aaronin ympä-
rille, ja keihäiden kärjet osoittivat kohti entistä lähempää.

"Aseet jätätte tähän, ja sitten voidaan keskustella."

"Tuskin me kaksi teidän kokoiselle heimolle uhka olemme? Ja kun
keskustelemme, voitte halutessanne istua meistä hieman kauempana,
jos niin haluatte." Esra tunsi hien kihoavan otsalleen. Tilanne ei juuri-
kaan antanut neuvotteluvaraa, mutta silti hän uskalsi kokeilla.

Keihäiden kärjet tulivat taas yhden askelen verran lähemmäksi, ja
vapaana koholla oleva Aaronin käsi puristui nyrkkiin matalan muri-
nan saattelemana. Esra tunsi hikikarpalon laskeutuvan poskeaan pit-
kin, mutta piti muuten ilmeensä tyynenä katsoen Lindemania silmiin.

Tuijotuskilpailu jatkui tovin. Vartijat selvästi odottivat päätöstä. "Pi-
täkää aseenne, mutta pysytelkää hyvällä etäisyydellä muusta heimos-
tani", Lindeman vastasi lopulta.

Kaksikko laski kätensä, ja Esra huomasi salaa hymyilevänsä. Uhka-
peli oli onnistunut, ja parrakas mies oli sanamuodollaan heimostani
varmistanut olevansa tämän joukon päällikkö. Vartijat eivät enää pitä-
neet keihäitään Esraan ja Aaroniin suunnattuina, mutta pysyivät silti
samassa muodostelmassa saattaen heidät Lindemanin perässä kär-
ryistä ja hevosista muodostetun laajan ympyrän keskelle. Esra antoi kat-
seensa kiertää yrittäen ottaa vastaan kaiken mitä näki. Pieni telttakylä

nuotioineen oli noussut raunion edessä olevalle aukealle hyvin nopeasti. Esra kohtasi ympärillä hyörivien naisten, miesten ja vanhusten epäluuloiset katseet päätään nyökäten. Lapset sen sijaan tuijottivat avoimen ihmeissään, ja muutaman kerran vartijan oli hätisteltävä innokkaimpia kauemmaksi. He eivät selvästikään luota meihin, Esra pohti. Ja miksi luottaisivatkaan? Mehän vain tupsahdimme metsästä illan pimetessä.

2.

Lindeman johdatti joukon leiriympyrän keskelle, jossa paloi nuotio, ja sen ylle oli asetettu savinen pata. Esra ei nähnyt, mitä astiassa oli, mutta hän oletti siinä tällä hetkellä vain lämmitettävän peseytymisvettä.

"Pysähtykääpä siihen", Lindeman sanoi. Sen jälkeen hän kiersi nuotion toiselle puolelle, ja otti istuimekseen yksinkertaisen puujakkaran. Syliinsä hän laski pitkän keppinsä, ja osoitti sen jälkeen muille paikkansa. Esra ja Aaron määrättiin istumaan maahan Lindemania itseään vastapäätä, ja kummallekin sivulle jäi seisomaan yksi vartija keihääseensä nojaten. Näin muodostui viiden ihmisen rinki nuotion ympärille. Istuutuessaan vilttinsä päälle Esra ei voinut olla miettimättä, että tälle heimolle ympyrä oli ilmeisesti usealla tavalla tärkeä. Ympärillä kuului vaimeaa puheensorinaa, keittoastioiden kalketta, hevosten ääniä ja muutamia hajanaisia komentoja, joilla lapsia yritettiin pitää poissa leirin keskelle muodostetusta ringistä.

"Jos todella olette kaksin liikkeellä", aloitti Lindeman, ja vasta nyt Esra todella pani merkille miehen pistävän katseen ja koukkumaisen nenän. "Mistä olette tulossa, ja mihin menossa?"

Esra osoitti kädellään tulosuuntaan päin. "Olemme olleet matkalla jo useita päiviä. Tarkkaa suuntaa meillä ei ole, mutta olemme etsimässä apua."

"Vai että apua... saa nähdä, onko meillä sitä teille antaa. Minä olen Terno Lindeman, ja vähän kuin johdan tätä joukkoa." Äänensävy viesti siitä, ettei epäluulo ollut ainakaan vielä hälventynyt.

"Päällikkönä olette sitten varmaan naimisissa?" Aaron kysyi muitta mutkitta.

Esran silmät laajenivat kauhistumisesta, ja hän kääntyi Aaronin puoleen syyttävästi katsoen.

"No mitä nyt?" Aaron sanoi puoliääneen. "Pakkohan sinun oli huomata katseiden vaihto päällikön ja tuon yhden naisen välillä."

Esra ei ollut huomannut, mutta kääntyi Aaronin osoittamaan suuntaan. Yhden teltan edessä kulki selvästi Esraa ja Aaronia kookkaampi nainen, joka todellakin sai osakseen enemmän Lindemanin sivusilmästä lähteviä katseita kuin muut. Hiukset olivat isoilla kiharoilla ja vielä pidemmät kuin Lindemanilla itsellään. Naisen iho oli tummempi kuin mihin pojat olivat kotona tottuneet. Nyt vasta Esra huomasi senkin, että kaikilla tässä heimossa näytti olevan tummempi iho kuin hänellä ja Aaronilla.

"Ei sinulta ainakaan rohkeutta puutu." Lindeman käänsi suupielensä hymyyn ja viittasi naisen luokseen. Tämä istui maahan päällikön viereen, ja antoi puukulhollisen jonkinlaista keittoa ja palan vaaleaa leipää. "En ole naimisissa. Meillä päällikkö on ikään kuin naimisissa heimonsa kanssa."

Lindeman kiitti keitosta ja puhutteli naista Mirellaksi. Esra ei uskaltanut jatkaa keskustelua samasta aiheesta. Hän kuitenkin oletti, että Mirella oli jonkinlainen päällikön epävirallinen puoliso.

3.

Lindeman otti taskustaan puukon, ja leikkasi sillä itselleen palan leipää. Suuhun palaa laittaessaan hän pani merkille Aaronin pidäkkeettömän tuijotuksen. Rievää pureksiessaan Lindeman nosti veitsensä paremmin nuotion valoon. Harmaa metalli hohti liekkien valossa vangiten ympärillä istuvien huomion.

"Sain tämän veitsen joskus kauan sitten kaupankäynnin yhteydessä. En edes muista, mitä siitä jouduin antamaan vaihdossa. Kuten näkyy, olen pitänyt siitä hyvää huolta. Ja katseestasi päätellen", Lindeman osoitti puheensa Aaronille, "on metalli teille uusi tuttavuus?"

"Ei uusi, mutta hyvin harvinainen kuitenkin", Vastasi Esra. "Suurimmaksi osaksi käytämme kiveä ja puuta, kuten ilmeisesti tekin."

"En tiedä, onko kenelläkään metallia juuri lainkaan jäljellä. Siksi haluan jatkossakin pitää veitsestäni hyvää huolta. Jos se pääsee kastumaan, alkaa pintaan ilmestyä ruskeita pilkkuja. Ajattelin antaa tämän veitsen aikanaan seuraajalleni. Jos siitä vaikka muodostuisi yksi heimomme perinne. Meillä ei niitä montaa ole, kun olemme melkein koko ajan liikkeellä."

"Telttanne ainakin ovat vankkaa tekoa", kehui Esra ja myös tarkoitti sitä. "Lisäksi olette selvästi tottuneet laittamaan leirin pystyyn vauhdilla."

"Ajan myötä tapamme leiriytyä on muuttunut aina vain nopeammaksi ja sujuvammaksi. Kokemus ja toisto tekevät ihmeitä."

"Jos sallitte niin kysyn: mistä te olette kotoisin?"

"Me olemme tien päällä elävä kansa", Lindeman hymyili ja levitti käsiään osoittaen näin koko heimoaan. "Emme siis ole kotoisin mistään, ja toisaalta olemme kotoisin kaikkialta. Koti on siellä, mihin teltan pystytämme. Niin on ollut jo kauan. En edes muista toisenlaista elämää, vaikka tarinoiden mukaan sellaistakin aikaa on joskus eletty."

Esra nyökkäsi hyväksyvästi. Mielessään hän kuitenkin harmitteli sitä, ettei kukaan näemmä ollut halukas kertomaan, mistä oli kotoisin. Se saattaisi haitata avun saamista omalle heimolle, mutta sen näyttäisi sitten aika.

4.

Lindemanin Mirellaksi puhuttelema nainen vilkuili toisen olkansa taakse, ja kääntyi lopulta kokonaan ympäri. Päällikön takana juuri ja juuri nuotion valon piirissä seisoi kolme lasta. Esra erotti sen verran laskeutuvassa hämärässä, että jokaisella näytti olevan aikuisen nyrkin kokoinen kivi kädessään. Muuten lapset vaikuttivat enemmän uteliailta kuin pelokkailta. Lindeman kääntyi itsekin Mirellan osoittamaan suuntaan, ja viittasi lapsia tulemaan lähemmäksi. Näin tapahtuikin. Kaksi lapsista pysytteli vartijoiden lähellä, mutta yksi uskaltautui Aaronin viereen. Tämä ei kuitenkaan tarttunut Aaronin ojentamaan käteen, mutta pudotti kantamansa kiven Aaronille.

"Kiitoksia", Aaron vastasi ja hymyili. "Otan lahjan vastaan kiitollisuudella."

"Meillä käy kovin harvoin vieraita", Lindeman selitti.

Esra tunsi rentoutuvansa kuullessaan, että nyt he olivat jo vieraita eivätkä esimerkiksi tunkeilijoita tai vankeja. "Onko teillä ollut ongelmia satunnaisten kohtaamisten kanssa? Kuten esimerkiksi sellaisista kuin me."

Lindeman katseli metallista veistään kuin muistiaan virkistäen, ja vastasi sitten. "Kohtasimme yhden ongelmallisen heimon. Tai oikeastaan he eivät olleet heimo, vaan oikeammin isohko partio sotureita. Kaikki olivat kaljuiksi ajettuja, ja jokaisella näytti olevan erilaisia ihopiirroksia käsissään ja rinnassaan. Muistan kohtaamisen jo siksikin, että joukon johtajalla oli mukanaan ehkä kahden kyynärän mittainen veitsi."

"Mutta eihän niin isoa voi olla kellään!" Aaron parahti ihmeissään.

Lindeman koski sormilla toisen kätensä kyynärpäätä ja sen jälkeen saman käden sormia osoittaakseen Aaronille kyynärän mitan. "Suunnilleen kahden kyynärän mittainen se metallinen veitsi oli. Näin sen itse, ja oikein läheltä."

"Mitä he sitten halusivat? Vai hyökkäsivätkö vain kimppuunne mitään sanomatta?" Esra oli päättänyt haluavansa kuulla tarinan loppuun.

"He pyysivät meitä myymään heille useita hyväkuntoisia lapsia, jotta voisivat sitten myydä lapset edelleen parhaiten tarjoavalle. Ihmisten ostaminen ja myyminen oli kuulemma heidän elinkeinonsa, ja näyttivät olevan hyvin ylpeitä ammatistaan. Hyvän hinnankin lupasivat lapsistamme maksaa."

Esra vilkaisi lähistöllä omien nuotioidensa ympärillä liikkuvia lapsia, ja käänsi sitten huomionsa takaisin Lindemanin puoleen. "Taisitte kieltäytyä heidän tarjouksestaan."

"Tietysti kieltäydyin, ja kiristimme heti vartiointia leirimme ympärillä varmuuden vuoksi. Se kannatti, sillä ne pirulaiset koettivat pimeän tultua viedä lapsiamme väkisin."

"Ja miten siinä kävi?" Tarinaa jännittyneesti kuunnellut Aaron otti lapsen pudottaman kiven käteensä, ja siirteli sitä kourasta toiseen.

Lindeman nosti vasemman hihansa ylös. Kämmenselästä kyynärpäähän saakka kipusi ruma ja pitkä arpi, joka erottui selvästi nuotion vähäisessä valossa. "Kahakka oli nopeasti ohi. He hyökkäsivät pimeästä, ja sinne myös katosivat yhtä vauhdikkaasti kuin olivat tulleetkin. Meidän heimostamme kuoli yksi, ja he puolestaan kantoivat ainakin yhden soturinsa pois. En tiedä, kuoliko hän sitten lopulta haavoihinsa. Varmuuden vuoksi vaihdoimme leirimme paikkaa heti samana yönä. En halunnut jäädä ottamaan selvää, palaavatko hyökkääjät vielä takaisin entistä suuremmalla joukolla."

Lindeman laski hihansa samalla huokaisten. Väkivaltaisen yön muisto oli selvästi edelleen kirkkaana mielessä. Sen jälkeen hän osoitti Esran ja Aaronin taakse kohonnutta telttaa. "Tuollainen hyökkääjiltä kuitenkin jäi. Mahtoiko olla heidän jonkinlainen tunnuksensa vai mikä. Käskin ommella kankaan osaksi telttaa jonkinlaisena voitonmerkkinä."

Esra ja Aaron kääntyivät katsomaan osoitettuun suuntaan. Teltan kylkeen oli todellakin ommeltu suorakulman muotoinen kangaskappale, joka erottui selvästi. Väriltään se oli melkein veren punainen, ja yhdessä nurkassa oli ristikkäin kellertävä tai ehkä vaalean ruskealla värillä kaksi jonkinlaista työkalua. Esineet toivat Esralle mieleen välineet, joilla omassa heimossa hoidettiin viljelyksiä.

"Ette kuitenkaan kohdanneet näitä kaljuiksi ajettuja sotureita enää toistamiseen?" Esra yritti miettiä, miten voisi itse Aaronin kanssa välttää tällaisen heimon kohtaamisen.

"Liikumme usein paikasta toiseen, ja olemme sittemmin välttäneet niitä seutuja, jossa kyseinen joukko vastaan tuli. Vartiota olemme kuitenkin siitä asti pitäneet hieman enemmän, kuten ehkä itsekin koitte tänä iltana." Molemmat nuotion ympärillä seisovat vartijat suoristivat kuin huomaamatta ryhtiään Lindemanin puhuessa.

5.

Esra suoristi itsekin selkäänsä, rykäisi ja katsoi niin vakavin ilmein Lindemanin pistäviin silmiin kuin vain osasi. "Kysyit, millä asioilla liikumme. Meillä on todellakin tärkeää asiaa. Heimomme koko perunasato tuhoutui, joten olemme matkalla löytääksemme jostain muualta apua. Liikenisikö teidän varastoistanne hieman siemenperunaa?

Voimme toki maksaa vaikka omalla työnteollamme, jos ei meillä muuta arvokasta ole tarjota. Heimoamme saattaa pian uhata nälänhätä, jos mitään ei tehdä."

"Me emme pidä erityisiä varastoja. Lähinnä vain sen, mitä mukanamme kulkee paikasta toiseen."

"Mutta täytyyhän teidänkin syödä?" Aaron viitasi ympärillä poreileviin savipatoihin, joista kohoava tuoksu oli päätynyt jo hyvän aikaa sitten myös keskinuotion äärellä istuvien sieraimiin.

Lindemanin vieressä istuva Mirella puuttui nyt puheeseen. Äänessä oli lievästi loukattu sävy. "On meillä toki ruokaa, mutta lähinnä vain omalle väelle. Siksi katsomme muutenkin tarkasti, kuinka paljon heimossamme on jäseniä. Ei meillä ole varoja auttaa kokonaista vierasta heimoa."

"Te kaksi saatte toki syötävää tänään", sanoi Lindeman ja laittoi kädessään olleen viimeisen leipäpalan suuhunsa. "Kunhan vain lupaatte jatkaa matkaa aamulla. Tämän yön voitte viettää kanssamme. Se on varmasti turvallisempaa kuin raunioiden keskellä nukkuminen."

Esra huokasi, ja laski katseensa nuotion hehkun puoleen. Hetken hän oli jo ehtinyt toivoa, että kotimatkan olisi voinut aloittaa seuraavana aamuna. "Osaatteko sitten kertoa hieman suuntaa, mihin meidän kannattaisi jatkaa matkaa? Liikkuvaa elämää kun vietätte niin missä voisi olla sellainen heimo, joka voisi meitä hädässämme auttaa?"

Lindeman suki pitkää partaansa, ja tuijotti pimeyteen vastaamatta mitään pitkään aikaan. Esra tavoitti Aaronin katseen ja sai ilmein viestityksi, että nyt kannattaa olla vain hiljaa ja odottaa.

"Jos seuraatte tämän ison raunion oikealla puolella jatkuvaa leveää ja pahoin kärsinyttä tietä eteenpäin muutaman päivän ajan, ja käännytte sitten oikealle maaston alkaessa viettää ylöspäin, pitäisi ehkä kolmen tai neljän päivän kuluessa vastaan tulla sellainen heimo, jolla voisi olla keinoja auttaa teitä. Heillä on tapana pukeutua paljon värikkäämmin kuin teillä tai meillä, elleivät sitten ole perinteitään muuttaneet sen jälkeen, kun heidän maittensa ohi kuljimme."

"Lähdemme siis heti aamulla osoittamaanne suuntaan", vastasi Esra. "Se on varmasti parempi suunnitelma kuin summittainen harhailu."

6.

"Onko teidän heimollanne tarinoita siitä, miltä maailma näytti ennen?"
Esra katsoi Aaronia hämmästyneenä, sillä hänen kysymyksensä ei
tuntunut liittyvän yhtään mihinkään. "Miksi ihmeessä sinä tuollaista
kysyt?"

"Meillehän sanottiin, että olemme täällä ottamassa selvää asioista.
Minä haluan tietää, onko heidän tarinansa erilainen kuin meillä. Isä
ainakin on sitä mieltä, etteivät kaikki voi ajatella menneisyydestä sa-
malla tavalla kuin me itse."

"Minä kuulin tarinan joskus nuorena tyttönä!" Heimon keskellä ole-
van nuotion piiriin oli kaikessa hiljaisuudessa liittynyt uusi osanottaja.
Hän oli selvästi jo hyvin vanha, ja liikkui kumarassa. Hänelle tuotiin
samanlainen puinen tuoli kuin mitä Lindemanilla oli, ja sille vanha nai-
nen istuutui. Hänellä oli päällään niin leveä ja pitkä hame, ettei jalkoja
sen alta näkynyt lainkaan. Katse kiersi kaikissa nuotion ääressä istuvissa
varmistaen, että oli saanut kaikkien huomion itselleen.

Lindeman hymyili leveästi. "Tämä on meidän Nadjamme suosikkita-
rina. Ja hyvä onkin, mutta miten totta se sitten on, on tietenkin toinen
asia. Kysymys on kuitenkin niin kauan sitten tapahtuneista asioista, että
Nadja itsekin on tarinan vain joskus kuullut sellaiselta, joka on kuullut
itse saman tarinan joltain muulta."

"Totta se on! Niin minulle kerrottiin!" Nadja nosti ryppyisen sor-
mensa pystyyn. Äänessä ei ollut minkäänlaista epävarmuutta. Aaron
ojentautui kohti vanhaa naista kuullakseen paremmin. Esrakin oli mie-
lissään voidessaan kuulla lisää tarinoita, vaikka ne eivät totta olisikaan.

"Kauan sitten, siis todellakin kauan sitten, kuten päällikkömmekin
jo mainitsi", aloitti Nadja tehostaen sanojaan puhuen yhtä paljon käsil-
lään kuin suullaan. "Tiedättehän kun on oikein kylmää, ruoka saattaa
mennä kylmäksi ja kovaksi eli jäätyä? Samalla tavalla osa ihmisistä jää-
dytettiin, ja ihan kokonaan! Tarkoituksena oli, että heidät sitten joskus
herätetään uudelleen."

"Mutta eihän ihmistä voi kokonaan jäädyttää?" epäili Esra. "Muistan
joskus kylmettäneeni varpaani, ja se oli kovin tuskallista."

"Silloin ennen pystyi jäädyttämään koko ihmisen! Uskokaa pois!" Nadja selvästi nautti tarinankertojan roolistaan ja sen tuomasta huomiosta. Esrasta hänessä oli jotain samaa kuin oman heimon opettajassa Mooses Opinahjossa. Kohteliaasti Esra ei väittänyt enempää vastaan, ja antoi Nadjan jatkaa.

"Kun sitten nämä kokonaan jäätyneet ihmiset sulivat ja heräsivät, oli edessä hävityksen kauhistus. Suurin osa jäätyneistä oli kuollut, joten vain pieni osa oli jäljellä. Ja henkiin jääneitä odotti ulkona juurikin tämä meidän maailmamme. Kaikki heidän hienot saavutuksensa olivat tuhoutuneet, ja meille siitä on muistona enää vain nämä rakennusten jäänteet tässä ympärillä. Jäljelle jääneet ihmiset muistivat vanhasta maailmasta jotain pientä unissaan, mutta muuten he olivat lähes täysin kadottaneet muistonsa entisestä."

Nadja levitti kätensä kattamaan kaikki ympärillä olevat. "Kaikki piti siis opetella uudestaan. Osa tästä tiedosta säilyi kirjoiksi kutsutuissa esineissä."

"Meillä on kotona yksi kirja", sanoi Aaron väliin. "Mutta miksi koko maailma sitten tuhoutui niiden ihmisten ollessa jäässä?"

"Kukaan ei tiedä. Antaisin aika paljon, jos sen saisin tietää ja muille kertoa", päätti Nadja päänsä laskien kuin tappionsa tunnustaen.

"Onko teidän heimollanne kirjoja?" Esra huomasi hypistelevänsä sormiaan ikään kuin olisi pidellyt piirtopuikkoa.

"Muistan nähneeni joskus sinun ikäiseshäsi kirjan, mutta muita en ole nähnyt."

"Heimomme vanhimmat ovat tottuneet toimimaan tiedon välittäjinä nuoremmille sukupolville", jatkoi Lindeman Nadjan ajatusta. "On parempi kertoa asioista keskustellen eikä niin, että tieto sidottaisiin johonkin yksittäiseen esineeseen. Tarinoiden perusteella niin tehtiin ennen, ja siksi tavattoman paljon arvokasta tietoa menetettiin."

Esra mietti, että vaikka tällä heimolla olisi kirjoja ollutkin, olisi ehkä ollut liikaa vaadittu saada vilkaista niitä. Eihän kotonakaan ollut kuin yksi kirja, ja sekin vain osittain säilyneenä. Suullisesti välitetyssä tiedossa oli siis ehdottomasti omat hyvät puolensa.

7.

Lindeman nousi ylös, ja se oli merkkinä muillekin piirissä olijoille tehdä samoin. "Kumpikin teistä saa vartijan, kun liikutte leirissä. Käytte ensin keräämässä hieman polttopuuta, ja sen jälkeen voitte kysyä, tarvitseeko joku apua."

Esra ja Aaron laittoivat reput takaisin selkäänsä, mutta Lindeman keskeytti heidät. "Varusteet ja varsinkin keihäät ja muut aseet jätätte tähän. Ette tarvitse niitä aseistetun vartijan seurassa liikkuessanne."

Aaron ohjattiin leiriä suojaavien kärryjen ulkopuolelle keräämään oksia ja polttopuita. Esra sen sijaan vietiin leirin ulkokehälle kärryn luo, jonka edustalla pystytettiin vielä telttaa. Keskustelua ei käyty, mutta vartijan silmien alla Esra auttoi kuuliaisesti pystytyksessä katsoen mallia muilta.

Äkkiä Esra tunsi, kuinka hänen sääriään tökittiin jollakin. Viereisen teltan lapsista muut katselivat kauempaa ihmeissään, ja yksi oli uskaltautunut lähemmäksi. Tämä uskalikko nyt tökki Esraa pitkällä kepillä pohkeisiin. Hyvin pian kuului kimakka ääni, ja ilmeisesti lasten äiti huusi jälkikasvunsa pois vieraan miehen lähettyviltä.

Esra jäi tuijottamaan naista. Hän oli iholtaan hieman tummempi samoin kuin muutkin tässä heimossa, ja vyötäisille ulottuvat hiukset olivat mustat kuin yö. Hän toi kovasti Esran mieleen Jelenan. Nainen huomasi Esran tuijotuksen, ja kääntyi nopeasti lasten puoleen pois kävellen. Se toimi samalla hyvänä muistutuksena myös Esralle itselleen keskittyä tehtävään, joka sillä hetkellä tarkoitti leirin pystytyksessä avustamista.

8.

Oli jo pimeää, ja ilmeisesti varmuuden vuoksi Aaronin oli käsketty majoittua eri paikkaan kuin Esran. Heillä oli kuitenkin kaikesta huolimatta näköyhteys toisiinsa, ja ruokaakin oli jo saatu. Sitä paitsi kuulumisia he voisivat tietenkin vaihtaa runsain mitoin seuraavana päivänä, kun matka taas jatkuisi. Vartijatkin olivat jo poistuneet omiin toimiinsa.

Hetken ympärille katseltuaan Esra käveli hiipuvan nuotion ympärille jääneiden varusteidensa luokse. Ketään ei näyttänyt kiinnostavan, joten Esra poimi mukaansa viltin, vahataulun ja piirtopuikon. Palattuaan takaisin hänelle aiemmin osoitettuun nurkkaukseen Esra istahti viltin päälle, ja avasi nuotion hehkussa jalkojensa päälle vahataulun. Merkinnät olivat lyhyitä. Suurimmaksi osaksi kysymys oli muistin tueksi kirjattavista tukisanoista, joiden avulla muistaisi sitten kotona kertoa enemmän tästä kiertävästä heimosta. Lopuksi Esra sulki vahataulut taas yhteen, heitti viltin päälleen ja vei taulut ja piirtopuikon takaisin reppuunsa.

Yövartija katseli toimitusta epäluuloisena. Esra hymyili ja heilautti tälle kättään, ja sai vastauksen tervehdykseen. Aaron näytti nukkuvan oman nuotionsa edessä. Esra päätti tehdä samoin.

26. luku

Aurinko oli jo noussut, kun Esra ja Aaron astuivat jälleen leveälle ja halkeilleelle tielle. Lindemanin lupauksen mukaan he olivat saaneet hieman ruokaa aamulla, ja Mirella oli vielä uudemman kerran pahoitellut, ettei heimolla ollut enempää antaa.

Molemmilla oli päällään tuttu nahkainen sadeviitta, ja sen alla reppu. Esra katsoi vielä kerran taakseen aukealle leiriytyneen heimon suuntaan, ja osoitti kysyvästi keihäällään tien suuntaisesti sinne, mihin heitä oli edellisenä iltana ohjeistettu jatkamaan. Suurikokoisen kärryn vieressä seisova Lindeman osoitti kepillään samaan suuntaan kuin Esra keihäällään, ja nosti vielä hyväksyvästi peukalonsa pystyyn. Aaron hengitti syvään ja äänekkäästi viileää aamuilmaa, ja lähti sitten itsekin astelemaan osoitettuun suuntaan.

Puiden, pensaiden ja heinien valtaamia laatikkomaisia raunioita erottui tien molemmin puolin harvemmin kuin aikaisempina päivinä, mutta toisaalta jäänteet olivat kookkaampia, ja niiden väleissä erottui varsin laajoja aukeita alueita. Tuuli sai polven korkuiset heinät liikkumaan aaltomaisessa tahdissa, ja ajoittain näkyviin ilmestyi sarvekkaita eläimiä. Esra ja Aaron tunnistivat ne peuroiksi, joita he olivat tottuneet näkemään kotonakin. Muuten kaikkialla tuntui vallitsevan kuollut hiljaisuus, ja täysin suora tie polveili ainoastaan hieman maan muodon mukaan jatkuen kauas taivaanrantaan saakka.

Aurinko oli noussut jo korkealle, kun tien vieressä erottui järven poukama. Pojat ottivat kengät jalastaan, ja kahlasivat veteen täyttämään tuoreella vedellä nahkaisia leilejään. Aaron yritti tarttua käsillä pinnan alla uiviin kaloihin, mutta sadattelusta päätellen epäonnistui yrityksessään.

"Eikö olekin mukavaa, etteivät Lindeman heimoineen tahtoneet meille pahaa? Vaikka vähän nolosti heidät yllätimmekin." Aaron maiskautti suutaan tyytyväisenä järven veden laatuun.

Esra otti itsekin suullisen vettä, maisteli sitä varovaisesti hetken ja nielaisi sitten. Pohjamudan makua oli havaittavissa, mutta muuten vesi vaikutti hyvältä. "Minulle jäi sellainen tunnelma, että meille oltiin ystävällisiä enemmänkin velvollisuudesta ja kohteliaisuudesta eikä niinkään siksi, että olisimme tehneet heihin suuren vaikutuksen. Meitä vahtimassahan oli koko ajan vartijoita."

"Niin kai sitten", vastasi Aaron ja kahlasi takaisin kohti rantaa."Mutta olihan meillä silti kaikin puolin mukavaa, ja ruokaakin saimme."

"Niin saimme, ja siitä on syytä olla kiitollinen", kuittasi Esra."Meidän täytyy kuitenkin aina muistaa, etteivät kaikki välttämättä tahdo meille hyvää. Kuten vaikka se lapsia ostamaan tullut joukko, joka hyökkäsi heimon kimppuun yöllä."

"Täytyy vain toivoa, ettemme törmää heihin."

"Sitä minäkin toivon, mutta ainakin meillä on tiedossa tuntomerkkejä. Kalju päälaki ja runsaat ihopiirrokset tuntuivat olevan tärkeitä."

Aaron raaputti sormella mustien hiusten verhoamaa päätään, ja nyökkäsi.

2.

Aurinko oli jo ehtinyt siirtyä lakipisteensä ohi, ja liikkui nyt takaisin kohti taivaanrantaa. Edessä oleva maisema muuttui. Esra tökki tien halkeamaa keihäänsä tylpällä päällä, ja katseli ympärilleen kulmat kurtussa. Aaron sen sijaan näytti enemmänkin uteliaalta.

Tien molemmilla puolilla levittäytyi alue, jossa erottuivat tähän mennessä suurikokoisimmat kohdatut rauniot. Oikealla puolella jäänteet ulottuivat korkealle kohti taivasta, ja jatkuivat niin pitkälle, ettei silmä tieltä katsottuna erottanut niiden toista päätä. Puut ja pensaat olivat vallanneet romahtaneet rauniot jo kauan sitten, joten ajoittain jäänne muistutti lähinnä isoa vihreää mäkeä. Sieltä täältä esiin pistävät kulmikkaat muodot kuitenkin paljastivat alkuperäisen rakennelman. Tien vasemmalla puolella näkyi vain yksi melko pieni rauniorakennelma, jonka ympärillä oli lukuisia melkein täydellisen pyöreitä kuoppia. Takana erottui hieman rantaa ja siitä alkavaa järveä.

"Mitähän tässä sitten on aikoinaan tehty?" pohti Esra ääneen ympärilleen katsellen."Nämä rakennelmat ovat täysin erilaisia kuin ne aiemmat, joissa vietimme öitäkin muutaman."

"Minä muistan isäni kertoneen tarinaa siitä, että joskus kauan sitten ihmiset valmistivat erilaisia tavaroita isoissa rakennelmissa eivätkä suinkaan kotona tai lähimetsissä." Aaronin äänessä oli annos itsevarmuutta, johon Esra ei ollut tottunut. "Minunkin olisi kannattanut näköjään viettää enemmän aikaa koululla kuunnellen isäsi opetuksia. Mutta jos nyt isäsi tarina paikkansa pitää, olisi ihmisten pitänyt valmistaa näissä laitoksissa aivan hirvittävän suuria määriä tavaroita." Esra heilautti puhuessaan keihästä päänsä yläpuolella laajassa kaaressa. "Eihän yksi heimo millään tarvitse näin suuria määriä tarvikkeita omaan käyttöönsä. Siis mitään tarvikkeita."

"Oli nyt lopulta miten tahansa, olisin halunnut nähdä tämän paikan toiminnassa. Se olisi varmasti ollut henkeäsalpaava näky: jo nämä rauniot tekevät vaikutuksen." Aaron levitti käsiään, ja yritti hahmottaa kauan sitten romahtaneen rakennuksen kokoluokan.

"Minusta tuo paikka näyttää pelottavalta", sanoi Esra suunnaten sen jälkeen huomionsa tien vasemmalle puolelle. "Katsotaan mieluummin lähempää noita pyöreitä kuoppia ja niiden keskellä olevaa rakennelmaa. Jos vaikka päätämme jäädä tähän yöksi, ainakin näemme kaukaa, jos meitä lähestytään." Hän ei ollut vieläkään antanut anteeksi itselleen sitä, että he joutuivat ensimmäisenä iltana Aaronin kanssa täysin yllätetyiksi. Kaikki sujui hyvin, mutta toisinkin olisi voinut käydä, Esra sätti itseään.

3.

"Joku muukin on näemmä majoittunut tässä." Aaron puki sanoiksi sen, minkä Esrakin havaitsi. "Kaikilla ei näemmä ole ollut yhtä hyvä onni kuin meillä."

He seisoivat tien vasemmalla puolella. Edessä avautui ruohottunut pieni kenttä, ja ympärillä useitakin täydellisen pyöreitä kuoppia, joissa näytti olevan lähinnä hiekkaa ja kitukasvuisia korsia. Huomiota herätti kuitenkin se, mistä kentälle jääneet merkit kertoivat.

Maassa erottui runsaasti askelten jälkiä, ja siellä täällä lojui revenneitä kangaskappaleita, joista osa näytti lävistetyn puisilla kepeillä. Joissakin kankaissa erottui suuria ruskehtavia läiskiä, jotka Esran silmiin toivat kovasti mieleen kuivuneen veren. Savinen pata lojui kolmena kappa-leena vanhan nuotion yllä. Polttopuut olivat ehtineet palaa vain osittain. Ympärillä lojui myös reppuja ja laukkuja, joista suurin osa oli revitty auki, ja monissa erottui samoja ruskehtavia läiskiä kuin isommissa kan-kaissa.

"Tässä on selvästi majoittunut jokin seurue, ehkä jopa kokonainen heimo", sanoi Esra ja tökkäsi keihäänsä kärjellä yhtä repuista. "Mutta miksi tänne on jätetty näin paljon tavaraa?"

"Ja miksi kaikki tavarat näyttävät niin uudelta kaikkeen muuhun ver-rattuna?"

"Siksi koska tämä joukko majoittui tässä jokin aika sitten", Esra päätti ajatuksen. "Ehkä joitakin kuunkiertoja sitten, mutta ei ainakaan useita satokausia sitten. Eikä tätä leiriä hylätty. Minusta tuntuu, että asujien kimppuun hyökättiin."

"Se kiertävän heimon kimppuun hyökännyt joukko?" Aaron alkoi välittömästi katsella ympärilleen ketään muuta kuitenkaan näkemättä.

"Sitä me emme voi tietää. Katsellaan kuitenkin, onko täällä jäljellä mitään käyttökelpoista. Emme voi tässä asuneita enää auttaa, mutta he voivat auttaa meitä." Esra jäi tutkimaan levinneiden reppujen sisältöä, ja osoitti Aaronille paikan hieman kauempaa.

4.

Esra kumartui yhden huomiota herättävän pienen laukun ylle. Sen ylä-osassa näytti olevan kuivahtanutta verta, ja reppumainen laukku oli revitty pohjasta auki. Sisällä oli puusta taidokkaasti veistetty lintua muistuttava esine, ja sen alla kankainen nukkemainen lelu. Esran mie-lestä harmillista oli, ettei jäljellä ollut mitään syötävää tai mitään muu-takaan käyttökelpoista. Saman tuloksen tuottivat muutkin lähialueen reput ja kassit. Varusteet olivat yleisesti ottaen kohtalaisen hyvää työtä. Esran mielestä oma heimo pystyi parempaan, mutta tällaisillakin kyllä pärjäsi. Kaikki aseeksi ja syötäväksi kelpaava oli joko käytetty loppuun, tai todennäköisemmin varastettu. Ehkä joku muu oli ehtinyt jäänteille ennen heitä?

"Tule katsomaan. Tämä sinun pitää nähdä." Aaronin ääni kuulosti epätavallisen vakavalta. Hän seisoi jonkin matkan päässä olevan pyöreän kuopan reunalla.

Esra katseli vielä hetken hylättyjä reppuja, asteli sitten Aaronin viereen ja vilkaisi kuoppaan. "No mitä nyt...?"

Kuoppa oli ehkä kymmenen Esran mitan leveä, ja muodoltaan erottuvan pyöreä. Syvyyttä oli kahden kyynärän verran. Harmahtava pohja oli halkeillut, ja pieniä rikkaruohoja kohosi halkeamien raoista kuin luonnon pienenä voitonmerkkinä. Siistiin riviin asetettuna kuopassa makasi kymmenkunta luurankoa. Suurimmalla osalla oli vielä riekaleisia vaatteita yllä, mutta luut paistoivat paljaina iltapäivän auringossa, joka juuri parahiksi tuli esiin väistyvän pilven takaa.

"Nehän ovat kaikki rivissä, kuin asetettuina", sanoi Esra ääneen ilmeisen.

"Ja tuolla on lisää tavaroita." Aaron osoitti sormellaan sivummalle, jossa näkyi jälleen epämääräinen kasa reppuja, laukkuja ja revittyjä kankaita.

"Askeleista ja muista jäljistä päätellen väkeä on liikkunut tässä kuopassa paljonkin." Esra vilkaisi luurankoja uudelleen. "Vainajia ei ole asetettu yhdenmukaiseen asentoon. Tässä ei vietetty hautajaisia ainakaan niin kuin me sen ymmärrämme."

"No mitä sitten?" Aaron nojasi keihääseensä, ja vilkuili edelleen silloin tällöin ympärilleen. Kaikki vaikutti edelleen rauhalliselta.

"Katsotaan lähempää." Esra pudottautui kuoppaan, ja kiinnitti ensimmäiseksi huomionsa pääkalloihin. "Jokaisella kallolla näyttää olevan murtuma takaraivossaan. Tämä oli teloitus."

Aaron teki Esralle seuraa, mutta kiinnitti kallojen sijasta huomionsa toisaalle. "Hetkinen... miksi kaikilla näyttää olevan vain yksi käsi?"

Nyt vasta Esra huomasi, että jokaisella kuolleella näytti todellakin olevan vain yksi yläraaja. Lyhyt tarkastelu paljasti, että useissa luissa erottui siisti leikkausjälki. Olkavarsi oli katkaistu siististi yhdellä iskulla.

"Tämä on suorastaan terävä." Esra piti kädessään yhtä luuta, ja tarkasteli sen siistiä vinoon tehtyä leikkausta ja siten muodostunutta terää.

"Mitä se... Lindeman puhuikaan siitä toisesta kohtaamastaan joukosta?" Aaron muisteli. "Yhdellä heistä piti olla kahden kyynärän mittainen metallinen veitsi? Eikö sellaisella saisi katkaistuksi luun tuolla tavalla?"

Esra tuijotti jäänteitä pitkään ennen kuin vastasi. "Se on yksi vaihtoehto olettaen, että jollakin oikeasti on niin iso veitsi hallussaan."

"Jatketaan matkaa", ehdotti Aaron paikoillaan kiemurrellen. "Jos vaikka ovat vielä jossain lähellä."

"En usko sitä", vastasi Esra kuin ohimennen yhä enemmän ajatuksiinsa vaipuneena. "Huomaatko, että nämä kaikki vaikuttavat täysikokoisten ihmisten luilta? Aika tarkasti meidän mittaisiltamme."

"Ja mitä siitä?"

"Joukossa ei ole ainuttakaan lapsen pääkalloa, eikä siis varmaan lasten luitakaan. Siitä huolimatta näin tuolla joitakin pienempiä reppuja, ja niiden sisällä oli lelumaisia esineitä."

"Eli siis…?" Aaron yritti tavoittaa Esran ajatuksenjuoksua.

"Kun käytän mielikuvitustani niin tämä näyttää siltä, että heimon miehet pakotettiin ensin luovuttamaan tavaransa, jonka jälkeen heidät tapettiin iskemällä jollakin esineellä päähän. Jostain syystä käsivarsikin katkaistiin, vaikka en ymmärrä sille syytä. Sen jälkeen joukko keräsi mukaansa kaiken hyödylliseksi katsomansa, koskapa en löytänyt oikein mitään käyttökelpoista jäljelle jätettyjen tavaroiden joukosta. Lopuksi he veivät lapset ja varmaan naisetkin mukanaan."

"Väität siis, että tämä on sen Lindemanin heimon kohtaaman joukon tekoja?"

"En minä varmaksi sitä tiedä, mutta", Esra osoitti sormellaan kuopan erilaisia jälkiä, "voisin kuvitella, että toiset pakotettiin ensin katsomaan teloitusta. Sen jälkeen he joko itse kokivat saman, tai heidät vietiin muualle."

"Voisiko meidän heimolle käydä näin?" Aaronin kysymys oli kylmäävä.

He vaihtoivat pitkän katseen keskenään, mutta kumpikaan ei sanonut mitään.

"Katsotaan nuo tavarat vielä kertaalleen läpi. Kuolleet eivät niitä enää tarvitse." Esra käänsi selkänsä jäännöksille ja kipusi takaisin kuopan reunalle.

5.

"Yhtä asiaa minä en silti ymmärrä", sanoi Aaron ja pudisteli samalla pölyä housujensa polvista noustuaan takaisin pyöreän kuopan reunalle. "Noiden ihmisten kuolemasta ei ole kovinkaan pitkää aikaa. Miten ihmeessä ne voivat olla täydellisen puhtaaksi kalutun näköisiä?" Esra kohotti kulmiaan ja vaikeni. Aaronin kysymys oli niin ilmiselvä, että se olisi pitänyt esittää heti leirin jäännöksien luo saavuttaessa. "Oli se mitä tahansa, ei selitys varmaankaan ole meidän kannaltamme hyvä." Ajatus aiheutti Esralle kylmiä väreitä. "Katsellaan paikat nopeasti ja jatketaan sitten matkaa. Tänne emme ainakaan jää yöksi."

Leirialue oli todellakin jo ryöstetty lähes täydellisesti. Kaikki matkan jatkamisen kannalta käyttökelpoinen oli viety. Esran mieleen nousivat muistot, joissa kotieläin oli hyödynnetty täysin aina jänteitä, nahkaa ja suolia myöten.

Äkkiä Aaron alkoi kiljua. Esra kääntyi katsomaan, ja erotti kauempana Aaronin, joka viuhtoi käsillään villisti, hyppi ja heilui kuin järkensä menettänyt. Nahkainen sadeviitta lensi yltä, ja Aaron ryhtyi läpsimään itseään joka puolelle kehoa. Esra juoksi paikalle eikä hänen tarvinnut kysyä, mistä moinen käytös johtui.

Aaron seisoi kaikkein suurimman tasaisen pyöreän kuopan reunalla. Kiljumisen ylikin Esra pystyi erottamaan matalan äänen, joka toi mieleen tiimalasissa juoksevan hiekan siroamisen. Monttu oli mustanaan ruskeita hyönteisiä, jotka näyttivät pikkusormen kokoisilta. Näkymä toi mieleen matalan ja kuhisevan muurahaispesän, jollaisia Esra muisti nähneensä ajoittain oman heimon alueen sisäpuolellakin. Ensimmäiset jättimuurahaiset nousivat jo Esran nahkajalkineiden päälle, ja ötökät pois pyyhkäistessä pystyi kuulemaan yhteen louskuttavien leukojen naksutuksen.

Esra riisui sadeviittansa, ja ryhtyi läiskimään ensin maata ympärillään, ja riensi sen jälkeen Aaronin luo. Hän oli ehtinyt jo riisumaan kaikki vaatteensa jalkineita lukuun ottamatta, ja yritti käsillään läiskiä muurahaisia pois. Hyönteisiä näkyi nousevan ylöspäin jo alaselässä ja kyljissä saakka. Esra vihtoi viitallaan Aaronin vartaloa kaikkialta, mihin vain ehti osua.

"Juokse takaisin tielle!" ehti Esra huutaa.

Aaronia ei tarvinnut kahdesti käskeä. Hän lähti juoksemaan takamus paljaana kohti leveää tietä kuin huomista ei olisi. Esra seurasi perässä antaen viitallaan yhtä paljon vauhtia kuin apuakin muurahaisten irrottamisessa. Tuntiessaan halkeilleen tien pinnan jalkineidensa alla Aaron lakkasi kiljumasta, pyyhkäisi rinnaltaan viimeisen näkyvän muurahaisen ja murskasi sen jalkansa alle. Esra kiersi samalla selän puolelle tarkistamaan, että kaikki ötökät oli saatu pois.

"Odota tässä. Käyn hakemassa varusteesi ja tulen sitten itsekin vauhdilla takaisin." Esra jätti omat tavaransa tielle, ja juoksi täyttä vauhtia takaisin. Jokaisen Aaronin vaatekappaleen päälle oli jo kertymässä muurahaisia, joten rivakat ravistukset runsaiden huutojen saattelemana olivat tarpeen. Esra ei tiennyt, kuulivatko hyönteiset heitä, mutta ainakin se helpotti omaa oloa työn aikana. Lopulta Aaronin tavarat kainalossa Esra juoksi takaisin tielle ja viskasi varusteet turvallisen välimatkan päähän. Kaiken päätteeksi Aaron läiski nahkaviitalla Esraa joka puolelle varmuuden vuoksi muurahaisten varalta.

"Taisivat ne pahalaiset onnistua puremaan", sanoi Aaron saatuaan lopulta hengityksensä tasaantumaan. Hän seisoi keskellä tietä ilman vaatteita, ja tarkkaili itseään. Pakarassa ja kyljessä erottui jälki, joka oli jo ehtinyt turvota kämmenen kokoiseksi. Toinen jalka oli pahempi, sillä vierekkäin erottui kolme puremaa, joka sai säären turpoamaan ilkeän näköisesti.

"Otan repustani sidetarpeita, ja pestään noita puremia sitä ennen vedellä." Esra tunsi toisen ranteensa jäykistyvän, ja huomasi sen olevan turpoamassa puremasta. "Saivat näemmä minuakin purruksi kaikesta huolimatta."

Ensiavun jälkeen Esra auttoi Aaronille tämän vaatteet takaisin ylle, ja vastavuoroisesti Aaron sitoi kotoa saadun opin mukaisesti Esran ranteen.

"Käveleminen sattuu", sanoi Aaron selvästi aristaen purtua jalkaansa.

"Käytä keihästä tukena", vastasi Esra, ja osoitti omallaan tietä myöten eteenpäin. "Etsitään jostain suojaisa paikka, ja jäädään sinne yöksi. Tässä oli ihan tarpeeksi seikkailua tälle päivälle."

"Nyt ainakin tiedämme, miksi ne luurangot olivat niin puhtaiksi ka-
lutut."

"En ole koskaan nähnyt sinun juoksevan niin nopeasti kuin äsken
alasti tähän tielle", Esra alkoi hihittää.

"Onneksi kukaan ei nähnyt", Aaron yhtyi nauruun. "Mainehan siinä
olisi mennyt."

"Onneksi kuitenkin selvittiin. Ja tehtävä jatkuu", muistutti Esra. "Lau-
sutaan vielä heimon tunnuslause. Jospa se nostaisi tunnelmaa niin kuin
Ritari aina opetti."

Yhteen ääneen Esra ja Aaron lausuivat. Ehkä hieman konemaisesti,
mutta lausuivat silti. Samalla he suuntasivat katseensa jo eteenpäin
tiellä.

"Heimo on kotini. Ilman kotia olen hukassa. Heimon luo minä
kuulun.
Heimo on elämäni. Ilman elämää olen hukassa. Heimolta saan
elämän.
Heimo on kunniani. Ilman kunniaa olen hukassa. Heimoa ilman en
ole mitään."

Esra hengitti syvään. "Auttoiko?"

"Ei yhtään", vastasi Aaron. "Mutta tulipahan tehtyä. Mennään jo."

6.

Matkanteko jatkui Aaronin vamman vuoksi hitaasti. Varsin pian Esra
otti kantaakseen Aaronin varusteita, ja lopulta Aaron otti tukea kei-
häänsä ohella myös Esran olkapäästä.

Auringon painuessa mailleen ympäristö näytti muuttuvan jälleen.
Tie jatkui edelleen kiemurrellen ja halkeilleena eteenpäin, mutta merkit
luonnon valloituksista vähenivät. Rapistuneet ja romahtaneet rauniot
kävivät yhtä tavallisemmiksi. Maa oli kaikkialla lähes täysin harmaan
pinnan peitossa, ja ajoittain tien muodostivat vieri viereen asetellut
nyrkin kokoiset kivet. Esra ja Aaron seisoivat matalan mäen päällä, ja

alapuolella tie kulki suoraan yhden raunion läpi. Huomiota herätti se, että katto näytti olevan edelleen paikoillaan.

"Jos vielä vähän jaksat niin mennään tuonne", Esra sanoi osoittaen rauniota keihäskädellään. Toisen käsivarren hän oli pujottanut Aaronin kainalon alta tueksi.

"Tehdään niin, mutta ei sitten yhtään pidemmälle. Minulle riittää tällä erää." Aaronin äänessä ei ollut hitustakaan pyytävää sävyä. Oli aika leiriytyä yöksi.

Tie todellakin kulki suoraan rakennuksen lävitse. Näin Esra ja Aaron päätyivät tilavaan isoon huoneeseen, jossa erottui samanlaisia lavettimaisia rakennelmia, joita pojat olivat nähneet oman heimon ruokakellareissa. Katto tosin oli paljon korkeammalla kuin yhdenkään oman heimon rakennuksen vastaava.

"Edes kirkon katto ei ole näin korkealla", pohti Esra ja auttoi Aaronin istumaan yhdelle lavetille. Sen harmaan kivisen pinnan täytyi tuntua kylmältä, mutta se ei näyttänyt häiritsevän.

"Suoraan sanottuna minua ei juuri nyt kiinnosta. Jos et pane pahaksesi, minä yritän nukkua." Aaron oikaisi kyljelleen, asetti repun päänsä alle ja peitteli itsensä nahkaviitalla. Pian pimenevään halliin laskeutui hiljaisuus, jonka rikkoi ainoastaan Aaronin raskas hengitys.

Esra päätti varmuuden vuoksi katsella ympärilleen. Isosta huoneesta johti kolmeen suuntaan erikokoiset käytävät, mutta niitä seuraamaan Esra ei halunnut lähteä. Katosta lehahti lentoon kolme pientä lintua, mutta muuta seuraa heillä ei näyttänyt olevan. Esra kokosi löytämistään oksista pienen nuotion, ja teki sen valossa useamman nopean merkinnän vahatauluihinsa. Päättynyt päivä ei jäisi erityisen kunniakkaana mieleen, mutta ehkä arvokkaana kokemuksena kuitenkin. Lopuksi Esra asetteli Aaronin päälle vielä viltin, ja oikaisi sitten itsekin makuulle. Hän ei halunnut herättää kovia kokenutta seuralaistaan vahtiin. Esra tarvitsi itsekin unta.

27. luku

Nahkaiseen viittaan puettu nuori mies seisoi raunioiden välissä, ja tuuli heilutti hänen hiuksiaan. Yö oli sujunut ilman ongelmia, ja aamulla puremien aiheuttama turvotus oli jo alkanut laskea. Aaronin täytyi edelleen ottaa tukea keihäästään, eikä Esrakaan vielä halunnut poistaa ranteensa ympärille kiedottua sidettä. He seisoivat kattonsa säilyttäneen raunion edessä. Oli selvää, että he olivat saapuneet jollekin aivan uudenlaiselle alueelle.

Kaikkialla erottui vain raunioita ja harmaita jäänteitä, mutta tätä maisemaa ei luonto ollut ainakaan vielä ehtinyt valloittaa lukuun ottamatta pintoja pitkin kiemurtelevia köynnöksiä. Tie jatkui edelleen eteenpäin, ja tällä kertaa suorana kuin keihäs. Kaukana edessä se näytti nousevan hitaasti ylöspäin. Molemmilla puolilla oli korkeita laatikkomaisia raunioita vieri vieressä. Ikkunaluukkuja oli niin paljon ja niin monessa kerroksessa, ettei Esra pystynyt keksimään, mihin niin paljon edes tarvittaisiin ikkunaluukkuja. Valoa tulisi sisään - ilman vaihtumisesta puhumattakaan - paljon vähemmälläkin. Tien harmahtava pinnoite oli ajoittain noussut suurina palasina koholle ikään kuin maan alta olisi jokin yrittänyt tunkeutua pinnalle onnistuen siinä kuitenkin vain osittain. Alta pilkisti pieniä ruohoja, jotka epäilemättä ajan kuluessa onnistuisivat lopulta valtaamaan tämänkin alueen niin kuin kaiken muunkin ympärillään. Se vaatisi kuitenkin vielä lisää aikaa.

Aaron käveli jalkaansa aristaen Esran rinnalla. Lyhyt vilkaisu riitti osoittamaan, että molemmilla oli sama ajatus mielessään. Tällä alueella liikkui ihmisiä ainakin silloin tällöin. Yhdessä ikkuna-aukossa heilui riekaleinen kangas. Se oli ehkä joskus ollut pohjaltaan valkoinen, mutta nyt sieltä täältä repaleinen ja vaalean ruskea. Suorakaiteen muotoinen tekstiili liehui hiljaa tuulessa, ja siinä erottui suuri risti. Jostain syystä ristin sininen sävy oli säilynyt. Kankaan alla seinässä erottui jonkinlainen kohokuva. Esran mielestä se muistutti sivuttain kääntynyttä kissaa, joka karjui hampaitaan näyttäen. Eläin näytti kävelevän käyrän esineen päällä pitäen päänsä yläpuolella jonkinlaista leveää keppimäistä asetta.

Lähimmän raunion seinässä erottui tekstiä, jonka perässä oli nuoli eteenpäin eli juuri sinne, mihin Esra ja Aaron olivat matkalla. Pojat erottivat vain muutamia kirjaimia: " HÄ-----ATU 1" se näytti sanovan. Kauempana edessä tien poikki juoksi yksinäinen, laiha koira. Tai ainakin siltä se Esrasta näytti, sillä sudet olivat suurempia. Sen hän tiesi. Mennessään koira haukahti, ja läheisestä rauniosta lehahti lentoon kolme varista. Muuten ketään ei näyttänyt olevan missään. Ja silti Esra tunsi, etteivät he olleet yksin.

Hitaasti kävellen ja varmuuden vuoksi tien pinnan halkeamia välttäen Esra ja Aaron etenivät pysytellen keskellä tietä raunioiden välissä. Pian edessä alkoi erottua kuohuva koski. Tie oli poikki, ja virran toisella puolella Esra oli erottavinaan liikettä.

"Edetään varovaisesti", sanoi Esra Aaronille. "Tuolla edessä on ehkä ihmisiä, ja meidän täytyy todennäköisesti kiertää tuo koski."

"Parempi sekin kuin joutua uimaan", Aaron mietti. "Jos vaikka yläjuoksulla on rauhallisempaa, voisimme yrittää tehdä jonkinlaisen lautan ylitystä varten."

"Mennään nyt ainakin lähemmäksi. Jos vaikka tapaisimme pitkästä aikaa taas ihan ihmisiä."

2.

"Voi ei. Miksi he eivät yrittäneet kiertää tätä koskea?" Aaronin hartiat lysähtivät kasaan. He seisoivat kuohuvan virran äärellä, ja tuijottivat alajuoksulle päin. Romahtaneen sillan kappaleisiin takertuneina erottui kaksi turvonnutta ruumista. Heimon ruokamestarin veli Vilhelm Ohrajuuri oli edelleen tunnistettavissa. Toinen ruumis erottui hieman alempana, eivätkä Esra ja Aaron nähneet tarkasti, kenen ruumis se oli.

"Tuo on selvästi Vilhelm, joten eiköhän tuo kauempana oleva ole parantajamme poika Jalmari Haavanen."

"Niin tietysti, mutta mitä ihmettä täällä tapahtui?" Aaron ei saanut katsettaan irti vainajista.

Esra tarkkaili väkivaltaisesti kuohuvaa koskea, ja yritti miettiä. Itse silta oli romahtanut jo kauan sitten, joten Vilhelmin ja Jalmarin ruumiit olivat vain takertuneet jäänteisiin. Virtaan putoamisen syyn täytyi siis olla jokin muu. Kosken yli johti kaksi päällekkäin asetettua köyttä, jotka näyttivät varsin huterilta. Esran jaloissa olevista maatuvista puukappaleista hänelle tuli mieleen, että mahdollisesti virran yli joskus johti vankkarakenteisempi puusilta, mutta joka sekin oli jo aikaa sitten tuhoutunut.

"Ehkä he vain ylittivät virtaa liian itsevarmoin elkein, ja se koitui kummankin kohtaloksi. Muuta en ainakaan juuri nyt keksi selitykseksi."

"Meidän täytyy hakea heidät pois vedestä", Aaron sanoi keihäällään osoittaen. "Ei heitä tuonne voi jättää lojumaan kuin mitkäkin kalanraadot."

"Miten ajattelit heidät tuolta hakea?" kysyi Esra käytännöllisesti ympäristöä katsellen. "Päädymme pian itse heidän seuraansa, jos huonosti käy. Heidän tehtävänsä on nyt ohitse, mutta meidän on jatkettava."

Esra istahti alas, ja kaivoi vahataulut repustaan. Hän ryhtyi tekemään merkintää Vilhelmin ja Jalmarin kuolinpaikasta siltä varalta, että vainajia ehkä joskus voisi palata noutamaan polttohautaamista varten.

"Nousehan ylös. Meillä on seuraa."

Aaronin äänen käskevä sävy oli niin poikkeuksellinen, että Esra säpsähti, sujautti vahataulut reppuun ja nousi nopeasti ylös.

Kosken toisella puolella erottui kaksi nuorta miestä. He näyttivät suunnilleen saman ikäisiltä kuin Esra ja Aaron, mutta heissä ei erottunut mitään erityistä tuntomerkkiä. Tai ei ainakaan mitään niin selvää, että sen olisi nähnyt kosken toiselta puolelta asti.

"Ainakaan heillä ei näytä olevan ihopiirroksia." Esra oli huomannut kaksikon käsivarsien olevan paljaat, eikä niissä erottunut ylimääräisiä kuvioita. Se ei tietenkään merkinnyt sitä, etteikö näillä kahdella voisi olla jotain tekemistä Vilhelmin ja Jalmarin koskeen suistumisen kanssa.

"Hei siellä!" Huusi Esra vastapuolelle. "Tiedättekö, miten tästä päästään yli sille puolelle? Kaikki kun eivät näemmä ole selviytyneet." Hän osoitti keihäällään alajuoksulle, mutta vältti kertomasta, että tunsi vainajat. Esran ääni kaikui takaisin ympäröivistä raunioista kosken pauhinan ylikin.

Vastapuolella toinen nuorista miehistä asetti kätensä kupiksi suunsa ympärille ja vastasi. "Tätä virtaa ei saa ylittää köysiä myöten kuin yksi kerrallaan. Muuten voi käydä huonosti. Meidän tarvitsisi päästä sille puolelle."

"Niin meidänkin", vastasi Esra. "Ylitetään siis yksi kerrallaan, ja kuivalla maalla olijat tukevat ylittäjää. Miten olisi?"

"Sopii", kuului vastaus. "Tulkaa teistä toinen ensin."

Aaron asetti keihäänsä ja liikkumista auttaneen keppinsä selkää vasten poikittain reppunsa hihnojen välistä. Hän oli heti valmis lähtemään.

"Odota hetki", sanoi Esra katsellen epäluuloisena vastapuolelle. "Meidän täytyy olla varovaisia. Ties vaikka heillä olisi pahat mielessä. Sitä paitsi minä olen sinua kevyempi, joten menen edeltä ja varmistan, että kaikki on hyvin."

"Mutta jos jotain ongelmia tulee, olet yksin kahta vastaan", huomautti Aaron.

"Ehkä niin, mutta jalkasi ei ole vielä kunnossa. Ja jos oikein huonosti käy, ainakin sinä jäät jäljelle jatkamaan tehtävää."

Aaron ei väittänyt vastaan, mutta ilme kertoi, ettei hän myöskään ollut tyytyväinen tilanteeseen.

"Tehdään niin. Minä tulen." Esra seurasi Aaronin esimerkkiä ja asetti keihäänsä poikittain selkäänsä vasten repun hihnojen lomitse. Hän ei hievahtanutkaan ennen kuin näki, että vastapuolella molemmat nuoret miehet ottivat kiinni paksujen köysien päistä. Varmistus ei ollut kummoinen, mutta ehkä kuitenkin tyhjää parempi.

Esra tarttui rintansa korkeudella heiluvaan ylempään köyteen, ja laski jalkansa alemmalle. Se oli liukas, ja nahkainen kenkä luiskahti välittömästi.

"No niin… sitten mennään. Pidä kiinni tästä päästä niin hyvin kuin pystyt."

Aaron seisoi koko painollaan alemman köyden päällä, ja yritti parhaansa mukaan pitää ylempää köyttä suurin piirtein vakaana.

3.

Askel kerrallaan ylitys edistyi. Lyhyt vilkaisu alas riitti kouraisemaan vatsaa ja muistuttamaan, mitä putoamisesta saattaisi seurata.

Käsivarsien liikuttelu muuttui koko ajan vaikeammaksi ei niinkään rasituksesta vaan siksi, että Esran rinnassa yltyvä puristava tunne sai lihakset jännittymään, ja säteili kaikkialle vartaloon raajojen lihakset puuduttaen. Sidottu ranne sykki, joten muurahaisen purema ei ollut vielä täysin parantunut. Kihelmöinti tuntui sormenpäissä asti, jotka puristivat märkää köyttä. Ajoittain kummaltakin puolelta kuului puhetta, mutta Esra ei kyennyt niihin keskittymään. Pelkkä raajojen liikuttelu ja edestakaisin heiluminen kuohuvan kosken yllä olivat riittävästi.

Toisen puolen lähestyessä Esra erotti lopulta tarkemmin, keitä hänen vastassaan oli. Kummankin ilmeet vaikuttivat vilpittömiltä, ja he olivat ulkoisestikin hyvin samanlaisia kuin Esra itse. Suurimpana erona tuntui olevan värikkäämpi vaatetus, kun hänen ja Aaronin vaatteet olivat suurimmaksi osaksi ruskeaa ja mustaa. Kumpikaan ei vaikuta poikkeuksellisen kookkaalta, joten jos käyvät kimppuun, saatan pystyä ainakin jollain tavalla puolustautumaan, Esra mietti. Joka tapauksessa oli tärkeää luoda itsestään vakuuttava ensivaikutelma. Heikkouteen ei ollut nyt varaa, kuten isä olisi sanonut.

Tuntiessaan jälleen kiinteän maan jalkojen alla Esra henkäisi syvään, otti välittömästi keihään selkänsä takaa ja kääntyi heilauttamaan kättään Aaronille. Tämä vastasi omalla heilautuksellaan. Vasta sitten Esra kääntyi auttajiensa puoleen.

"Kiitokset avusta. Toivottavasti tuota ylitystä ei tarvitse tehdä uudestaan. Olemme matkalla etsimään apua omalle heimollemme. Oletteko kenties jostain tästä läheltä? Meillä ei ole pahoja aikeita."

Miehet katsoivat ensin toisiaan, sen jälkeen Esran keihästä ja lopuksi vastapuolella edelleen odottavaa Aaronia.

"Jos seuraatte tästä tietä myöten vielä jonkun matkaa eteenpäin, käännytte tiukasti oikealle ja jatkatte loivasti nousevaa mäkeä ylös niin löydätte kyllä perille."

"Mutta pitäkää varanne", lisäsi toinen laskien samalla kätensä vyöllään olevalle kivikirveelle. "Se on vahvasti puolustettu. Jos heittäydytte hankaliksi, saatatte päästä hengestänne."

"Kiitoksia, emme heittäydy hankaliksi, mutta…"

"Te olette varmaan samaa joukkoa kuin nuo tuolla alajuoksulla vedessä?"

Esran oli pakko tuntea pientä kunnioitusta tarkkanäköisyyttä kohtaan. "Tunnemme heidät, ja he olivat liikkeellä samalla asialla kuin mekin. Eivät vain koskaan päässeet perille."

"Eikä kuolleita voi tuolta oikein millään hakea poiskaan. Ruma juttu." Tämän sanottuaan ote kivikirveestä jo hellitti, mutta ase pysyi edelleen selvästi näkyvissä.

"Mikä siellä kestää?" Aaron huusi vastapuolelta. "Tulkaa nyt jo yksi sieltä tänne niin minäkin pääsen joskus!"

4.

Toisen nuoren miehen ylitys sujui paljon nopeammin ja sulavammin. He olivat selvästi tehneet tätä ennenkin. Esra mietti, että toinen kaksikosta olisi voinut tehdä ylityksen ensimmäisenä, jolloin Esra ja Aaron olisivat voineet nähdä esimerkkisuorituksen. Nyt oli kuitenkin jo myöhäistä huomauttaa siitä.

Mitään sanomatta seuraksi jäänyt toinen nuori mies lähti hänkin ylittämään virtaa. Aaron jäisi näin haavoittuneena yksin molempien kanssa, Esra mietti. Mutta toisaalta niin oli juuri jäänyt hänkin, ja kaikki oli sujunut hyvin. Toinen ylittäjä teki työnsä vieläkin vauhdikkaammin. Hänen jalkansa ja kätensä tuntuivat tarttuvan köysiin kuin ommeltuina.

Aaron keskusteli molempien kanssa, ja korjasi samalla varusteitaan. Kaikki osanottajat hymyilivät, mutta Esra ei erottanut, mistä puhuttiin. Sormella sidottuun jalkaan osoittaminen oli ilmeinen merkki: Aaron sai muistutuksen olla varovainen ylityksessään.

Kolme eri suoritusta jo katselleena Aaron ryhtyi itse ylitykseen. Hyvin pian kuitenkin kasvot vääntyivät irvistykseen, sillä muurahaisten puremat aiheuttivat selvästi tuskia. Siinä missä aiemmat ylittäjät olivat olleet hentoja, painuivat köydet selvästi alemmaksi kohti koskea rotevarakenteisen Aaronin painosta. Sitten haavoittunut jalka luiskahti pois köydeltä.

Aaron tarrautui kaikin voimin ylempään köyteen, ja heilumisen asetuttua sai kuin saikin taas alemman köyden jalkojensa alle. Hetken kuluttua hän saapui siihen samaan kohtaan, jonka Esrakin oli tuntenut erityisen märäksi ja liukkaaksi käsiensä alla. Aaronin ote kirposi, ja käsivarsia villisti heiluttaen kuin lentämistä yrittävä kana hän alkoi pudota koskeen.

Samassa Aaron risti jalkansa niin tiukasti kuin pystyi, ja jäi roikkumaan pää alaspäin. Hän karjui tuskasta, jonka jo pelkkä puristus aiheutti sidotulle jalalle. Vastapuolella olevat miehet huusivat katkeamattomana virtana ohjeita, mutta omasta kokemuksestaan Esra tiesi, ettei Aaron kuullut neuvoista ainuttakaan. Hetken ilmassa pää alaspäin roikuttuaan Aaron koukisti keskivartaloaan ja sai otteen köydestä käsillään. Samalla tukena kävelyssä toiminut keppi putosi alas koskeen. Esra näki sen katoavan samaan suuntaan kuin missä he olivat nähneet Vilhelmin ja Jalmarin turvonneet ruumiit.

Aaron alkoi karjua, ja samalla hitaasti mutta varmasti ryhtyi jatkamaan ylitystä. Esra muisti lapsuudesta Aaronin olleen hyvä kiipeilemään puissa, ja köyttä pitkin liikkuminen muistutti nyt siitä, joskin vaakasuunnassa tehtynä.

Ikuisuudelta tuntuvan ajan jälkeen Aaron pääsi melkein kosketusetäisyydelle.

"Vielä vähän niin sitten voin ottaa kiinni", kannusti Esra ja ojensi toista kättään toisen pitäessä kiinni köydestä.

Aaron tarttui Esran kurkotettuun käteen, ja samalla jalkojen ote kirposi. Hänen alaruumiinsa jäi roikkumaan tyhjän päälle, ja kädet puristivat hillittömältä tuntuvalla voimalla Esran kyynärvartta.

"Et sinä enää tässä vaiheessa putoa", sanoi Esra tuijottaen Aaronia tiukasti silmiin. "Heilauta jalkasi maalle, ja sitten ollaan turvassa."

Kahden karjaisun ja irvistelyn jälkeen Aaron sai ryömittyä kokonaan toiselle puolelle. Hän jäi makaamaan paikoilleen, ja vain huohotti suu romahtaneen sillan kivistä pintaa vasten.

5.

"Olemme näemmä taas yksin." Vasta nyt Esra huomasi, ettei toisella puolella näkynyt enää ketään. Hän oli kuitenkin kiitollinen siitä, etteivät vastapuolelle päässeet olleet ainakaan hankaloittaneet ylitystä, joskaan eivät lopulta juuri auttaneetkaan.

"Harmi, olisin halunnut vaihtaa jotain muistoksi omaan leipäpalaani."
Aaron oli noussut istumaan, ja huomasi paitansa repeytyneen kahdes-
takin kohtaa ylityksen aikana. "Jos ei muuta niin vaikka lisää ompelu-
tarvikkeita. Mutta tulipahan tehtyä."
"Niin tuli, mutta ei tehdä sitä enää", Esra vastasi ja käänsi selkänsä
koskelle. "Sain heiltä ohjeita siitä, missä lähin heimo saattaisi asua. Pys-
tytkö kävelemään? Jos hyvin käy, voisimme vielä ehtiä heidän luokseen
ennen pimeää. Tietysti edellyttäen, ettei minua huijattu."
"Pystyn pystyn", vastasi Aaron ja nousi varovasti seisomaan samalla
irvistäen. "Kyllä tämä taas tästä."

6.

Kuohuva koski jäi taakse, ja niin jäivät myös Vilhelmin ja Jalmarin ruu-
miit hautaamattomina. Asiasta ei enää puhuttu, mutta Esran ajatuk-
sissa vedessä kelluvat ja hiljakseen turpoavat vainajat säilyivät varsin
pitkään.

Tie jatkui, ja molemmilla puolilla edelleen kohoavat rauniot vaikut-
tivat Esrasta niin korkeilta, että ne tuntuivat kurottavan heidän ylleen
samoin kuin metsän puiden oksat aiemmin. Mutta sitten rauniot lop-
puivat, ja eteen avautui mittava aukea. Vasemmalla puolella maasta tai-
vaaseen kurottautui muinaisia rankoja, jotka näyttivät suihkulähteen
vesipatsailta. Esralle se toi mieleen hukkuvan, joka ojensi kättään ve-
den yläpuolelle. Oikealla maa nousi aaltoilevina kumpuina, ja pohja oli
koottu vierekkäin kasatuista nyrkin kokoisista kivistä. Kauempana ki-
vetyn aukean toisella puolella kohosi pystyyn korkea, osittain hajonnut
muuri. Rakennelma oli sen verran korkea, ettei Esra enää nähnyt sen
toiselle puolelle. Hän erotti kuitenkin muutaman kirjaimen, jotka olivat
jääneet jäljelle, tai joita ylöspäin kiemurtava köynnös ei ollut peittänyt:
F, L, S ja lopulta N, joka näytti olevan se viimeinen kirjain. Jos äskeinen
virran ylitys ei olisi osoittautunut niin vaativaksi, Esra olisi ehkä ehdot-
tanut Aaronille lähempää tutkimista.

Halkeillut tie nousi edessä aukean jälkeen loivasti ylöspäin, ja kum-
mallakin puolella kohosi jälleen raunioita. Aiemmin tämä oli tuntunut

Esrasta uhkaavalta, mutta nyt verrattuna suojattomaan aukeaan lähelle kurottavat rakennusten jäänteet tuntuivat jo suorastaan turvalliselta.

"Mitä nyt?" Aaronin käveleminen hidastui jatkuvasti, mutta valittaa hän ei selvästikään halunnut. Ainakaan vielä.

"Joudumme ylittämään tämän aukean täysin ilman suojaa. Tiemme vie suoraan sen läpi. Jos jotain sattuu, pystytkö tarvittaessa juoksemaan?" Puhuessaan Esra yritti katseellaan tavoittaa jokaisen sivuilla nousevan kohouman ja sorakasan miettien, millainen ihminen tai eläin mahtuisi sellaisen taakse piiloon.

"No tuota", Aaron otti muutaman askeleen keihääseensä nojaamatta. "Pystyn ainakin lyhyen aikaa. Mutta en tietenkään yhtä nopeasti kuin sinä."

"Eipä tässä viivyttely tietenkään mitään auta", Esra vastasi ja pujotti toisen kätensä tueksi Aaronin kainalon alta. "Ylitetään tämä aukea nopeasti. Jostain syystä paikka hermostuttaa minua. Toivottavasti olen väärässä aavisteluineni."

Aukean poikki asteleminen sujui epämiellyttävän ja pahaenteisen hiljaisuuden säestäessä heidän jokaista askeltaan.

"Voit laskea minut taas vapaaksi", sanoi Aaron, kun tien molemmin puolin alkoivat taas kohota ensimmäiset rauniot.

Esra teki niin, kun vasemmalla ensimmäisen raunion kulmalla jokin herätti hänen huomionsa. "Katsohan tuota."

"Mitä niin?"

Rapistunut rakennus oli muinoin rakennettu punertavista kivistä, jotka oli kasattu toinen toisensa päälle. Kulmassa kohti aukeaa erottui jonkinlainen vihertävä veistos, joka näytti lentoon lähtevältä kotkalta. Se oli niin korkealla, ettei sen luokse ylettynyt.

"Onhan hienon näköinen", sanoi Aaron. "Mistähän tuo oikein on tehty?"

"Minulla on ajatus", vastasi Esra, ja poimi maasta pienen kiven. Hän heitti sen kotkaan, ja kiven osuessa kuului leimallinen kalahdus.

"Oletinkin", kuittasi Esra voitonriemuisena. "Tuo veistos on metallia!"

"Niin kai, mutta mitä sitten? Emme me tuonne voi kiivetä ja viedä mukanamme."

"Emme voikaan. Minusta on silti mielenkiintoista, miten tuollainen on voinut säilyä ilman, että joku olisi sen alas ottanut ja jollakin tavalla hyödyntänyt."

"Ehkä joku on yrittänytkin, mutta epäonnistunut. Mennään nyt, minuun sattuu." Aaron lähti taivaltamaan eteenpäin, ja hänen äänessään oli jo aimo annos ärtymystä.

7.

"Nyt riittää. Pidän pienen tauon." Aaron istahti paksukaarnaisen valtavan puun varjoon, ja oikaisi kipeän jalkansa suoraksi. Sen jälkeen hän otti repun selästään, ja asetti kantamuksen jalkansa alle.

"Minä teen sinulle uuden kävelykepin." Esra riisui nahkaisen sadeviitan, ja laski sen reppunsa kanssa Aaronin viereen. Sen jälkeen hän otti kivikirveensä, ja katseli ympärilleen.

Tie näytti nyt päättyneen, ja tilalle tuli nauhamainen puurivistö. Rungoltaan uskomattoman paksut puut olivat kahdessa rivissä, ja tuntuivat jatkuvan loputtomiin molempiin suuntiin. Puiden välissä juoksi sorapintainen tie, tai ainakin sitä myöten oli mahdollista kulkea ja näin tienä käyttää. Suoraan edessä erottui lisää raunioita, mutta ei enää niin tiiviisti toistensa vieressä kuin heidän takanaan oli ollut. Esra muisti romahtaneella sillalla saamansa ohjeen, jonka mukaan mäkeä tuli nousta ylöspäin. Vasemmalle puiden rivistö laski, mutta oikealle päin ne alkoivat nousta ylöspäin. Hyvin loivasti, mutta kuitenkin.

Esra otti tukea Aaronia vastapäätä olevan puun rungosta, ja ponnisti ylöspäin lyöden kirveensä kaikin voimin paksuun kuoreen. Hän jäi roikkumaan kirveensä varaan, ja sai heilautettua toisen kätensä alimmalle oksalle. Esra kiipesi oksan päälle, valitsi riittävän paksun haaran ja hakkasi erkanevan karahkan kirveellä poikki. Sen jälkeen hän kapusi takaisin alas, ja ryhtyi siistimään oksaa tehdäkseen siitä kävelykepin Aaronille.

"Oli muuten hyvä, että olet aina panostanut voimiisi", Esra sanoi lyöden samalla häiritsevän pienen oksan pois tulevasta kävelykepistä. "Muuten olisit voinut päätyä kolmantena ruumiina siihen koskeen."

"Se köysi oli puolimatkassa kauhean liukas", puolustautui Aaron.
"Siitä se johtui. Ja satuin samalla vahingossa laskemaan koko painoni juuri siihen liukkaaseen kohtaan."
"Niinhän se oli. Mutta onneksi selvittiin. Jos joskus palataan samaa reittiä, yritetään kiertää koko koski. En halua tehdä ylitystä uudelleen."
"Näitkö sitten jotain selkeää ylityspaikkaa jossain?" Aaron nousi seisomaan, koska näki kävelykepin olevan jo selvästi hahmolla.
"En nähnyt, mutta haluan uskoa sellaisen jossain olevan. En aio tehdä samaa ylitystä uudelleen muuta kuin äärimmäisen pakon edessä."
Esra antoi veistämänsä kepin Aaronille, ja puki sen jälkeen puun juurelle laskemansa repun ja sadeviitan ylleen. "Mutta ainakin kohtasimme ihmisiä. Jos tulkitsin heitä oikein, meidän kannattaa lähteä nousemaan tuota loivaa mäkeä ylöspäin. Seurataan vaikka näitä kahta puurivistöä."
"Tehdään niin, mutta pysytään tässä tasaisella polulla. Silloin liikkuminen on helpompaa."
Aaronin käveleminen sujui uuden tuen avulla jo selvästi nopeammin. Sen Esra kuitenkin huomasi, että pituutta kepillä olisi saanut olla hieman enemmän. Nyt Aaronin selkä jäi hieman kumaraan kuin vaivaisella. Onneksi hän ei kuitenkaan asiasta valittanut, Esra mietti jatkaen jo suuntaa näyttäneen Aaronin perään.

8.

Alkoi sataa. Ensin sen verran vähän, että paksurunkoisten puiden laajalle levittäytyvät oksat antoivat suojaa, mutta myöhemmin sade yltyi. Sitten seurasi valon välähdys, ja jossain taivaalla jyrähti.
"Ukkonen? Sitä ei usein kuule. Taisin viimeksi lapsena sellaisen kokea, ja olin kovasti peloissani." Aaronin nahkainen sadeviitta oli jo kastunut tummaksi, ja vesi liimasi mustat hiussuortuvat poskia vasten.
"Minä muistan joskus nähneeni salamia. Minusta ne olivat aina kiinnostavia, eivät niinkään pelottavia." Esra veti viittaa tiukemmin ylleen, sillä hän pelkäsi sateen kastelevan ja ehkä tuhoavan vahataulujen merkinnät. Sen jälkeen hän kiristi punaisia hiuksia kiinni pitävää nyöriä ja

toivoi, että näin estyisi edes hetkeksi aikaa veden valuminen suoraan niskaan ja siitä edelleen selkää myöten alas.

Salama iski heidän eteensä kuulostaen äkäisen piiskan sivallukselta. Välähdyksen jälkeen maassa erottui rosoinen jälki, jonka keskustasta lähti suonimaisia säikeitä. Pieneltä alalta kaikki ruohot olivat palaneet.

"Pitäisikö meidän mennä suojaan? Jos ei muuta niin ihan vain sadetta pitämään?" Aaron ehdotti.

"Jatketaan vielä ainakin jonkin aikaa matkaa. Sitä paitsi en näe tässä lähellä mitään erityistä suojaa." Tähän saakka leiriytymispaikka oli löytynyt jossain määrin vaiston varassa, ja Esra toivoi, että niin kävisi nytkin.

Maahan asti iski uusi salama, tällä kertaa heidän taakseen. Ja heti perään toinen vähän matkan päähän eteen. Ilmaan levisi tunnusomainen tuoksu, joka toi Esralle mieleen lapsuuden. Mutta toisin kuin silloin, nyt mieleen alkoi jo hiipiä pienoinen pelko. Seuraavaa salamaniskua seurasi ulvahdus, ja puun takaa kulkureitille loikkasi ruskea koira. Se huomasi Esran ja Aaronin, ja jäi tuijottamaan muristen hiljaa.

"Tämäkin nyt vielä", sadatteli Aaron, ja pyyhkäisi märkiä hiuksia otsaltaan.

"Katsotaan, jos se antaisi meidän mennä ohitse."

Hitaan lähestymisen jälkeen he saavuttivat koiran, joka edelleen näytti hampaitaan, mutta ei vaikuttanut sen enempää uhkaavalta. Eläimen toisessa kyljessä erottui nyrkin kokoinen läiskä valkoista karvaa, mutta muuten koira oli väriltään yhtenevän ruskea.

"Se näyttää olevan yhtä märkä kuin mekin", sanoi Esra heidän kävellessään ohitse.

"Ja varsin laihakin", huomautti Aaron edelleen epäluuloisena. "Toivotaan, ettei se luule saavansa meistä hieman ruokaa."

Molempien yllätykseksi koira lopetti murinan, ja lähti seuraamaan heitä. Eläin kuitenkin pysytteli turvallisen välimatkan päässä ulvahtaen aina, kun salama iski maahan jyrähdysten saattelemana.

9.

"Minua alkaa jo häiritä tuo koira", Esra sanoi. Eläin oli kulkenut heidän takanaan pitkään, ja jatkuva taaksepäin vilkuileminen alkoi tuntua rasittavalta.

"Ehkä saisimme siitä ihan oikeasti seuralaisen?" Aaron ehdotti, ja kaivoi sadeviittansa taskusta palasen lihaa.

Esra oli hetken hiljaa, sillä koiran läsnäolo toi hänelle mieleen kotimetsän sudet ja maassa henkitoreissaan makaavat hevoset. "Jos haluat niin kokeile. Se näyttää olevan yksin."

Aaron kääntyi koiran puoleen, ja heitti lihakimpaleen maahan eteensä. Sitten Aaron katsoi koiraa pitkään, ja yritti käsimerkein kutsua sitä. Hiljaa eläin lähestyikin, mutta pysähtyi hetkeksi jokaisen jyrähdyksen kuullessaan. Lopulta se nappasi lihan suuhunsa, ja ennen kuin Aaron ehti muuta, koira juoksi jo kauemmaksi. Se jäi silti selvästi näköetäisyydelle syömään saalistaan.

"Se näyttää pelkäävän meitä enemmän kuin me sitä", Aaron alkoi selvästi lämmetä valkokylkiselle koiralle. "Olisin halunnut lapsena oman koiran, mutta isä ei antanut. Onneksi heimon parissa kulki eläimiä jos jonkinlaisia, ja nahantyöstäjän talossa oli joskus koiria."

"Koirasta voisi olla meille hyötyä ihan nytkin, jos ei muuta niin seuralaisena ja jonkinlaisena opastajana", ajatteli Esra käytännöllisesti. "Kunhan tämä pahalainen sade vain loppuisi."

Samassa heidän vieressään olevaan puuhun iski poikkeuksellisen voimakkaan jyrinän saattelemana salama, joka halkaisi koko puun kahtia juureen saakka. Runko aukesi kuin kukka, ja oksat syttyivät palamaan. Pojat karjaisivat säikähdyksestä, ja koira ulvahti. Se jätti osittain syödyn lihapalansa ja juoksi pois. Eläin katosi kasvuston ja raunioiden sekaan niin nopeasti, etteivät pojat ehtineet edes huutaa sen perään.

"Harmin paikka", sanoi Esra aistien samalla valtavasta salamasta syttyneen puun savun hajun. Enemmän merkitsi kuitenkin liekkien lämpö, joka tuntui hyvältä sateesta märällä poskella. Taivaalta putoava vesi sihisi tuleen osuessaan. "Minä aloin jo tottua tuohon koiraan. Mitä lihaa sinä sille muuten annoit?"

Aaronin silmät suurenivat, ja suu jäi hetkeksi auki. "Se taisi olla sitä koiranlihaa, jota saimme metsästetyksi silloin ensimmäisenä iltana."

Ympärillä puhkuva tuuli, taivaalta vihmova sade ja jyrisevä ukkonen puhumattakaan vieressä rätisevästä tulesta pitivät huolen siitä, ettei seurannut hiljainen hetki ollut varsinaisesti hiljainen.

"Olisit ehkä voinut valita koiralle antamasi evään hieman paremmin." Esra kääntyi syttyneen tulen puoleen, ja nosti kämmenensä kohti liekeistä hohkaavaa lämpöä. "Otetaan ainakin ilo irti tästä lämmöstä, ja jatketaan sitten matkaa."

28. luku

Ukkonen hellitti yön edetessä, ja saman teki tuuli. Sade kuitenkin jatkui tasaisena aamuun asti. Puun halkaissut salama oli silti säikäyttänyt pojat sen verran pahasti, että he katsoivat parhaaksi pysyä liikkeessä. Valon jälleen lisääntyessä sade hiljakseen loppui, ja samalla Aaronin kävelynopeus hidastui. Mitään hän ei sanonut, mutta Esra tiesi vakavasta ilmeestä ja hiljaisuudesta sen, että pian olisi pysähdyttävä. Kummankin jalkineet olivat läpimärät, ja se aiheutti vilun väristyksiä, vaikkei ilma kylmä ollutkaan.

"Lopultakin." Aaron puhui ensimmäistä kertaa pitkään aikaan, ja osoitti keihäällään eteenpäin.

"Yritetään löytää jokin suoja. Katsellaan kuitenkin ensin ympärillemme." Esra kiihdytti kävelyä kuin huomaamattaan, ja saavutti ensimmäisenä kahden puurivin muodostaman leveän polun pään.

Oikealla puolella jatkuivat laatikkomaiset rauniot. Monista ikkunaluukkumaisista aukoista Esra päätteli, että näissäkin olivat ihmiset joskus asuneet. Ajatus johonkin sellaiseen raunioon majoittumisesta ei houkutellut, sillä se olisi vaatinut lähiympäristön tarkistamista ja vartiovuoroja. Sitä paitsi joka paikassa olisi varmasti märkää.

Edessä ja ennen kaikkea vasemmalla avautui tuttu ja halkeillut päällystetty tie, joka kulki kohti taivasta kurottavien pylväiden välistä jonnekin kauas. Esra erotti takana järven ja niemen, jossa metsäisen maaston keskellä kohosi pyöreä pylväs. Maamerkki oli niin selkeä, että sen täytyi olla jokin muinainen voitonmerkki tai jotain sellaista. Pylväs oli kuitenkin katkennut kauan sitten, sillä yläosa puuttui. Jäljellä oleva alaosa osoitti ylöspäin kuin nivelestään katkaistu sormi.

"Eikö tuo sinustakin näytä tieltä? Tai että se on ainakin joskus sellainen ollut?" Aaron oli kävellyt Esran rinnalle, ja nyökkäsi kohti lähempänä olevia pylväitä, joiden välistä halkeillut päällystetty tie juoksi.

Vasta silloin Esra osasi itsekin hahmottaa, että vastaavanlaiset pylväät jatkuivat molempiin suuntiin tasaisin välein. Jos niiden päälle kuvitteli tien, olisi sitä varmasti voinut käyttää kävelemiseen.

"Ei kai nyt sentään?" tuhahti Esra epäillen. "Tai miksikäs ei tietysti, mutta minkä ihmeen vuoksi kukaan rakentaisi toisen tien noin korkealle, kun kerran maan pinnallakin jo yksi samanlainen kulkee?"

Aaron ei vastannut, sillä hän oli havainnut jotain paljon mielenkiintoisempaa. "Nyt meitä vasta onnisti."

Päällystetyn aukean jälkeen maasto alkoi kohota. Puiden ja muiden kasvien peittämän kallion laella erottui kulmikas raunio. Kallion juurella yhden taivasta kohti kurkottelevan pylvään vierestä alkoi alaspäin viettävä luiska, joka näytti katoavan maan sisään. Ylivoimaisesti tärkeintä oli kuitenkin se, että alueella liikkui ihmisiä. Näinkin kaukaa katsoen pojat erottivat, että kallion päällä erottui liikettä, ja kaikilla näytti olevan jotain kannettavaa mukanaan. Kallion juurella luiskan edessä näkyi vain muutamia ihmisiä, joista osa seisoi paikoillaan keihäs kädessään.

"Nuo taitavat olla vartijoita", sanoi Esra aistien vaistomaisesti mahdollisia ongelmia. "Ja siellä missä on vartijoita, on jotain vartioimisen arvoista."

"Olkoon nyt mitä tahansa", sanoi Aaron ja lähti kävelemään. "Mitä me tässä vielä seisomme? Minulla on nälkä, väsyttää ja jalkaani särkee puhumattakaan siitä, että olen märkä kuin joskus lapsena pudottuani pesusaaviin täysissä pukeissa. Tervehditään ainakin ja kysytään jonkinlaista suojaa."

2.

Esra ja Aaron kävelivät rauhallisesti ja selkeästi itsensä näkyvillä pitäen pienen aukean ylitse kohti kallion alaosaa. Joitakin ihmisiä käveli mäen laelle johtavalla tiellä molempiin suuntiin. Pojat eivät nähneet, mihin ihmiset olivat matkalla, mutta heillä kaikilla oli jotain käsissään. Toisilla oli sylillinen risuja, osa kantoi jonkinlaista kangassäkkiä ja kolmannet veivät mukanaan työkaluja. Esra muisti nähneensä samanlaisia työkaluja kotona kasvimaiden hoitajilla. Kaikki olivat pukeutuneet yhtenäiseltä vaikuttavaan vaatteeseen, joka oli vyötäisiltä laitettu tiukalle joko kankaisella tai nahkaisella vyöllä.

"Hyvää päivää", kohotti Esra kättään ja yritti puhutella. "Emme tule pahoissa aikeissa. Haluaisimme tietää…"

Vastaantulija ei pysähtynyt, vaan jatkoi matkaansa.

"Eivät näytä kovinkaan sosiaalisilta", ihmetteli Aaron.

"Näköjään. Mutta toisaalta eivät näytä kokevan meitä myöskään uhkaksi keihäistämme ja muista varusteistamme huolimatta. Edistystä tämäkin."

Kourallinen ihmisiä käveli Esran ja Aaronin ohitse, kunnes yksi heistä osoitti sormellaan kohti kallion sisään viettävää luiskaa.

"Ehkä he eivät vain ole kohdanneet sitä samaa soturijoukkoa, joka aiheutti ongelmia Lindemanin heimolle?" Aaron lähti ääneen ajatellen kävelemään osoitettuun suuntaan.

3.

Kallion sisään viettävä luiska oli pohjaltaan harmaa, mutta oli ajan myötä säröillyt monin paikoin, tai painunut muuten kuopalle. Suuaukko näytti valtavalta kidalta, joka johti jonnekin maan uumeniin. Esra erotti sisempänä molemmin puolin leveää käytävää soihtuja, jotka valaisivat muuten niin kovin pimeää ympäristöä. Näytti siltä, että tämä heimo suoritti jonkinlaisia töitä kallion laella, mutta asui sen alla.

Luiskan puolivälissä maan sisään johtavan aukon edessä seisoi neljä vartijaa, tai sellaisiksi Esra heidät oletti. Kaikilla oli kädessään keihäs, ja yllään heillä oli paksusta nahasta valmistettu vaate, joka vaikutti tarjoavan varsin hyvää suojaa. Lähestyttäessä yksi heistä kohotti kätensä Esran ja Aaronin eteen, jotka pysähtyivät niille sijoilleen.

"Tervehdys", aloitti Esra. "Olemme etsimässä apua omalle heimollemme. Kenen kanssa voisimme puhua asiasta?"

Kukaan vartijoista ei vastannut, mutta yksi lähti hölkkäämään sisään maan uumeniin. Kätensä torjuvaan eleeseen kohottanut puolestaan pysyi paikoillaan, ja vain tuijotti tulijoita epäluuloisesti.

Aaron ojentui varovaisesti Esran puoleen ja kuiskasi. "Eivät ainakaan ensimmäiseksi osoittaneet meitä keihäillä niin kuin viimeksi kävi."

Liian pitkältä tuntuvan ajan jälkeen maan uumenista saapui kaksi vartijaa, ja heidän välissään asteli nainen ylväästi pää pystyssä. Esra ja

Aaron lopettivat tylsistyneen keihäisiinsä nojailemisen oikaisten samalla ryhtiään.

4.

"Kunnianarvoisa Claudia Egyptiläinen!" ilmoitti toinen vartijoista kuuluvalla äänellä.

Esran korviin nimi kuulosti hyvin erikoiselta. Selvää kuitenkin oli, että joku heimossaan arvossa pidetty oli tullut heitä tapaamaan. Claudialla oli melkein hartioille asti laskeutuvat harmaat hiukset. Kasvojen juonteet ja vakava ilme kertoivat aseman ohella Esralle siitä, että Claudia oli ehkä saman ikäinen kuin Esran oman heimon vanhimmat tavallisesti olivat. Claudia oli pukeutunut valkeaan kankaaseen, jota ei kuitenkaan ollut vyötetty tiukemmalle. Polvien alapuolelle ulottuvan kankaan alaosaa myöten kulki punainen kämmenen levyinen nauhamainen reunus. Jalkineet näyttivät hyvin samanlaisilta kuin Esran ja Aaronin omat kengät, mutta Claudian jalkineissa oli kauttaaltaan taidokkaita koristeita. Kaulassaan hänellä oli useita erilaisista langoista punottuja koruja, ja samanlaisia oli sidottu myös molempiin ranteisiin. Molemmin puolin seuranneilla vartijoilla ei sen sijaan ollut keihäitä, mutta kummallakin oli vyöllään kirvestä muistuttava ase, jonka pitkä kivinen terä näytti hyvinkin uhkaavalta. Vartijoilla oli jalassaan mustat ja löysät housut, jotka peittivät jalkojen liikkeen lähes kokonaan. Esra oletti, että housujen suojissa oli vielä lisää aseita piilossa.

Esra ei oikein tiennyt, miten tulisi käyttäytyä, joten hän teki kumarruksen. Hetken kuluttua Aaron seurasi esimerkkiä. Claudia katsoi kumpaakin päästä varpaisiin kaventunein silmin, ja jäi tuijottamaan Aaronin tukikeppiä ja märkiin siteisiin kiedottua turvonnutta jalkaa.

"Tulkaa mukaan", Claudia lopulta sanoi. "Lääkärimme Tacitus saa katsoa tuota jalkaa."

Kaksi vartijaa siirtyi poikien viereen saattajiksi. Claudia itse kääntyi ympäri, ja lähti kävelemään takaisin maan uumeniin.

"Mikä on lääkäri?" Aaron kysyi Esralta, joka ei osannut vastata.

5.

Maan alle johtava käytävä oli sekä leveä että varsin tasainen. Seinillä paloi soihtuja säännöllisin välein, mutta siitä huolimatta Esran ja Aaronin silmillä kesti tottua hämäryyteen. Ilmanlaatukin huononi, mikä teki hengittämisen työläämmäksi. Esra ei kuitenkaan uskaltanut huomauttaa asiasta, eikä Aaronkaan mitään ääneen sanonut. Käytävän korkeus oli samaa luokkaa kuin kotiheimon kirkon katto, joten Esra ymmärsi pian, että kallion alle oli joskus kaivettu kattava verkosto tilaa. Tästä oli kuitenkin selvästi kulunut jo kauan aikaa. Seinämät olivat ehkä joskus olleet valkoiset, mutta nyt ne olivat ruman kellertävät, ja halkeamista erottui kaikenlaista kasvustoa ja sammalta. Sieniäkin näkyi joukossa. Käytävä mutkitteli loivasti alaspäin laskeutuessaan. Esra mietti, että tällaista paikkaa olisi todennäköisesti helppo puolustaa. Mutta kuinka pitkään ihmiset olivat täällä asuneet? Esra toivoi saavansa tilaisuuden kysyä.

Lopulta käytävä päättyi, ja avautui jonkinlaiseen eteiseen. Reitti jatkui vieläkin syvemmälle maan sisään, mutta sitten Claudia Egyptiläinen kahden saattajansa kanssa pysähtyi. Perässä tulevat vartijat pysäyttivät Esran ja Aaronin riittävän välimatkan päähän. Syvemmältä maan sisästä käveli heitä vastaan laiha mies, jolla oli harmaat hiukset ja kasvoillaan syvät juonteet niin kuin Claudiallakin. Hän oli pukeutunut samanlaiseen yhtenäiseen kankaaseen, jota ei myöskään ollut vyötetty. Mutta toisin kuin Claudialla, vaatteen alareuna ei ollut punainen. Olallaan tulija kantoi nahkaista laukkua. Hän pysähtyi kunnioittavan etäisyyden päähän.

"Kuten Tacitus näet, vieraamme tarvitsevat hoitoa ja kuivia vaatteita." Claudia käveli Tacituksen eteen, ja tarttui miestä käsivarsista. Esra nosti kulmiaan kauempaa katsellessaan, sillä ele yhdessä hymyn ja katsekontaktin kanssa kertoivat suorastaan hellästä yhteydestä.

Tacitus nyökkäsi, mutta ei vastannut mitään. Claudia saattajineen poistui yhtä arvokkaasti kuin oli saapunutkin, ja Tacitus jäi seisomaan Esran ja Aaronin eteen kädet selkänsä takana.

"Käsky kävi, ja ainakin tuota jalkaa haluan kyllä vilkaista. Seuratkaa perässä."

6.

Tacitus johdatti Esran ja Aaronin saattajineen yhä syvemmälle maan sisään. Ilma kävi entistä huonommaksi hengittää, ja seinillä tihkui kosteutta. Ylempänä ei sitä ollut näkynyt ainakaan samassa määrin. Esra oli iloinen, sillä heidän ei tarvinnut pitkää käytävää kovinkaan kauas kulkea. Tacitus pysähtyi neliön muotoisen oven eteen. Sen maalipinta oli hilseillyt ajan myötä pois niin pahasti, että vaalean vihreä väri hädin tuskin enää erottui. Esra huomasi miettivänsä, voisikohan tuota maalia vielä jostain löytää. Kotona erikseen maalattuja seiniä tai ovia ei ollut edes kirkossa.

Sisällä roikkui seinillä kaksi soihtua, ja suurimman huomion vei keskellä lojuva kookas puinen pöytä. Sen takana puolestaan oli yksinkertainen penkki. Puukalusteet vaikuttivat uusilta, mutta muuten huone näytti samalta kuin kaikki muukin maan alla: vanhalta ja rapistuneelta. Mielikuvaksi jäi, että heimo oli joskus asettunut taloksi, mutta eivät olleet ainakaan kaikissa huoneissa panostaneet ulkoiseen viihtyvyyteen. Äiti olisi ryhtynyt välittömästi sisustamaan, jos tämän näkisi, mietti Esra astuessaan Aaronin kanssa huoneeseen. Molemmat vartijat jäivät ovelle ohjeita odottamaan.

"Kiitoksia teille", viittasi Tacitus vartijoille näyttäen heille ovea. "Voitte poistua. Minä pärjään kyllä kahden potilaan kanssa."

"Jos niin sanotte", kuittasi toinen vartijoista. "Mutta tulokkaiden aseet viemme mukanamme. He saavat ne kyllä sitten lähtiessään."

Esra otti Aaronilta keihään, veitsen ja kirveen. Sen jälkeen hän antoi ne vartijoille, ja luovutti myös omansa. Kivikirveen antaminen tuntui erityisen epämukavalta. Olo oli kuin jättäytyisi suojatta jonkun sellaisen armoille, jonka hyväntahtoisuudesta ei voinut olla aivan varma. Nyt ei kuitenkaan kannattanut asettua poikkiteloin.

"Me haluamme nämä sitten takaisin", Esra ei malttanut olla alleviivaamatta. Vartija ei vastannut, mutta otti aseet ja poistui. Toinen seurasi samaa tietä, ja sulki oven jäljessään. Soihdut tuottivat pieneen tilaan sen verran savua, että silmiä kirveli savun hajusta puhumattakaan. Tacitusta itseään savu ei näyttänyt häiritsevän.

Vasta nyt Esra kiinnitti huomiota huoneen takaseinustalla olevaan hyllyyn, jossa erottui ehkä kyynärän verran kirjoja siistissä rivissä. Hän tunsi sykkeensä kiihtyvän. Tuollainen valikoima kirjoja, ja vieläpä aivan vapaasti esillä! Niiden yhteenlasketun arvon täytyi olla mittaamaton.

Tällä välin Aaron oli asettunut pöydälle makaamaan, ja Tacitus oli aukaissut jalan ympärille kiedotun siteen, joka oli nyt jo pahasti likainen ja märkä edellisen yön tapahtumien jäljiltä.

"Mikä sinua oikein on purrut? Tai pistänyt?" Tacitus rypisti otsaansa ja raapi hetken harmaita hiuksiaan, mutta ei vaikuttanut hämmästyneeltä.

"Muurahaisia ne olivat. Niitä oli paljon. Purivat lisäksi takamukseen ja kylkeenkin."

"Ja ne olivat isoja", täsmensi Esra suoristaen pikkusormensa havainnollistamaan hyönteisten kokoa.

"Vai niin. Tehdäänpä sitten näin..." Tacitus otti olalla olevasta laukusta kapeakaulaisen astian, aukaisi korkin ja kostutti nesteellä kuivan liinan. "Tämä voi sitten vähän..."

"Jo-OOO!" Aaron ulvahti.

"...kirvellä", päätti Tacitus lauseensa äänekkäästä vastalauseesta huolimatta.

7.

Esra sai vihdoinkin siirrettyä katseensa pois Tacituksen takana olevista kirjoista. "Jos saan tiedustella niin miten olet oppinut ammattisi?"

"Pääasiassa edeltäjäni opetti lääkärin toimen, mutta jotain jouduin opettelemaan myös noista takana olevista kirjoista", Tacitus vastasi jatkaen häiriintymättä Aaronin jalan käsittelemistä. "Heimon perimätiedon mukaan ensimmäinen lääkärimme oli saanut oppinsa jossain kaukana yhdessä monen muun samanlaisen lääkärin kanssa. Ei siis täällä heimon parissa niin kuin minä ja edeltäjäni."

Vastaukseen tyytyväisenä Esra siirtyi jo eteenpäin. "Onko teillä siis enemmänkin kirjoja?" Hän tunsi sormiensa liikkuvan vain tarpeesta saada koskea kirjoihin, ehkä jopa lukea niitä. "Jos siis vain suinkin voit ja haluat kertoa meille."

"Huomaan, ettette ole tottuneet näkemään paljoakaan kirjoja." Puhuessaan Tacitus sai Aaronin jalan sidotuksi pyytäen tätä riisumaan paitansa ja housunsa, jotta pääsisi käsiksi loppuihin puremiin. "Onhan niitä jonkinlainen kokoelma täällä. Kirjoja siis."

"Miten yhdellä heimolla voi olla hallussaan niin paljon kirjoja?"

"Meille on kerrottu, että kun suuri mullistus koitti, oli tässä lähellä suurikokoinen rakennus, joka oli pullollaan kirjoja. Kuulemma ne eivät olleet silloin harvinaisia. Ihmiset keräsivät tarinan mukaan kirjoja, ja kantoivat sitten niitä käsissään, repuissaan ja laukuissaan paeten lopulta suojaan tänne isoon luolaan. Minun onnekseni osa noista kirjoista käsitteli lääkärin tarvitsemia taitoja. Ja vielä parempi on, että alusta saakka tänne asettuneet ymmärsivät säilyttää mukanaan tuomansa kirjat."

Tacitus kääntyi ja poimi hyllystä käsiinsä yhden kirjoista. Huolettomuus, jolla lääkäri käsitteli kirjoja, sai Esran hengen salpautumaan. Tacitus avasi teoksen, ja käänsi sen Esraa kohti. Siinä erottui ihmisen luurankoa muistuttava kuva, ja ympärillä jotain pientä tekstiä. Esra ei uskaltanut pyytää kirjaa käsiinsä.

"Osaan melkein ulkoa nämä kaikki", jatkoi Tacitus lehteillen kirjaa kädessään. "Ja aina välillä kannattaa kerrata. Jos ei muuta niin puhtauden tärkeyttä ja haavojen sitomista."

Aaron painoi sormella vastasidottua jalkaansa, ja ulvahti vaimeasti ennen kuin puuttui puheeseen. "Teidän heimonne siis pakeni suurta mullistusta tänne isoon luolaan, ja toi mukanaan sattumanvaraisen valikoiman kirjoja?"

"Toivottavasti eivät ihan täysin sattumanvaraista valikoimaa", vastasi Tacitus laittaen kirjan takaisin hyllyyn omalle paikalleen. "Mutta tällaista tarinaa heimomme vanhimmat ovat kertoneet kuulleensa olleessaan itse lapsia, ja kertojina olivat heimon silloiset vanhimmat."

8.

Esra riisui kastuneen sadeviitan lopultakin yltään, ja otti repusta esille vahataulun piirtopuikkoineen. Ilokseen hän huomasi, että ainoastaan vahataulun puiset reunat ja selkämys olivat märät, ja varsinainen kirjoitusalue oli edelleen käyttökelpoinen. Esra oli jo päättänyt, että tämän heimon kanssa kannattaa olla hyvissä väleissä riippumatta siitä, pystyisivätkö he lopulta auttamaan uhkaavan nälänhädän torjumisessa. "Teilläkään ei taida olla liiaksi paperia käytössä?" Tacitus oli pannut merkille Esran kirjoitusvälineet.

"Esrasta tulee aikanaan meidän pappimme, ja jo nyt hän kirjoittaa paljon kopioiden myös erilaisia tekstejä heimon tarpeisiin." Aaronin mielessä kirjoittaminen yhdistyi vahvasti pappina työskentelyyn, sillä oman heimon ainoa kirja oli kirkon hallussa.

"Vai että pappi? Ja osaat kirjoittaa ja kopioida tekstejä?" Tacitus vaikutti miettivältä. Uusi tieto tuntui hämmentävän häntä. "Tarkoittaako pappi samaa kuin ikuisuuteen lähettäjä?"

Esra katseli hetken omia kirjoitusvälineitään, ja muisteli sitten Tiitus Kalmanlehdon tapaa toimittaa hautajaisia ennen kuin vastasi. "Uskoisin niin, että meillä kotona pappi tarkoittaa samaa kuin teillä ikuisuuteen lähettäjä."

Tacitus hymyili tyytyväisenä saamaansa vastaukseen. Esra laittoi vahataulunsa jälleen vastakkain ja sitoi ne tavallista tiukemmin yhteen nahkanyöreillä. Hän ei halunnut, että kirjoitus vahingossakaan menisi pilalle. Lopullisen kuivatuksen ehtisi tehdä sitten joskus myöhemmin.

"Kun kerran me tässä aika tuttavallisia jo olemme", aloitti Esra siirtäen taas huomionsa Tacitukseen. Lääkäri näytti saaneen Aaronin jo pitkälti sidotuksi. "Oletko kenties tämän Claudia Egyptiläisen puoliso? Tai ainakin jonkinlainen läheinen uskottu?"

Tacituksen hymy leveni. "Ai tekin huomasitte asian? Näinhän se on ajan kanssa vakiintunut. Joskin minä olen vain lääkäri. En päätä asioista niin kuin Claudia."

"Sinun nimesi on siis itse asiassa Tacitus Egyptiläinen?" Esra pohti edelleen epätavalliselta vaikuttavan sukunimen taustaa.

"Minä olen pelkkä Tacitus. Yksi nimi riittää oikein hyvin. Enempää en tarvitse."

9.

Lääkäri nousi seisomaan pyyhkien käsiään samalla nesteellä, joka oli saanut Aaronin ulvahtamaan. "Ilma alkaa käydä täällä jo huonoksi, kun meitä on peräti kolme. Tuossa nurkassa on joitakin vaatteita, joihin voitte vaihtaa nuo omat märät varusteenne. Oletan, että mieluummin annatte niiden kuivua jossain muualla kuin päällänne."

Esrakin pani merkille savun hajun voimistumisen, ja samalla soihtujen valo alkoi hiljakseen himmetä. "Jos vain jaksat katsoa rannettani, niin sen jälkeen kysyisin vielä jotain."

"Esraakin purivat muurahaiset, joskin vain ranteeseen", selitti Aaron laskeutuen alas pöydältä.

"Katsotaan vain", vastasi Tacitus. "Kun olen puhdistanut haavasi ja olette vaihtaneet vaatteita, mennään ulos hengittelemään raitista ilmaa. Olen pitänyt sitä yhtenä hoitomuotona muiden joukossa. Sitä paitsi muita hoidettavia ei oven takana näytä nyt olevan, joten tulen kanssanne ulos katsomaan, mikä siellä on tilanne."

Esran ranne oli nopeasti hoidettu. Tacitus poisti vettyneen ja likaisen siteen, vilkaisi puremaa nopeasti, mutisi jotain ja sipaisi tuttua nestettä haavalle. Esrakin värähti kirvelyn vuoksi, mutta sai kuin saikin pidettyä itsensä hiljaisena.

Aaron katseli nurkassa siistiin pinoon viikattuja vaatteita. Sitten hän riisui märät varusteensa, pujotti päälleen yksinkertaisen kaavun ja käytti omaa vyötään tavalla, jolla oli nähnyt ulkona paikallisten tekevän. Jalkaansa hän valitsi yksinkertaiset sandaalit. Muita ei tarjolla ollutkaan.

Tacitus taputti Esran rannetta sitomisen onnistumisen merkiksi, ja kääntyi sitten Aaronin puoleen. "Sinun kannattaisi jonkin aikaa välttää turhaa liikkumista, että jalkasi paranee."

"Teen sen ihan mielelläni. Kiitokset jo nyt, olo tuntuu paremmalta." Kuivat vaatteet ja puhdas side jalassa olivat selvästi kohentaneet Aaronin mielialaa.

Esra vaihtoi esimerkkiä seuraten vaatteita valiten itselleen samanlaisen yksinkertaisen kaavun kuin Aaronkin. Tacitus avasi oven valmiiksi, mutta palasi itse takaisin laittaen jotain nahkaiseen laukkuunsa. Esra auttoi Aaronia ulos eikä näin nähnyt, mitä lääkäri otti mukaansa. Tacitus seurasi pian perässä olkalaukkunsa kanssa.

29. luku

Ulkona luiskan edessä vartijat eivät kiinnittäneet juurikaan Esraan ja Aaroniin huomiota. Pojilla kun oli samanlaiset vaatteet kuin kaikilla muillakin, ja lisäksi Tacitus tervehti vartijoita tuttavallisesti. Kallion juurelle alas johtavan luiskan viereen oli asetettu pitkä puinen penkki, josta näkyi hyvin avautuvalle järvelle. Esran mielestä niemen vieressä kohti taivasta nouseva valtava pylväs näytti edelleen aivan katkaistulta sormelta, joka osoitti syyttävästi ylöspäin. Tuttu leveä tie kiersi metsäisen alueen, joka ympäröi isoa pylvästä. Sen jälkeen tie leveni entisestään, ja katosi nousevan mäen taakse.

Aaron istahti penkille, ja nosti sidotun jalan viereensä nautinnollisesti ähkäisten.

"Miltä tuntuu?" kysyi Esra ja istahti itsekin penkille Tacituksen viereen.

"Kestää se onneksi kävelemistä, mutta kipeää tekee jokaisella askeleella."

"Kuten sanoin alhaalla, kannattaa ainakin joitakin päiviä olla rauhallisesti. Kyllä se siitä paranee." Tacitus nosti kalpeat kasvonsa kohti aurinkoa selvästi nauttien valosta ja lämmöstä.

"Teilläkään ei ilmeisesti käy kovin usein vieraita?" Esra hengitti syvään raitista ilmaa tunkkaisen luolan jälkeen ja tunsi virkistyvänsä.

"Ei kaltaisianne matkalaisia usein täällä näy, siinä olet oikeassa", sanoi Tacitus auringosta edelleen nauttien. "Vartijat ovat minusta liiankin varovaisia ja epäluuloisia. Toisaalta varmuus on aina paras, kuten pyhä kirjamme opettaa. Toisaalta taas sama kirja opettaa niinkin, että kaikki oli kirjoitettu tähtiin jo ennen syntymämme päivää, emmekä siksi voi mitään tapahtuvaa estää."

"Kuinka ihmeessä tähtiin voi kirjoittaa?" Aaron hämmästeli.

"Meillä on vain sellainen sanonta."

Esra mietti, että tämän heimon pyhä kirja on varmaankin jokin muu kuin oman heimon osittain palanut pyhä kirja. Tai sitten kyseessä on sama kirja, mutta tällä heimolla on samasta teoksesta täydellisempänä säilynyt versio.

Tarkemmin ympärille katsoen kävi selväksi, että puiden ja vihreiden kasvien valtaaman mäen päällä liikkui paljon runsaammin ihmisiä kuin saman kallion alla. Esra mietti, mahtoiko se johtua ainakin osittain luolan huonosta ilmanlaadusta. Ääneen hän ei kuitenkaan aikonut sitä sanoa. Nyt ei ollut aika arvostella toisen heimon tekemiä ratkaisuja elinolojensa suhteen.

"Teidän valitsemanne paikka on erittäin suojaisa."

"Niin on", vastasi Tacitus hymyillen. "Toisaalta kaikki viljelykset ja muut sen sellaiset on tehtävä ulkona, koska luolaan ei tietenkään paista aurinko, tai sada vettä."

"Ai siksikö tuolla kalliolla kulkee niin paljon ihmisiä?"

"Juuri siksi. Työ on kovaa, ja huomaan sen myös omassa työssäni."

Esra hämmästeli vieläkin sitä, miten hiljaa ihmiset osasivat olla työssään. Sitä paitsi he melkein katosivat maastoon mäelle noustessaan. Asiasta kannattaisi ehkä tehdä merkintä omaan vahatauluun.

2.

"Liikkuuko teidän väkeänne tässä lähialueella? Vai pysyttelettekö vain tässä oman heimon ympäristössä?"

Tacituksen otsa rypistyi, joten varmuuden vuoksi Esra riensi jatkamaan.

"Ei tokikaan ole pakko vastata, jos utelen sopimattomia. Tänne tullessamme vain kohtasimme muutaman ikäisemme miehen, jotka ohjasivat meidät suurin piirtein teidän luoksenne."

"Mahdollisesti he olivat meidän heimoamme", vastasi Tacitus. "Claudia lähettää ajoittain tiedustelijoita lähialueille ottamaan selvää, mitä on tapahtumassa. Niin ja käyhän meillä joskus hyvin harvoin kiertäviä kauppiaita kärryineen. Niin harvoin kuitenkin, ettei heidän varaansa voi laskea heimon toimeentuloa. Runsaasti kaikenlaisia tarinoita heillä kuitenkin on kerrottavanaan ja luulen, että monille se on parasta kauppiaan saapumisessa. Aina kuitenkin mietin, voivatko ne hurjat tarinat olla totta."

Tacitus otti nahkaisesta olkalaukustaan siististi taitellun kankaan, joka oli selvästi repaleinen, ja siinä erottui suuria tummia tahroja. "Teitä on kohdeltu varsin ystävällisesti, kuten olette ehkä huomanneet. Se johtuu siitä, että aiemmin luonamme kävi toinen kaltaisenne parivaljakko. Heillä oli rinnassaan samanlainen punainen sahalaitainen lehtikuvio kuin teilläkin. Siksi oletimme teidän olevan samaa joukkoa."

"Aivan mahtavaa!" innostui Aaron. "Keitä he olivat?"

"Eivät sanoneet nimiään, mutta pyysivät hartaasti meitä antamaan edes vähän perunasadostamme, ja lupasivat antaa vaihdossa mukana tuomiaan leipiä."

Esran ja Aaronin katseet kohtasivat. Sanattoman yhteisymmärryksen löydyttyä Esra lausui päätelmän ääneen. "He olivat sitten varmaankin heimomme kokin poika Untamo, ja leivätekijän poika Aukusti."

"Ovatko he vielä täällä?" Aaron näytti unohtaneen kipeän jalkansakin jo pelkästä innostuksesta. "Tai jos eivät, niin mihin päin he lähtivät?"

Tacitus laski päänsä, ja henkäisi syvään. Sen jälkeen hän levitti esiin ottamansa kankaan näyttäen sitä pojille. Kyseessä oli repaleinen ja verinen paita, samanlainen kuin se, jonka Esra ja Aaronkin olivat kotoa mukaan saaneet. Juuri se paita, johon Erik Ritari oli painokkaasti käskenyt ompelemaan tunnukseksi punaisen sahalaitaista lehteä osoittavan merkin.

"Lähialueella kulkeva partiomme löysi metsästä ihmisten jäänteitä. Ilmeisesti joku petoeläin tai vastaava oli hyökännyt heidän kimppuunsa." Tacitus taitteli repeytyneen paidan, ja ojensi sen Esralle. "Tämä jäi jäljelle. Ajattelin, että ehkä haluatte viedä paidan takaisin kotiinne."

Esra tunsi sormissaan kuivuneen veren, joka oli imeytynyt kankaaseen. Hän katseli punaista lehtitunnusta miettien, että ainakin kolme kotoa lähtenyttä partiota oli jo epäonnistunut.

"Olen pahoillani siitä, että jouduin kertomaan huonoja uutisia. Kunhan olette hieman ehtineet levätä, haluaa Claudia varmasti kuulla teistä lisää."

"Kiitos kuitenkin siitä, että autoitte Untamoa ja Aukustia", sanoi Aaron ja hänen mielialansa laski silminnähden.

"Lienee parasta viedä teidät jo lepäämään", sanoi Tacitus ja nousi seisomaan. "Pian kalliolla päivän työnsä tehneet palaavat takaisin, ja se yleensä tarkoittaa minulle työtä. Onneksi ei yleensä mitään isoa, mutta haluan silti olla tavoitettavissa."

3.

Matka takaisin luolan uumeniin vei aikansa, mutta Esran tuki Aaronin elävänä kävelykeppinä alkoi toimia hyvinkin saumattomasti. Suureen eteiseen saapumisen jälkeen matka jatkui taas pitkää käytävää pitkin. Sen alkupäässä oli kuitenkin ovi raollaan. Maali oli hilseillyt sen pinnasta pois niin kuin muistakin ovista, mutta sisäpuolelta kuului puhetta.

"Tuo taitaa olla jonkinlainen koulu, ja siellä on opetus menossa?" Esra katseli kiinnostuneena sisään ovenraosta.

"Niin taitaa olla", sanoi Tacitus ja katsoi itsekin sisään. "Julia on arvostetuimpia opettajiamme."

"Voinko mennä kuuntelemaan hetkeksi?" Esran mielestä koskaan ei ollut väärä hetki oppia jotain uutta.

"Kyllä minun puolestani, kunhan muistat olla aiheuttamatta häiriötä. Tosin en voi luvata, ettei Julia aja sinua pois kepin kanssa."

Esra ojensi Aaronille Untamon tai Aukustin repaleisen paidan. Hän ei halunnut viedä veristä kangasta mukanaan lasten ihmeteltäväksi.

"Kerro sitten minullekin, mistä puhuttiin," sanoi Aaron ja jatkoi kävelyä Tacituksen tukemana.

"Liityn kyllä pian seuraasi", vastasi Esra ja avasi samalla ovea lisää. "Minuakin väsyttää jo ankarasti."

"Laitan sinunkin vaatteesi ja varusteesi kuivumaan, älä huoli."

30. luku

Esra veti ovea kiinni perässään, mutta jätti sen edelleen hieman raolleen. Hän hiipi peremmälle, ja asettui harmaalle lattialle istumaan. Julia katsahti lyhyesti Esran puoleen, ja otti sylissään lojuneen kepin käteensä ikään kuin varoitukseksi. Sitten hän jatkoi puhettaan muuten häiriintymättä. Tietenkin kaikki lapset kääntyivät katsomaan tulijaa silmät suurina.

"Meillä on näemmä tänään vierailija", sanoi Julia keskeytyksestä harmistusta äänessään. "Toivotamme siis hänet tervetulleeksi, ja jatkamme." Seurasi hiljaisuus, jonka aikana Julia varmisti, että kaikkien lasten huomio kääntyi takaisin hänen suuntaansa.

Julia oli Esran silmään saman ikäinen kuin hänen äitinsä olisi ollut, jos vielä eläisi. Silmäkulmien juonteet erottuivat soihtujenkin valossa, mutta eivät olleet yhtä syvät kuin Claudia Egyptiläisellä. Julian hiukset olivat pitkät, ja selvästi harmaantuneet. Päällään hänellä oli samanlainen yksinkertainen vaate kuin Tacituksellakin, ja opettaja istui leveällä puupenkillä. Takana oli jonkinlainen iso kuva, jonka merkitystä Esra ei tunnistanut. Se muistutti karttaa, mutta siinä näkyvää aluetta hän ei tunnistanut. Luokkahuone oli melko yksinkertainen, mutta sen seinustoilla erottui runsaasti puusta veistettyjä eläimiä ja muita leikkivälineitä. Lapsia oli kourallinen, ja he istuivat Julian edessä lattialla. Kirjoitusvälineitä ei ollut yhdelläkään. Toisaalta kaikki lapset olivat niin nuoria, ettei ehkä vielä ollut tarvetta opetella kirjoittamaan, Esra oletti.

2.

"Te olette kaikki jo kuulleet", Julia jatkoi, "ettei maailma aina ollut tällainen. Ihmiset eivät suinkaan aina asuneet luolassa, kuten me. Ihmiset asuivat suurissa keskittymissä, joita kutsuttiin kaupungeiksi. Meidän heimomme ei ole kooltaan mitään verrattuna niihin. Ja uskokaa kun kerron teille: ihmiset kautta maanpiirin olivat jatkuvasti yhteydessä toisiinsa. Nykyisin sellainen ei onnistu mitenkään, mutta toisaalta ei meillä muualle ole niin asiaakaan."

"No mitä sitten tapahtui?" kysyi vaaleahiuksinen tyttö. "Äitini sanoi, että jotain kamalaa kuitenkin."

"Niin tapahtuikin", vastasi Julia, ja otti keppinsä avuksi korostaakseen menneiden tapahtumien suuruutta. "Ympäröivä ilmasto muuttui. Kukaan ei enää tiedä, miksi niin kävi, mutta muutos oli valtava. Veden kulku muuttui. Kylmää vettä virtasi sinne, missä oli ollut kuumaa, ja kuumaa vettä virtasi sinne, missä oli ollut kylmää. Sama koski myös tuuliamme. Luonnollinen järjestys meni sekaisin. Maa ei antanut enää ruokaa niin kuin ennen, ja seurauksena oli nälkää. Ja mitä tapahtuu, jos ei ole enää ruokaa?"

Lapset eivät vastanneet, eikä Esra uskaltanut keskeyttää.

"Kun ei ollut ruokaa, oli sitä lähdettävä etsimään muualta. Toisin sanoen näiden suurten kaupungeiksi kutsuttujen alueiden ihmisjoukot - joiden lukumäärää ette osaa kuvitellakaan - lähtivät liikkeelle. Mutta ne alueet, joilla vielä ruokaa oli, eivät halunneet ottaa vastaan ihmisiä sieltä, missä ruokaa ei enää ollut. Tästä seurasi suuri sota, joka tuhosi aikaa myöten kaiken. Valtava määrä ihmisiä kuoli, mutta eivät tietenkään kaikki. Me täällä kerromme eteenpäin niiden tarinaa, jotka selvisivät hengissä. Siksi on tärkeää, että kaikki tekevät työtä heimon hyvinvoinnin eteen kykyjensä mukaan."

Julia nousi seisomaan, ja heilautti keppiään kaikkien lasten yllä. Esra näki, ettei Julia tarvinnut keppiä tuekseen Mooses Opinahjon tavalla, vaan käytti kättä pidempää ainoastaan opetuksen tukena. "Muut perheenjäsenenne tulevat pian töistä. Meidän on aika lopettaa tältä päivältä, jotta pääsette auttamaan loppupäivän askareissa. Jatkamme huomenna ulkona."

Lasten joukosta kuului selvää nurinaa, ja esitettiin jopa kysymys, miksi pitäisi mennä ulos, kun sisällä on parempaa.

"Lasten on tärkeää olla paljon auringossa. Se tekee hyvää. Niin on ollut, ja niin on aina oleva."

3.

Ulos lähtiessään kaikki lapset tarkkailivat Esraa kiinnostuneina, mutta turvallisen välimatkan päästä. Jäätyään kahden Julian kanssa Esra nousi, ja käveli opettajan luo.

"Sinä olet varmaan niitä uusia tulijoita", kysyi Julia ennen kuin Esra ehti esittäytyä. "En ole nähnyt sinua aiemmin ja kuulin, että tänne eksyi jotain kulkijoita. Minä olen Julia, ja kuten varmaankin ymmärsit, toimin lastemme opettajana."

"Ja mielenkiintoista opetusta annoittekin, Julia. Minä olen Esra Tulikoura. Kiitos kun annoitte jäädä kuuntelemaan."

Julia tarkkaili Esran kasvoja aiheuttaen tunteen, että opettaja yritti katsoa hänen päänsä sisään etsien sieltä jotain lisätietoa. "Jäikö kuulemastasi jotain erityistä mieleen?"

"Jäi kyllä. Meillä kotona opetetaan eri tavalla siitä, millä tavalla maailmamme päätyi sellaiseen tilaan kuin missä se nyt on. Sen sijaan kuvauksesi entisistä ajoista ennen romahdusta kuulostivat jo tutummilta."

Julia kohotti kulmiaan, ja otsan rypyt syvenivät. "Ai niinkö on asia? Haluatko kertoa siitä lisää?"

4.

Julian ja Esran keskinäisestä sananvaihdosta tuli odottamattoman pitkä. Julia oli järkähtämättömästi sitä mieltä, että heidän heimonsa perimätieto kertoi romahduksen syyt oikealla tavalla. Esra kertoi kuitenkin oman heimonsa selityksen todeten varmuuden vuoksi, että Julian heimon selitys vaikutti uskottavammalta. Sisimmässään Esra ei näin uskonut, mutta piti parempana olla samaa mieltä. Tehtävänä ei ollut saada yhteisymmärrystä joskus kauan sitten tapahtuneista asioista, vaan löytää apua omaa heimoa uhkaavaan nälänhätään.

Ainakin näennäisen yhteisymmärryksen saavuttamisen jälkeen Esra kiitti, ja poistui luokkahuoneesta. Hän palasi Tacituksen oven eteen, mutta se oli kiinni eikä ketään muutenkaan ollut paikalla. Kauempaa käytävästä kuului puhetta, joten paremman suunnan puutteessa Esra suuntasi sinne.

5.

Esra päätyi takaisin isoon eteiseen, johon ulkoa alkanut luiska ja sitä seurannut käytävä päättyivät. Sinne tänne oli levitetty mattoja ja muita kankaita alustaksi, ja sellaisilla nukkuikin jo ihmisiä. Osan Esra tunnisti olleen päivällä kallion päällä työssä. Ulos johtavalta suurelta ovelta virtasi hieman ilmaa sisään. Esra mietti, että nämä ihmiset ilmeisesti halusivat nukkua lähempänä uloskäyntiä raittiimman ilman vuoksi.

Eteisalueen nurkassa näkyi muista ohuella kangassermillä erotettu pieni alue, jossa Aaron näytti jo nukkuvan jonkinlaisen maton päällä vieressään tyhjä paikka. Sidottu jalka oli asetettu koholle kaulanpaksuisen puukappaleen päälle. Ilokseen Esra huomasi, että Aaronin vieressä oli kaksi puista telinettä, joille heidän vaatteensa ja muut varusteensa oli asetettu kuivumaan. Aseita hän ei kuitenkaan tavaroiden joukossa nähnyt.

Aaron nukkui raskaasti hengittäen. Esra hiipi oman reppunsa luokse, otti vahataulun esiin ja asetti sen seinää vasten kuivatustelineen viereen. Vahataulujen merkinnät olivat onneksi hyvin tallella. Nyt piti vain huolehtia, että taulut puisine kehikkoineen kuivuisivat hyvin.

Esra laskeutui makuulle Aaronin viereen tuijottaen luolan epätasaista, kosteudesta kiiltävää vaaleanruskeaa kattoa. Kuinkahan nopeasti hän mahtaisi saada unta, kun niin paljon kaikenlaista oli ehtinyt tapahtua? Pitkä valvominen oli kuitenkin tehnyt tehtävänsä, ja Esra vaipui nopeasti uneen.

6.

"Haluan tosimiehen enkä jotain haavoja sitovaa kirjuria!"
Esra havahtui hereille, ja huomasi makaavansa keskellä aukeaa heinien keskellä. Hän nousi seisomaan ympärilleen katsellen. Oli hämärää, ja

sama aukea jatkui niin kauas kuin silmä kantoi. Jelena Ivanovin kimakka ääni kaikui pitkään Esran pään sisällä.

Takaa kuului matalaa murinaa. Esra kääntyi, ja kohtasi viisi valtavaa sutta. Jokaisen suusta tippui verta, ja jokainen tuijotti häntä kellertävillä silmillään. Kaikki sudet haukahtivat samaan aikaan, ja Esran korvat alkoivat soida. Hän sulki silmänsä, ja painoi kädet korvilleen. Seuraavaksi susien päät olivat muuttuneet ihmisten kasvoiksi. Suut avautuivat, mutta yhdelläkään ei ollut kieltä. Vain irti revitty kielen juuri näkyi veren punaamien hampaiden välistä. Kiljuminen kuului ensin vaimeana, mutta koveni jatkuvasti. Ääni ei kuitenkaan tullut ihmispäisten susien suusta, vaan jostain muualta.

Esra käännähti ympäri paljastaen selkänsä susille. Hän tuijotti eteensä silmät suurina, ja laski kädet korviltaan säikähdyksestä. Heinikossa makasi kasvot ylöspäin vainaja, jonka alaruumis puuttui kokonaan. Suolet pursuivat ulos ja näyttivät liikkuvan kuin veden alla heiluen. Kasvot olivat osittain punaisten pitkien hiusten peitossa. Esra tiesi katselevansa itseään. Viereen ilmestyi kookas ja lihaksikas mies. Hän huusi suoraa huutoa, mutta ääntä ei kuulunut. Kalju päälaki kiilsi hiestä, ja käsivarsia koristivat lukuisat taidokkaat ihopiirrokset. Mies piti päänsä yläpuolella ainakin kahden kyynärän pituista, verta valuvaa suurta metallista veistä.

"Minähän sanoin, ettet sinä selviä hengissä takaisin!" Jelenan ääni kaikui taas autiuden keskellä.

Esra ryntäsi juoksuun pois niin susien kuin itsensäkin luota. Pitkälle hän ei päässyt, sillä vastaan tuli tusinan verran muurahaisia. Pienen hevosen kokoisina ne kaikki louskuttivat leukojaan tasaiseen tahtiin, ja lähestyivät Esraa puolikaaressa sulkien hänet lopulta keskelleen. Vasta silloin Esra huomasi olevansa aseeton. Muurahaisten leukojen kiihtyvä säksätys tuntui porautuvan pään sisään asti. Esra ei kestänyt katsoa, vaan painui kyykkyyn nostaen molemmat käsivartensa pään suojaksi.

"Ethän sinä ole mies etkä mikään, kun et edes muurahaisille pärjää!" Jelenan huuto lopetti muurahaisten leukojen louskeen kuin veitsellä leikaten. Esra nousi ylös, ja huomasi olevansa keskellä pimeää metsää. Maasto näytti melkein samalta kuin oman heimon lähimetsä, mutta ei kuitenkaan sitä ollut.

"Samuelin olisin halunnut", kuului aivan Esran korvan juuresta. Hän käännähti ympäri ja huitoi käsillään tyhjää.

Nyt Esra seisoi leveällä polulla, ja häntä vastaan käveli Jelena Ivanov. Tämä oli pukeutunut mustaan pitkään hameeseen, joka kahisi äänekkäästi jokaisella askeleella. Jelenan iho oli harmaa ja vahamainen kuin kuolleella. Pitkät vaaleat hiukset huojuivat, vaikka oli aivan tyyntä. Silmien tilalla oli pelkät mustat kuopat.

"Samuelin olisin halunnut", toisti Jelena mustuneita huuliaan liikuttamatta. "Sinussa ei ole mitään puoleensavetävää."

Jelena pysähtyi kolmen kyynärän päähän Esrasta, levitti kätensä sivuilleen ja alkoi kiljua. Ensin ei kuulunut lainkaan ääntä, mutta lopulta pään halkaiseva melu vain voimistui ja voimistui.

Jelena Ivanovin kasvot sulivat kuin liian lähelle tulta jätetyn vahataulun kirjoituspinta.

7.

Esra avasi silmänsä. Hän huomasi istuvansa kädet korvilla makuupaikallaan vieraan heimon luona luolassa. Aaron nukkui häiriintymättä hänen vieressään. Suuressa eteisessä näkyi paljon nukkuvia ihmisiä. Valoaan antoi vain yksi iso soihtu, joka paloi ulos johtavan aukon vieressä. Lähellä seisoi yksinäinen vartija keihäs kädessään. Hän vaihtoi välillä painoa jalalta toiselle ja käveli pientä ympyrää yrittäen pitää itsensä hereillä.

Esra nousi, ja käveli paljain jaloin kohti ulos johtavaa oviaukkoa. Askeleet olivat tyystin äänettömät kylmällä ja karhealla lattialla. Hänen ja vartijan katseet kohtasivat, mutta kumpikaan ei sanonut mitään. Maan pinnalle noustessa ympäröivä hämärä ja hiljaisuus tuntuivat lohduttavilta. Ulkona seisoi vielä toinen vartija, ja hänenkin vierellään oli vain yksi soihtu valaisemassa.

Maa tuntui ulkona yhtä kylmältä Esran jalkapohjissa kuin luolan lattiakin. Yöilma oli viileää, ja tähtiä pystyi taivaalta laskemaan. Vaikka olenkin kaukana kotoa, saman taivaan alla silti edelleen ollaan, hän mietti. Ainakin kolme kotoa lähtenyttä partiota on jo epäonnistunut.

Mitä mahtoi kuulua muille? Olivatko hän ja Aaron ainoat, jotka olivat enää jäljellä? Mitähän kotona tapahtuu? Onko ruoka jo loppunut? Mitä Jelenalle kuuluu?

Viimeistä ajatustaan Esra katui välittömästi, irvisti ja runnoi entisen morsiamen niin syvälle mielensä sopukoihin kuin vain pystyi. Nyt täytyi keskittyä tehtävään. Surutyön aika tulisi myöhemmin.

Raikas ja viileä yöilma ei virkistänyt, ja ehkä hyvä niin. Esra koetti takaisin luolaan palatessaan puhua yövartijalle. Hetki olisi ollut mitä parhain saada jotain lisätietoa tästä ystävälliseksi osoittautuneesta heimosta. Vartija osoitti kuitenkin vain kädellään takaisin alas luolaan, eikä vastannut Esralle mitään.

Kun Esra asettui uudelleen makuulle omalle paikalleen sulkien silmänsä, hän kuuli edelleen päässään Jelenan äänen. "Samuelin olisin halunnut!" Esra painoi kädet korvilleen, ja odotti äänen vaimentumista. Siinä kesti kauan.

Lopulta aamu koitti.

31. luku

Seuraavien päivien aikana Aaronin jalka alkoi selvästi parantua. Tacitus kävi säännöllisesti katsomassa tilannetta, ja vaihtoi samalla siteen myös Esralle. Erikoisen nesteen sivelyn aiheuttama kirvely väheni hiljakseen, ja loppui sitten kokonaan. Töihin kumpaakaan ei patisteltu, mitä Esra piti hieman erikoisena. Toisaalta muut ihmiset säilyttivät niin häneen kuin Aaroniinkin selvän etäisyyden. Heidät siis nähtiin ulkopuolisina, jotka toivuttuaan jatkaisivat pian matkaa.

Runsas vapaa-aika oli mahdollistanut keskittymisen omaan hyvinvointiin. Molemmat olivat huoltaneet varusteensa ja pesseet vaatteensa. Aaronin virran ylityksessä rikkoutunut paita kursittiin kokoon, ja Esralla oli paljon aikaa täydentää muistiinpanojaan siihen asti kuljetusta matkasta. Aaron oli sanonut luottavansa edelleen muistiinsa, eikä siksi ollut tehnyt merkintöjä omaan vahatauluunsa.

Sinä aamuna heimon muu väki oli jo lähtenyt ulos kalliolle töihin, kun vartija tuli noutamaan Esraa.

”Päällikkö haluaa sinut puheilleen”, totesi vartija katsoen vaativasti Esraa silmiin. ”Ja vain sinut.”

”Kyllä minun jalkani kestää jo paremmin”, sanoi Aaron sivusta selvästi pahastuneena.

”Ei tässä siitä ole kysymys”, vastasi vartija kuivasti. ”Käskyn mukaan päällikkö haluaa puhua nimenomaan vain toiselle teistä.”

Vartija katsoi Esraa, joka oli pukeutunut aikaisemmin Tacitukselta saatuun yksinkertaiseen vyötäisiltä kiristettyyn kaapumaiseen vaatteeseen. ”Ohjeena voin sanoa, että kannattaa pukeutua kykyjen mukaan mahdollisimman edustavasti. Se tekee päällikköön aina paremman vaikutuksen.”

2.

Leveä oviaukko oli suljettu kahdella ulospäin aukeavalla ovella. Molempien maalipinta oli jo aikaa sitten hilseillyt pois, mutta soihtujen valossa erottui edelleen jälkiä aiemmasta valkoisesta pinnasta. Esra seisoi selkä suorana pukeutuneena asuun, jolla oli astunut ulos oman heimon portista. Aseita tai muitakaan varusteita hänellä ei kuitenkaan ollut. Erottuvinta hänessä verrattuna muihin oli hänen musta paitansa, jonka rinnassa loisti edelleen punainen sahalaitainen lehti muistutuksena siitä, ettei tehtävää ollut vielä saatu päätökseen. Nyt oltiin menossa vieraan päällikön puheille oman heimon lähettiläänä eikä yksityishenkilönä. Pohjastaan puuvahvisteiset, sääreen asti nousevat nahkajalkineet saivat Esran tuntemaan itsensä hieman tavallista pidemmäksi, mistä hän oli iloinen.

Molemmat ovet avautuivat samanaikaisesti. Vartijat olivat samoja, jotka Esra muisti kohdanneensa ensimmäisenä päivänä Claudia Egyptiläisen molemmin puolin, ja vieläkin heidän jalkojen liikkeen peittävät housunsa saivat Esran tuntemaan, että kankaan kätkössä oli ainakin yksi ase piilossa. Suoraan edessä huoneen perällä seisova Claudia viittasi kädellään Esraa lähemmäksi.

Lattiassa erottui leveä musta viiva. Esra sovitti varpaansa viivan päälle, ja katseli Claudiaa suoraan silmiin kädet selkänsä takana ja ilme korostetun tyynenä. Niin hän oli nähnyt lapsena isänsä Jeremian tekevän vierailijoita tavatessaan. Esra kuuli ovien sulkeutuvan takanaan.

Huone oli enemmän pitkä kuin leveä. Kaikkialla muualla vallitsevana ollut kellertävä epätasainen seinäpinta ei täällä erottunut, sillä seinät oli vuorattu toinen toistaan värikkäämmillä kankailla. Tämä sai koko huoneen näyttämään sateenkaareen verhotulta. Claudian yläpuolella hänen takanaan oli seinään kiinnitettynä lentoon lähtevä kotka. Se oli samanlainen, jonka pojat olivat kohdanneet matkalla tämän heimon luokse. Esran mielestä oli siksi turvallista olettaa, että nytkin kotka oli metallia, ja käytössä jonkinlaisena vallan symbolina. Claudian molemmin puolin seisoi kaksi vartijaa lisää, eivätkä he näyttäneet olevan lähdössä mihinkään toisin kuin Tacituksen kanssa ensimmäistä kertaa keskusteltaessa oli tapahtunut. Päällikön ja Esran välissä oli jykevä pöytä, jolle oli laskettu useita kääröjä, ja niiden lisäksi neljä kirjaa. Ne kaikki olivat samalla tavalla käteen sopivia kuin Tacituksen valikoimakin. Esra oli tottunut kotona ajattelemaan kirjaa isona, hankalasti liikuteltavana esineenä. Claudia itse oli pukeutunut samalla tavalla kuin millaisena

Esra hänet muisti. Tosin tällä kertaa käsivarsiin oli sidottu värikkäitä nauhoja ranteiden ohella myös kyynärpäiden yläpuolelle.

"Minulle on kerrottu, että sinä olet oman heimosi parissa sekä kirjuri että ikuisuuteen lähettäjä?" Claudian katse vaikutti arvioivalta, mutta ei kuitenkaan ankaralta tai tuomitsevalta.

Näin ne puheet kulkevat, mietti Esra. Aaronin nopean huomautuksen kuullut Tacitus oli tietenkin kertonut asiasta puolisolleen. "Mikäli kirjurilla viitataan tekstien jäljentäjään, ja ikuisuuteen lähettäjällä pappiin niin ainakin melkein. Minusta on tarkoitus tulla heimomme pappi, kunhan nykyinen toimestaan aikanaan luopuu."

"Se on hyvä kuulla", vastasi Claudia. "Selvästi osaat siis arvostaa kirjoja. Sain myös käsityksen, että teidän heimonne parissa kirjat ovat vieläkin harvinaisempia kuin meillä."

"Olette ymmärtäneet aivan oikein, päällikkö." Esra ei ollut varma, millä nimellä Claudiaa olisi pitänyt puhutella. Etunimeä hän ei ainakaan uskaltanut käyttää.

"Juuri tämän vuoksi en ole antanut näyttää sinulle kirjastoamme, vaikka osaatkin lukea ja kirjoittaa. Omakin väkemme pääsee tutustumaan siihen vain harvoin. Hoitajamme on suorastaan mustasukkainen kokoelmasta, joka hänen vastuulleen on uskottu."

Esra kohotti kulmiaan, ja tunsi sykkeensä kiihtyvän. Kokonainen kirjasto! Täällä maan alla tallessa! Mitä kaikkea siellä onkaan säilyneenä!

Claudia osoitti edessään olevia käteen mahtuvia kirjoja. "Haetutin tähän pöydälle heimomme perusteokset. Onko teillä käytössä jotain vastaavaa?"

Esra ei tunnistanut sanaa "perusteokset", mutta pystyi silti lukemaan esille asetettujen kirjojen kansitekstit: vasemmalla oli Suetonius Rooman keisarien elämäkertoja, sen jälkeen Tacitus Keisarillisen Rooman historia vieressään Julius Caesar Gallian sota, ja viimeisenä Waltari Sinuhe Egyptiläinen. Hän yritti miettiä, mikä oli oman heimon hallussa säilyneen kirjan varsinainen nimi. Sitten Esra muisti katselleensa sisäkannessa isoilla kirjaimilla tehtyä sanaa.

"Perusteoksemme on nimeltään Perheraamattu. Valitettavasti se ei ole säilynyt kokonaisena, joten osa sanomasta välitetään suullisena perinteenä. Minun tehtävänäni on ollut kopioida tekstejä päivittäistä käyttöä varten, jolloin varsinaista kirjaa ei tarvitse käyttää kovinkaan usein."

"Viisas ratkaisu kopioida tekstejä", Claudian suupielet nousivat hienoisesti ylöspäin. "Sillä tavalla sanoma ei häviä. Meidänkin pitäisi jäljentää paljon käytettyjä tekstejä nykyistä enemmän."

"Kaikella kunnioituksella, päällikkö", Esra aloitti ja selvitti hetken kurkkuaan. "Miksi kerrotte minulle tämän kaiken? Mehän olemme Aaronin kanssa vain ulkopuolisia, ja ehkä piankin jo lähdössä jatkamaan matkaa."

"Kirjastonhoitajamme on jo vanha, ja on viime aikoina alkanut unohtelemaan virkaansa liittyviä asioita. Hän ei ole suostunut valitsemaan itselleen seuraajaa, vaikka olen useamman kerran käskyn siitä antanut. Jos kerran hän ei itse halua valita seuraajaansa, on se minun tehtävä."

"Ja minuako te pyydätte sellaiseen työhön?" Esran mielessä alkoi välittömästi ankara kamppailu, jossa vastakkain olivat omalle heimolle annettu lupaus, ja toisaalta mielenkiintoinen tehtävä kirjastonhoitajana maan alla.

"En minä pyydä, mutta lupasin Tacitukselle harkita sitä. Sitä paitsi päällikkö ei pyydä, vaan käskee." Lausutuista sanoista huolimatta Claudian äänestä ei edelleenkään kuultanut ankaruus tai edes käskevyys, vaikka hän oli sellaista ääneen painottanut.

Esra peitti kämmenellä rintamuksensa punaisen lehtitunnuksen, ja katseli Claudian ohitse takaseinää. Päätös oli lopulta niin helppo, että hän itsekin sitä ihmetteli. "Olen pahoillani, päällikkö, mutta se ei ole mahdollista. Minulla on tehtävä kesken, ja aion sen parhaani mukaan loppuun suorittaa."

"Ja mikähän se tehtävä mahtaa olla?"

Esra tunsi epäluuloisuutensa kasvavan. Täytyihän Claudian tietää heimonsa luona aiemmin käyneistä kokin pojasta Untamosta, ja leiväntekijän pojasta Aukustista. Esra ei uskonut, että tällaisessa yhteisössä tapahtuisi mitään ilman, että Claudia olisi siitä tietoinen. Tai ehkä päällikkö halusi kuulla tehtävän Esran itsensä kertomana?

"Kotiani kohtasi onnettomuus, ja nyt meitä uhkaa nälänhätä. Jos siis teillä olisi antaa hieman siemenperunaa, olisimme ikuisesti kiitollisia."

Claudian hymy nousi nyt silmiin asti. Annettu vastaus oli selvästi tyydyttänyt. "Teitähän oli kaksi? Näin ollen sinä voit jäädä luoksemme, ja matkakumppanisi asiaksi jäisi suorittaa tehtävänne loppuun. Jos niin käsken, se tapahtuu."

Esra korjasi ryhtiään, ja siirsi painoa jalalta toiselle. Hän ei pitänyt painostettavana olemisesta.

Claudia odotti vastausta kärsivällisesti Esraa silmiin katsoen. Kun mitään ei kuulunut, Claudia osoitti edessään pöydällä olevaa kääröä. "Pyydän, avaa tuo käärö ja lue, mitä siihen on kirjoitettu."

Esra ymmärsi välittömästi päällikön haluavan testata, osasiko hän todellakin lukea, kuten oli väittänyt. Käärö oli kuivaa pergamenttia, joka piti voimakkaan läpättävän äänen avautuessaan. Itse teksti oli arkisen selkeätä käsialaa, eikä Esra täysin ymmärtänyt sen sisältöä. Hän huomioi mielessään senkin, että pian olisi aika kopioida teksti uudelleen toiselle pergamentille.

"Lukekaa", Claudian äänensävy oli nyt jo selvästi käskevämpi.

Esra suoristi ryhtinsä, nosti käärön eteensä ja kääntyi sen verran sivuttain, että seinällä palava soihtu valaisi kirjoituksen paremmin.

"Minä, Sinuhe, Senmutin ja hänen vaimonsa Kipan poika, kirjoitan
tämän. En ylistääkseni Kemin maan jumalia, sillä jumaliin olen
kyllästynyt. En ylistääkseni faaraoita, sillä heidän tekoihinsa olen
kyllästynyt. Vaan itseni tähden minä tämän kirjoitan."

Kuuntelemaan keskittynyt Claudia kohotti molemmat kädet ristiin rinnalleen. Esra sai lukea pitkään ennen kuin päällikkö oli tyytyväinen.

"Kiitos, nyt voit lopettaa. Pyhä teksti tekee aina vaikutuksen, kun sen kuulee ääneen lausuttuna. Joka kerralla se saa minut pohtimaan, missä tämä Kemin maa on, josta tekstissä puhutaan. Perimätietomme ei siihen enää vastausta anna."

Esra sulki käärön huolellisesti, ja laski sen takaisin pöydälle samaan paikkaan, josta oli ottanutkin. "Onko tämä syynä siihen, miksi nimenne on Egyptiläinen?"

"Jokainen päällikkö on aina ottanut nimekseen Egyptiläinen hyvän tavan mukaan. Niin on ollut, ja niin on aina oleva. Ja koska varmuus on paras, ei ole mitään syytä luopua hyvästä tavasta."

Esra katseli pöydällä olevia kääröjä ja neljää kirjaa, joita heimo käytti perusteoksinaan. Miten paljon tietoa olisikaan jaettavana, jos vain toisistaan erillään asuvat heimot voisivat olla paremmin keskenään tekemisissä! Miten paljon monipuolisemmin ihmiset voisivat oppia!

3.

"Aaron Opinahjo!"

Esra ei katsonut taakseen, mutta kuuli ovien avautuvan. Sitten Aaron käveli hänen viereensä asettuen mustan leveän viivan taakse. Toisessa jalassa oli edelleen side, mutta Aaron ei enää ontunut. Päällään hänellä oli sama asu kuin Esrallakin.

"Arvoisa päällikkö, olisiko teillä antaa meille vähän perunasadostanne?"

Esra tunsi punan nousevan poskilleen. Aaron oli sentään ottanut puhutellessaan Claudian arvoaseman huomioon, mutta muuten Aaronin esiintyminen oli suorastaan moukkamaista.

"Sanon teille saman kuin sille aiemmin täällä käyneelle partiolle", aloitti Claudia, eikä selvästikään halunnut tehdä numeroa Aaronin käytöksestä. "Meillä ei valitettavasti ole antaa niin paljoa kuin te tarvitsisitte. Meillä on riittävästi vain omalle väelle. Ja silloinkin vain, kun säästeliäästi käytämme."

Esra huokaisi ja suuntasi katseensa harmaaseen lattiaan. Matkaa oli siis vieläkin jatkettava. "Pystyisittekö kertomaan meille suunnan, johon lähteä apua etsimään?"

Claudia ei vastannut heti. Hän siirteli pöydällä olevia kääröjä ja kirjoja erilaiseen järjestykseen. Toimella ei näyttänyt olevan selvää tarkoitusta. "Minun ei ilmeisesti kannata suostutella sinua jäämään luoksemme pysyvästi? Vaikka tehtävä olisi sinulle sopiva ja samalla varmasti ainutlaatuinen?"

"Tänne jääminen ei valitettavasti ole mahdollista", vastasi Esra. "Meillä on tehtävä kesken. Kotona odotetaan tuloksia."

Claudian ilme synkkeni, ja hän käänsi katseensa Aaronin puoleen. "Miten jalkasi ja muut vammasi voivat?"

"Voin jo paremmin. Pystyn kävelemäänkin ilman tukea."

"Siinä tapauksessa toivon, että jatkatte matkaanne heti, kun Tacitus julistaa teidät terveiksi ja kykeneviksi jatkamaan. Olette jo monta päivää syöneet ruokaamme ja käyttäneet tilojamme majoittumiseen. Saatte toki aseenne takaisin, ja vähän ruokaa tien päälle. Tosin perunavarastoistamme emme teille anna." Claudia kääntyi oikealla puolellaan seisovan vartijan puoleen. "Katsokaa, että tapahtuu käskyni mukaan." Vartija teki lyhyen kumarruksen, ja samalla takana olevat ovet avautuivat jälleen. "Seuratkaa perässäni."

Esra taputti Aaronia olalle, ja molemmat tekivät Claudialle samanlaisen lyhyen kumarruksen kuin vartijakin. Esrasta tuntui, että hän oli kieltäytymisellään aiheuttanut sen, että nyt heidät suorastaan heitetään ulos.

Ulkopuolella ennen kaksoisovien sulkeutumista Esra kääntyi katsomaan vielä kerran taakseen. Claudia piti käsiään heimonsa neljän perusteoksen yllä, ja näytti lausuvan jotain pyhän kirjan katkelmaa. Toivottavasti joskus säännöllinen yhteydenpito heimojen kesken toteutuisi, Esra mietti. Edes jollakin tavalla.

Kaksi päivää myöhemmin Tacitus totesi, että molempien vammat olivat riittävästi parantuneet. Tämän jälkeen saapui sana Claudialta, että oli aika jatkaa matkaa.

4.

Esra ja Aaron seisoivat alas luolaan johtavan loivan luiskan alkupäässä. Aamupäivä oli pilvinen, mutta sateen uhkaa ei näyttänyt olevan. Esra oli tästä hyvin iloinen, sillä korjatut ja kuivat vaatteet tuntuivat hyvältä yllä. Nahkainen sadeviitta näytti jo selvästi käytetymmältä kuin kotoa lähdettäessä, ja kulumisen merkkejä oli nähtävissä myös jalkineissa. Lyhyt viimeinen tarkistus osoitti, että kaikki oli valmista.

Esra otti taskustaan suunnan näyttäjän, ja antoi neulalle aikaa asettua. Se osoitti suoraan järvelle, mutta ohjeeksi pojat olivat saaneet lähteä sinne, mihin aurinko illalla laskisi. Aaron mutusti evääksi saamaansa leivänpalasta, ja odotti Esran ilmoittavan suunnasta.

"Nyt on hyvä hetki jatkaa matkaa", kehotti saattamaan jäänyt vartija. Esra muisti juuri tämän vartijan olleen vuorossa silloin ensimmäisenä yönä, kun huoli tulevaisuudesta oli valvottanut. Muulla tavalla Esra ei ollutkaan päässyt tutustumaan heimon jäseniin. He olivat johdonmukaisesti pitäneet kaiken aikaa etäisyyttä tulokkaisiin, mitä ilmeisimmin Claudian käskystä.

Leveä halkeillut tie kulki jonkin aikaa järven rannan suuntaisesti, ja jatkoi sitten matkaansa jonnekin mäen taakse kadoten. Sinne Esra osoitti keihäällään suuntaa, laittoi suunnan näyttäjän takaisin taskuunsa ja lähti kävelemään. Taakseen hän ei enää halunnut katsoa, mutta kuuli Aaronin toivottavan hyvää jatkoa ennen Esran rinnalle hölkkäämistä.

5.

Tie oli ainakin kaksi kertaa leveämpi kuin se, mihin pojat olivat aiemmin tottuneet. Reitti jatkui järven rantaa myöten vielä mäen ylittämisen jälkeenkin. Vasemmalla puolella kohosi metsän valtaama mäki, jossa erottui joitakin yksittäisiä raunioita. Ne näyttivät kuitenkin hylätyn jo kauan sitten. Lisäksi rauniot olivat niin lähellä luolassa asuvaa heimoa, ettei maksanut vaivaa nousta katsomaan, olisiko raunioissa tai niiden lähialueella jotain hyödyllistä.

Aika kului. Aurinko liikkui tavallista reittiään, jonka laskusuuntaan pojat olivat suunnitelusti matkalla. Hiljaisuuden rikkoi vain ajoittainen ylitse lentävien lintujen parvi, ja kauempana oikealla rantaan iskevien aaltojen äänet.

"Mukava juttu, että antoivat meille reilusti leipää matkaevääksi. Vaikkei heillä perunaa ollutkaan jaettavaksi." Aaron halusi kohottaa tunnelmaa, ja samalla rikkoa painostavaksi käyvän hiljaisuuden.

"Muistitko kysyä sen leivän valmistusohjetta? Kotona voitaisiin olla kiinnostuneita siitä?"

"No en muistanut", Aaron sanoi suupielten painuessa alaspäin. "Olisi pitänyt. Sen he varmaan olisivat voineet kertoakin."

"Minä vain tässä mietin, pitäisikö meidän…", aloitti Esra, mutta ei lopettanut lausettaan.

"Niin mitä? Palata takaisin kysymään ohjetta leivän valmistamiseen?"

"Pitäisikö meidän ehkä palata takaisin, odottaa pimeää ja varastaa perunaa? Veikkaan, että he säilyttävät ainakin osaa varastoistaan siellä vihreän kallion päällä, jossa kävivät aina töitä tekemässä. Sen jälkeen voisimme palata takaisin kotiin, ja sanoa onnistuneemme." Aaron pysäytti Esran tarttumalla tätä käsivarresta. Ote oli niin luja, että se teki kipeää. "Oletko tosissasi? Eiväthän he meille mitään pahaa tehneet. Päinvastoin hoitivat kuntoon ja antoivat käyttää ruokaansa ja suojaansa niin kauan kuin tarvitsimme. Varusteemmekin auttoivat korjaamaan, ja vaatteet pesemään."

Esra ravisti käsivartensa irti Aaronin otteesta, ja osoitti keihäällä takaisin tulosuuntaa kohti. "Meitä kohdeltiin hyvin, mutta yhdestä he kieltäytyivät. He eivät suostuneet auttamaan meitä tehtävässämme, ja juuri se on meille kaikkein tärkeintä."

Aaronin ilme synkistyi, ja hän riuhtaisi keihään pois Esralta. "Varastaminen on aina väärin. Ja jos sen teemme, saatamme ajaa tämän toisen heimon samaan pulaan kuin missä itse olemme nyt. Sitä paitsi hehän auttoivat meitä tehtävässämme varmistamalla, että voimme jatkaa matkaamme. Minä en suostu siihen, että kaiken saamamme jälkeen alennumme varastamaan."

Esra katseli järvelle, ja yritti miettiä. Aaron oli oikeassa, mutta niin oli hänkin sinä, että oman heimon etu oli tärkein. Lyhyen hiljaisuuden jälkeen Esra osoitti kädellä omaa keihästään, jonka Aaron takaisin antoi. Sitten matka jatkui. Eteenpäin.

"Kyllä me jotain keksimme. Tähänkin asti on selvitty. Ja jos ei muuta niin heimon täytyy sitten nähdä nälkää jonkin aikaa."

"Jos ei nyt kuitenkaan vielä niin pitkälle ajatella." Esra tunsi ajatuksiensa kirkastuvan. "Joka tapauksessa meillä on hyvät edellytykset jatkaa matkaa, ja tuollaisen heimon kanssa kannattaa olla väleissä. Heillä on varmasti siellä kirjastossaan paljon sellaista tietoa, mitä meillä ei ole."

"Uskot siis, että tiemme kohtaavat vielä?"

"Me emme ehkä enää kohtaa heitä uudelleen, mutta toivottavasti heimojen keskinäinen yhteydenpito joskus toteutuu. Mitä kaikkea me tiedämme, mutta he puolestaan eivät?"

"Minähän sanoin, ettei tuollaisilta ihmisiltä kannata varastaa", sanoi Aaron hymyillen.

32. luku

Päivät kuluivat. Ennen pitkää tie lakkasi seuraamasta järven rantaa, ja kaarsi keskelle metsää. Tai siltä se ainakin näytti. Korkeat puut kurottivat oksiaan, mutta tien leveyden vuoksi ne eivät kuitenkaan yltäneet muodostamaan katosta Esran ja Aaronin ylle.

Kaukana edessä erottui poikkeuksellisen täydellisesti luonnon valtaama raunio. Tai oikeammin romahtanut rakennelma toi mieleen epätasaisen mäen, joka oli jo kauan sitten saanut vihreän kerroksen päälleen.

"Minä haluan vilkaista tuota lähemmin", sanoi Esra yrittäen tarkkailla, näkyikö raunion ympärillä liikettä.

"Kyllä sekin käy. Huomasitko muuten, että meillä on seuraa?" Aaron katseli tiiviisti metsän suuntaan, ja laskeutui toisen polvensa varaan.

Esra oli tuijottanut rauniokasaa niin tiiviisti, ettei ollut edes huomannut, kuinka metsästä tielle asteli hitaasti ja varovasti ruskea koira. Sen kyljessä näkyi nyrkin kokoinen läiskä valkoista karvaa.

"Me taidamme tuntea toisemme", puhutteli Esra koiraa, joka ei kuitenkaan vastannut.

"Onneksi nyt ei sada", sanoi Aaron ja kaivoi repustaan pienen palan kuivattua lihaa. "Onkohan se seurannut meitä koko ajan?"

"Siltähän se vaikuttaa, ja vasta nyt on uskaltautunut meidän huomata itsensä."

Aaron jätti tielle kuivatun lihan, ja peräntyi kolmen kyynärän päähän. Koira lähestyi hitaasti ja varovaisesti ennen kuin nappasi lihan. Sen jälkeen eläin otti muutaman juoksuaskeleen kauemmas, ja jäi tien reunaan syömään saalistaan.

"Ei kai tuo ollut koiranlihaa?" kysyi Esra muistaen vielä edellisen kohtaamisen.

"Ei tietenkään", kuittasi Aaron kättään heilauttaen. "En nähnyt sillä luolaheimolla ainuttakaan koiraa missään. Sitä paitsi samaa lihaa sinäkin sait lähtiessämme."

Edelleen polvensa varassa oleva Aaron alkoi houkuttelemaan koiraa luokseen. Eläin tuntui vierastavan Esraa, joten hän peräntyi hieman kauemmaksi jääden seuraamaan sivusta. Koira katseli varovasti kaikkiin suuntiin, ja lähestyi sitten hitaasti Aaronia. Maanittelua jatkui pitkään, mutta lopulta koira pääsi kädenmitan päähän. Aaron rapsutti eläintä, joka näytti rentoutuvan.

"Meidän pitäisi antaa sille nimi."

"En usko sen pysyttelevän mukanamme nytkään kovinkaan kauaa", sanoi Esra, joka edelleen pysytteli välimatkan päässä. "Mutta kyllähän sille voit jonkin hyvän nimen antaa."

Aaron rapsutti koiran kumpaakin poskea ja mietti. "Minusta tuntuu, että sinä näytät ihan Teslalta."

Esra käveli lähemmäksi, ja ojensi kättään vastanimetyn Teslan lähelle. Koira nuuhkaisi, mutta käänsi sitten huomionsa takaisin Aaronin puoleen.

"Mistä sinä tuollaisen nimen keksit? En muista koskaan ennen kuulleeni sellaista."

"Isä käytti joskus luokassa sellaista sanaa", muisteli Aaron silittäen samalla koiran päätä. "Hänen mukaansa Tesla oli kauan sitten jotain sellaista, joka symboloi vaurautta, voimaa ja kunnioitusta. Siksi ajattelin, että se sopisi hyvin nimeksi."

Aaron osoitti sormellaan eläintä ja katsoi tätä samalla tiiviisti silmiin: "Tesla". Sen jälkeen hän osoitti itseään rintaan: "Aaron". Lopuksi sormi kääntyi osoittamaan vieressä seisovaa: "Esra".

Esra toisti saman kuvion, vaikka ei ollutkaan varma siitä, ymmärsikö koira.

2.

Tesla lähti kuin lähtikin seuraamaan. Välillä se pysytteli Aaronin vieressä, mutta siirtyi ajoittain Esran viereen ja juoksi joskus heidän edelleen. Eläin ei tuntunut osaavan päättää, kumpaa olisi pitänyt isäntänään. Esra toivoi, että heitä kumpaakin.

Vihreän kerroksen saanut raunio kohosi nyt edessä jättäen iltapäivän auringon taakseen. Näin kauaksikin erottui siellä täällä luolamaisia aukkoja, joiden sisään ei kuitenkaan nähnyt. Koko rakennelma vaikutti vihreältä taikinaläjältä, jonka kylkeen oli painettu sormin reikiä. Rakennelman lähialue ei ollut muun ympäristön lailla metsän valtaama. Korkeat puut suorastaan kiersivät koko raunion.

Tesla juoksi taikinaa muistuttavan valtavan vihreän kasan juurelle, ulvahti ja kääntyi takaisin. Se ryhtyi kiskomaan ensin Aaronia lahkeesta, ja sen jälkeen Esraa.

"Mitähän nyt?" ihmetteli Aaron. "Eihän täällä ketään ole."

"Näemme sitä paitsi melkoisen kaukaa, jos jokin meitä uhkaa. Ihan hiljaistakin täällä on."

Tesla alkoi ensin murista, ja kun se ei tuottanut tulosta, ryhtyi eläin haukkumaan äänekkäästi. Se juoksi poikien jaloissa, ja jäi sitten taakse yrittäen saada huomion itseensä.

"Mitä nyt? Emme me aio takaisin enää lähteä", huusi Aaron Teslalle viittoen eläintä luokseen. Tesla tuli vielä kerran Aaronin viereen, ja kiskoi tätä puntista. Sen jälkeen koira vilkaisi Esraa, ja juoksi metsään. Eläin katosi niin nopeasti, ettei Aaron ehtinyt edes huutaa perään ennen kuin oli jo myöhäistä. Aaron otti repustaan uuden palan kuivattua lihaa ja kutsui koiraa takaisin. Mitään ei kuitenkaan tapahtunut.

"Ehkä tuollainen villi koira ei kiinny ihmisiin niin kuin oman heimomme kotieläimet." Esra katseli kasamaista rauniota edessään, jossa ei edelleenkään näkynyt liikettä. "Tulehan niin katsotaan, mitä täällä on."

Pettynyt ja harmistunut Aaron söi itse esiin ottamansa lihan.

3.

He tunsivat astuneensa jonkinlaisen renkaan sisäpuolelle. Jokainen polku näytti kiertävän vihreän kasamaisen raunion samalla tavalla kuin ympäröivät puutkin. Pieniä eläimiä ei liikkunut lainkaan tämän näkymättömän renkaan sisäpuolella. Linnutkin tuntuivat kiertävän paikan kokonaan.

"Sanoit, että täällä on hiljaista. Eikös täällä ole jo vähän liiankin äänetöntä?" Aaron painoi selkänsä kyyryyn, ja yritti tarkkailla rauniossa erottuvia aukkoja. Liikettä ei vieläkään näkynyt.

"On kyllä, mutta kuuluuhan tässä jotain kuitenkin." Esra laskeutui toisen polvensa varaan ja painoi kämmenen maata vasten. Hetken kuluttua se kuului. Tai oikeammin erottui. Rauniosta hohkasi matala ja tasainen hyrinä. "Jotain täällä ehdottomasti on. Ollaan varovaisia."

"Aina ollaan", vastasi Aaron.

Edessä avautui jo paremmin yksi kauempana näkyneistä rei'istä. Se vaikutti käytävältä, joka johti raunion sisään. Lähempi tarkastelu paljasti käytävän kulmikkaaksi ja sen kokoiseksi, että ihminen mahtui siinä kävelemään. Vihreät ruohot ja sammalet peittivät raunion ulko-osan, mutta käytävä näytti harmaalta ja puhtaalta. Halkeamia erottui seinissä runsaasti.

"Tuskin täällä mitään arvokasta on", sanoi Aaron. "Tai jos on ollut, se on ryöstetty jo kauan aikaa sitten."

"Siltä näyttää, mutta tuo erikoinen hyrinä tuntuisi tulevan tuosta reiästä, ja varmaan noista kaikista muistakin rei'istä, joihin nyt emme yletä." Esra enemmänkin tunsi rinnassansa matalan hyrinän kuin kuuli sen.

Käytävä oli niin kapea, että poikien oli kuljettava peräkkäin. Edessä, juuri ulkoa tulevan valokiilan ulkopuolella, erottui jotain käytävän seinää vasten.

4.

"Kirjahylly!" Esra hihkaisi puoliääneen.

Seinää vasten kulki todellakin pitkä hylly, jossa oli kirjoja. Suurin osa oli hiiltynyt, ja yhtä suuri osa näytti pinnaltaan vihreältä ja homeiselta.

"Mahtoikohan tämä olla se paikka, josta se luolassa asuva heimo otti mukaansa kirjoja ennen pakenemistaan?"

"Sitä me emme voi tietää", vastasi Esra silmäillen kirjojen pitkää riviä. "Mutta selvää on, että täällä on säilytetty kirjoja joskus kauan sitten. Näyttävät harmillisesti tuhoutuneen kaikki."

Esra yritti poimia hyllystä kirjoja, mutta kaikki hajosivat sormien alla kosketuksesta. "Katsotaan tätä käytävää kuitenkin pidemmälle. Tuo hyrisevä ääni tuntuisi hiljakseen voimistuvan."

"Vaistoni varoittaa jo nyt, ettei tuonne kannattaisi mennä."

Edellä kävellyt Esra kääntyi taakseen ja kohtasi Aaronin katseen.

"Mutta annatko itsellesi anteeksi, jos nyt jätämme selvittämättä, mitä täällä oikeastaan on?"

"Ehkä antaisin", sanoi Aaron ja näytti kamppailevan itsensä kanssa.

"Mutta toisaalta, kyllä minäkin haluan tietää."

Kirjahylly jatkui siinä missä käytäväkin. Esra eteni rauhallisesti, ja samalla hyrinä koko ajan voimistui. Lopulta kirjojen joukossa erottui yksi teos, joka ei näyttänyt tyystin mustalta tai homeiselta.

"Nyt taisin löytää edes jotain", sanoi Esra pysähtyen, ja otti kirjan käteensä. Kannet jäivät kiinni hyllyyn, ja vain reunoilta mustuneet kellertävät sivut jäivät käteen. Mutta teksti erottui. Kirjan koskettaminen sai Esran hengen salpautumaan: niin ainutlaatuinen kokemus oli päästä koskettamaan ihan oikeaa vanhan maailman kirjaa. Nimilehti puuttui, mutta teoksen aloittava teksti oli edelleen luettavissa.

"Mitä siinä lukee?" Aaron ei mahtunut kapeassa käytävässä Esran rinnalle lukemaan tekstiä. Esra luki siksi ääneen.

"Niin kuin hyvin tiedetään, on Jumala kaikkivaltias, kaikkitietävä, ja kaukaa viisas. Niinpä hän oli aikoinaan antanut metsäpalon polttaa kymmeniä hehtaareja valtion metsää eräällä hietakankaalla lähellä Joensuun kaupunkia."

"No johan", hämmästeli Aaron. "Meidän pappi Kalmanlehtomme jumala on näemmä täälläkin ollut tunnettu."

"Jumala näyttää olevan isolla alkukirjaimella", Esra ajatteli ääneen.

"Mitä sitten?"

"Ei varmaan yhtään mitään. Enemmän mietin sitä, mikä tuo Joensuun kaupunki oikein on mahtanut olla." Esra yritti selata kirjaa, mutta jokainen sivu hapertui ja tuhoutui, kun siihen koski.

Muutaman sivun jälkeen Esra aivasti, ja kirjan jäänteet putosivat lattialle. "Täällä on jotain ilmassa."

Aaron tarttui Esran käsivarteen, jonka pinnalle oli laskeutunut kellertävä kerros. "Mitä ihmettä tämä on? Siitepölyäkö?"

Nyt vasta Esrakin huomasi, että heidän hiuksiinsa ja vaatteisiinsa alkoi kertyä jonkinlainen hieno pölykerros. "Kieltämättä tämä näyttää siitepölyltä. Mutta ei eihän nyt ole siitepölyaika?" "Ehkä tälle rauniolle ei ole kerrottu sitä", kuittasi Aaron. Hän pudisteli käsivarsistaan siitepölyä, ja aivasti äänekkäästi. Kaikkialla kuuluva matala hyrinä lakkasi äkisti. Kuolemanhiljaisuus laskeutui käytävään, eikä hetkeen kukaan tai mikään liikkunut. Sitten tutuksi tullut hyrinä alkoi uudelleen. "Ollaan varmuuden vuoksi hyvin hiljaa tästä eteenpäin", sanoi Esra ja tukahdutti vaivoin aivastuksen. "Ehkä pääsemme joskus kysymään Claudia Egyptiläiseltä tai Tacitukselta sitä, täältäkö heidän esi-isänsä pakenivat."

5.

Kapea käytävä kaartui pyöreästi vasemmalle, ja sen jälkeen valon määrä lisääntyi. Ilma oli jo sakeana keltaista pölyä, ja määrä tuntui vain lisääntyvän. Aiemmin niin vaimea hyrinä oli muuttunut tasaiseksi huminaksi, joka tuntui korvissa.

Lopulta reitti oikeni taas suoraksi, ja edessä erottui käytävän pää. Sen takana näkyi jotain tummaa, joka näytti liikkuvan. Esran mieleen se toi äidin kuumentaman puurokattilan, joka aaltoili ja kupli pinnastaan. Hän laski keihäänsä tanaan, ja katsoi taakseen huomaten Aaronin tehneen samoin. Vielä muutama askel lisää.

Keltainen pöly oli vallannut ilman jo niin paksuna, että silmät alkoivat vuotaa, ja hengittäminen muuttui koko ajan työläämmäksi. Lattia värisi tasaisesti nahkaisiin kenkiin vuorattujen jalkojen alla. Humina korvissa alkoi jo tehdä kipeää.

Aaron aivasti kuuluvasti. Ja heti perään toisen kerran. Koko käytävä tuntui kumahtavan, ja samalla humina lakkasi. Käytävän päässä olevaan aukkoon ilmestyi musta, pyöreä hahmo. Sen viereen ilmestyi toinen. Kolmas tuli esiin katosta, ja neljäs seinästä lähestyen poikia. Se ei kävellyt, vaan näytti ryömivän. Esra erotti paksusta pölystä ja hämäryydestä huolimatta oranssin raidan kiiltävän mustuuden keskellä.

"Anteeksi", kuiskasi Aaron ja kurkki Esran selän takaa näkymää. "Mitä ihmettä nuo ovat?"

"En tiedä, mutta minusta tuntuu, että tässä on niiden pesä tai jokin muu tärkeä reviirialue. Tämä taitaa olla se syy, miksi raunion lähellä ei näyttänyt olevan minkäänlaista elämää kasveja lukuun ottamatta."

"Kuule hei..." aloitti Aaron ja laski kätensä Esran olkapäälle. Samassa kolme käytävään tullutta pyöreää oliota ampaisivat poikia kohti. Tuttu humina oli poissa, tilalle tuli suriseva ääni.

"Ulos täältä!" huusi Esra ja otti askeleita taaksepäin. Ensimmäinen otus lensi suoraan kohti kuin ammus, ja lävistyi sen tielle asetettuun keihääseen.

Ihmisen pään kokoinen karvainen kimalainen surisi vimmatusti, heilutteli kaikkia kuutta jalkaansa, tavoitteli peräpään piikillään poikia lähellekään osumatta ja louskutti leukojaan. Vihreää visvaa valui alas pitkin Esran keihään vartta. Aaron ahtautui kapeassa käytävässä Esran rinnalle ja sohaisi kimalaisen pois omalla keihäällään. Surina lakkasi, ja otus putosi maahan ontosti kumahtaen.

Esra katsoi maahan sortunutta kuollutta kimalaista, ja huomasi sivusilmällä jotain kiitävän kohti. Hän ei ehtinyt muuta kuin pudottaa keihäänsä ja nostaa kädet eteensä suojaksi. Sitten kämmenissä tuntui jotain pehmeää, lämmintä ja elävää; kuin olisi koiraa kaksin käsin rapsuttanut. Esra kaatui selälleen, ja puristi kimalaista sen kyljistä työntäen hyönteisen samalla mahdollisimman kauas itsestään. Keltaista siitepölyä roiskahti jauhon lailla Esran kasvoille, ja siipien surina sai korvat soimaan. Raivokkaan kimalaisen tuntosarvet piiskasivat Esran kasvoja ja käsivarsia. Kun Esra sai taas silmänsä auki, hän huomasi katselevansa omaa kuvajaistaan moninkertaisena kimalaisen suurista silmistä. Peräpään pistin heilui murhanhimoisena puolelta toiselle tavoitellen Esran rintaa. Käsivarret alkoivat tutista, eikä Esra pystynyt kuin karjumaan suoraa huutoa.

Aaronin keihäs lävisti kimalaisen päästä pistimeen asti kuin eläimen vartaaseen. Vihreää visvaa roiskahti Esran päälle, joka edelleen huutaen viskasi otuksen luotaan. Aaron kiskoi Esran jaloilleen, sysäsi tälle keihään käteen ja kiitosta odottamatta ryntäsi juoksuun. Kymmenen askeleen kuluttua Aaron vilkaisi taakseen, havaitsi Esran seuranneen perässä, ja jatkoi juoksua.

6.

Edellä rientävästä Aaronista jäi Esralle merkiksi kellertävä siitepöly-vana. Juoksu kuitenkin pysähtyi ensimmäiselle rauniota kiertävälle po-lulle. Aaron kumartui toisen polven varaan, ja yritti tasata hengitystään. Esran juostessa ohi nahkaisen sadeviitan lieve läimäytti Aaronia nis-kaan hevospiiskan lailla.

"Vauhtia! Meidän täytyy saada enemmän etäisyyttä!" Ja Esra juoksi. Saatuaan mielestään riittävästi välimatkaa Esra käännähti ja laski keihäänsä tanaan. Perässä juoksi Aaron ja seurasi esimerkkiä viereen asettuen. Vehreyden valtaaman rauniokasan ympärillä lenteli lukuisia kimalaisia, ja mustista rei'istä singahteli ajoittain seuraksi uusia. Ne vaikuttivat kuitenkin vain kiertävän rauniota, eikä yksikään lähtenyt poikien perään.

Nyt Esra huomasi keihäänsä tutisevan hillittömästi, kun taas Aaro-nin ase säilyi vakaana, ja katse naulittuna etumaastoon. Esra pakotti hengityksensä tasaantumaan, yski muutaman kerran ja alkoi kävellä takaperin. "Varmuuden vuoksi peruutetaan hetki näin."

"Taisivat vain puolustaa pesäänsä", mietti Aaron huomatessaan, et-tei heitä seurattu.

"Ja hyvin puolustivatkin."

7.

Perääntyminen jatkui niin kauas, ettei rauniota enää näkynyt. Sitten pojat ravistelivat siitepölyä päältään, ja Esra kaatoi leilistä vettä kasvoil-leen. Pöly ja kimalaisen visva sekoittuivat limaiseksi keitokseksi, joka oli onneksi pois pestävissä.

"Tulipahan tehtyä", sanoi Aaron pyyhkien kirkkaan vihreää visvaa keihäästään.

"Eikä tarvitse miettiä, mitä siellä olisi voinut olla", lopetti Esra ja ai-vasti kolme kertaa peräkkäin ennen kuin tunsi saaneensa nenänsä ja kurkkunsa puhtaiksi siitepölystä.

Perääntyminen jatkui aina siihen saakka, missä tie oli alkanut kaartua vasemmalle järven rannan seuraamisen lopettaen. Pojat huomasivat, että lyhyen metsäkaistaleen jälkeen tie kuitenkin jatkui kuin jatkuikin suoraan edelleen järveä seuraten. He päättivät pysytellä toistaiseksi tiellä poikkeamatta enää uudestaan vasemmalla avautuvaan metsään.

33. luku

Seuraavat päivät Esra ja Aaron viettivät kurinalaisesti halkeilleella leveällä tiellä. Sillä myös yövyttiin sään salliessa, sillä kimalaisten jälkeen raunioissa pimeän aikaan oleskeleminen tuntui liian suurelta riskiltä. Lisäksi molempien keihäisiin oli jäänyt pysyväksi muistoksi vihertävän visvan jättämä jälki.

Tien toisella puolella erottui jälleen yksi raunio. Huomiota herätti, että se oli rakennettu punaisista kivistä. Rakennus oli ilmeisesti ollut aikoinaan melkoisen korkea, mutta nyt muinoin kohti taivasta kurottanut kartiomainen katto lojui maassa huipustaan katkenneena. Köynnöskasvit risteilivät pitkin seiniä, mutta edelleen pinnassa oli nähtävissä reliefimäinen ristikuvio.

"Onkohan tämä ollut vanhan maailman kirkko?" sanoi Aaron tietäen, että Esra oli kiinnittänyt ristimäiseen kuvioon huomiota.

"En minä muutakaan selitystä keksi. Tosin siinä tapauksessa tämä kirkko on ollut jotain aivan ihmeellistä. Meidän pappi Kalmanlehtomme olisi varmaan innoissaan saadessaan toimittaa tilaisuuksia tuollaisessa."

"Tuo punainen kivi on varmaan ollut hieno rakennusmateriaali aikoinaan", huokaisi Aaron. "Olisi ollut mahtavaa nähdä nämä rakennukset niiden kukoistuksen päivinä."

"Olisihan se ollut niin", kuittasi Esra. "Mutta toisaalta vanhan maailman ihmiset eivät koskaan päässeet näkemään sitä kaikkea, mitä meillä on."

Aaron käänsi päätään kulmiaan rypistäen. "Ja mitähän meillä sitten on?"

Esra katseli punaisia kirkon jäänteitä pitkään ennen kuin vastasi. "Paljon tilaa, ja täydellinen vapaus."

2.

Myöhemmin samana päivänä raunioita erottui taas enemmän tien molemmin puolin, ja edessä alkoi jälleen jonkinlainen aukea. Pohja oli nytkin koottu toinen toisensa viereen kasatuista pyöreistä kivistä, jotka tuntuivat nahkaisen jalkineen alla erikoiselta kävellä. Esra hengitti syvään, ja tunsi viimeinkin rentoutuvansa. Viime päivät hän oli enemmänkin vain esittänyt sellaista, ja nukkunut yönsä huonosti. Kimalaisten surinan hän kuuli vieläkin ajoittain päässään, kun iltaisin silmänsä sulki.

Aaron poistui sanaakaan sanomatta Esran rinnalta, juoksi ruohottuneelta soraläjältä näyttävän pienen kummun viereen ja laskeutui polvilleen. Esra katseli ympärilleen, mutta ketään ei näyttänyt olevan näköpiirissä.

"Mitä löysit?" kysyi Esra kävellen samalla Aaronin viereen.

"Katso nyt itse", vastasi Aaron ja osoitti sormellaan.

Kasassa erottui jonkinlaisia sirpaleita, ja ne näyttivät kiiltävän auringon valon osuessa niihin. Väriloisto herätti huomion: oli kirkkaan keltaista, helakan punaista ja valkoista. Vihreääkin erottui, eikä sävy ollut samaa kuin ympäröivissä kasveissa. Pojat kokeilivat sirpaleita käsissään. Materiaali oli kevyttä, mutta samalla hyvin kestävää. Kopauttaessa äänikin oli aivan erilainen kuin metallissa, puussa tai kivessä.

"Erikoista", pohti Esra. "Se on selvästi vanhan maailman peruja, mutta säilyttänyt rakenteensa siitä huolimatta."

"Tässä lukee jotain", sanoi Aaron näyttäen punaista sirpaletta, jossa erottui mustaa tekstiä. Kirjoitustyyli oli samanlaista kuin mitä Esra muisti nähneensä luolassa asuvan heimon pyhissä kirjoissa.

"'Made in China', eikö niin?" kysyi Aaron.

"Niin minäkin sen lukisin, vaikka en ymmärrä yhtään, mitä se tarkoittaa."

Aaron viskasi kappaleen menemään, ja nousi seisomaan. "Taas yksi asia, jonka merkitys on unohtunut."

"Mutta ehkä se merkitys voidaan joskus taas löytää." Esra kaivoi repustaan vahataulut, ja teki nopeasti lyhyen merkinnän.

"Kun olet saanut sen valmiiksi, katsohan takaisin tielle. Meillä näyttää olevan seuraa", sanoi Aaron ja heilautti kättään tien suuntaan hymyillen samalla leveästi varmuuden vuoksi.

3.

Tiellä seisoi pienikokoinen, mutta ilmeisen vahvarakenteinen, mies kärryjensä kanssa. Kuormaa suojasi säältä ja katseilta suuri kangas, ja vetojuhtana oli hevonen, joka näytti enemmänkin ponilta.

"Mukavaa nähdä teitä! Puhutaanko hieman ja käydään ehkä kauppaa?" Mies oli täysin kalju, ja pukeutunut niin peittävästi, että ainoastaan päässä ja käsissä ranteesta alaspäin oli paljasta ihoa näkyvissä. Asia herätti Esran huomiota, sillä päivä oli leppeää tuulta lukuun ottamatta varsin lämmin.

"Ilman muuta! Oikein hauska pitkästä aikaa jutella jonkun kanssa!" Aaron käveli nopein askelin takaisin tielle Esra perässään.

Tielle päästyään Esra huomasi, että peittävistä vaatteista huolimatta oli nähtävissä, että miehellä oli runsaasti erilaisia arpia niin kasvoissaan kuin käsissäänkin. Suupieli roikkui hieman, ja toisen korvan yläosa näytti puuttuvan. Hevosen oikea silmä vaikutti sokealta. Suojakankaan alla Esra oli erottavinaan ainakin muutamia keihäitä. Miehellä itsellään oli vyöllään kivikirves, kuten Esralla ja Aaronillakin.

"Oikein hauska tavata", vastasi mies ja tämän hymy paljasti puuttuvan hampaan. "Olen kiertävä kauppias, kuten varmasti jo huomasitte. Nimeni on Sampo Kuusiluoto."

"Hyvää päivää, minä olen Esra ja tässä on Aaron."

"Teitä on ilmeisesti liikkeellä enemmänkin?" kysyi Kuusiluoto ja katseli merkitsevästi poikien varusteita. "Aiemmin nimittäin kohtasin kaksi muutakin, joiden tavaroissa oli paljon samaa kuin teillä. Varsinkin tuo paitanne punainen lehtitunnus jäi mieleeni."

Aaronin silmät suurenivat, ja niihin ilmestyi kokonaan uusi toivo. "Millaisia he sitten olivat?"

"Saman ikäisiä ja -kokoisia olivat kuin tekin. Heillä oli kuulemma jokin tehtävä, mutta eivät olleet siitä erityisen innoissaan. Kotona olisi ollut metsässä muutenkin töitä ihan riittävästi. Olivat jo aiemmin päättäneet jättää koko leikin kesken, eivätkä siksi enää uskaltaneet palata takaisin kotiin."

"Varmaankin siis metsätyömiesten pojat Anselmi ja Emil!" Aaronin innostus kasvoi edelleen.

"He sopisivat kieltämättä kuvaukseen. Mutta mitä sitten tapahtui?" Esra säilytti ilmeensä vakavana, ja tavoitti Kuusiluodon katseen.

"Myin heille hieman ruokaa matkalle, ja neuvoin tien tuntemani heimon luokse, joka varmasti ottaisi heidät molemmat vastaan. Olivat kovasti kiitollisia, ja samalla vakuuttuneita siitä, ettei heillä ollut enää kotiin mitään asiaa."

"Mehän voitaisiin sitten jatkaa matkaa nelistään!" Aaron ilmeisesti uskoi järkähtämättömästi pystyvänsä ylipuhumaan Anselmin ja Emilin takaisin tehtävän pariin, Esra mietti.

"Voisitteko neuvoa meille reitin tämän tuntemanne heimon luokse? Anselmi ja Emil olivat ihan oikeassa todetessaan, että meillä on tehtävä."

"Perille on ehkä päivän tai kahden matka", vastasi Kuusiluoto nyökäten tulosuuntaansa päin. "Mutta merkittävintä on se, mitä kaikkea tämän voimakkaan ja auttavaisen heimon parissa osataankaan. En lainkaan epäile, etteivätkö he ilomielin auttaisi teitä tehtävässänne."

Esra ja Aaron seisoivat hiljaa, ja jäivät odottamaan tulossa olevaa tarinaa. Sen taidon kiertävät kauppiaat olivat aina osanneet.

4.

Kuusiluoto kohotti kätensä, ja laajoin liikkein ikään kuin maalasi näkymän poikien silmien eteen. "Heitä on paljon, ja he ovat löytäneet hyvän sijainnin asuttavakseen. Kaikkea on riittävästi. Ei, vaan enemmän! Kaikkea on enemmän kuin he itse tarvitsevat."

Käsi heilahti lähimmän raunion suuntaan. "Heidän talonsa ovat yhtä suuria kuin mitä nämä muinaiset rakennukset olivat parhaina päivinään. Heidän erikoisalaansa ovat parannustaito ja lääkkeet. Sen vuoksi kaikki muut heimot haluavat olla heidän kanssaan hyvissä väleissä. Ja epäilemättä juuri niin heimo on vaurautensa kerännyt. Heidän kotinsa on jo itsessään näkemisen arvoinen, vaikka ei mitenkään muuten heimon kanssa tekemisissä olisi. Mutta miksi ette olisi! Teillähän on tehtävä, ja he jos ketkä pystyvät teitä ilomielin auttamaan!"

Aaron kuunteli innostuneena suu auki. Kuusiluoto osoitti poikien keihäitä ja jatkoi. "Ja uskokaa tai älkää: heillä on niin paljon hyvinvointia, että naiset kulkevat päällystetyillä kaduilla metalliset renkaat korvissaan. Ja korkea-arvoisimmilla on renkaat ranteissaankin!"

Esra rypisti otsaansa. "Voiko sellainen olla tottakaan?"

"No mutta tietysti on!" Kuusiluoto vakuutti. "Ihan itse näillä silmilläni olen nähnyt."

"Millaiset viljelykset heillä on?" kysyi Aaron. "Tarkoitan, onko heillä myydä vähän ruokaa muillekin, vai pitävätkö kaiken itsellään?"

"Kaikenlaista ruokaa ja maan antia on yllin kyllin! Ja jos ei ole maksaa, voi maksun suorittaa tekemällä työtä."

"Kuulostaa siis siltä, että kannattaa ainakin käydä tervehtimässä heitä", totesi Esra pitäen edelleen ilmeensä vakavana. Aaronin innostus ei ollut tarttunut.

5.

"Onko näillä seuduilla miten vaarallista liikkua?" kysyi Esra ja viittasi sormellaan Kuusiluodon kasvojen arpiin. "Kohtasimme aiemmin heimon, joka oli jäljistä päätellen tuhottu kokonaan. Heidät oli ilmeisesti tapettu vasta antautumisen jälkeen, ja henkiin jätetyt oli viety pois jonkinlaisena saaliina."

"Maailma on vaarallinen paikka, se on totta", vakavoitui Kuusiluoto ja hiveli poskessaan olevaa erityisen ruman näköistä arpea. "Mutta kaikissa ammateissa on riskinsä. Ja jos ei muuta niin onhan minulla tässä hevonen apuna, ja kirves vyöllä. Vähän vankempaakin tukea tarvittaessa."

Kuusiluoto nosti kuormansa peittävän kankaan lievettä. Keihäiden kiviset kärjet erottuivat selvästi. "Aina olen pärjännyt, vaikka hintansa silläkin on ollut. En silti valita. Päivääkään en vaihtaisi pois."

6.

Kauppaa ei lopulta käyty, mutta Kuusiluoto neuvoi reitin uuden heimon luokse. Ohjeistus vaikutti niin yksinkertaiselta, että eksyminen oli käytännössä mahdotonta. Esra ja Aaron kiittivät saamistaan neuvoista, ja jatkoivat matkaa.

Halkeillut tie nousi nyt loivasti ylöspäin, ja sen jälkeen loittonevaa Kuusiluotoa kärryineen ei enää erottanut taakse katsomalla.

"Vihdoinkin hyviä uutisia", hihkui Aaron. Hän oli kävellyt puolijuoksua kauppiaan tapaamisesta lähtien. "Vihdoinkin tuntuu siltä, että matkamme pää on koittamassa. Tai ainakin sen verran, että pian pääsemme lähtemään takaisin kotiin. Palaamme juhlittuina sankareina. Ja mitä tytötkin silloin sanovat!"

Esra ei ollut yhtä innoissaan, mutta Kuusiluodon kuvaus oli kohottanut hänenkin mielialaansa. "Kauppiailla on tapana liioitella. Mutta jos sanallinen maalailu oli edes osittain totta, on meidän ehdottomasti päästävä tämän kyseisen heimon puheille. He pystynevät auttamaan meitä sen verran, että pääsemme kotimatkalle. Hyvällä onnella lähettävät mukanamme ihmisiä solmimaan kauppasuhteita meidän heimomme kanssa."

34. luku

Seuraavana päivänä tie alkoi mutkittelemaan laajoissa kaarissa, ja maa kohosi koko ajan ylöspäin. Lopulta tie suoristui, ja jatkoi sitten jälleen keihäänvarren kaltaisena eteenpäin. Esra ja Aaron totesivat kävelevänsä kapean pitkulaisen harjun päällä. Molemmilla puolilla tietä laskeutui jyrkkä vehreä rinne järvenrantaa kohti. Rinne oli täynnä raunioita, mutta ne olivat kaikki jäälleen pieniä kooltaan.

"On ainakin mahtava maisema", sanoi Aaron ja katseli järvimaisemaa, joka jatkui kauas taivaanrantaan saakka molemmin puolin kapeaa harjua.

"On kyllä. Ehdottomasti tätä kauemmas joka suuntaan emme ole tämän matkan aikana nähneetkään", vastasi Esra ja osoitti sitten sormellaan rinnettä alas viettäviä raunioita. Puut ja muut kasvit olivat jo aikaa sitten valloittaneet alueen, mutta jäänteet olivat vieläkin nähtävissä. "Olisi hyvä katsoa noita pienempiä raunioita hieman tarkemmin. Jos ei muuta niin niissä voisi ainakin yöpyä."

"Meinaatko, että pääsemme vielä takaisin ylöskin?" Aaronin huomio oli hyvä, sillä rinteen jyrkkyys ja selvien kulkureittien puuttuminen tekisivät tutkimisen kovin vaikeaksi.

"Ehkä sittenkin meidän kannattaa pysytellä sillä helpoimmin kuljettavalla tiellä", vastasi Esra. "Sitä paitsi, jos olemme noudattaneet tämän Kuusiluodon ohjeita oikein, meidän pitäisi kohta nähdä tämän vauraan heimon asuinsijoja. Oikeastaan näin korkealta paikalta meidän luulisi erottavan taivaanrannassa jo nyt niitä heidän korkeita rakennuksiaan."

2.

Tie kapeni, ja samalla rinne molemmin puolin edelleen jyrkkeni. Edessä erottui kivistä ja puunrungoista muodostunut este, ja sen edessä näkyi tiessä leveä kuoppa. Kuka tahansa tätä reittiä sitten käyttikään, oli hänen kuljettava juuri tämän harjun kapeimman kohdan poikki.

"Olemmekohan eksyneet suunnasta?" Esra mietti ääneen ja alkoi katsella ympärilleen. "Minä en edelleenkään näe merkkejä siitä, että lähistöllä olisi jonkin isokokoisen heimon pysyvä asutus."

"Saamamme ohje oli niin selkeä, ettei reitiltä voi eksyä", muistutti Aaron. "Mutta mikä tuo ääni on?"

Esrakin pysähtyi nyt kuuntelemaan. Molemmilta puolilta kuului aaltojen ääntä niiden iskiessä rantaan, lintujen laulua erottui ja navakka tuulikin suhisi korvissa saaden Esran auki jätetyt punaiset hiukset hulmuamaan. Mutta sitten hän kuuli. Jostain edestä erottui vuoroin vaimeaa uikutusta, ja vuoroin raskasta hengitystä. Ajoittain kuului myös raapivaa ääntä kuin jokin olisi yrittänyt kaivaa hiekkaista maata paljain käsin.

"Tuolla suoraan edessä on jotain", sanoi Esra osoittaen keihäällään.

Lähemmäksi päästyään pojat huomasivat, että kuoppa vaikutti erityisesti tarkoitustaan varten kaivetulta. Pohjalla erottui ainoastaan soraa, ja halkeillut harmaa päällyste oli nostettu isoina kappaleina tien viereen sekalaiseksi pinoksi.

"Mutta eihän peuran pitäisi jäädä jumiin tuollaiseen kuoppaan?" Aaron ihmetteli.

Kuopassa todellakin makasi kyljellään kookas peura. Kehossa erottui verisiä haavoja eri puolilla, ja yksi jalka näytti olevan poikki. Esra tunsi äkkiä, että jotain oli pielessä. Kuopan takana oli isoja suorakulmaisia kiviä, jotka oli asetettu puolikaareen tien päästä päähän esteeksi. Vaikutelmaa lisäsivät puunrungot, jotka oli katkaistu siististi, ja aseteltu maahan tasaisin välimatkoin.

"Eläin on katkaissut jalkansa kaatuessaan", Aaron jatkoi katsoen edelleen peuraa. "Me voimme ehkä auttaa."

"Odota hetki", sanoi Esra ja nosti kätensä Aaronin rinnalle hilliten tämän lähtöhaluja. "Katsohan tarkemmin: jalka on poikki, mutta se on myös sidottu. Raaja ei ole katkennut kuoppaan suistumisen seurauksena."

Esra tunsi sykkeensä alkavan kiihtyä. Hän puristi keihästään tiukemmin, ja otti useita askelia taaksepäin. Nyt vasta hän huomasi, että kuopan ja sen toisella puolella olevan esteen ympäristö vaikuttivat ahkerasti käytetyiltä. Ihmisten kokoisia askeleita erottui kaikkialla. Lisäksi maata täplittivät tummat veriläiskät, jotka eivät kaikki voineet olla peräisin kuopassa makaavan peuran haavoista.

"Minusta tuntuu, että tämä on ansa. Lähdetään..."

"Te ette lähde mihinkään", kuului vaativa ääni edessä olevan esteen takaa.

3.

Seuraavan lyhyen hetken aikana tapahtui paljon. Esra ja Aaron yrittivät peruuttaa taaksepäin, koska jyrkän harjun vuoksi kummallekaan sivulle ei helposti päässyt. Heidän tiensä kuitenkin katkaisivat maastosta esiin kuin tyhjästä juosseet kymmenkunta miestä, jotka muodostivat nopeasti kiristyvän saartorenkaan Esran ja Aaronin ympärille. Kaikilla piirittäjillä oli aseinaan keihäät, ja heidät oli kaikki ajettu kaljuiksi. Yllä oli nahkaista panssaria muistuttava vaate, joka jätti käsivarret paljaaksi. Jokaisen iholla kiemurteli omanlaisensa piirroskuvio. Nopealla vilkaisulla Esra ehti hahmottaa kuvista hampaitaan näyttävän suden, huutavan karhun ja jonkinlaisen pitkin kättä ylöspäin kiemurtavan köynnöskuvion.

"Kuten jo sanoin, te ette lähde mihinkään."

Kivisen esteen päälle nousi piirittäjiä vanhemman ja lihaksikkaamman näköinen mies. Keihästä ei ollut, mutta ylleen hän oli pukenut hyvin samanlaisen sadeviitan kuin Esralla ja Aaronillakin. Tämä viitta oli kuitenkin raskasta kangasta, ja niin punainen, ettei roiskuva veri siitä helposti erottuisi. Ehkä se oli tarkoituskin. Viitan liepeessä erottui kaksi keltaista ristikkäin olevaa työkalua. Esineet toivat Esralle mieleen välineet, joilla kotona hoidettiin erilaisia istutuksia.

"Eikös sillä Lindemanin mainitsemalla heimolla..." kuiskasi Aaron.

"Juuri sillä, ja nyt hiljaa", sähähti Esra vastaukseksi.

Punaviittainen mies heilautti liepeet selän puolelle, ja paljasti näin arpia ja ihopiirroksia täynnä olevat käsivartensa. Päälaki oli ajeltu hänelläkin kaljuksi. Kasvojen poikki kulki iso arpi, ja toinen silmä vaikutti sokealta. "Laskekaa aseenne kaikessa rauhassa. Teillä on tästä hetkestä alkaen kunnia työskennellä orjinamme, tai mahdollisesti tulla myydyiksi eteenpäin eniten tarjoavalle."

Kumpikaan ei reagoinut heti, jolloin saartorengas kiristyi entisestään poikien ympärillä.

"Ette te kahta matkalaista mihinkään tarvitse", yritti Esra neuvotella. Vastarinnan tekeminen olisi turhaa. Heidät oli yllätetty täysin. "Me olemme vain matkalla hakemaan heimollemme apua. Tässä lähellä on pitkälle kehittynyt ja ennen kaikkea parannustaidossa ja maan viljelemisessä edistynyt heimo. Heidät tavattuamme lupaamme kyllä poistua. Meistä ei ole teille uhkaa."

Punaviittainen mies hymyili, risti ihopiirroksin koristellut käsivartensa ja katsoi Esraa säälivän vahingoniloisesti. "Vanha hyvä tarina toimii näemmä edelleen. Luulisi teidän ikäisten nuorten jo oppineen, että jos jokin vaikuttaa liian hyvältä ollakseen totta, se yleensä myös on sitä. Toisaalta meidän kannaltamme hyväuskoisuus on vain hyvä asia."

Esra tunsi polvitaipeessaan iskun, ja putosi polvilleen yhtä aikaa Aaronin kanssa. Ensin heiltä riistettiin keihäät, ja heti perään nahkaiset sadeviitat. Yhtä nopeasti he jäivät ilman myös viitan alla olleita reppujaan.

"Hyväkuntoisille orjille on aina kysyntää", hymyili punaviittainen mies katsellen samalla Aaronin vahvoja käsivarsia. "Mutta hetkinen! Mitäs tämä on?"

Esra tunsi käsien tarttuvan hiuksistaan, ja kiskovan päätä taaksepäin. Samalla jotain terävää painui hänen selkäänsä vasten, jolloin rinta painui kaarelle.

"Tuo punainen lehtitunnushan on meille tuttu!" ilahtui punaviittainen mies osoittaen muillekin ympärillään oleville Esran paitaa. "Olemme kohdanneet teidän joukkoanne aiemmin. Pääsettekin mukavasti jonon jatkoksi."

Esra tunsi suupieliensä nytkähtelevän, ja hän yritti katsoa kutakin vangitsijaansa vuorollaan uhmakkaasti suoraan silmiin. Miksi hän oli antanut itsensä innostua liiaksi epäilyttävän kauppiaan puheista? Oliko miehen nimi edes Sampo Kuusiluoto, kuten tämä oli väittänyt? Miksi he olivat lähteneet kiltisti seuraamaan annettuja reittiohjeita? Miksi hän ei huomannut ajoissa heidän astelleen suoraan ansaan?

"Ja minähän en lähde…" Aaron pyristeli itsensä toisen polven varaan, mutta keihäänvarsi kalahti hänen päähänsä. Aaron suistui takaisin polvilleen. Keihään terävä oksankohta oli viiltänyt päähän haavan, ja verta alkoi hiljakseen valua korvan takaa poskelle ja kaulalle.

"Teidän kummankin elämä on muuttunut. Kannattaa mahdollisimman pian tottua ajatukseen. Se on helpompaa niin teille kuin meillekin."

4.

Raa'at ja karheat kädet tarttuivat niin Esraan kuin Aaroniin, ja heidät raastettiin väkivalloin uudestaan jaloilleen. Yhtä nopeasti kuin kaikki muutkin toimet tähän asti heidän kämmenensä pakotettiin yhteen, ja ranteisiin kiedottiin kostea nahkainen nyöri. He olivat täysin piiritettyjä, aseettomia, ja sidottuja. Pakenemista oli turha edes ajatella juuri nyt, mietti Esra alistuneena.

Kaksi soturia erkaantui muista, laskeutui kuoppaan ja iski pohjalla edelleen voihkivan peuran hengiltä muitta mutkitta. Sen jälkeen he kiskoivat ruhon kuopasta tielle. "Saadaan hyvää ruokaa", kuului joku sanovan.

Suorakulmaisten kivien ja puunrunkojen muodostaman esteen takana oli valmiina odottamassa hevosten vetämä tyhjä kärry. Esra ja Aaron sysättiin kärryihin ja sidottiin uudella nahkanyörillä lavetin laitaan.

"Emmehän me halua teidän putoavan kyydistä kesken matkan", punaviittainen mies vastasi Esran kysyvään katseeseen hymyillen samalla nautinnollisesti.

"Jos ei muuta niin ehkä nähdään kohta taas tuttuja." Aaronin kyky löytää tilanteesta kuin tilanteesta jotain hyvää ja odottamisen arvoista oli ihailtavaa.

"Edellyttäen, että he ovat vielä hengissä. Tai että me olemme vielä hengissä, kun sinne asti päästään." Esra olisi potkinut itseään, jos se vain olisi onnistunut. Ei tämän näin pitänyt päättyä!

Vapautta osasi arvostaa täysimääräisesti vasta silloin, kun sitä ei enää ollut.

3. OSA

SOTURIN TAAKKA

35. luku

Matkanteko oli epämukavaa, hidasta ja kesti pitkään. Jäsenien puutuessa Esralle tuli jo mieleen ehdottaa kävelemistä kärryjen perässä, kuten suurin osa kaljuista sotureista teki. Usealla heistä oli kuitenkin alla oma hevonen. Alkanut sade kasteli kaiken läpimäräksi, ja yltyvä tuuli sai Esran ja Aaronin hytisemään kylmästä.

Pitkän tien varrelta koottiin mukaan muitakin. Lapsia ei Esra huomannut, mutta eri-ikäisiä naisia ja miehiä ajettiin kärryille kuin karjaa hänen ja Aaronin seuraksi. Tästä seurasi tietenkin ankara tilanpuute puhumattakaan hien, lian ja ulosteiden aiheuttamasta löyhkästä. Toisaalta niin tiiviiseen ahdettu ihmisjoukko lämmitti toisiaan varsin tehokkaasti.

Lopulta kärry liittyi osaksi pidempää käärmemäistä letkaa, joka kiemurteli tien myötäisesti koostuen useista orjakuljetuksista. Kaikissa oli koottuna erilaisia ihmisiä, eikä yhdessäkään ollut liiaksi tilaa.

Aaron oli ahtautunut puoliksi Esran syliin, ja yritti nyt puhutella puoliksi omassa sylissään istuvaa pahalta haisevaa takkutukkaista naista. "Mistä te olette kotoisin? Jouduitteko tekin ansaan? Tarkoitan, että…"

"Hiljaa kärryissä!" Kivahti vierellä kävelevä soturi, ja kalautti keihäänsä varrella Aaronia selkään.

"Meitä ei selvästikään haluta tappaa", kuiskasi Esra Aaronin korvaan. "Muuten he olisivat sen jo tehneet. Meille on varattu jotain muuta käyttöä."

"Kaiken veivät", sadatteli Aaron. "Jättivät sentään vaatteet päälle. Olin näkevinäni, että tavaramme viskattiin tuohon takana tulevaan toiseen kärryyn."

Esra yritti kurkottaa kaulaansa, mutta ei nähnyt ihmisten päiden, selkien ja olkapäiden yli muuta kuin kankaalla peitetyt kärryt, jotka seurasivat huojuen perässä. Hän koetteli reittään ja totesi, että suunnan osoittaja oli edelleen paikoillaan. Hänen ei tarvinnut katsoa sitä tietääkseen, että matkaa taitettiin siihen suuntaan, josta aurinko aamuisin nousi.

2.

Kärryt pysähtyivät tien viereen. Pienikin tauko tuntui hyvältä, sillä päällysteeltään halkeillut tie ei ollut tasainen. Lisäksi tämän heimon rakentajat eivät olleet kovinkaan taitavia, eivätkä pyörät olleet tasaisen pyöreitä. Ikään kuin matkustaminen ei olisi epämukavaa jo muutenkin.

Penkalla erottui kaksi vanhempaa miestä, ja heidän ympärillään seisoi useita kaljupäisiä sotureita, joiden käsivarsissa oli kaikilla useita ihopiirroksia. Toinen vanhemmista miehistä makasi maassa. Hänen jalkansa oli selvästi poikki, ja katkennut sääriluu työntyi ihosta ulos. Hän näytti tuskaiselta, mutta pysytteli silti hiljaa. Kasvoissa erottui ruhjeita iskujen jäljiltä. Loukkaantuneen vieressä seisonut mies kuljetettiin väkivalloin kärryn luo, ja ankarista vastalauseista huolimatta hänet viskattiin kuin säkki kaikkien jo kärryissä olevien ihmisten päälle. Hänen päänsä olisi voinut osua kärryn puiseen reunaan, mutta Esra kohotti nopeasti toista jalkaansa, jolloin ylös lavetille viskatun miehen pää osui Esran reiteen. Mies käännähti ympäri ihmisten päällä, ja etsi nopeasti katseellaan tien viereen jääneen toverinsa.

Jalkansa pahasti loukannut maassa makaava mies alkoi huutaa ja kurkotella kohti kärryjä, mutta vieressä seissyt tylsistyneen näköinen soturi iski häntä keihään varrella rujosti päähän. Ruumis valahti hervottomaksi. Soturit liittyivät karavaanin mukaan, ja matka jatkui.

"Oletteko hyviäkin tuttuja?" kysyi Esra uusimmalta matkustajalta, jonka märät vaatteet tuoksuivat vahvasti mullalta ja katajalta.

"Hän oli veljeni", kuului vastaus, kun mies tuijotti jonnekin kauas katselematta oikein mihinkään.

"No mutta onhan hän tietysti vieläkin", sanoi Aaron nostaen samalla sidotut kädet näkyville eteensä.

Jos katse olisi voinut tappaa, olisi Aaron vetänyt siinä paikassa viimeisen henkäyksensä. Esra mietti, että mies tulkitsi ehkä Aaronin hyväntahtoisen kommentin rienauksena. Kaikki olivat nähneet, miten pahasti haavoittunut tien reunaan jätetty veli oli ollut.

3.

Sade yltyi, ja aikaa myöten kapean tien päällyste loppui. Maa muuttui upottavaksi mutavelliksi, johon kärryt juuttuivat pyöristään kiinni. Kaikki vangit komennettiin tielle riviin, kun paikoilleen jämähtäneet kärryt oli kolmannen kerran saatu ylös mudasta suurella vaivalla. Osa vangeista suistui lavetilta kasvoilleen lietevelliin, sillä pitkä aika liikkumatta ja kylmissään istuen oli saanut heidän raajansa puutumaan. Kärry työnnettiin lopulta uudelleen liikkeelle, ja sen jälkeen vain osa vangeista sai nousta takaisin kyytiin. Loput määrättiin kävelemään epämääräisessä jonossa kärryn perässä kuitenkin niin, ettei saanut jättäytyä liian kauaksi jälkeen. Myös Esra ja Aaron olivat kävelemään komennettujen joukossa.

"Ainakin saa pitkästä aikaa käyttää jalkojaan", sihisi Aaron yhteen puristettujen hampaittensa välistä. "Alkoi se iänikuinen paikoillaan oleminen jo ärsyttää."

"Kunhan ei päiväkausia tarvitsisi perässä astella", Vastasi Esra. Hänen punaiset ja märät hiuksensa roikkuivat kasvoihin liimautuneina, eikä hän ollut enää vähään aikaan jaksanut ravistaa niitä pois silmiltään.

"Sokeitako te olette?" kysyi vieressä asteleva vartija. "Ei meille vammaisista orjista hyötyä ole. Tuolla edessähän se määränpää jo näkyy."

36. luku

Hyvän aikaa ennen perille saapumista tien pohja muuttui kovaksi soraksi, ja samalla selvästi leveämmäksi. Myös käveleminen helpottui. Esralla kävi kuitenkin sääli kärryissä matkaavia, sillä kulku oli nyt varmasti hyvin epätasaista ja hyppivää. Karavaanin eteneminen hidastuikin mateluksi. Edessä tapahtui äänistä päätellen jotain, mutta Esra ei nähnyt niin kauaksi riittävän tarkasti. Valoa ei ollut jäljellä enää pitkään, ja sadekin vain yltyi.

Keskelle metsää oli raivattu mahtavin leiri, jonka Esra oli koskaan nähnyt. Toinen toisensa viereen maahan oli isketty paksuja puunrunkoja leirin ympärille muuriksi, ja säännöllisin välimatkoin näkyi korkealle kurottavia katettuja vartiotorneja, joista kussakin paloivat soihdut. Nopeasti vilkaisten Esra havainnoi, että jokaisessa tornissa oli ainakin kolme tai neljä aseistettua soturia. Leirin muodosta ei voinut olla varma, mutta pyöreältä ja valtavan suurelta se näytti. Edessä erottui portti, jonka kaksi massiivisen suurta ovea oli nostettu sivuun tien molemmin puolin. Korkeutta näytti olevan ainakin kymmenen kyynärän verran. Edellä kulkevassa kahdessa kärryssä matkustavat alkoivat huutaa, jolloin heidät hakattiin nopeasti joko hiljaisiksi tai kokonaan tajuttomiksi.

Leveän soratien reunoille oli isketty pystyyn seipäitä. Niihin oli ripustettu jotain. Pimenevässä illassa Esra erotti seipäissä myös ilmassa liehuvia kangasriepuja.

”Onko noissa seipäissä sitä, miltä se näyttää?” kysyi Aaron selvästi kasvoiltaan kalveten.

”Niin se taitaa olla”, vastasi Esra ja nielaisi. ”Kohtahan se nähdään.”

”Vauhtia! Ei tässä ole koko yötä aikaa!” kuului käsky takaa, ja samalla Esra tönäistiin rajusti kumoon. Polveen sattui, ja housujen kangas repesi.

Esra heilautti uhmakkaasti märät punaiset hiukset kasvoiltaan, hypähti pystyyn ja katsoi taakseen. Kookas vartija heilautti sadeviittansa sivuun paljastaen käsivartensa taidokkaan ihopiirroksen, osoitti keihäällään Esraa ja hymyili haastavasti.

"Siitä vain, kokeile pois. Helpommalla pääsen, kun kuormaa on vähemmän."

Esra ei kokeillut.

2.

Seipäiden kohdalle päästyään Esra ja Aaron erottivat, että niihin oli ripustettu ihmisiä. Teroitettu kärki oli isketty jalkojen välistä sisään, ja ulos paalu oli tullut milloin rinnasta, milloin kyljestä ja milloin selästä. Suurimmalla osalla oli vielä vaatteet yllä, mutta ei kaikilla. Joiltakin puuttui lisäksi pää, toisilta kädet ja kolmansilta jalat. Esran silmät suurenivat, ja hengitys muuttui katkonaiseksi. Kahdessa vierekkäin asetetussa seipäässä ripustetuilla oli edelleen päällään musta paita, jonka rinnassa erottui hämärässäkin punainen sahalaitainen lehtikuviointi. Kummallakin seipään kärki työntyi selkäpuolelta ulos, ja kaulassa roikkui nyöristä ripustettuna kuvioitu laudankappale. Kaiverrus oli poltettu kaikkien näkyville.

"Näin käy karkureille."

"Voi kauhistus", sanoi Aaron pystymättä muuta toteamaan.

"Niin tietysti", sanoi Esra puristaen yhteen sidotut kätensä inhosta tiiviiseen nyrkkiin. "Se kauppias Sampo Kuusiluoto varmaankin ohjeisti Anselmin ja Emilin tulemaan tänne. He kun eivät uskaltaneet enää kotiin palata. Kun heidät sitten otettiin täällä kiinni ja haluttiin myydä orjiksi, he yrittivät paeta. Eivätkä onnistuneet."

Lähenevän leirin korkea puinen muuri erottui nyt yhä lähempänä. Katsellessaan toinen toisensa viereen iskettyjä runkoja Esra mietti, ettei esteen tarkoitus ollut pitää eläimiä ja muita uhkia poissa leiristä. Puisen muurin tarkoitus oli estää pakeneminen leiristä ulos.

Hidasta vauhtia etenevä karavaani antoi mahdollisuuden tarkkailla pitkään ja huolellisesti tien viereen ripustettujen häväistyjä ruumiita. Esra mietti, että se saattoi olla hidastelun tarkoituskin. Seuraavatkin kaksi seivästettyä Esra ja Aaron tunnistivat. Jalkojen väliin isketty seiväs oli tullut toisella ulos kyljestä, ja toisella selästä. Kummallakin oli päällään musta repeytynyt paita, jonka rinnassa erottui tuttu sahalaitainen lehtikuviointi. Kummankin kädet oli katkaistu, ja jalatkin polvista alaspäin. Kaulaan leuan alle oli isketty keppi, joka piti pään eteen suunnattuna. Ruhjeista päätellen heitä oli pahoinpidelty ennen seivästämistä. Niskan ympärillä roikkui nyöristä kuvioitu laudankappale, mutta erottuva teksti oli erilainen kuin Anselmilla ja Emilillä.

"Näin käy varkaille ja pettureille."

"Alkaa käydä vähiin joukkomme", sanoi Aaron masentuneena.

"Kauppiaan poika Ilmari ja rakentajan poika Johannes olivat kovin innoissaan lähdöstä", muistutti Esra ja kohotti sidotut kädet oman paitansa punaisen lehtikuvion päälle. "Olivat kai yrittäneet varastaa perunaa, ja jäivät kiinni. Tuosta petturuudesta on sen sijaan vaikeampi sanoa mitään. 'Näin käy varkaille ja pettureille."

"Mitä ihmettä?" sanoi takana kävellyt vartija ja tarttui Esraa hiuksista kiskoen pään takakenoon. "Sinähän osaat lukea, mitä noissa paaluissa julistetaan!"

Aaron käännähti ympäri, ja otti yhden askeleen vartijaa kohti puristaen samalla isot kouransa nyrkkiin. Samassa kylkeen painautui keihäänkärki, joka sai Aaronin hillitsemään itsensä.

"Ihan rauhallisesti vain, iso poika", rauhoitteli keihästään käyttävä vierestä seurannut vartija. "Muistaessani aion ehdottaa, että laitetaan nämä kaksi Areenalle. Sitten nähdään, kuinka paljon lukumiehissä on sisua."

3.

Edestä tähän asti vain etäisenä kuulunut meteli erottui nyt selvemmin. Kookkaan portin edessä Esra näki, että yläosan poikkipuomiin oli kiinnitetty vieri viereen ihmisten pääkalloja. Puhtaudesta päätellen niin sade kuin aurinkokin olivat ehtineet valkaista näitä kalloja jo varsin pitkään.

"Hetkinen", kuiskasi Aaron Esran puoleen ojentuen. "Kuinka monta kotoa lähtenyttä paria nyt on enää jäljellä?"

Esra laski mielessään hetken, puristi sitten suunsa tiukaksi viivaksi ja tuijotti päättäväisesti suoraan eteensä. "Ei ainuttakaan: vain me kaksi olemme vielä hengissä."

"Mitä ihmettä me nyt teemme?" yskähti Aaron epätoivoisena ja näytti yhteen sidottuja tyhjiä käsiään.

"Me keskitymme pysymään hengissä. Se on nyt kaikkein tärkeintä."

4.

Portin sisäpuolelle päästiin hitaasti madellen, minkä jälkeen kaikki kärryissä vielä olleet komennettiin alas. Osa vangeista pysyi pystyssä vain jonkun toisen tukemana, mutta se ei näyttänyt vartijoita haittaavan. Keihäänvarsilla ja huudoilla ihmiset ajettiin epämääräiseen jonoon kuin karja, ja sitten käsien siteet viimein avattiin. Ne, joilla vielä jotain omaisuutta oli, menettivät sen vähänkin nyt. Vartijat riistivät irtotavarat ja heittelivät ne kasvavaan pinoon soratien viereen.

Esra huomasi tavarakasan edessä Sampo Kuusiluodon. Hän oli nyt ilman paitaa, ja näin hänen lihaksikas ja arpinen ylävartalonsa erottui selvästi. Käsivarressa oli ihopiirros, joka esitti ranteesta aina kainaloon asti kohoavaa kasviköynnöstä. Ruusunoksa se ei kuitenkaan ole, mietti Esra. Silloin kuvio toisi mieleen Jelenan.

Jelenan? Kyllä, Jelenan. Hänellähän on käsivarressaan ihopiirros, joka esittää ylöspäin kohoavaa ruusunoksaa.

Kuusiluoto lajitteli tavaroita tottunein ottein. Rikkoutuneet rojut hän heitti sivuun, veriset toiseen kasaan ja hyvässä kunnossa olevat hän nosti suoraan kärryjensä lavalle. Kuusiluoto ilmeisesti tunsi itseensä kohdistuneen tuijotuksen, ja käänsi huomionsa Esraan.

"Ei tässä mitään henkilökohtaista", Kuusiluoto sanoi ja heitti veriset jalkineet omaan pinoonsa. "Tätä me teemme. Myymme teidät, saamme hyvän hinnan ja tienaamme siten elantomme."

"Aion ehdottaa, että laitetaan nämä lukutaitoiset Areenalle", puuttui puheeseen keihäällään edelleen osoitteleva vartija. "Saamme hyvää viihdettä, ja kenties joitakin suuria viisauksia ennen kuolemaa."

"Se on oikein hyvä idea", sanoi Kuusiluoto hymyillen, ja heitti samalla selkänsä taakse verestä tahraiset - mutta ehjiltä vaikuttavat - housut. "Minustakin tuntuu, että näistä kahdesta nuoresta miehestä irtoaa meille oikein hyvää viihdettä."

"Sanohan nyt yksi asia", tiuskaisi Esra, ja sai heti vartijan keihäänkärjen osoittamaan kohti rintaansa. "Sinun nimesi ei taida olla Sampo Kuusiluoto?"

"Ei tietenkään ole", mies vastasi ja levitti kätensä kohti tummenevaa taivasta. "Sergei minä vain olen. Kuusiluoto kuulosti hyvältä, joten ajattelin ottaa sen nimekseni, kun olen ulkona liikkeellä."

"Oliko sitä varakasta ja parannustaidossa ansioitunutta heimoa koskaan olemassakaan?" Aaron puuttui puheeseen.

Sergei katsoi Aaronia säälivästi pää hieman vinossa. "Ettei kai te sitä tosissaan uskoneet? Tämä on uusi maailma eikä mikään lasten iltasatu."

Vartija tyrkkäsi Esraa ja Aaronia eteenpäin, sillä heidän vuokseen seisoi koko jono. "Me viemme nämä nyt eteenpäin, jos vain sallitte."

"Siinäpähän viette. Kunhan muistatte, että näitä kahta kannattaa vartioida hyvin. Heistä voi vielä aiheutua ongelmia." Keskustelun päättänyt Sergei käänsi selkänsä, ja jatkoi tavaraläjän perkaamista.

Tulijoita ohjattiin eteenpäin alati kapenevassa aitauksessa. Molemmin puolin erottui vuoroin varastoilta näyttäviä olkikattoisia majoja, ja vuoroin isompia taloja, joissa ilmeisesti asuttiin. Jokaisen edessä paloi ainakin yksi soihtu tuomassa valoa alkavaan pimeyteen. Esra oli tahtomattaankin vaikuttunut siitä, miten taidokkaita kaiverruksia seinien puupintoihin oli kaikkialla tehty. Ihmisten myymisen ohella tämä heimo siis todellakin osasi työstää puuta, hän mietti. Aitauksen vieressä seisoskeli vartijoita tasaisin välein, jotka jatkuvasti lähinnä itseään viihdyttääkseen tyrkkivät tuoreita orjia keihäillään ja huutelivat näille törkeyksiä. Lopulta pitkä ja kapeaksi ohentunut jono pysähtyi kokonaan.

5.

"Mikä siellä edessä nyt kestää!" Karjui Esran vieressä seisova vihaisen näköinen vartija, ja pyyhkäisi kaljulta päälaeltaan siihen jatkuvasti satavaa vettä. "Täällä sataa! Hoidetaan nämä pois hyvissä ajoin ennen aamua!" Jono alkoi taas liikkua, ja se oli nyt niin kapea, ettei rinnakkain seisomiselle ollut tilaa. Lisäksi jono kaartui selvästi vasemmalle. Joukon oli pysäyttänyt muita paikalla olevia selvästi vanhempi mies. Hänellä oli päässään huivi, ja hän oli kietonut koko vartalonsa punaisen sadeviitan suojaan. Kaukaakin Esra erotti keltaiset ristikkäiset työvälineet, joita oli kuvioitu lukuisia miehen asuun. Kädessään hänellä oli kahden kyynärän kokoinen keppi.

Jonon eteneminen oli hidastunut siksi, että jokaisen tulijan oli seistävä vuorollaan tämän miehen edessä. Nopean silmämääräisen tarkistuksen jälkeen keppi heilahti joko oikealle tai vasemmalle, ja osoitettuun suuntaan tuore orja ohjattiin. Esran mielestä miehet ohjattiin vasemmalle, ja naiset oikealle.

Lopulta koitti Esran vuoro. Hän seisoi mielenosoituksellisesti selkä suorana, kädet sivuilla ja tuijotti keppiä heiluttavaa miestä suoraan silmiin. Seurasi lyhyt katseiden taisto, jonka jälkeen mies hymyili ja heilautti keppiään miesten puolelle, kuten Esra oli odottanutkin. Miehet ajettiin erilliseen aitaukseen, ja vieressä oli naisten aitaus. Aaron seurasi Esran perässä.

"Mehän ajamme kotona karjaa tällä tavalla", totesi Aaron ja kääntyi katsomaan taakseen, jossa ihmisiä edelleen lajiteltiin.

"Se tässä varmaan on tarkoituskin", vastasi Esra. "Me olemme kauppatavaraa, joka myydään tai hyödynnetään muilla tavoin."

Naisten aitaus oli selvästi pienempi kuin miesten, ja naisia oli muutenkin vähemmän. Jotkut itkivät, mutta kaikille yhteistä oli märkinä hytiseminen kylmässä yössä. Nahkaiseen haarniskaan pukeutunut nainen astui sisään aitaukseen muutaman kyynärän mittaisen jäykän piiskan kanssa. Hän oli pukeutunut samalla tavalla kuin miesvartijatkin, mutta hiuksensa hän oli kiinnittänyt niskaan tiukaksi palloksi. Käsivarressa erottui kalaa esittävä piirros suomuineen.

"Huomio tänne tytöt!" Ääni kuului terävänä ja kimeänä kaiken muun hälinän ylikin. "Kun sanon, mihin menette, niin teette sen parasta mahdollista vauhtia!"

Vartijanainen alkoi läiskiä aitauksessa olevia naisia sanoen vuorotellen "oikea", "vasen", "oikea". Esran mielestä jako näytti olevan tällä kertaa nuoret naiset ja tytöt oikealle, ja sitä vanhemmat vasemmalle.

Vanhemmat naiset hävisivät lähellä olevan varastolta näyttävän puurakennuksen taakse, eikä Esra heitä sen jälkeen enää nähnyt. Nuorempien naisten ja tyttöjen joukkoa sen sijaan ryhtyi nyt paimentamaan tilanteeseen nähden liiankin leveästi hymyilevä mies. Hän jakoi loput naiset ja tytöt vielä kerran kahteen erilliseen ryhmään. Esran silmin jakoperusteena oli ulkoinen kauneus. Vähemmän kauniiseen ryhmään joutuneet ajettiin piiskaiskuin samaan suuntaan kuin vanhemmatkin naiset hetkeä aikaisemmin. Kauniiden ryhmään päätyneet pakotettiin huudoin jonkinlaiseen riviin, joka lopulta muodostuikin.

"Mitä ihmettä heille tehdään?" Aaron tuijotti toimitusta, ja niin tuntuivat tekevän kaikki muutkin aitaukseen kerätyt miehet.

"Ilmeisesti ainakin nuoret naiset otetaan talteen. Ehkäpä he päätyvät jonkinlaiseksi sotasaaliiksi."

"Sitäkö me nyt olemme?" ihmetteli Aaron. "Saalista ja myytäviä esineitä?"

"Juuri sitä. Kuusiluoto, tai siis Sergei, sanoi tämän heimon myyvän ihmisiä. Se on heidän elinkeinonsa." Esra tunsi tutisevansa yhtä paljon kylmästä kuin raivosta. Samalla hän kuitenkin ymmärsi, että juuri nyt vastarintaan ryhtyminen oli hyödytöntä. Tärkeintä on säilyä hengissä. Kuolleena et voi suorittaa tehtävää loppuun, hän toisteli mielessään.

Miesten aitaukseen astui kolme suurikokoista vartijaa. Kaikilla oli aseenaan kivinen kirves, joita he heiluttelivat nopeasti ja taidokkaasti. Tarkoituksena oli selvästi pitää näytös siitä, ettei kannattanut yrittää pakoa. Sen jälkeen yksi miehistä alkoi osoittamaan kutakin tuoretta orjaa vuorollaan kirveellä, ja sanoi aivan kuten hetki sitten naistenkin puolella "oikealle", "vasemmalle", "oikealle".

Toiselle puolelle aitausta kerättiin vanhemmat miehet. Äkkiä Esra huomasi, ettei hän portista sisään astumisen jälkeen ollut nähnyt ketään, joka olisi tarvinnut keppiä tai muuta tukea liikkumiseen. Heitä ei enää tässä joukossa ollut ainuttakaan.

Kivikirves painautui vaativasti Esran rintaan. "Oikealle."

Sen jälkeen mies katsoi Aaronia päästä varpaisiin, pyöritteli hetken kirvestä toisessa kädessään ja sanoi "oikealle".

Aaron ei hievahtanutkaan.

"Minä sanoin oikealle!" Kirves kohosi uhkaavasti.

"Tule vain tänne", sanoi Esra aitauksen oikealta puolelta. "Nyt ei ole oikea hetki."

"Koskaan ei ole oikea hetki! Älkää koskaan unohtako sitä! Te olette meidän omaisuuttamme, ja me teemme omaisuudellamme mitä haluamme!"

Aaron otti kaksi askelta oikealle Esran suuntaan. Samassa jakoa suorittanut vartija iski Aaronin takana seissyttä harmaahiuksista miestä kirveellään keskelle päälakea. Kuului äänekäs rusahdus, ja miehen kasvoille levisi kauhistunut ilme. Vartija riuhtaisi kivikirveensä irti, ja iski uudestaan, mutta tällä kertaa korvan yläpuolelle. Verta ja luunpalasia roiskahti vartijan nahkaiselle haarniskalle, mutta siitä hän ei tuntunut välittävän. Harmaahiuksinen mies putosi maahan kuin märkä kangasrätti. Verestä vimmastunut vartija iski jo kuollutta uhriaan kerran, kahdesti ja vielä kolmannenkin kerran. Sen jälkeen hän nousi seisomaan, tasasi hengitystään ja pyyhki näyttävästi veriroiskeita kasvoiltaan, joita taivaalta satava vesi ei ollut vielä vienyt mukanaan.

"Toistan: te olette omaisuuttamme, ja me teemme omaisuudellamme, mitä haluamme!"

Loput miehet jaettiin hiljaisesti kahteen joukkoon. Ainoat äänet aitauksessa olivat "oikealle", "vasemmalle", "oikealle". Tämän jälkeen jaon suorittaneen miehen vasemmalla puolella tähän asti liikkumatta seissyt vartija otti vanhempien miesten ryhmän itselleen.

"Toivottavasti pystytte ainakin jonkin aikaa tekemään työtä. En millään haluaisi tehdä teille samoin kuin toverillenne tässä juuri äsken tapahtui."

Vanhempien miesten joukko seurasi vartijaansa kiltisti ja kauniisti jonossa.

Verinen ruumis kallo haljenneena jäi lojumaan aitaukseen. Sade-vesi kuljetti hiljakseen mukanaan verta, luunkappaleita ja aivonpala-sia. Miesten jaon suorittanut vartija heilautti muutaman kerran veristä kivikirvestään ilmassa, ja kääntyi sitten katsomaan nuorten miesorjien joukkoa. Hän katsoi jokaista vuorollaan merkitsevästi silmiin.

"Teidän osaksenne on tuleva suuri kunnia. Olette matkalla Areenalle."

37. luku

Nikolai seisoi keskellä lattiaa, ja tunnusteli puisia lankkuja paljailla varpaillaan. Hän kohotti lihaksikkaat käsivartensa kohti kattoa, tunsi selkänsä suoristuvan ja nikamien naksuvan rauhattomasti nukutun yön jäljiltä. Avoin ikkuna-aukko kantoi mukanaan sisään kauppiaiden ääniä, orjien hyörinän aiheuttamaa meteliä puhumattakaan tuoreen ruoan ja maatuvien jätteiden tuottamasta hajujen kakofoniasta. Nikolai laski kätensä sivuilleen katsellen samalla lattiaan, jonka jokainen lankku oli tarkalleen kämmenen levyiseksi sahattu. Maata ei erottunut lainkaan lautojen väleistä, kuten monessa muussa talossa oli tapana. Suurin osa heimosta asui teltoissa, mutta Nikolain korkea asema päällikön uskottuna soturina toi mukanaan lukuisia etuja. Oikea talo oli yksi sellainen. Vuosien kuluessa seinille oli kerätty puisia kilpiä ja erilaisia kankaita muistuttamaan menneistä suorituksista. Nikolai itse ei olisi halunnut taakse jätettyjä asioita muistella, mutta Anastasialle voitonmerkkien pitäminen seinällä oli erittäin tärkeätä.

Nikolai pyyhkäisi kaljua päälakeaan, ja tunsi karheiden sormenpäidensä alla kasvamaan päässeen sängen. Se ei käynyt päinsä, ja asia oli hoidettava vielä samana päivänä. Soturilla ei saanut olla päässään hiuksia. Ihopiirroksistaan ja ennen kaikkea lukuisista arvistaan Nikolai oli erityisen ylpeä. Nuorena hän oli tehnyt salaa itseensä haavoja ja jättänyt tarkoituksella ne hoidattamatta. Näin Nikolai oli saanut kaikkein näyttävimmät arpensa, mutta ei tietenkään voinut sitä kenellekään kertoa. Sen hän kuitenkin tiesi, ettei suinkaan ollut ainoa soturi, joka oli nuorempana haavoittanut itseään saadakseen lisää arpia.

Nikolai katsoi ulko-oven viereen seinälle nostettua kahden kyynärän mittaista veistä. Tai miekaksi aseen edellinen omistaja oli sitä kutsunut. Nikolain mielestä tämä "miekka" muistutti lähinnä isoa lihakirvestä. Hän oli nähnyt lapsena sellaista käytettävän paenneisiin orjiin, jotka oli saatu kiinni. Nikolain miekka oli kiven sijasta terästään kiiltävää harmaata metallia, jonka kaarevuus tuntui aseen nähneiden mielestä erityisen uhkaavalta. Siitä Nikolai piti. Aseen kourain oli niin pitkä, että kädensijasta olisi pystynyt tarttumaan kolmella kädellä. Kourain oli sitä paitsi verhottu valkealla nahalla, joka alkoi jo hiljakseen murtua ja muuttua kellertäväksi.

Nikolain päätä särki, ja jäsenissä painoi lievä kohmelo. Hän oli kuitenkin jo tottunut peittämään oireensa. Sitä paitsi heimon muut jäsenet osasivat pitää Nikolaihin kunnioittavaa etäisyyttä, joten edellisenä iltana juodun väkijuoman hajua ei huomattaisi. Tai ainakaan yksikään soturi ei uskaltaisi siitä huomauttaa. Nahkainen leili ihanaa unohduksen lientä lojui nurkassa, jonne Nikolai oli sen edellisen illan päätteeksi viskannut. Hän tiesi kokeilemattakin sen olevan vasta puolityhjä. Leilin vieressä makasi vanha, kovaa nahkaa oleva haarniska, josta Nikolai ei ollut koskaan korjannut pois ainuttakaan taistelun jälkeä. Ja kuten omankin ihonsa arvissa, myös haarniskan näyttävimmät jäljet oli hän tehnyt itse.

Nikolaita oli alkanut viime aikoina enemmän ja enemmän harmittamaan, että kaikki heimossa tuntuivat pelkäävän häntä. Miekan kantaminen toi mukanaan paljon kunnioitusta, mutta samalla se erotti hänet muista. Virallisesti ylemmäksi, mutta Nikolain mielestä vain kauemmaksi. Hän kaipasi vanhoja kavereitaan. Suurin osa heistä oli jo kuollut taistelussa tai jonkin aikaa haavoittumisen jälkeen. Kukaan ei tiennyt, miksi haava joskus arpeutui miehekkääksi jäljeksi, ja miksi se joskus vain punehtui tappaen lopulta kantajansa.

Miekka oli kunniapaikalla syystä. Jo pelkkä aseen hoitaminen vaati paljon aikaa ja huomiota. Hän oli mielestään kantanut miekkaa jo riittävän kauan, ja mielellään olisi sen seuraavalle luovuttanut. Aina retkelle lähdettäessä Nikolain mieltä kalvoi pelko siitä, että saattaisi vielä joskus menettää miekkansa viholliselle. Sellaisen häpeän jälkeen hänellä ei olisi enää mitään asiaa kotiin. Nikolai oli pannut merkille, miten nopeasti miekan seuraavalle antaneet menettivät aiemman asemansa heimon keskuudessa. Kunnioitus ei ollut sidottu soturin persoonaan, vaan hänen aseeseensa.

"Senkin vanha aasi!" Ulkoa kuului kimeä naisen ääni, heti perään äänekäs läimäys ja sitten hiljaista nyyhkytystä. Nikolai tunnisti äänen, henkäisi syvään, suoristi uudelleen selkänsä ja otti kasvoille asemansa vaatiman vakavan ilmeen.

2.

Heti ulko-ovella auringon kirkkaus pahensi Nikolain kohmelon aiheuttamaa päänsärkyä. Samaan aikaan lämmön tunne oli omalla tavallaan lohduttava, kuin oman äidin kosketus silloin joskus kauan sitten. "Tee työsi kunnolla!" Ja perään kuului uusi läimäyksen ääni. Nyyhkytys yltyi.

Ajan kuluminen näkyi jo Anastasiassa, mutta Nikolai tiesi, miten paljon hänen puolisonsa teki työtä voidakseen pysyä mahdollisimman pitkään nuorena. Mies itse ei tätä ymmärtänyt, sillä hän oli vuosien kuluessa oppinut pitämään niistä kasvojen syvenevistä uurteista, joita Anastasia niin kovasti itsessään inhosi. Enemmän Nikolaita harmitti se, ettei hänen vaimonsa pitänyt itseään kunnossa ollakseen miehelleen mieliksi.

Anastasialla oli päällään käsivarret paljaaksi jättävä melkein maahan asti ulottuva leninki. Se oli puhtaan valkoinen niin kuin aina. Nikolai oli moneen kertaan ehdottanut jotain muuta väriä, sillä valkoisen pitäminen puhtaana oli suoranainen painajainen. Anastasia ei antanut edes Nikolain koskea itseensä asu päällään peläten, että mies jättäisi häneen likaisia jälkiä. Vaaleat vyötäisille ulottuvat hiukset oli sidottu värikkäillä nauhoilla, ja näin Anastasian korvissa olevat keltaiset metallirenkaat korostuivat kaikkein parhaiten. Nikolai ei halunnut muistaa, miten monta orjaa hän oli joutunut antamaan maksuksi puolisonsa keltaisista korvarenkaista. Kullaksi myyjä oli niitä sanonut. Nikolain mielestä tämä "kulta" oli aivan liian painavaa ja pehmeää ollakseen millään tavalla hyödyllistä. Mutta Anastasialle renkaat olivat olleet tärkeät. Nikolaille itselleen tärkeää oli lähinnä se, että Anastasian käsivarren ihopiirros oli samanlainen kuin hänellä itselläänkin.

Puutarhaa hoitanut säkkikankaaseen pukeutunut vanhempi nainen piteli multaisella kädellä poskeaan, joka näytti turvonneelta. Hänen paljaiden jalkojensa juuressa oli joukko metallista valmistettuja puutarhanhoitovälineitä.

"Nämä työkalut ovat arvokkaita! Kohtele niitä hyvin! Ja sama pätee koko puutarhaan! Kaikkien on nähtävä, miten hyvin paikat on hoidettu, enkä minä voi käyttää sellaiseen omaa aikaani!" Anastasia käännähti Nikolain puoleen, ja katsoi tätä vihaisena.

Syvän siniset silmät, suuri kaareva nenä ja ohuet huulet oli se kolminaisuus, joka oli tehnyt Nikolaihin lähtemättömän vaikutuksen silloin kauan sitten. Mitä kaikkea hän olikaan tehnyt ansaitakseen Anastasian itselleen? Kuinka monta uutta orjaa hän oli heimolle hankkinut? Kuinka monta kaksintaistelua voittanut? Kuinka monta kertaa haavoittunut? Hän ei muistanut, eikä halunnutkaan.

"Mitä nyt?" Anastasia tiukkasi. "Eikö sinun pitäisi olla jo muita kouluttamassa?"

"Ei ihan vielä", vastasi Nikolai ja vain katseli vaimoaan. Hän ei varmaankaan koskaan väsyisi niin tekemään. "Kuulin meteliä, ja tulin katsomaan, mitä täällä tapahtuu."

"No näethän itsekin!" Anastasia heilautti kättään puutarhan ylitse.

Puoliso oli valinnut kasvattaa puutarhassaan punaisia ruusuja. Ja nimenomaan sellaisia, jotka kohosivat ylöspäin köynnöksinä. Nikolain mielestä olisi paljon parempi kasvattaa jotain sellaisia kasveja, joita voisi sitten aikanaan syödä. Kovin monella heimossa ei edes ollut omaa puutarhaa, joten tilaa kannattaisi siksi hyödyntää. Anastasia oli moisesta ehdotuksesta suuttunut. Totta kai hän kasvattaisi punaisia ruusuja, koska silloin kaikki näkisivät hänen voivan tehdä niin!

"Näen sen, että hoidatte ruusuja. Toivoisin, ettet kohtelisi orjiamme niin kovakouraisesti. He tekevät parempaa työtä voidessaan hyvin." Nikolai vilkaisi poskeaan edelleen pitelevää orjaa. Hänen hiuksensa näyttivät lähtevän päästä tukkoina. Se kieli sairaudesta, joten pian olisi taas aika vaihtaa uuteen, Nikolai mietti. Tosin ehkä hän voisi viedä naisen parantajalle? Se voisi olla halvempaa ja helpompaa kuin kokonaan uuden kouluttaminen. Ruoka-annoksen suuruutta voisi myös tarkistaa, sillä nainen oli aivan liian laiha. Samalla Nikolai muisti, ettei ollut koskaan tullut kysyneeksi, mistä nainen oli aikoinaan orjaksi mukaan poimittu. Oli se sitten mistä tahansa, olivat naisen olot paremmat täällä heidän luonaan kuin alkeellisen oman heimonsa parissa. Tai niin Nikolai ainakin kovasti halusi itselleen uskotella.

"Sinä taas olet orjilleni liian hellämielinen. Minulla on täysi työ pitääkseni heidät kurissa." Anastasia poimi maasta kulhon, ja alkoi kaataa sen sisältämää nestettä ruusuilleen. Nikolai tiesi sen olevan orjien verta. Hän ei ollut koskaan ymmärtänyt, miksi kukkia piti kastella verellä. Sama kai se kukalle oli, mitä nestettä sai juodakseen?

"Sitä paitsi", jatkoi Anastasia kaadettuaan veren ruusuille, "minun täytyy lähteä varmistamaan, että saan Areenalle menevistä vangeista tuoretta verta kukilleni. Jos et olisi ollut illalla ja yöllä humalassa niin olisit ehkä huomannut, että eilen leiriin tuotiin iso erä uusia vankeja. Osa heistä oli sellaisia, että heidät varmasti laitetaan Areenalle."

Nikolai tuijotti ruusuja. "Oletko nyt kuitenkaan varma siitä, että veri toimii kukille paremmin kuin ihan tavallinen vesi?"

"Enhän minä tuoretta verta kasteluun käytä!" Kivahti Anastasia. "Vaan lannoitteena tietenkin! Kukat kasvavat paremmin, kun saavat jotain ylimääräistä."

Anastasia tönäisi puutarhaa hoitanutta orjaa. "Voit poistua. Käsken kyllä sitten, kun taas tarvitaan. Ja tulekin paikalle nopeasti."

Nainen risti kädet rinnalleen, peruutti kolme askelta, teki lyhyen kumarruksen ja poistui ruusuköynnösten taakse.

"Nyt lähden kuopalle sanomaan vartiopäällikölle, että veri varataan minulle."

Nikolain ohi kulkiessaan Anastasia pysähtyi, haistoi ilmaa ja asetti huulensa miehen poskea vasten. Nikolain nenään leijaili se sama ruusuveden huumaava tuoksu, joka toi hänelle aina mieleen ensimmäisen tapaamisen tulevan puolisonsa kanssa.

"Koeta pitää edes vähän etäisyyttä muihin", Anastasia kuiskasi. "Eilen juomasi kotipolttoinen haisee edelleen."

Nikolain hartiat painuivat lysyyn ja hän huokasi. Olisi ollut niin mukavaa kuulla jotain muuta kuin muistutus edellisestä illasta. Hän ei edes tiennyt, oliko joku käynyt talolla pyytämässä mukaan purkamaan uutta orjalastia. Jos oli, ei Anastasia varmasti ollut päästänyt ketään sisään näkemään Nikolaita humalassa.

Anastasia ei jäänyt odottamaan miehensä vastausta, ja lähti kävelemään valkoinen leninki kahisten ja auringon valossa hohtaen. "Ja katsoin ettet mene miestesi eteen paljain jaloin!" hän huusi taakseen katsomatta. "Sellainen ei sovi arvollesi!"

38. luku

Esra istui maassa selkä kuopan puista reunaa vasten. Hänen poskipäätään jomotti ilkeästi. Vaatteet olivat edelleen kosteat ja paikoin ihoon kiinni liimautuneet, mutta alkoivat jo hiljakseen kuivua aamuauringon paisteessa. Areenalle osoitettujen joukko oli ajettu neliömäisten puisten rakennelmien ohitse. Sivusilmällä Esra oli uskaltanut katsella, kuinka sisään heitettiin kaikenlaista tavaraa. Majoihin lensi jalkineita, vaatteita ja kaikenlaisia laukkuja. Ilmeisesti nämä tavarat jäivät jäljelle lajittelusta, ja ne aiottiin ehkä myydä tai ottaa omaan käyttöön. Näin Esra oli miettinyt, kunnes vartija oli lyönyt häntä nyrkillä kasvoihin käskien pitää kiirettä.

Valikoidun joukon majoitus oli ehkä yhdeksän tai kymmenen kyynärää syvä kuoppa, jonka reunat oli tuettu pystyyn asetetuilla sileillä laudoilla. Montun vieressä oli ollut katos, jossa paloi soihtuja, ja pienen pöydän ympärillä istui muutama vartija keihäät poikittain sylissään. Yksi heistä otti maasta pitkät tikkaat, ja laski ne kuoppaan.

"Sinne sitten, ja vauhtia!" kuului huuto takaa.

Jonon ensimmäinen katseli alas monttuun. Yön pimeydessä pohjaa ei erottanut muuta kuin niinä hetkinä, kun yksinäinen salama iski hieman valoa.

"Pääsee sinne alas nopeamminkin", kuittasi odottamaan kyllästynyt vartija, ja tönäisi rajusti jonon ensimmäisen laidan yli kuoppaan. Nuori mies kiljaisi hämmästyksestä, ja putosi alas pää edellä. Kuului ääni, joka muistutti lätäkköön heitettyä hiekkasäkkiä.

"Ei näitä vielä tapeta", sanoi joukkoa ajanut takana tullut vartija, ja sivalsi nahkaisella piiskalla useita kertoja vihaisesti säärille omavaltaista virkaveljeään. "Nämä pirulaiset ovat menossa Areenalle! Heidän tulee olla edes suurin piirtein edustavassa kunnossa sinne asti."

Yksitellen, ja Esran mielestä ihmeteltävän rauhallisesti, näiden valikoitujen orjien annettiin laskeutua kuopan pohjalle. Tikkaiden puolat olivat märät, mutta lopulta kaikki Areenalle menijät olivat perillä. Montun reunat olivat niin korkeat ja tasaiset, ettei pakeneminen tullut kysymykseen ilman ylhäältä laskettuja tikkaita.

"Ai niin", sanoi yksi kuopan reunalle jääneistä vartijoista. "Tuokaa se ruumis sieltä pohjalta vielä ylös. Mitä sitä suotta siellä elävien joukossa pitämään."

Kuoppaan pudonnut sätki epämääräisesti, ja hänen päänsä oli vääntynyt luonnottoman näköiseen asentoon.

"Ei hän kuollut ole", kuittasi Aaron, kun kukaan muu ei tuntunut haluavan sanoa mitään.

"Tuokaa hänet silti tänne ylös niin viedään hoitoon." Vartija osoitti Aaronia nahkaisella piiskallaan. "Sinä näytät vahvalta. Tuo vanki tänne."

Aaron heitti pahasti loukkaantuneen olalleen, ja ryhtyi varovaisesti ja vaivalloisesti kapuamaan tikkaita takaisin ylös. Esra oli varma, ettei hän onnistuisi, mutta niin vain Aaron pääsi lopulta riittävän ylös, että vartijat saivat loukkaantuneesta otteen ja nostivat hänet reunan yli.

"Ja nyt sinä palaat takaisin alas."

"Tule vain alas", huusi Esra alhaalta. Hän näki Aaronin jäävän paikoilleen ja arvasi, että tämän mieleen oli tullut ryhtyä jonkinlaiseen uhmakkaaseen vastarintaan. Nyt ei kuitenkaan ollut oikea hetki.

Kun Aaron oli päässyt takaisin kuoppaan, tikkaat nostettiin pois. Sen jälkeen yksi vartija otti vyöltään kivikirveen ja iski sillä pahasti loukkaantunutta voimakkaasti päähän. Kuului halkeavan kallon rusahdus, minkä jälkeen ruumis raahattiin Esran ja Aaronin näkökentän ulkopuolelle. Kuoppa peitettiin leveillä lankuilla. Se auttoi sateeseen, mutta samalla mitään ei nähnyt. Kukin etsi itselleen jonkinlaisen yösijan mistä sattui tilaa löytämään.

Koko yön Esran ja Aaronin olivat pitäneet hereillä vankien epämääräinen ulina, ilmassa leijuva hien, märkien vaatteiden ja ulosteiden haju puhumattakaan siitä, että kuopassa oli kylmä. Loputtomalta tuntuvan yön jälkeen puolet monttua peittävistä lankuista oli siirretty pois. Silloin kylmästä hytisevä Esrakin oli siirtynyt valoisalle puolelle, ja Aaron hänen viereensä. Orjat ahtautuivat melkein sylityksiin, mutta jaetusta lämmöstä Esra oli vain iloinen.

Kuopassa oli Esran laskujen jälkeen ehkä parikymmentä Areenalle menijää, mikä se Areena sitten olikaan. He kaikki olivat varsin nuoria, joskin yksi selvästi vanhempi erottui joukosta. Naisia ei ollut mukana ainuttakaan, mutta sellaista Esra ei ollut odottanutkaan.

2.

"Helmiä sioille!" kuului kuopan reunalta. Esra ei tiennyt, mitä se tarkoitti, mutta samassa kuoppaan putosi erilaisia vihanneksia. Joukosta erottui ainakin perunoita, porkkanoita ja muutama iso kaalikin, jotka tosin hajosivat montun pohjalle osuessaan.

Kaikki vihannekset katosivat hyvin nopeasti lähimmän vangin kouriin, suuhun tai paidan alle piiloon. Aaron syöksyi maassa lojuvien kolmen ison perunan luokse, mutta sai kimppuunsa kolmen vangin joukon. Kilpailijoitaan isompana Aaron antoi ihailtavan vastuksen, mutta joutui lopulta perääntymään tappelusta huuli haljenneena ja ilman perunoita. Hän istahti huohottaen kuopan reunaa vasten edelleen nojailevan Esran viereen ja sylkäisi verta hiekkaiselle maapohjalle.

"Mitä nyt?" kysyi Aaron ja pyyhki suutaan vilkaisten Esraa vihaisena. "Minulla oli nälkä."

Esra ei vastannut mitään. Hän vain tuijotti kuopan reunalla naureskelevia vartijoita.

"Senkin eläimet!" huusi vanhempi vanki ja pui nyrkkiään vartijoille. "Ei tämä millään riitä meille kaikille!"

"Älkää huoliko", kuului vastaus montun reunalta. "Pääsette kuitenkin aika pian Areenalle. Ja jos ette, ei se nälkään kuoleminen ikävää ole sekään. Tai niin olen kuullut. Sitä paitsi saitte sentään pitää vaatteenne, koska Areenalla halutaan nähdä mahdollisimman monenlaista osanottajaa. Te olette eksoottisia! Eilen tulleet naiset eivät saaneet pitää mitään päällään! Olkaa siis onnellisia siitä, mitä teillä on!"

Niin tietysti: suuri valloittaja haluaa esitellä omalle kansalleen saalista, mietti Esra ja laski kätensä paitansa sahalaitaiselle lehtikuvioinnille.

3.

Vartijoille sadatellut vanhempi vanki rojahti kuopan reunalle Esran viereen. Hän haisi vahvasti hielle ja pinttyneelle lialle. Esra ei jaksanut siitä välittää, koska oletti haisevansa itsekin aivan yhtä pahalta. Vanhempi vanki oli ainakin kaksi tai kolme kertaa niin vanha kuin Esra.

Hän käveli kumarassa, ja oli rääsyjensä alla niin laiha, että oli varmasti nähnyt nälkää jo jonkin aikaa. Ihottumainen päälaki paistoi harvojen hiusten alta, ja useampi hammaskin puuttui.

"Eivät he välttämättä vie nopeasti Areenalle. Minä en edes tiedä, mikä se on."

"Olet ilmeisesti ollut täällä jo jonkin aikaa?" kysyi Esra enemmänkin todeten vallitsevan tilanteen.

"Liian kauan", vastasi vanhempi vanki ja osoitti sormellaan kohti taivasta. Kynsi puuttui, ja sormessa oleva haava punoitti ilkeästi. "Mutta olen kuullut, että jos Areenalla menestyy, voi sen jälkeen ostaa itsensä vapaaksi ja jäädä asumaan tänne muiden joukossa. Oman talonkin saa asuakseen."

"Vai niin olet kuullut", toisti Esra eikä uskonut sanaakaan. Edellinen yö oli vienyt häneltä suuren osan toivosta.

"Niin olen kuullut niin, mutta kuulkaahan", sanoi vanhempi vanki ja osoitti nyt vuoron perään niin Esraa kuin Aaroniakin. "Näen teidän silmissänne ja otteissanne nuoruuden palon ja uhmakkuuden. Te haluaisitte kovasti paeta. Uskokaa kuitenkin kun sanon, että paremmin teette, kun vain koetatte tehdä olonne mahdollisimman mukavaksi."

"Oletko sinä sitten koskaan yrittänyt paeta?" kysyi Aaron ja imeskeli samalla turvonnutta huultaan.

"En tietenkään, koska silloin en olisi enää hengissä", vastasi vanhempi vanki, ja katsoi sitten kaihoisasti jonnekin kaukaisuuteen. "Sitä paitsi puolisoni ja lapseni ovat vielä ainakin toivottavasti tuolla jossain. En halua lähteä ilman heitä."

"Ja anna kun arvaan", sanoi Esra tavoitettuaan jälleen vanhemman vangin katseen. "Pakoa yrittäneet seivästetään pääportin viereen varoitukseksi muille. Joskus jopa silvotaan, tai ehkä seivästetään ja silvotaan. Niinkö?"

"Niin kai", kommentoi vanhempi vanki. "En ole nähnyt, mutta niin nuo vartijat välillä ovat sanoneet."

"Me olemme nähneet. He puhuvat kyllä totta." Aaron sulki silmänsä ikään kuin siten olisi voinut välttää muistamasta sitä, mitä he olivat saapuessaan tien molemmin puolin katselleet.

Vanhempi vanki oli hetken hiljaa, ja osoitti sitten Esran ja Aaronin paidan rintamuksen lehtitunnusta. "Nyt muistankin tuon merkin: taisitte nähdä tuttuja saapuessanne?"

Kumpikaan ei vastannut, mutta lyhyt nyökkäys suu tiukkana viivana oli riittävästi.

4.

"Kuka sinä sitten olet? Ainakin olet hyvin sitkeä, se on selvää." Esra koetti kehua vanhempaa vankia saadakseen hänestä jotain tietoja. Tällaisessa paikassa kokemuksen mukanaan tuomat tiedot saattoivat merkitä eroa elämän ja kuoleman välillä, tai niin Esra ainakin oletti.

"Voi veljet", mies aloitti. "Ryhdyin kiertäväksi kauppiaaksi, koska halusin nähdä maailmaa. Ja muutaman lyhyen matkan jälkeen sain houkuteltua perheenikin mukaan. Poikani varsinkin oli innoissaan, mutta puolison suostuttelussa meni tovi aikaa."

"Astelitteko tekin suoraan jonkinlaiseen ansaan?"

"Voihan sitä niinkin tietysti sanoa", vastasi vanhempi vanki lannistuneen kuuloisesti.

"Mitä heimoa te olette?" kysyi Aaron. "Jos vaikka osaamme joskus viedä terveisiä."

Vanhempi vanki katsoi peitellyn säälivästi Aaronia, ja raapi sitten ihottumaista päälakeaan.

"Et usko kenenkään meistä pääsevän täältä pakoon, joten nimien ja muiden yksityiskohtien kertominen on turhaa. Siitä voi ehkä olla jopa haittaa", puki Esra vanhemman vangin ajatukset sanoiksi.

"Puolisoni on epäilemättä laitettu tekemään palveluksia jollekin korkealle herralle. Tai oikeastaan toivon sitä, koska silloin heillä menisi olosuhteisiin nähden ihan hyvin. Pelkään vain sitä, mitä pojalleni on mahdollisesti tehty."

"Mutta miksi juuri sinä olet ollut täällä selvästi muita kauemmin?" ihmetteli Aaron. "Tuo vartijahan sanoi aivan varmana, että meidät viedään varsin nopeasti sinne Areenalle, mikä se sitten onkaan."

"Sitä olen ihmetellyt. En tiedä syytä. Ehkä minut on vain unohdettu, tai ehkä puolisoni on saanut neuvotelluksi jonkinlaisen sopimuksen vartijoiden kanssa."

"Niin kai, mutta mitä puolisosi sitten olisi voinut vartijoille maksuksi tarjota? Mehän kuulimme senkin, että naisilta viedään jopa vaatteet päältä."

Esra rykäisi kuuluvasti ja viittasi Aaronia hiljenemään. "Oli miten oli, jatkakaa", hän sanoi vanhemmalle vangille.

"Eihän tämä kummoista elämää ole ollut, mutta en ole kuollutkaan. Ja kuten sanoin jo kertaalleen: vartijoiden mukaan Areenalla voi kohdata koko heimon suurimman soturin. Ja jos hänet voittaa taistelussa, saa silloin voittaja perheineen elää."

"Ja sinä aidosti uskot heidän pitävän sanansa? Kaiken sen jälkeen, mitä he ovat sinulle tehneet?" Esra hämmästeli vanhemman vangin hyväuskoisuutta.

"Minulla ei ole enää muuta mahdollisuutta", vanhempi vanki sanoi levittäen käsivartensa. "Siihen laitan toivoni, ja sen avulla pysyn hengissä niin kauan kuin tarvitsee. Tai nälkään kuolen."

5.

"Miten teidän heimonne mielestä vanha maailma loppui? Ja tämä uusi maailma alkoi muodostua?" kysyi Aaron kuin hyvinkin luonnollisena jatkona edelliselle aiheelle.

"Mitä ihmettä se nyt tähän kuuluu?" ihmetteli Esra kulmiaan nostaen.

"No mitä? Onko sinulla johonkin kiire?" haastoi Aaron. "Sitä paitsi itsehän sanoit, että olemme täällä tehtävän lisäksi myös keräämässä tietoa. Ja minä haluan tietää, kun kerran sitä samaa olemme kaikilta muiltakin kysyneet."

Esra tunsi äkkiä terästyvänsä. Aaronin huomautus sai palauttamaan mieleen, että tehtävä oli kesken. Ja niin kauan kuin ainakin toinen heistä oli hengissä, tulisi tehtävä pyrkiä saattamaan loppuun.

"Oletteko te tosissanne?"

"Olemme", vastasi Esra ja harmitteli sitä, että oli menettänyt kirjoitusvälineensä vangiksi jäämisen yhteydessä.

"Tuota noin", aloitti vanhempi vanki. "Miten se nyt silloin nuorena kotona opetettiinkaan...?"

Vanhempi vanki kohotti kasvonsa ja molemmat kämmenensä kohti aurinkoa. Hän hengitti muutaman kerran syvään, ja aloitti sitten.

"Silloin joskus kauan sitten taivaasta putosi suuri kivi maan päälle. En kyllä ymmärrä, miten taivaasta voisi kiviä pudota, mutta niin minulle kerrottiin. Joka tapauksessa tämä pudonnut iso kivi aiheutti sitten kauhean määrän tulvia ja muutakin tuhoa."

Vanhempi vanki otti maasta pienen kiven, ja heitti sen matalaan lätäkköön. "Tarinan tulvan aiheuttamisesta ymmärrän jo paremmin, sillä veteen heitetty kivihän aiheuttaa aaltoja."

Aaron tuijotti lätäkköä ihmeissään. "Sen on täytynyt sitten olla todella iso kivi, jos se koko maailman sai sekaisin."

Vanhempi vanki levitti kätensä. "Tällaista siis muistan lapsena kerrotun. Ainakin silloin heimon vanhimmat tuntuivat vilpittömästi uskovan siihen. Itsestäni en ole vieläkään niin varma, mutta olen silti kertonut tarinan myös pojalleni. Tehköön hän sitten tiedolla mitä haluaa."

Esra tunsi muun maailman äänten katoavan, ja koki sulkeutuvansa omaan maailmaansa. Matkan aikana selityksiä vanhan maailman päättymiselle oli kuultu jo useita. Voisiko niillä olla jotain yhteistä? Kaikki eivät voineet olla totta samaan aikaan, vai voisivatko?

Tämän pidemmälle Esra ei pohdinnoissaan päässyt. Ylhäällä kuopan reunalla erottui liikettä, joka sai hänet välittömästi nousemaan seisomaan.

6.

Nainen osoitti sormella edessään olevaa vartijaa ja puhutteli tätä kiivaasti. Vartija seisoi suorana kuin seiväs kuunnellen samalla kasvot vakavina ja ilmeettöminä. Vieressä seisoskeli vahataulusta päätellen kirjuri, joka teki koko ajan keskittyneesti merkintöjä. Naisella oli yllään pitkä valkoinen leninki, joka tuntui suorastaan säteilevän auringossa.

Vaaleat vyötäisille ulottuvat hiukset oli sidottu värikkäillä nauhoilla, ja korvissaan hän kantoi keltaisia metallisia renkaita. Käsivarressa hänellä oli kookas ihopiirros, kuten kaikilla muillakin tämän heimon jäsenillä näytti olevan. Esran huomion oli herättänyt se, että hän tunnisti kuvioinnin. Naisen käsivarren ihopiirros esitti ainakin kaukaa katsottuna kiemurtelevaa ruusunoksaa. "Jelena" oli sana, joka nousi etsimättä mieleen.

"Hei siellä! Hyvä rouva!" huusi Esra heiluttaen samalla käsiään päänsä yläpuolella. "Oletteko te Ivanov? Ivanov!"

7.

Anastasia Ivanov oli tottunut siihen, että miehet yrittivät saada häneltä huomiota. Sen vuoksi hän ei yleensä antanut katseensa harhailla kävellessään heimon keskuudessa. Kaikkein vähiten häntä kiinnostivat orjien ja Areenalle menevien vankien huutelut. Anastasia kuitenkin säpsähti kuullessaan oman nimensä kuopan pohjalta. Jopa hänen edessään seisovan vartiopäällikön ilme muuttui.

Anastasia katsoi kuoppaan, ja vilkaisu oli jo hänen mielestään enemmän kuin tuollainen roskasakki ansaitsi. Käsiään heilutti hoikka nuori mies, jonka punaiset pitkät hiukset roikkuivat likaisina kimppuina kasvojen molemmin puolin. Päällään hänellä oli musta kuivuneen mudan tahrima paita, jonka rinnassa erottui jonkinlainen punainen symboli. Jalassa tällä nuorella miehellä oli sääreen ulottuvat nahkakengät. Tämäkö oli se orja, joka oli tunnistanut Anastasian nimeltä? Miten sellainen oli edes mahdollista? Kuinka hän julkesi puhutella ylempäänsä tällä tavoin?

"Te olette Ivanov, eikö niin hyvä rouva?" nuori mies huusi pohjalta montun reunalle. "Minä olen Esra Tulikoura."

Anastasia katsoi ympärilleen. Kaikki kuuloetäisyydellä olevat tuijottivat nyt häntä ja Esraa. Mitä tahansa seuraavaksi tapahtuisikaan, olisi siinä heimolle puheenaihe ainakin tulevan kuunkierron ajaksi. Tilanne olisi nyt hoidettava taidolla, sillä muuten Anastasian maine saisi kolauksen.

"Ja mistä tiedätte nimeni, oi areenaorja?" Anastasia enemmänkin sähisi kuin lausui sanan 'areenaorja'.

"Tunnistin sen piirroksestanne", sanoi Esra ja taputti käsivarttaan. "Morsiamellani on samanlainen. Jelena? Jelena Ivanov? Oletteko koskaan kuulleet?"

Anastasia pystyi vain vaivoin peittämään kehonsa läpi kulkevan inhon väristyksen. Heimon seuraavan kuunkierron puheenaihe muuttui juuri kertaheitolla herkullisemmaksi. Ettäkö Ivanov olisi joskus luovutettu morsiameksi areenaorjalle! Anastasia ei tiennyt, kenestä tämä Esra Tulikoura puhui, mutta ei se häntä kiinnostanutkaan.

"Et ole sukua, etkä kuulu perheeseen!" Anastasia korotti ääntään, jotta kaikki lähietäisyydellä varmasti kuulivat selvästi.

8.

Esra näki Ivanovin kääntävän hänelle selkänsä, ja viittovan vartijan ja kirjurin mukaansa. Nämä tottelivat, ja nopeasti kaikki kolme katosivat näköpiiristä kuopan reunan taakse.

Esra palasi takaisin montun reunalle istahtaen Aaronin ja vanhemman vangin viereen. Hän risti kädet niskansa taakse ja huokaisi lannistuneena.

"Kannatti kuitenkin kokeilla, eikö vain?" lohdutti Aaron. "Hyvä havainto muuten, että tuon naisen ihopiirros muistuttaa ainakin hieman Jelenan vastaavaa."

"Minä vain pahaa pelkään, että taisin juuri muuttaa asiamme paljon huonommaksi." Esraa kadutti jo nyt, että oli tullut puhutelleeksi naista.

"Ymmärrätkö sinä ollenkaan, kenelle menit puhumaan?" vanhempi vanki kuiskasi Esralle. "Sehän oli Anastasia Ivanov!"

"Niin siis kuka?" kysyi Aaron.

9.

Anastasia käveli pitkin harppauksin niin kauaksi, ettei enää nähnyt tai kuullut kuopan pohjalla olevia vankeja. Vartiopäällikkö kirjureineen kävelivät kiltisti kolmen askeleen päässä, kuten heidän arvolleen kuului.

"Pitäkää huoli siitä, että tuon äskeisen huutelijan veri valutetaan ulos erityisen tarkasti", sanoi Anastasia painaen sormellaan vartiopäällikköä rintaan, joka värähti selvästi. "Hänen elämännesteensä tekee varmasti oikein hyvää kukilleni, onko selvä?"

"Täysin selvä, hyvä rouva", vastasi vartiopäällikkö ja vilkaisi kirjuriin, joka teki keskeytyksettä merkintöjä vahatauluun.

"Ja mitään valheellista huhua minun ja tuon areenaorjan yhteydestä ei sitten levitetä. Jos kuulen sellaisia niin tiedän, kenen päätä vaatia tilille, onko selvä?"

Vartiopäällikkö kalpeni. "Hyvä rouva, teen parhaani, mutta kaikkien puheiden tukahduttaminen voi osoittautua mahdottomaksi. Pystyn kuitenkin vastaamaan vain omasta vartiojoukostani."

"Kannattaa siis pitää huoli siitä, että kaikki nuo vangit tuolla montussa päätyvät Areenalle ensi tilassa, eikö niin?"

Vartiopäällikkö ei vastannut, mutta kumarsi syvään kirjurin seuratessa esimerkkiä. Anastasia kääntyi ympäri niin nopeasti, että valkoinen leninki kahahti, ja käveli pois määrätietoisin askelin selkä suorana.

Matkalla useat vastaantulijat pysähtyivät, siirtyivät sivuun ja kumarsivat kuka syvemmin ja kuka kevyemmin. Anastasia ei kuitenkaan huomioinut heitä millään tavalla. Hän oli aivan varma siitä, että joutuisi katkomaan erilaisten huhujen siipiä ainakin puolikkaan kuunkierron verran huolimatta vartiopäällikön vakuutteluista. Käskenkin Nikolaita ottamaan sen kuopasta huudelleen orjan ensimmäisten joukossa Areenalle, Anastasia mietti kävellessään.

39. luku

Loppupäivän aikana ei tapahtunut mitään, joten Esra ja Aaron käyttivät aikansa vanhemman vangin kanssa jutusteluun. Ilma oli mukavan lämmin, ja siksi ainoana harmina olivat nälkä ja jano. Auringon laskettua olisi ollut täyden kuun aika nousta taivaalle yötä valaisemaan. Niin ei kuitenkaan käynyt, sillä paksut harmaat pilvet peittivät taivaankannen, ja perässä seurasivat ensin ukkonen ja salamointi. Sitten alkoi sataa. Lotisevan veden äänen ylikin Esra pystyi erottamaan jostain kaukaa kantautuvan pauhinan. Se kuulosti siltä kuin suuri ihmisjoukko olisi yhteen ääneen huutanut jotain.

Kuopan reunalta alkoi kuulua huutoja ja kaikenlaista kolinaa. Sitten monttuun laskettiin tikkaat.

"Ylös sieltä! Makaaminen päättyy nyt! Kunnian kenttä kutsuu teitä!" Anastasian kanssa aiemmin päivällä puhunut vartiopäällikkö oli ottanut ääneensä sen julmemman sävyn. Esra ei erottanut, oliko vartiopäällikkö oikeasti häijyllä tuulella, vai peittikö hän siten epävarmuuttaan. Suurta merkitystä sillä ei tietenkään ollut.

Esra nousi tikkaiden vedestä liukkaita puolia Aaronin perässä. Suuri joukko vartijoita oli muodostanut kapean ja irvokkaan kunniakujan, ja nyt rytmikkäästi huutaen he kannustivat vangit juoksuun. Hölkätessäänkin Esra koetti parhaansa mukaan kiinnittää huomiota ympäristön tapahtumiin. Kuopan vieressä olevaa jonkinlaista varastomajaa suljettiin. Esra ennätti nähdä sisällä röykkiön sekalaista tavaraa.

Hetken kuluttua vastaan alkoi hölkätä vankeja, joita Esra ei ollut koskaan nähnytkään. Uudet tulijat näyttivät hekin olevan nuoria miehiä. Esra vilkaisi taakseen ja näki, että tulokkaita ajettiin kohti kuoppaa, josta hän itse oli juuri äsken noussut.

"Me emme taidakaan olla palaamassa enää takaisin", huusi Esra metelin yli edessään hölkkäävälle Aaronille.

"Jaa mitä niin?" kääntyi Aaron ja pysähtyi.

"Vauhtia! Kunnia odottaa!" lähimpänä seissyt vartija huitaisi nahkaisella piiskallaan Aaronia reisille, eikä Esra ehtinyt toistaa sanomaansa.

Vartijoiden kunniakuja kiemurteli kohti pyöreää puista rakennelmaa, joka kohosi suuren leirin keskellä kymmenien kyynärien korkeuteen. Aiemmin vain etäisenä kuulunut pauhina erottui nyt selvästi, vaikkakaan Esra ei ymmärtänyt, mitä se tarkoitti.

"Nii-koo-lai! Nii-koo-lai! Nii-koo-lai!"

Vangit ajettiin rakennuksen alla olevaan tilaan, joka päättyi paksusta puusta kohotettuihin kaltereihin. Lattia oli hienoa hiekkaa, ja ulottui nilkkoihin saakka. Halki leirin juoksutetut vangit alkoivat yskiä, kun pöly nousi heidän jalkojensa alta, kulkeutui keuhkoihin ja takertui sateen kastelemaan märkään ihoon. Yläpuolella oleva katos tärisi tahdikkaasti ihmisten polkiessa rakenteita jaloillaan.

Viimeisen vangin päästyä perille takana seissyt vartija laittoi kalterioven kiinni, ja jäi usean toverinsa kanssa katselemaan selvästi innostuneen oloisena.

"Tervetuloa Areenalle!"

2.

Areena oli pohjaltaan pyöreä, ja sen hieno hiekka oli kastunut sateen seurauksena. Lätäköitä ei kuitenkaan muodostunut, sillä hiekka onnistui toistaiseksi imemään veden itseensä. Areenan reunat kohosivat kymmenen kyynärän korkeuteen. Tämä heimo osasi rakentaa siten, ettei kukaan päässyt vahingossa karkuun, Esra mietti. Yleisöä näytti olevan useissa eri kerroksissa, ja heidän päälleen kurotti alkeellinen katos, jonka suojissa paloi myös runsaasti soihtuja valoa tuomassa. Osa yleisöstä oli päättänyt riisua yläruumiinsa paljaaksi, ja Esra oli näkevinään heidän haavoittavan itseään rintoihinsa niin että veri vuoti. Huuto oli korvia huumaava, ja sitä säesti tauoton jalkojen polkeminen. Nyrkkiin puristetut kädet kohosivat kohti taivasta.

"Nii-koo-lai! Nii-koo-lai! Nii-koo-lai!"

"Mikä ihme tämä 'niikoolai' oikein on?" Aaron oli ahtautunut Esran viereen, ja yritti hänkin kaltereiden lomitse katsella mahdollisimman paljon Areenalle.

"Veikkaisin, että hän." Esra osoitti sormellaan suurikokoista miestä, joka asteli parhaillaan kohti Areenan keskustaa.

3.

Nikolaiksi kutsuttu soturi käveli selkä korostetun suorana Areenalle. Oikea käsi oli kohotettuna, ja hän piteli ehkä kahden kyynärän mittaista pitkää esinettä. Käsivarren lihakset pullistelivat veden valuessa ihoa pitkin. Rajuilman tuottamat salamat ja Areenan reunoille palamaan nostetut soihdut valaisivat näkymää. Nikolai oli pukeutunut useasta palasta ommeltuun nahkaviittaan. Hän heilautti sen päänsä yli, ja näytti vaatetta kaikelle kansalle.

"Urheat soturimme ovat saaneet saaliiksi tämän nahkaisen sadeviitan!" huusi Nikolai, ja hänen äänensä kuului odottamattoman kirkkaasti kaiken pauhinan ylikin. "Lupaan valmistuttaa huomenna toisen samanlaisen, mutta ihmisen nahasta!"

Yleisö puhkesi uusiin suosionosoituksiin. "Nii-koo-lai! Nii-koo-lai! Nii-koo-lai!"

"Eikös tuo ole meidän viitta?" pohti Aaron vilpittömästi ihmeissään.

"Siltähän se näyttää", vastasi Esra kalvenneena. "Hyvä kun kelpasi."

Tutun vaatteen näkeminen ei kuitenkaan Esraa suuresti kiinnostanut. Hänen katseensa oli nauliutunut Nikolain olkavarren ihopiirrokseen, joka esitti ylöspäin kiemurtelevaa piikikästä ruusunoksaa.

Nikolai Ivanov viskasi nahkaisen sadeviitan taakseen, ja reunalla seissyt vartija kävi nopeasti poimimassa sen talteen. Sen jälkeen Nikolai, edelleen oikeata kättään ylhäällä pitäen, poisti nopealla liikkeellä pitkän esineen suojuksen.

Kiiltävä metallinen terä hohti soihtujen ja salamoiden valossa. Vasemman käden rytmikkäillä liikkeillä tahtia antaen soturi loi hitaasti katseen kaikkialle yleisöönsä, joka vastasi osoittamalla äänekkäästi suosiotaan. Esra tunsi, kuinka yläpuolella jalkojaan tömistävät katsojat saivat hiekan varisemaan lautojen välistä vankien niskaan.

"Kaljupäinen soturi, jolla on luonnottoman pitkä metallinen veitsi", Aaron totesi tilanteen kasvot vakavina.

4.

Osa puisista kaltereista muodosti oven, joka nyt avattiin. Sisään syöksyvät vartijat raastoivat väkivalloin viisi vankia mukanaan ulos Areenalle. "Eihän meillä ole aseita!" sai yksi vangeista parkaistua. "Ette te sellaisia tarvitse!", kuului selkeä vastaus. Nyt kaikki kykenevät vangit tungeksivat kaltereiden viereen voidakseen nähdä ulos.

"Mitä tässä tapahtuu?" kysyi Esra viereensä tulleelta vanhemmalta vangilta.

"Kohtahan se nähdään."

Vangit ajettiin riviin Nikolain eteen, ja kunkin välimatka seuraavaan oli viiden kyynärän verran. Jokaisen taakse siirtyi vartija, joka piteli kädessään puista pitkää keppiä. Päässä erottui jonkinlainen silmukka, joka pujotettiin muitta mutkitta vankien kaulaan. Sivussa odottanut vartija iski lyhyellä kepillä vankeja yksitellen taipeisiin, jotka näin putosivat polvilleen hiekkaan silmukka kaulassaan. Sitten tapahtui jotain, joka sai yleisön huutamaan entistäkin enemmän, ja kaltereiden takana vuoroaan odottavat vangit näkymä sai hiljentymään.

Nikolai osoitti erikseen kutakin polvillaan olevaa vankia veitsellään, ja otti sen jälkeen jokaisen kohdalla yleisön haltuun suosionosoituksista nauttien. Esra ei nähnyt, millaisia reaktioita vangeilla oli. Sitten Areenalla olevat vangit polvilleen iskenyt vartija vaihtoi aseensa kivikirveeseen, ja iski voimakkaasti rivin ensimmäistä takaraivoon. Kaulaan pujotettu silmukka takasi, että hervoton ruumis jäi edelleen pystyasentoon. Sen jälkeen vikkelä vartija kohotti vangin vasemman käsivarren sivulle, jonka Nikolai katkaisi metallisella veitsellään yhdellä siistillä iskulla. Yleisö polki jalkojaan jokaisella sivalluksella yhä villimmin huutaen. Sama toistettiin kaikille muillekin jäljellä olevalle neljälle vangille.

Aaron löi nyrkillään Esraa käsivarteen kiihtyneenä. "Mehän näimme luurankoja, joiden kallo oli rikki ja toinen käsi katkaistu, muistatko? Silloin kun muurahaiset purivat?"

"Nyt ainakin tiedämme, mitä heille tapahtui." Esra puristi rystyset valkoisina ranteen paksuisia puisia kaltereita ja ihmetteli, miksei yksikään vanki tehnyt vastarintaa. Elättelivätkö he vain toivoa loppuun saakka?

"Me emme sitten alistu teuraaksi koiran lailla, onko selvä? Emme ehkä voi valita kuolemamme hetkeä, mutta tavan sentään voimme."

Aaron nyökkäsi mitään vastaamatta.

Kätensä menettäneet vangit raahattiin tiedottomina hieman sivummalle, ja yksi kerrallaan hitaasti ja näytöksenomaisesti jokaisen kurkku leikattiin auki kiviveitsellä. Esrasta näytti siltä, että suihkuavaa verta otettiin mahdollisimman tarkasti talteen suureen puukulhoon.

"Mitä ihmettä nämä oikein aikovat?" ihmetteli Aaron ja löi nyrkillään kaltereita turhautuneena. "Tehdäänkö vankien verestä jotain voitonjuomaa, vai mitä kummaa?"

5.

Kalteriovi avattiin uudelleen. Esra kohotti nyrkkiin puristetut kätensä kasvojen eteen, ja koukisti polviaan valmiina tekemään vastarintaa viimeiseen asti. Sisään astuneet kaksi vartijaa eivät kuitenkaan kiinnittäneet häneen mitään huomiota. He tarttuivat vieressä edelleen seisovaa vanhempaa vankia kainaloista.

"Vihdoinkin", oli ainoa sana, jonka Esra erotti kaiken metelin seasta.

Vanhempi vanki työnnettiin Areenalle Nikolain eteen. Heidän keskinäinen vastakohtaisuutensa ei olisi voinut olla suurempi. Vanhempi vanki tuijotti laihana, kumarassa ja rääsyissä itseään enemmän kuin pään verran pidempää soturia, joka keskittyi jälleen ottamaan yleisön ihailun vastaan. Sitten Nikolai laski ison veitsensä kohti vanhempaa vankia. Puisten kaltereiden takaa katseleva Esra erotti, miten tuore veri edelleen tippui terää pitkin maahan.

Vanhemman vangin eteen singahti keihäs, joka jäi miehen eteen hiekkaan pystyyn. Hän nosti aseen maasta, tarkkaili hetken sen kivistä kärkeä, ja osoitti sitten keihäällään Nikolaita. Esrasta näytti siltä, että pelkkä aseen kannattelu tuotti miehelle vaikeuksia.

Kaksintaistelijoiden huomio kiinnittyi Areenan toiseen päähän, ja pian Esrakin erotti syyn. Vartijat olivat tuoneet esille kaksi vankia lisää, ja sitoneet molemmilta kädet selän taakse. Toinen oli pienikokoinen nuori poika, ja hänen seuranaan oli nainen. Ikää oli mahdotonta arvioida kasvoilla roikkuvien pitkien mustien hiusten vuoksi. Sen Esra kuitenkin näki, että päälaelta oli hiuksia lähtenyt tukoittain. Molemmilla oli päällään säkkiä muistuttava yksinkertainen vaate. Heidän takanaan seisova vartija karjaisi jotain, ja kumpikin laskeutui polvilleen. Vanhempi vanki lähetti naista ja poikaa kohti suurieleisen lentosuukon. Esra ja Aaron eivät erottaneet kaltereiden takaa, vastattiinko hellään eleeseen.

Vanhempi vanki tarttui uuden päättäväisyyden vallassa keihääseen, joka selvästi tutisi hänen otteessaan. Polvet koukistuivat, ja selkä painui - jos mahdollista - vieläkin enemmän köyryyn. Leukansa mies kuitenkin piti uhmakkaasti pystyssä. Nikolai puolestaan tarttui teatraalisin elein metalliseen aseeseensa kaksin käsin, koukisti polviaan ja hieroi kumpaakin jalkaansa tiukemmin märkään hiekkaan. Satava vesi valui Nikolain pullistelevia käsilihaksia myöten, ja kaljuksi ajettu märkä päälaki kiilsi soihtujen ja ajoittain iskevien salamien valossa.

"Taa-pa se! Taa-pa se! Taa-pa se!" yleisön mielihalut eivät jättäneet tulkinnanvaraa.

Vanhemman vangin suu avautui uhmakkaaseen huutoon, jota Esra ei erottanut ympäröivän metelin alta. Sitten vanki syöksähti keihäs ojossa kohti Nikolaita.

6.

Metallinen terä välähti ilmassa, ja katkaisi puisen keihään pään. Jäämättä odottamaan kivisen kärjen maahan putoamista Nikolai jatkoi liikettä, kierähti täyden kierroksen ja löi vanhemman vangin pään tämän harteilta. Veren suihkutessa kaulasta ruumis jatkoi vielä kaksi askelta eteenpäin, ja lysähti sitten maahan. Pää putosi hiekkaan suu auki, kieli ulkona ja toinen silmä kiinni. Jälkeenpäin Esra olisi voinut vannoa, että se auki jäänyt silmä tuijotti suoraan häntä kohti.

Yleisön mylviessä suosiotaan osoittaen ja samalla jalkojaan polkien Nikolai käveli hymyillen ruumiin luokse, poimi sen jälkeen pään maasta ja nosti sen vähäisistä jäljellä olevista hiuksista korkealle kaikkien nähtäville. Sen jälkeen hän viskasi pään olan yli taakseen, ja sylkäisi lopuksi suurieleisesti ruumiin päälle.

Polvillaan odottaneet poika ja nainen alkoivat huutaa, mutta sanoista ei saanut selvää. Metallinen suuri veitsensä korkealle kohotettuna ja kädet sivuille levitettynä voitonriemuinen Nikolai lähestyi heitä. Silloin takana seisseet vartijat kiskoivat molemmat uudestaan jaloilleen, ja vetivät vankeja muutaman askeleen taaksepäin. Esra ja Aaron yrittivät parhaansa mukaan kurkottaa kaulojaan, mutta eivät silti nähneet, mitä seuraavaksi tapahtui.

Ei heidän tarvinnutkaan.

Yleisön huuto yhdessä jalkojen poljennon kanssa alkoi jälleen kohota, ja saavutti hetken kuluttua huippunsa. Sitten nuoren pojan irti leikattu pää lensi kaaressa Areenan keskelle. Suu oli jäänyt huutavaan asentoon, ja silmät tuijottivat taivaalle mitään näkemättä. Yleisön mylvintä ja jalkojen poljento alkoivat jälleen, jonka jälkeen yhtä ennustettavasti huuto saavutti jälleen huippunsa.

Nikolai esitteli verta valuvan metallisen aseensa terää, ja roikotti toisessa kädessään naisen päätä siitä isoimmasta hiustukosta, josta oli vielä saanut otteen.

"Olen yhdistänyt perheen kuolemassa!" Nikolai joutui huutamaan saman lauseen kolmeen kertaan, ennen kuin yleisö hiljeni sen verran, että ääni oli paremmin kuultavissa. Sen jälkeen naisenkin pää lensi samaan suuntaan kuin missä vanhemman vangin ruumis edelleen lojui.

"Eläimet! Murhaajat! Rikolliset!" Esra sadatteli puristaen samalla koko ruumis vavisten puisia kaltereita. "Tuollaista eläintä kohdellaan täällä suurena sankarina. Elukoita koko heimo!"

Aaron tuijotti edelleen Areenalle silmät suurina ja kasvot valkoisina yrittäen ymmärtää, mitä oli juuri nähnyt.

40. luku

Puinen kalteriovi avattiin jälleen, ja märät kädet tarttuivat Esraan, Aaroniin ja useaan muuhunkin. Esra yritti lyödä lähintä vartijaa, mutta samalla hänen toinen käsivartensa väännettiin selän taakse. Kurkusta purkautui lyhyt tuskan huuto, ja seuraavaksi Esra tunsi jo taivaalta satavan veden harteillaan ja hiuksissaan. Tarttumaote oli niin hallitseva, että hän putosi valmiiksi polvilleen märkään hiekkaan. Esra ehti vielä nähdä, miten Aaronia kuljetettiin hänen ohitseen.

Nikolai kohotti kätensä torjuvaan eleeseen, ja pudisti päätään. Vartijat pysähtyivät niille sijoilleen ja vaihtoivat hämmästyneitä katseita keskenään.

Nikolai levitti molemmat kätensä sivuilleen, ja otti jälleen yleisön hallintaansa. "Parempi säästää lihaa seuraavallekin kerralle!"

Seurasi lyhyt hiljaisuus, joka kaiken aiemman mylvinnän ja jalkojen polkemisen jälkeen tuntui vieraalta, asiaan kuulumattomalta. Sitten joukosta alkoi hiljakseen kuulua epämääräisiä huutoja. Peukaloita osoiteltiin alaspäin, ja perässä lensi yleisöstä Areenalle muutamia pieniä kiviä ja käteen sopivia vihanneksia. Yksikään ei kuitenkaan osunut lähellekään Nikolaita, mutta Esra ja vartijat saivat selkäänsä useitakin kiviä. Yksi osui Aaronia suoraan otsaan kirvoittaen lyhyen ja kiivaan kirousryöpyn.

Nikolai sai vielä kerran yhteyden yleisöönsä, ja kannusti joukon viimeiseen rytmikkääseen huutoon. Jalkojen polkeminen säesti kohti pimeää taivasta kohoavia nyrkkejä. Sitten Nikolai jäi paikoilleen ja odotti joukon hiljenemistä. Hän sai odottaa kauan.

Kun lopultakin Areena oli taas hiljainen, Nikolai osoitti vankeja tuoneita vartijoita poistumaan, ja huusi sen jälkeen yleisölleen. "Nyt juhlitaan!"

Vangit raahattiin takaisin Areenan alla olevaan tilaan, ja pois johtava kalteriovi avattiin uudelleen. Esra viskattiin muiden mukana kasvoilleen pehmeään hiekkaan. Väännettyä käsivartta jomotti, mutta ainakaan kukaan ei enää pidellyt häntä aloillaan.

"Ylös siitä ja ulos!" Esra tunnisti ulos johtavalla ovella seisovan vartiopäällikön äänen. "Takaisin kuoppaan! Ette saaneetkaan tänään kunniaa osaksenne!"

2.

Paluu säilytysmonttuun oli erilainen kuin menomatka. Tällä kertaa vartijat vuoroin kävelivät ja vuoroin hölkkäsivät vankien rinnalla, joita ajettiin kuin karjaa aitaukseen. Sateesta ja salamoinnista huolimatta väkeä alkoi kerääntyä sorateiden ja asumuksien edustalle. Jokaisella tuntui olevan kädessään nahkainen leili, josta otettiin pitkiä kulauksia. Erilaisten äänten sekamelska tuntui Esrasta merkilliseltä. Osasiko tämä heimo keskustella lainkaan tavallisella puheäänellä?

"Juhlivatko täällä aina vain miehet keskenään?" Aaron hieroi otsaansa, johon oli noussut kuhmu. "Minä ainakin halusin aina kotona mennä sellaisiin juhliin, joissa oli tyttöjäkin paikalla."

Vangit kävelivät juuri sillä hetkellä matalan olkikattoisen asumuksen ohi, jonka ovi lennähti auki. Ulos tuli isoja kulauksia leilistään hörppivä soturi, ja hänen takanaan talossa erottui toinen mies, joka oli kovin kiinnostunut edessään olevasta puolipukeisesta naisesta. Tämä puolestaan ei epämääräisistä kiljahduksista päätellen ollut lainkaan innostunut kaljupäisen soturin läsnäolosta.

"Tällä heimolla näyttää muutenkin olevan kovin erilainen käsitys juhlimisesta kuin meillä", vastasi Esra ilmeettömänä, ja jatkoi matkaa saatuaan sitä ennen säärilleen kaksi ylimääräistä sivallusta vartijan nahkaisesta piiskasta.

3.

Lopulta edessä erottui jo kovin tutuksi tullut vankien säilytyskuoppa. Tikkaat oli laskettu valmiiksi pohjalle laskeutumista varten. Esra kiinnitti huomiota siihen, että lähellä olevan jonkinlaisen varastomajan ovi oli auki. Ilmeisesti vastuussa olleella vartijalla oli ollut kiire Areenalle, tai sitten häntä ei vain kiinnostanut tarpeeksi, pohti Esra. Soihtujen valossakin hän pystyi erottamaan, että sisällä oli edelleen runsaasti satunnaista tavaraa epämääräisessä kasassa.

Montun vieressä olevassa vartijoiden katoksessa paloivat edelleen soihdut. Pöytä oli kaadettu nurin, ja paikalla oleva ainoa vartija keskittyi enemmän juomaan nahkaleilistään kuin siihen, että kuoppaan laskettiin Areenalta palaavia vankeja aiemmin tuotujen seuraksi. Vartijan vieressä hädin tuskin sateelta suojassa oli kyljestään rikottu säkki. Varma Esra ei voinut olla, mutta hänestä näytti siltä, että säkistä pursusi ulos perunoita! Kuoppaan laskeutuessaan Esra sai ajatelluksi, että säkki oli ilmeisesti tuotu vankien tai vartijoiden lähipäivien ruoaksi.

Sateesta huolimatta jäljelle jääneet vartijat peittivät montun vain osittain. Sen jälkeen tuli äkkiä hiljaista. Tai ainakin sen verran hiljaista, että kaikenlainen meteli ja kirkuminen kuului selvästi kauempaa. Olikohan montun viereen jätetty ainuttakaan vartijaa?

Esra istahti märkään maahan kuopan nurkassa, ja katseli ympärilleen. Sade ei osoittanut laantumisen merkkejä, joten aamuun mennessä heidän kaikkien olisi seistävä nilkkoihin asti ulottuvassa vedessä. Ja vaikka Esra kuinka yritti, ei hän saanut mielestään vanhemman vangin irti leikattua päätä, jonka auki jäänyt silmä tuijotti syyttävästi.

"Koska lähdetään?" Aaronin katseesta kuulsi päättäväisyys ja armottomuus, jollaista Esra ei muistanut koskaan aiemmin nähneensä.

"On aika paeta", vastasi Esra ojentautuen lähemmäs Aaronia. Hän ei luottanut muiden vankien aikeisiin, koska merkittävää osaa heistä hän ei ollut aiemmin edes nähnyt. "Jos pääsemme tästä kuopasta ylös, otetaan mukaan hieman varusteita ja ruokaa. Näin jotain tavaraa vartijoiden katoksessa ja sen vieressä."

"Niin minäkin näin. Mutta jos jäämme kiinni, meidät seivästetään tien viereen, ja mahdollisesti raajat katkaistuina."

"Ei siis kannata jäädä kiinni", kuittasi Esra tuntien epämääräisen raivon kasvavan sisällään. "Toivottavasti vartijat juhlivat ankarasti. Yön pimeyden ja kaiken tämän metelöinnin turvin meillä saattaa olla mahdollisuus."

"Suunnitelma on siis selvä. Nyt pitää enää päästä ylös tästä montusta", sanoi Aaron tarkkaillen kuopan korkeita puisia reunoja. Järkytys ja kummastelu näyttivät olevan poissa, ja tilalla oli vain päättäväisyyttä.

4.

Seuraavat hetket tuntuivat kestävän ikuisuuden. Esra oli päättänyt odottaa, kunnes heimossa mahdollisimman moni alkaisi olla päihtynyt väkijuomastaan. Tai ainakin hän toivoi, että ihmiset joivat jotakin sellaista, joka saisi heidät humaltumaan. Oli mahdotonta tietää, koska olisi oikea hetki. Esra ja Aaron päättivät laskea iskevien salamien välähdyksiä yrittäessään hahmottaa ajan kulumista. Lopullisen päätöksen sai kuitenkin aikaan se, että kuoppaan kertyvän sadeveden pinta alkoi nousta niin korkeaksi, ettei maassa pystynyt enää istumaan.

"Minusta on edelleen uskomatonta, että näin heidän juopottelevan vartiossa ollessaan."

"Ehkä he vain kokevat olevansa niin ylivertaisia, ettei tarvitse edes teeskennellä työntekoa", ehdotti Aaron vilkuillen koko ajan montun reunalle.

"En näe kuin yhden vartijan, ja hänetkin vain osittain", yritti Esra kurkotella. "Todellako he jättivät vain yhden vartijan katsomaan peräämme?"

"Mehän olemme täällä kuopassa, eikö?" Aaron läiskytteli jalkojaan vedessä, joka ulottui jo nilkkoihin. Kylmäkin oli.

"Nyt mennään", sanoi Esra ja teki nopeasti Tiitus Kalmanlehdon opettaman ristinmerkin sormillaan. "Hei, sinä siellä! Juuri sinä! Siellä reunalla! Oletko sinä mies vai lammas! Näytä naamasi!"

Hetkeen ei kuulunut mitään, ja muutkin kuopassa värjöttelevät vangit kiinnittivät huomionsa käsillään huitovaan ja suureen ääneen karjuvaan Esraan. Sitten reunalta alkoi kuulua matalaa mölinää.

"Mitäsh shiellä oekeen tap-pah-pah-tuu? Julkheaako joku haasthaa minua?" Kuopan reunalle ilmestyi vartija. Hänellä oli päällä nahkainen haarniska ylävartalonsa suojana, ja kädessään hän piteli keihästä.

Vartija ei kuitenkaan pystynyt edes seisomaan paikoillaan, vaan huojui uhkaavasti puolelta toiselle.

"Minä se olin!" huusi Esra kiinnittäen vartijan huomion puoleensa. "Yksinkö sinut tänne jätettiin kuopassa satimessa olevien ryysyisten orjien kanssa? Ja muut ovat juhlimassa? Mitä oikein olet tehnyt? Viekoitellut kaverisi puolisoa? Paennut taistelusta? No mitä? Kerro nyt! Jotain typeräähän sinä olet tehnyt, kun tänne rangaistukseksi kanssamme jäit!"

"Kuinkha uskhallat…! Minä olhen kunniakhas sotur… minä taphan sinut tästhä hyvästä."

"Tule tänne ja tee se! Minä odotan!" Esra tehosti haastetta kutsuen vartijaa luokseen kaikilla osaamillaan eleillä.

Vartija katosi montun reunalta, ja lyhyen mutta sitäkin meluisamman hetken jälkeen hän pudotti tikkaat kuoppaan. Reunan vieressä ollut uudemman erän vanki jäi melkein alle, ja säikähti pahanpäiväisesti syöksyen kuopan toiselle puolelle. Esra ehti salaa toivoa, että vartija olisi pudonnut liukkailta tikkailta kuoppaan päälleen, mutta niin ei käynyt. Mitä alemmaksi vartija kipusi, sitä kauemmaksi muut vangit vetäytyivät niin tikkaista kuin Esrastakin.

"Onphas täälläh vettä… no… she on teille elukhoille ihha oekei… sinäkhö she olit?" Vartija osoitti huojuvalla sormella Esraa.

"Minä se olin. Tule tänne niin katsotaan, onko sinussa miestä lainkaan!"

Vartija nosti keihäänsä kohti Esraa, ja ehti ottaa yhden askeleen. Aaron oli jäänyt tikkaiden viereen odottamaan, risti molemmat kätensä isoksi nyrkiksi ja iski nyt kaikin voimin vartijaa niskaan. Mies urahti ja suistui vetiseen maahan. Aaron hyppäsi tasajalkaa vartijan ristiselän päälle, joka napsahti ja painui Esran silmissä epämiellyttävän paljon kaarelle. Kahden silmänräpäyksen verran epäröityään Esra hyppäsi koko painollaan vartijan pään päälle painaen tämän takaraivoa kaksin käsin vasten kuopan pohjan hiekkaa. Mies pärski ja heilutteli raajojaan raivoisasti. Aina kun pienikin ääni kuului, Esra painoi entistä voimallisemmin vartijan kasvoja maata vasten. Samalla hänen koko oma rintamuksensa kastui läpimäräksi.

Lopulta vartijan niska ja yläselän lihakset veltostuivat. Vastarinta lakkasi. Esra paineli kasvoja vielä hyvän tovin maata vasten kuin varmistuakseen työnsä tuloksesta. Aaron ehti nousta jo seisomaan ruumiin äärelle ennen kuin Esra suostui uskomaan vartijan kuolleen. Tai ainakin menneen tajuttomaksi. Hän ei aikonut jäädä odottamaan, kummasta oli kysymys.

Noustessaan ylös Esra horjahti, sillä hänen polvensa tutisivat. Kädet tärisivät nekin hieman, mutta muutama syvä hengitys riitti Esraa saamaan kehostaan taas otteen. Hetkeen ei tapahtunut mitään. Ruumiin vieressä seisoi Aaron, joka tuijotti Esraa kysyvästi kuin odottaen, mitä seuraavaksi tapahtuisi. Kaikki kuopassa jäljellä olevat vangit tekivät samoin. Vesisade jatkui. Sitten löi salama, ja heti perään jyrähti ukkonen.

Esra osoitti pystyyn jääneitä tikkaita. "Paetkaa", hän sanoi ja katsoi yksitellen jokaista vankia. Aaronin hän jätti viimeiseksi. "Kukaan ei tule uskomaan, että juuri TE ette tappaneet tätä vartijaa. Me kaikki riipumme aamulla seipäissä pääportin vieressä, jos jäämme tänne."

Vastausta odottamatta Esra poimi maasta vartijalta jääneen keihään, osoitti sillä tikkaita ja toisti. "Paetkaa!"

41. luku

Nikolai Ivanov sulki oven takanaan. Ulkoa kantautuva meteli, sateen ääni ja ukkonen vaimenivat. Ääni tuntui kuuluvan enää jostain hyvin kaukaa, ja se sopi hänelle. Anastasia ei ollut kotona, ja siitä Nikolai oli oikeastaan iloinen. Yksi soihtu oli kuitenkin jätetty palamaan, joten kaukana Anastasia ei voinut olla. Palava tuli valaisi huonetta vain heikosti, ja sekin sopi juuri nyt oikein hyvin.

Nikolai jätti kallisarvoisen vettä ja verta edelleen valuvan miekkansa ulko-oven viereen seinää vasten nojaamaan. Suurta aarretta ei olisi tietenkään saanut kohdella niin huolettomasti, mutta onneksi kukaan ei ollut näkemässä. Hän riisui märän sadeviitan yltään. Se oli viety joltain tuoreelta orjalta kiinnioton yhteydessä. Laatu oli tunnistettu, ja yksi soturi oli sen Nikolaille tuonut, ja hän oli kiittänyt kauniisti. Soturi oli varmastikin toivonut pääsevänsä erityiseen suosioon lahjallaan, mutta sitä sopi odotella. Nikolai ei voinut sietää hännystelijöitä.

Vaatteet olivat märät, ja liimautuivat epämiellyttävästi ihoon. Oman talon pimeys, hiljaisuus ja lämpö alkoivat onneksi rauhoittaa Nikolain mieltä. Hän ei halunnut mitään niin paljon tänä yönä kuin tilaisuuden pyyhkiä mielestään Areenan tapahtumat, ja olla yksin aamuun saakka. Juhliminen ei kiinnostanut millään tavalla, ja jos vanhat merkit paikkansa pitivät, ei kukaan edes kiinnittäisi mitään huomiota hänen poissaoloonsa.

Anastasia oli jättänyt pienelle sivupöydälle vadillisen vettä. Nikolai oli moneen kertaan pyytänyt puolisoaan lämmittämään veden kotiin palatessaan, mutta vielä kertaakaan Anastasia ei ollut halunnut sitä tehdä. Kastaessaan kätensä kylmään veteen Nikolai seurasi, miten sormiin tarttunut veri hiljalleen irtosi, ja pesuvesi muuttui samalla tummemmaksi. Hän tiesi, ettei veri lähtenyt käsistä pois kokonaan muuta kuin ajan kanssa kulumalla. Asian tiedostaminen inhotti Nikolaita. Hänestä se tuntui syytökseltä, jota kuolleet hänelle osoittivat pysytellen Nikolain mielessä paljon pidempään kuin hän itse olisi halunnut. Kätensä soturi pyyhki valkoiseen liinaan, joka värjäytyi vienon punaiseksi. Anastasia antaa taas minun kuulla kunniani, Nikolai ajatteli huokaisten. Sitten hän huomasi muutakin.

Soturin kädet tärisivät. Eivät suuressa määrin, muta kuitenkin hämärässäkin silmin havaittavasti. Nikolai puristi molemmat kätensä nyrkkiin, suoristi selkänsä ja hengitti syvään kolme kertaa. Sitten hän avasi kätensä. Ne tärisivät edelleen. Oli siis toistettava ele, mutta tällä kertaa Nikolai sulki myös silmänsä. Tämä vain pahensi tilannetta. Hän näki jälleen edessään nuoren pojan kauhistuneen katseen ennen kuin tämän kaula katkesi. Välittömästi kasvot muuttuivat äidin kasvoiksi. Suu oli avautunut huutoon, mutta ääntä ei kuulunut. Nikolai kuuli vieläkin yleisön pauhinan päänsä sisällä. Naisen kasvot säilyivät edelleen hänen edessään.

Nikolai avasi silmänsä. Sydän hakkasi kuin rumpu, kädet tärisivät entistä pahemmin ja hänestä näytti - ei vaan tuntui - että hänen kätensä olivat vieläkin verestä märät. Nikolai hankasi käsiään vadin punertavassa vedessä niin kauan, että ihoon alkoi sattua. Eikä hän siltikään saanut mielestään kaikkea verta pois.

Uudemman kerran liinalla kätensä kuivattuaan Nikolai otti miekan käteensä. Nahkainen kädensija oli kostea, mutta hyvä pito siinä oli edelleen. Hän katsoi metallista kiiltävää terää sen päästä päähän. Äkkiä henki salpautui. Terän kuvajaisesta tuntui katsovan takaisin joku toinen. Hän laski miekan uudelleen seinää vasten nojaamaan. Puhdistamisen ja muun huollon ehtii kyllä aamullakin, Nikolai ajatteli.

Ei tähän näköjään koskaan totu. Päinvastoin se muuttuu vain pahemmaksi. Nikolai hieroi käsivarttaan, jota koristi ihopiirros ylöspäin kiemurtelevasta piikikkäästä ruusunoksasta. Lihasta särki. Niin tuntui tapahtuvan aina vain useammin ja jatkuvan pidempään.

Kotoa lähtiessä nurkkaan jäänyt puolillaan oleva nahkaleili kutsui häntä. Se tuli mieleen aivan etsimättä.

Olisikohan jo aika luovuttaa miekka ja sen mukana tuleva vastuu ja arvonimi seuraavalle? Anastasia ei pitäisi siitä, eikä asemasta luopuminen muutenkaan ollut tapojen mukaista. Sitä paitsi soturinhan pitäisi kuolla kunniakkaasti taistelussa, eikä suinkaan kuihtua hitaasti pois vanhuuteen. Jo useamman satokauden ajan Nikolaista oli kuitenkin tuntunut siltä, että hän mieluummin kuihtuisi hiljaa vanhuuttaan kuin kuolisi kunniakkaasti kentällä heimoaan ylistäen, ja kostoa vihollisille vaatien.

Aivan, Nikolai muisti. En huomannut vaatia sitä Anastasiaa puhutellutta vankia ensimmäiseksi ja erikseen Areenalle. No... toivottavasti hän oli joku niistä, jotka heti aluksi teloitin näyttävästi esiintyen. Sen hän minä osaan: kiinni pidettävien aseettomien vankien tappamisen. Nikolai olisi voinut sillä hetkellä vaikka vannoa, että joku painoi syyttävän sormen hänen otsaansa vasten.

Nikolai hieroi rajusti ohimoitaan. Hän kuuli ulkoa kantautuvan etäisen melun, mutta tuntui kuin pään sisällä olisi ainakin kaksi tai kolme muutakin ääntä pyrkinyt pinnalle. Nikolai ei tiennyt, mitä asiaa äänillä oli, mutta sen hän tiesi, ettei hän halunnut kuunnella niistä ainuttakaan. Äänet vaativat aina häntä tilille jostakin, aina vaativat häntä tekemään enemmän, aina olemaan parempi ja aina hyvittämään virheet, joihin hän kaikesta huolimatta syyllistyi.

Nikolai istahti Anastasialle joskus lahjoitettuun puiseen tuoliin, joka oli vuorattu taidokkaasti nahalla. Huhujen mukaan se oli ihmisen nahkaa. Koskaan Nikolai ei ollut moiseen huhuun uskonut, mutta nyt vanhemmiten hän ei ollut enää ihan varma.

Nikolai poimi puolillaan olevan nahkaleilin syliinsä, ja joi siitä pitkän kulauksen. Lämmittävä neste laskeutui kurkusta alas kohti hänen vatsaansa. Tule, kallis unohdus, tule! Nikolai ei halua juuri nyt muistaa! Nikolai haluaa unohtaa, edes hetkeksi!

42. luku

Vankeja ei tarvinnut kahdesti käskeä. Kaikki alkoivat tungeksia tikkaille työntäen toisiaan pois tieltä päästäkseen itse ensimmäisenä kiipeämään.

"Mennään mekin", totesi Esra nähdessään viimeisen noustessa tikkaille. "Ajatus seipääseen päätymisestä ei kiinnosta minua."

Edellä kivunnut Aaron saavutti kuopan reunan ensimmäisenä, ja ojensi kätensä. Esra tarttui siihen, ja tunsi melkein lentävänsä, kun Aaron kiskaisi hänet tasaiselle maalle. Päästyään jaloilleen Esra laittoi vartijalta varastamansa kirveen paremmin vyöhönsä. Keihään hän oli saanut tuotua mukanaan ylös montusta.

He olivat kahden. Kaikki muut vangit näyttivät jo juosseen kuka minnekin. Vettä satoi edelleen hiljalleen, salamat välähtelivät ja ukkonenkin jyrähti harvakseltaan. Niin Esra kuin Aaronkin olivat läpimärkiä, ja kylmäkin oli. Nyt ei kuitenkaan ollut aikaa pohtia turhia. Oli vain ajan kysymys, milloin heidän pakonsa huomattaisiin.

Esran aiemmin huomaama varastomaja oli edelleen auki. Runsaista jäljistä päätellen moni muukin vanki oli ehtinyt käydä siellä ennen lopullista pakoaan. Aaron nappasi seinän vierellä palavan soihdun osoittaen sillä sisäpuolelle. Nopea vilkaisu paljasti Esralle sekalaisen röykkiön vaatteita, ja joukossa erottui myös selkään mahtuvia reppuja. Nahkaisia sadeviittoja ei näkynyt. Oli siis pärjättävä ilman.

"Näytä minulle lisää valoa", Esra pyysi, ja Aaron jäi ovelle ojentaen soihtua pidemmälle majaan.

Sisällä oli suurin piirtein kuivaa, mutta siitä huolimatta haju oli kostea ja tunkkainen. Esra löysi varsin helposti kolmekin reppua, jotka hän heitteli sen tarkemmin katsomatta Aaronin jalkoihin. Sitten hän tonki summittaisilla kouraisuilla kasaa löytämättä mitään erityistä. Alkoi olla jo kiire, tai siltä ainakin tuntui.

"Kaikki vähänkään paremmat ja kestävämmät varusteet on jo viety", sanoi Esra enemmän ääneen ajatellen. "Mitähän näillä tänne jätetyillä tavaroilla oli tarkoitus tehdä?"

"Reputkin on huolellisesti tyhjennetty", totesi Aaron koettaen vapaalla kädellään yhtä säkkimäisestä kankaasta tehtyä laukkua. Olkaimet vaikuttivat kuitenkin vankoilta, mikä oli hyvä uutinen.

"Niin tietysti", vastasi Esra laittaen selkäänsä yhden repuista. Se oli karheasta kankaasta valmistettu, ja lievästi kostea niin kuin kaikki muukin tällä hetkellä. "Ainoa hyvä juttu tässä kaikessa on, että suunnan näyttäjä on edelleen taskussani. Sitä eivät vangitsijat huomanneet viedä silloin tiellä, kun ansaan astuimme."

Aaron palautti soihdun takaisin paikoilleen seinän viereen, puki tyhjän repun kuin vaatteen selkäänsä ja katsoi Esraan. "Osaatko tien ulos täältä? Minä nimittäin en huomannut katsoa, mitä kautta tulimme."

"En ole varma, mutta summittaisen suunnan yritin pitää mielessä, kun sisään pääportista tulimme." Esra osoitti takaisin kuopan suuntaan. "Olin näkevinäni vartijoiden katoksessa säkillisen perunoita! Tai ainakin uskon, että ne olivat perunoita. Käyn katsomassa, ja otan samalla hieman muuta tavaraa mukaani. Jos vaikka voisimme julistaa tehtävänkin suoritetuksi siinä sivussa."

"Hyvä idea", sanoi Aaron ja näytti tuntevan kaikesta huolimatta pientä innostuneisuutta. "Yritän vielä hetken löytää itselleni jotain käyttökelpoista tuosta romukasasta."

Esra nyökkäsi ja otti askelen poistuakseen, mutta tunsikin Aaronin kookkaan käden olallaan. "Mutta jättäisitkö minulle vaikka tuon keihään varmuuden vuoksi? Sinulla on jo kirveskin, mutta minulla ei mitään."

"Sopiihan se. Anna sinä minulle reppusi vaihdossa niin täytän senkin perunoilla."

Näin tapahtui.

2.

Kuopalla oli nyt täysin hiljaista, ja sään aiheuttaman metelin ohella ainoat äänet kuuluivat kauempana leirissä juhlivien tuottamina. Tämä heimo vaikuttaa osaavan juhlia rankasti, mietti Esra astellessaan vartijoiden katokselle.

Pian sammuvan soihdun valossakin Esra erotti, että kyljestään rikotussa säkissä oli todellakin perunoita. Hän tunsi sydämensä pamppailevan samanaikaisesti niin jännityksestä kuin ilostakin. Enempiä miettimättä hän ryhtyi kauhomaan kaksin käsin perunoita mukanaan tuomaansa reppuun. Esra istui maassa polviensa päällä ja oli niin keskittynyt, ettei lainkaan huomannut saaneensa seuraa.

"Kuka sinä olet? Ja missä Vladimir on?"

Esra kääntyi katsomaan, ja huomasi tuijottavansa keihään kivistä kärkeä. Soturi oli pukeutunut samanlaiseen asuun kuin hetki sitten montun pohjalle menehtynyt vartija. Esra teki nopeasti oletuksen, että henkensä heittänyt vartija oli Vladimir, ja että tässä oli nyt hän, joka oli tullut tilalle vartioimaan kuoppaan jätettyjä orjia.

"Eihän sinulla ole edes ihopiirroksia!" uusi vartija totesi silmäillen Esran paljaita käsivarsia, joissa ei ollut lainkaan tälle heimolle niin tärkeitä kuviointeja. "Mitä täällä on tapahtunut? Missä kaikki muut ovat?"

Esra nousi hitaasti seisomaan, ja kohotti kätensä rinnan korkeudelle näyttäen kämmeniään. Pitikin sattua, että kohtaan sen ainoan velvollisuudentuntoisen soturin, joka tulee paikalle eikä ole edes humalassa, hän mietti.

"Täällä on tosiaan tapahtunut", aloitti Esra ja tähyili samalla vaivihkaa uuden vartijan olan yli. Siellä näkyi jotain liikettä. "Mutta ei mitään hätää, kyllä me tässä voimme asiat selvittää ihan puhumalla. On nimittäin niin..."

Sen kauemmin Esran ei onneksi tarvinnut kuluttaa aikaansa tyhjän puhumiseen. Varastomajalta palannut Aaron oli nähnyt mitä tapahtui. Hän hiipi vartijan taakse, irvisti ja yhdellä voimakkaalla työnnöllä iski keihään uuden vartijan niskaan. Kuului rusahdus, ja heti perään korahdus. Keihään kärki tuli suusta ulos. Silmät kääntyivät nurin, ja sen jälkeen hän suistui märkään maahan täysin velttona. Aaron laski jalkansa soturin takaraivolle, ja riuhtaisi keihään irti. Esra erotti pään ammottavassa haavassa niin luun kappaleita kuin aivojakin, ja yritti parhaansa mukaan olla katsomatta.

"Tuntuipa pahalta", sanoi Aaron tuijottaen veristä keihäänkärkeä. Hänen äänensäkin värisi hienoisesti. "Nyt ei ainakaan kannata jäädä elävänä kiinni."

"Se vaihe ohitettiin jo kauan sitten", vastasi Esra. "Ja kiitokset. Tilanne vaikutti jo aika pahalta."

Esra huomasi, että Aaronilla näytti olevan vaikeuksia irrottaa katsettaan juuri keihästämästään vartijasta. "Katse minun suuntaani, soturi Opinahjo." Esra yritti ottaa ääneensä mallia Tiitus Kalmanlehdosta. Hän toivoi äänen kuvastavan varmuutta ja valtaa, mutta samalla sydämellisyyttä. "Lausutaan ensin yhdessä heimon tunnustus."

"Heimo on kotini. Ilman kotia olen hukassa. Heimon luo minä
          kuulun.
Heimo on elämäni. Ilman elämää olen hukassa. Heimolta saan
          elämän.
Heimo on kunniani. Ilman kunniaa olen hukassa. Heimoa ilman en
          ole mitään."

Tutut sanat rauhoittivat Aaronia, tai ainakin Esra toivoi niin. Hän poimi maasta vartijalta jääneen keihään. Se näytti täysin uudelta. Olikohan sitä koskaan ehditty käyttää?

"Kauhotaan reppuumme vielä perunoita, ja lähdetään sitten pois täältä."

Vauhdikkaasti reput täytettiin perunoilla. Mielessään Esra riemuitsi jo tehtävän onnistumisesta, vaikka hyvin tiesi, etteivät he olleet päässeet vielä edes pakenemaan.

Aaron nosti vartijakatokseen jääneen nahkaleilin kasvojensa eteen, avasi astian ja nuuhkaisi. Hänen suupielensä kääntyivät alaspäin inhon merkiksi. "Tälläkö paikalliset itsensä humalaan juovat? Tätä voisi kutsua jo sivistymättömäksi."

"Odotitko jotain muuta?" kuittasi Esra sovitellen reppua selkäänsä. Se tuntui nyt kostean ohella muhkuraiselta ja epämukavalta. "Mennään nyt. Minulla on suunnitelma."

3.

Esralla ei itse asiassa ollut suunnitelmaa, mutta jonkinlainen ajatus kuitenkin. Vankien säilytyskuoppa oli kaivettu valtavan aidatun leirin reunalle. Pojat lähtivät siis liikkeelle pysytellen varjoissa, ja pitäen leirin korkean puuaidan jatkuvasti oikealla puolellaan. He luottivat siihen, että ennen pitkää tie joka tapauksessa johtaisi pääportille. Tai ainakin ulos, jos ei olisi tarvetta kävellä aivan pääportille saakka.

Alkoi näyttää siltä, että merkittävä osa heimon asumuksista oli rakennettu leiriä kiertävän aidan viereen. Tai ainakin sellaisena Esra ja Aaron ympäristönsä hahmottivat. Takapihojen valaistukseen ei ollut kiinnitetty huomiota, joten he saivat hiipiä varsin rauhassa pimeyden suojissa. Etupihoilta kuului juhlimisen ääniä, ja lisäksi useat soihdut antoivat lepattaen valoaan.

Esra ja Aaron hyppivät pienten aitojen ylitse, jotka erottivat pihamaita toisistaan. Esra pelkäsi jonkin aikaa herättävänsä jonkun takapihalla nukkuvan koiran. Ajan kuluessa näytti kuitenkin koko ajan enemmän siltä, ettei tässä heimossa pidetty kotieläimiä muuten kuin hevosia työjuhtina. Usealla takapihalla oli muista rakennuksista erillään kapea ihmisen mittainen maja, johon ei mahtunut kuin korkeintaan yksi kerrallaan. Ohi kuljettaessa Esra päätteli löyhkästä, että tällaisia rakennelmia käytettiin käymälänä.

Äkkiä edellä kulkenut Esra pysähtyi, ja kohotti kätensä sivulleen. Aaron asteli keskeytyksettä eteenpäin, mutta pysähtyi tuntiessaan käden leveällä rinnallaan.

"Mitä nyt?"

Vastaamatta Esra osoitti sormellaan eteenpäin. Muutaman kymmenen kyynärän päässä erottui katos, joka oli valaistu esimerkillisen hyvin soihduilla. Katoksen alla kuivassa oleili nopealla vilkaisulla ehkä seitsemän tai kahdeksan ihmistä. Joukossa oli miehiä, naisia ja ainakin kaksi hieman nuorempaa poikaakin. Suurin osa istui, mutta muutama seisoi. Yhteistä heille oli se, että meteli oli jatkuvaa, ja huojuvat laajaliikkeiset eleet kertoivat iloliemen tehneen tehtävänsä.

Esra punnitsi kiertämisen mahdollisuutta, mutta hylkäsi ajatuksen nopeasti. Asumuksen etupuolella näytti olevan valaistu tie, jossa liikkui jatkuvasti kulkijoita. Vaihtoehdot olivat vähissä.

"Sinulla taitaa olla jotain mielessä?" kysyi Aaron, joka ei siihen asti ollut sanonut mitään tilanteesta.

"En keksi muuta kuin sen, että meidän on juostava mahdollisimman nopeasti tuon juhlijajoukon ohitse."

"Mutta hehän näkevät meidät?"

"Niin tietysti, mutta jos hyvin käy, eivät huomaa lähteä perään."

Valaistua pihaa lähemmäs hiipiminen tuntui kestävän ikuisuuden. Esra yritti päästä mahdollisimman lähelle, jotta juoksupyrähdyksestä tulisi mahdollisimman lyhyt. Yksikään juhlijoista ei edelleenkään näyttänyt kiinnittävän heihin mitään huomiota. Esra tunsi olevansa kuin peura, joka lähestyi nälkäisen karhun luolaa vapaaehtoisesti. Toinen seisovista juhlijoista näytti olevan iäkkäämpi soturi. Hän oli pukeutunut yksinkertaiseen vaatteeseen, ja oli selvästi juovuksissa. Päälaki oli kalju niin kuin kaikilla muillakin, ja käsivarren ihopiirros esitti pitkänokkaista lintua. Hänen vieressään seisoi selvästi nuorempi poika, jolla oli jo vaikeuksia pysytellä pystyssä. Siksi hänen liikkeensä muistuttivat jatkuvaa istuutumista ja heti perään uudelleen ylös nousemista, mutta onneksi joku oli tuonut yksinkertaisen puutuolin pojan taakse juurikin istumistarkoitusta varten. Loput vieraat olivat sillä hetkellä selin Esraan ja Aaroniin. Heitä ei ollut vieläkään huomattu.

"Nyt mennään", kuiskasi Esra ampaisten kyyryssä juoksuun katsomatta, seurasiko Aaron perässä.

Valon piirissä vietetty aika jäi lyhyeksi. Esra muisti viimeksi lapsena sujahtaneensa yhtä liukkaasti pakoon tehtyään sitä ennen isoveljelleen Samuelille jonkinlaista kiusaa. Suuremmasta koostaan huolimatta perässä viilettävä Aaron ei tuottanut enempää ääntä kuin Esrakaan. Riittävän kauas juostuaan pojat hiljensivät tahtia, ja jäivät kohdalle sattuneen käymälän taakse kuuntelemaan. Mitään ei näyttänyt tapahtuneen. Heitä ei ollut huomattu, tai ainakaan kukaan ei vaikuttanut kiinnittäneen heihin huomiota.

"Sehän oli jännittävää", kuiskasi Aaron hengitystään tasaten.

"Toivottavasti se oli jännittävintä, mitä kohtaamme." Esra ei uskonut itsekään siihen, mitä sanoi.

4.

Suojaisa pimeys loppui, ja edessä oli aukea alue. Mutta mikä tärkeintä, sen toisella puolella erottui avoin pääportti yhtä korkeana ja uhkaavana kuin se oli ollut poikien saapuessa. Portti oli molemmin puolin valaistu lukuisin soihduin, ja hiekkapohjaisella aukealla käyskenteli runsaasti juhlijoita. He olivat enimmäkseen nuoria miehiä ja naisia, ja suurimmalla osalla oli kädessään nahkainen leili, joskaan ei kuitenkaan kaikilla. Kokoontumisen tarkoituksena näytti olevan sosiaalinen toiminta tasaisesta sateesta huolimatta. Huomiota kiinnitti kuitenkin eniten se, mitä pääportin edessä tapahtui.

Esra erotti ehkä kuusi tai seitsemän vartijalta näyttävää soturia. Heillä oli hallussaan kolme nuorta naista, jotka yksinkertaisesta ja osin puuttuvasta vaatetuksestaan päätellen olivat orjia. Soturit nauroivat, löivät ja kilvan riisuivat näitä saaliiksi annettuja naisia. Vieressä juhliva joukko ei näyttänyt kiinnittävän tapahtumaan mitään huomiota huolimatta naisten ajoittaisista kiljahduksista.

"Kai me jotenkin heitä autetaan?" Aaron liikahteli epämukavan oloisesti pimeydessä viimeisen matalan aidan takana.

"Miten ajattelit meidän siinä onnistuvan?" kysyi Esra vakavana. "Jos jäämme uudestaan kiinni ja meidät seivästetään tien varteen, voi se pahimmassa tapauksessa olla koko oman heimomme tuho. Päinvastoin juuri nyt olisi se paras tilaisuus pakoon, kun kaikilla vartijoilla tuntuu olevan muuta tekemistä."

Kuin pisteeksi Esran sanomalle yksi sotureista iski saalisnaistaan avokämmenellä poskelle. Läjähdys oli niin voimakas, että nuoren naisen jalat pettivät hänen altaan. Esra ei erottanut kasvoja roikkuvien hiusten alta, mutta hartioiden liikehtimisestä päätellen nainen nyyhkytti.

"Olkoon sitten niin", sanoi Aaron ja puristi matalaa aitaa rystyset valkoisina laskien samalla katseensa maahan.

Jostain kaukaa alkoi kuulua kumea torven ääni. Pian joukkoon liittyi muitakin eri puolilla leiriä. Juhlijoiden tasainen puheensorina lakkasi, ja vartijatkin lopettivat hetkeksi hauskanpidon saaliidensa kanssa. "Mitähän tuo nyt sitten on? Juhlien uusi vaihe?"

"Ehkä joku muista vangeista jäi kiinni, tai sitten pakomme muuten vain huomattiin." Esra otti vyöltään aiemmin varastamansa kivikirveen, ja laski keihäänsä kärjen kohti pääporttia. "Mutta on se sitten mitä hyvänsä, en aio jäädä ottamaan siitä selvää. Juokse kuin huomista ei olisi. Koska sitä ei ole, jos kiinni saavat."

Aaron ampaisi juoksuun niin nopeasti, että Esra jäi hänestä useiden kyynärien verran jälkeen. Ympäriltä alkoi kuulua hämmästyneitä huudahduksia, mutta Esra näki edessään ainoastaan portin, ja sen takana häämöttävän suojaavan pimeyden. Yhtä kiusausta oli kuitenkin mahdoton vastustaa. Juostessaan Esra käänsi kivikirveensä terän kohti taivasta, ja vauhtiaan hidastamatta iski tylpällä puolella lähimpänä olevaa vartijaa kaikin voimin korvan yläpuolelle. Kuului kumahtava ääni, ja sen jälkeen erottui naisen kirkaisu. Esra ei katsonut taakseen nähdäkseen, mitä sen jälkeen tapahtui. Myöhemmin hän koki mielessään syyllisyyttä siitä, että oli tuntenut niin suurta nautintoa kirveeniskusta.

Takaa kuuluva huuto lisääntyi, ja yksi heitetty keihäs iskeytyi maahan Esran viereen. Aaronin selkä loittoni koko ajan kauemmaksi pimeyteen. Esra vilkaisi vielä viimeisen kerran seipäässä edelleen roikkuvien Ilmarin ja Johanneksen puoleen. Sitten Esra lisäsi juoksuaan kadoten pimeään.

43. luku

Nikolai Ivanov tunsi, kuinka hänen olonsa muuttui hiljakseen paremmaksi. Kova, ohuella nahalla vuorattu istuin tuntui selän alla sitä pehmeämmältä, mitä useampia kulauksia hän otti juomaleilistä. Nikolai oli jaksanut asettaa verestä punertavan pesuvadin viereen yhden pienen kynttilän. Sen mitättömän heikko kajo kuvasti täydellisesti sen hetkistä tilannetta ja Nikolain oloa. Hän kiitti mielessään orjaa, joka oli aikoinaan lahjoittanut nahkansa tuolin verhoiluksi. Heti perään hän kuitenkin muistutti itseään, että kyseessähän oli pelkkä huhu. Ehkä. Mahdollisesti.

Ulkoa kantautuva melu painui ajan kuluessa koko ajan kauemmaksi, ja siitä Nikolai piti. Käsien vapinakin oli helpottanut, ja sateen tasainen ropina rentoutti. Silmänsä sulkiessaan hän joutui kuitenkin edelleen kohtaamaan irti leikatun pään syyttävän katseen. Miekka nojasi edelleen yksinäisenä ulko-oven vieressä seinää vasten. Tummentunut veri aseen metallisella terällä oli jo varmasti kuivahtanut, joten seuraavan aamun puhdistus olisi tehtävä perusteellisemmin kuin Nikolai olisi halunnut. Mutta se ei häntä juuri nyt kiinnostanut. Humalan raukea ja turtunut olo oli juuri se, mitä kaivattiin. Kyllä tämä tästä. Aina ennenkin on selvitty, joten miksi ei tälläkin kerralla?

Nikolai hengitti syvään, katseli ympäröivää pimeyttä vastaan taistelevan kynttilän liekkiä ja uskalsi jo vähän hymyilläkin.

2.

Ovi aukaistiin koputtamatta. Anastasia Ivanov käveli sisään perässään läpimärkä naispalvelija, joka oli pidellyt sateensuojaa emäntänsä yläpuolella jo pitkään tutisevin käsivarsin. Nikolai ei ensin hievahtanutkaan, vaikka tunsikin puolisonsa katseen käyvän lävitseen päästä varpaisiin. Sen jälkeen raivostuneet silmät kiersivät vielä koko talon. Humalan luoman unohduksen harson läpikin Nikolai tiesi, mitä seuraavaksi tapahtuisi. Se vain ei jaksanut juuri nyt häntä kiinnostaa.

"Säälittävää!" Anastasia huusi. "Etkö ole kuullut torvea? Ne Areenalle menevät vangit pääsivät pakenemaan, ja tappoivat mennessään kolme vartijaakin! Jos olisit tehnyt työsi niin kuin käskin, olisi tältä kaikelta vältytty! Nyt sinun on korjattava sotku, koska muuten menetän kasvoni koko heimon silmissä!"

Anastasia sylki suustaan sanallista myrkkyä vielä jonkin aikaa, mutta sitä Nikolai ei enää kuullut. Hän oli vuosien kuluessa oppinut kuuntelemaan ainoastaan valikoivasti, ja humala teki työn vieläkin helpommaksi.

"Kuinka monta sitten lopulta pääsi pakoon", Nikolai kysyi, kun Anastasia vaikeni hieman pidemmäksi aikaa.

"Kuulin vartiopäällikön puhuneen, että ainakin kaksi tai kolme pääsi pakenemaan ulos leiristä. Loput kuulemma saatiin jo kiinni. Osa tapettiin tietenkin heti, ja loput nostetaan aamun koittaessa seipäisiin. Ja hyvä niin, koska minusta ne kaikkein vanhimmat ruumiit portin edessä alkavat jo pahasti haista."

Anastasia puhui nopeasti ja kiihtyneesti. Nikolailla kesti hetki jos toinenkin sisäistää kaikki se, mitä oli juuri kuullut. "Mitä minun nyt sitten pitäisi tehdä? Eihän kaksi tai kolme paennutta vankia ole yhtään mitään. Meillä on sadoittain orjia."

"Älä teeskentele tyhmää!" Anastasian ääni kohosi ja hipoi jo kirkunaa. "Koko heimolta menee maine, jos karkuun päässeitä vankeja ei enää oteta kiinni ja rangaista asianmukaisesti. Kunnioitus ansaitaan vain pelolla, sinä jos kuka tiedät sen!"

"Jaha, vai niin", vastasi Nikolai, ja tunsi ärtymyksensä kasvavan. Eniten häntä turhautti se, että myös Anastasia tiesi sen. "Joku muu saa sitten lähteä niiden vankien perään. Minä tein jo tänään osani, ja paljon enemmänkin." Nikolai viittasi kädellään oven vieressä nojaavaa miekkaa kohti.

Anastasia ei edes vilkaissut, mitä hänen miehensä osoitti. "Sinun täytyy ylläpitää mainettasi ja asemaasi tämän heimon kunniasoturina. Siksi ilmoittaudut vapaaehtoiseksi. Otat mukaan muutaman parhaan miehesi, ja ajatte ne vangit kiinni kuin eläimet. Ja tietenkin tuotte palatessa heidän päänsä todisteeksi ja pelotukseksi muille."

"Ei minun - sen paremmin kuin sinunkaan - maineesi voi olla kiinni muutaman pahaisen areenavangin takaa-ajosta." Viimeisen asia, jota

Nikolai juuri nyt halusi, oli lähteä ulos johtamaan miehiä takaa-ajossa. "Joku muu, ehkä innokkaampi ja nuorempi, tehköön työn tällä kertaa." "Älä väitä minulle vastaan", huusi Anastasia osoittaen syyttävästi miestään kauniilla ja sirolla sormellaan. "Tämä koko selkkaus on sinun vikasi! Jos olisit tappanut kaikki ne vangit siellä Areenalla, ei mitään tällaista olisi tapahtunut! Useampi soturimme on jo kuollut sinun typeryytesi vuoksi!"

Nikolai tunsi punehtuvansa yhtä lailla harmista kuin häpeästäkin. Ilman humalatilaa hän olisi osannut harmitella sitäkin, että Anastasia tiesi aina oikean keinon saada hänet tekemään niin kuin halusi.

Nikolai nousi horjuen seisomaan, ja jäi tuijottamaan miekkaansa. Kuinkahan monta soturia hän edes löytäisi tähän hätään keskellä yötä? Ja ennen kaikkea kuinka monta sellaista, jotka olivat edes suurin piirtein siinä kunnossa, että kykenivät lähtemään?

Nikolai pudotti tyhjentyneen nahkaleilin lattialle, puhalsi yksinäisen kynttilän sammuksiin ja alkoi valmistautua takaa-ajoon.

44. luku

Esra ja Aaron olivat vain juosseet metsässä eteenpäin. Aina vain eteenpäin. Etäisyyttä mahdollisiin takaa-ajajiin oli saatava. Ensin edellä oli juossut Aaron, sitten Esra ja lopulta se, joka edelle ehti. Oli edelleen hämärää, mutta aamun lähestyessä valon määrä alkoi hiljakseen lisääntyä. Sade oli rauhoittunut sumumaiseksi tihkuksi, mutta vastaavasti tuuli tuntui olevan yltymässä. Esran suuntavaisto ja ajantaju olivat kadonneet jo hyvän aikaa sitten. Lopulta eteneminen oli hidastunut kävelyksi.

"Tiedätkö yhtään, mihin olemme menossa?" Aaron kysyi, mutta käveli edelleen tunnollisesti perässä.

"En yhtään", tunnusti Esra. "Olen ainoastaan yrittänyt pitää huolen siitä, ettemme päätyisi kulkemaan ympyrää. Olisi painajaista pulpahtaa ulos metsästä sen suuren orjaleirin vieressä."

Metsä oli sankka, kivinen, runsaasti sammaloitunut ja suurimmaksi osaksi havupuinen. Kylmyydestä, märkyydestä ja valon vähäisyydestä huolimatta ympäristö tuntui Esrasta turvalliselta. Nahkajalkineet olivat märät, ja rasittuneita lihaksia kivisti. Perunoista muhkurainen reppu ei painanut paljoa, mutta oli silti epämukava kantaa.

"Mutta täytyyhän meidän jokin suunta ottaa, ja yrittää päästä takaisin kotiin!"

Aaron oli oikeassa. Tehtävä oli suoritettu, joten jäljellä oli enää takaisin kotiin pääseminen. Matka tulisi olemaan pitkä, mutta aivan ensin oli selvitettävä, mihin suuntaan tulisi lähteä.

Esra katsahti taakseen, mutta metsässä ei edelleenkään näkynyt ylimääräistä liikettä. "Sanoisin, että jatketaan ainakin tuleva päivä vielä vain eteenpäin. Minä haluan saada tuohon kauhujen heimoon mahdollisimman paljon etäisyyttä. Kunhan sää selkenee, voitaisiin yrittää etsiytyä jonnekin korkealle, ja katsoa vaikka auringostakin illalla suuntaa." Esra otti taskustaan suunnan näyttäjän, ja piteli sitä kuin onnea tuottavaa taikakalua. "Ehkä tästäkin on vielä jotain apua."

"Ihan hyvä idea, mutta..." Aaronin lause jäi kesken.

Esra viittoi vaikenemaan, ja laski toisen polvensa maahan. Vielä hyvin kaukaa takana alkoi erottua valon pilkahduksia. Sitten toinen, ja kolmaskin. Pian metsässä kaikui muutama selvästi ihmisen tuottama huudahdus.

"Ei ole totta!" sähähti Aaron. "Nehän nopeasti jäljille pääsivät."

"Tietysti edellyttäen, että he ovat juuri meitä jahtaamassa. Mutta lienee turvallisinta olettaa niin." Esra oli koko ajan toivonut, että edelleen jatkuva sade, yltyvä tuuli, ja kivikkoinen maasto olisivat vaikeuttaneet jäljittäjien työtä. Samalla hän kuitenkin muisti, että tämä heimo eli ihmisiä metsästämällä.

Oli tehtävä päätöksiä. Ja pian.

2.

"Me emme tiedä, kuinka paljon takaa-ajajia on", aloitti Esra katsoen vakavana Aaronia silmiin. "Missään tapauksessa me molemmat emme saa jäädä kiinni."

Esra tarttui Aaronin käteen, ja painoi kämmentä vasten suunnan näyttäjän. "Ota sinä tämä, ja koeta päästä kotiin. Minä jään parhaani mukaan viivyttämään niitä, ja tulen sitten perässä."

"Mitä ihmettä?" Aaron kauhistui. "Mihin minä sitten lähden, ja kuinka osaisin yksin takaisin kotiin?"

Aika oli loppumassa. Esra osoitti summittaisesti kädellään suuntaa poispäin heitä lähestyvästä joukosta, ja koetti rohkaista Aaronia. "Lähde tuohon suuntaan. Jos kohtaat vettä, seuraa rantaviivaa. Jos kohtaat ison tien, kulje sen vieressä tien suuntaisesti. Muista tarkistaa iltaisin kulkusuunta auringosta. Äläkä unohda suunnan näyttäjää. Ja toivo parasta. Ainakin toisen meistä on päästävä takaisin kotiin."

"Hyvä on, mutta mitä sinä aiot tehdä?" Aaron korjasi selässään olevan perunoita pursuilevan repun asentoa. Tämä oli ensimmäinen kerta pakenemisen jälkeen, kun hänellä oli aikaa korjata varusteita itselleen miellyttävämmiksi.

"Kiinnitän niiden huomion itseeni. Toivottavasti he eivät jaa joukkoaan kahtia, jolloin ainakin sinä pääset karkuun. Tuskin he saavat kiinni ainakaan meitä molempia, kun lähdemme eri teille."

Aaron tarttui Esraa käsivarresta ja puristi niin että sattui. "Tehdään sitten niin. Ja muista, että haluan meidän palaavan kotiin yhdessä juhlittuina sankareina."

Vastausta odottamatta Aaron ampaisi juoksuun Esran sattumanvaraisesti osoittamaan suuntaan, ja katosi pian aamuyön hämäryyteen sammaleisten kivien taakse.

Tuuli heilutti puiden oksia väkivaltaisesti metelöiden.

3.

Nikolai Ivanov koki selvinneensä humalastaan jo melko hyvin. Tilalle oli astunut hiipivä päänsärky, kasvava näläntunne ja rinnassa koko ajan enemmän sijaa saava viha. Viha pakenijoita kohtaan, viha omaa puolisoa kohtaan, ja viha omaa heimoa kohtaan, joka oli sälyttänyt hänen harteilleen niin paljon raskaita velvollisuuksia. Nikolain mielessä ei kuitenkaan edes käynyt mahdollisuus takaa-ajon kesken jättämisestä. Joltain orjalta saaliiksi otettu monesta eri kappaleesta ommeltu nahkainen sadeviitta tarjosi hyvin suojaa, mutta alkoi väistämättä kastua läpi asti. Nikolai harmitteli, ettei viitta ollut ehtinyt kunnolla kuivua Areenan jäljiltä.

Takaa-ajoon oli lopulta löytynyt neljä soturia. Kaikki olivat olleet lievästi humalassa, minkä rohkaisemana sotureista oli irronnut tavallista äänekkäämpää vastustelua. Kenenkään kaulaa Nikolain ei ollut tarvinnut katkaista, mutta nyrkiniskuja hän oli joutunut jakamaan. Hyvillään Nikolai oli siitä, että ainakaan menneisyydessä yksikään takaa-ajoon mukaan lähtenyt ei ollut uhmannut hänen käskyjään. Toivottavasti siis miehet eivät tehneet niin tälläkään kerralla. Soturit olivatkin seuranneet keihäineen koko matkan etummaisena kulkeneen Nikolain nahkaviittaan verhottua selkää. Jokainen kantoi mukanaan soihtua, ja Nikolai piti huolen siitä, että hänen miekkansa paljastettu terä välkkyi ajoittain tulen kajossa. Miesten oli saatava muistutus, kuka heitä oikeastaan johti.

Takaa-ajettavien jäljet olivat löytyneet nopeasti. Nikolai oli kuitenkin johtanut joukkoa välillä tarkoituksella harhaan antaakseen näin humalalle aikaa haihtua. Takaa-ajo oli johtanut joukon sankkaan metsään. Sumuisen tihkusateen vielä sieti, mutta yltyvä tuuli vaikeutti niin äänten kuin liikkeidenkin havaitsemista. Puhumattakaan takana tulevien miesten ajoittaisesta kompuroinnista ja sitä seuraavasta kirousten ryöpystä. Nikolaita huoletti, että pian orjat saattaisivat oikeasti päästä pakoon, ellei heitä seuraavan päivän aikana tavoitettaisi. Edestä kuului aivan selkeä molskahdus. Aivan kuin joku olisi kaatunut vatsalleen suureen lätäkköön tai puroon. Nikolai nosti kätensä ylös pysähtymisen merkiksi. Takaa kuuluneet askeleet ja sadattelu taukosivat. Nikolai kääntyi ympäri, otti erikseen jokaiseen neljään soturiinsa katsekontaktin, ja osoitti sitten miekallaan äänen suuntaan.

Kauas ehtivätkin paeta, senkin pirulaiset, mietti Nikolai. Nyt vain nopeasti päät poikki ja sitten takaisin. Täällä metsässä ei ollut muuta kuin kylmää ja märkää. Juuri nyt enemmän kuin mitään muuta Nikolai halusi palata takaisin kotiin mahdollisimman pian.

4.

Isoon lätäkköön heitetyn kiven molskahduksen aiheuttama väreily ei ollut vielä laantunut, kun Esra jo erotti takana tulevien valonlähteiden lähestyvän. Ääntä hän ei vielä kuullut tuulen ja oksien heilumisen vuoksi, mutta kuulohavaintoihinkaan ei menisi enää kauaa.

Esra vilkaisi viimeisen kerran suuntaan, johon oli nähnyt Aaronin katoavan. "Ainakin se on nyt hoidettu. Pakoon en enää pääse. Nyt on keskityttävä. Mitähän kaikkea isä ja Erik Ritari minulle ja Samuelille opettivatkaan?" Esra kuiskasi itselleen. Oli toimittava nopeasti.

Esra juoksi eteenpäin, ja huomasi äkkiä seisovansa pienellä aukealla. Toisessa tilanteessa hän olisi halunnut pystyttää juuri sellaiselle paikalle teltan yöpymistä varten. Oikealla puolella nousi jyrkkä, mutta varsin matala, sammaloitunut kivinen mäki, ja vasemmalla jatkui metsä yhtä sankkana kuin ennenkin. Esra heilautti reppunsa selästä ja pudotti sen maahan juuri siihen paikkaan, johon olisi halunnut teltan pystyttää. Vasta silloin hän huomasi, että repun etumus oli kuivuneeseen vereen tahriutunut, ja sydänkuvion keskellä erottui teksti "Venla".

"En voinut sinua Venla auttaa, mutta ainakin lupaan käyttää rakkaan laukkusi hyödykseni", puhui Esra itselleen asettaen samalla repun mahdollisimman pystyyn ja helposti nähtäväksi. Sitten hän puristi tiukasti niin keihästä kuin vyöllään olevaa kivikirvestäkin ikään kuin varmistaen, etteivät ne yrittäneet lähteä pakoon tärkeällä hetkellä.

Esra kiipesi matalan ja sammaloituneen kivisen mäen taakse ja huomasi ilokseen, että sen päältä näki selvästi koko pienen aukean reppuineen. Hän polvistui, ja yritti kuunnella. Vieläkään ääniä ei erottanut, mutta valot tulivat koko ajan lähemmäksi. Aikaa oli siis vielä. Ei paljon, mutta ainakin yksi hetki, ehkä kaksi. Esra onnistui poimimaan läheltä muutamia kouraan mahtuvia kiviä. Sen jälkeen hän hakkasi ohuita rankoja poikki kirveellään, ja katkoi niistä hieman yli puolen kyynärän mittaisia päästään teroitettuja keppejä.

Sade näytti tauonneen. Tilalle olisi noussut näkyvyyttä haittaava sumu, mutta edelleen äänekkäästi puita heiluttava tuuli teki sellaisen aikeen tyhjäksi. Aamukin alkoi sarastaa. Ei ihan vielä, mutta pian. Esra mietti, että ylimääräinen näköeste olisi ollut toivottavaa, mutta oli pärjättävä sillä, mitä oli annettu. Hämäryys ja tuuli riittivät. Koska niiden oli pakko. Kunhan vain takaa-ajajat tulisivat näkyviin ennen päivän valkenemista. Muuta Esra ei uskaltanut enää toivoa.

5.

Lähestyvät äänet erottuivat nyt selvästi. Piilossaan Esra tarkisti vielä kerran, että keihäs, kirves, kivet ja teroitetut kepit olivat käden ulottuvilla. Hän painoi selkänsä köyryyn ja yritti ajatella itseään metsästäjänä vaanimassa saalistaan.

Takaa-ajajia oli kaikkiaan viisi. Neljä perässä tulevaa kantoi kukin omaa soihtuaan, ja jokaisella näytti olevan ainakin keihäs aseena. Muun joukon edellä kulkeva soturi sai Esran polvet tuntumaan veteliltä. Hän tunnisti nahkaisen sadeviitan, ja mukana kulkevan kaksi kyynärää pitkän metallisen veitsen. Esra oli saanut peräänsä Nikolain. Jossain muussa yhteydessä Esra olisi saattanut tuntea ylpeyttä tällaisesta suosionosoituksesta, mutta ei kuitenkaan nyt.

Nikolai poimi repun käteensä, katsoi sitä hetken ja heitti sen jälkeen sivuun. Hänen katseensa alkoi liikkua pienen aukean reunoilla pimeyteen tähyillen. Soturi tunsi astuneensa ansaan. Ja oli tietenkin aivan oikeassa, Esra mietti. Takana tulevien miesten liikkeet olivat helposti seurattavissa soihtujen ansiosta. Esra itse oli hyvässä piilopaikassa, mutta oli vain ajan kysymys, milloin hänet huomattaisiin. Oli toimittava, ja oli toimittava ensin.

Vai pitäisikö sittenkin vain yrittää paeta? Tai piiloutua ja toivoa parasta? Maailma on kuitenkin riittävän iso, että sinne voisi kadota. Silloin Esra muisti, että tehtävän suorittamiseksi vaadittava perunoita täynnä oleva reppu oli nyt Nikolain ja hänen soturiensa hallussa. Entä voisiko heidän kanssaan neuvotella? Eihän vaikutusvaltainen ja suuri heimo muutamaa karannutta orjaa kaipaa? Samassa Esra muisti portin eteen seivästetyt ruumiit, ja Areenan hiekkaan pudonnut irti leikattu pää palautui etsimättä mieleen. Ei, ei se käy. Neuvotella ei voi. Pakoon ei pääse. Vangiksi ei voi jäädä enää uudestaan.

Kirouksista ja suoranaisesta riitelystä päätellen joukko oli ehkä hieman juovuksissa, ja samalla ärsyyntynyt. Se saattoi olla hyvä merkki.

Minä en välttämättä selviä tästä hengissä, Esra mietti. Mutta onneksi edes Aaron pääsi pakoon. Nyt on vain toivottava, että hän pääsee takaisin kotiin. Ja jos en selviä hengissä, toivottavasti ainakin isä on minusta ylpeä. Mutta miten ihmeessä kukaan saisi koskaan tietää, jos kuolen tänään? Kaikkein vähiten isä?

Esran vaatteet olivat läpimärät. Hänellä oli nälkä eikä hän edes muistanut, koska oli viimeksi nukkunut hyvät yöunet. Jaloissa oli useita rakkoja, ja ne hiersivät kivuliaasti. Mitään näistä Esra ei kuitenkaan sillä hetkellä tuntenut. Hänellä oli edessään viisi raakaa soturia, jotka halusivat hänet tappaa.

6.

Nikolai Ivanov aavisti pahaa. Hän tiesi kävelleensä ansaan, mutta millaiseen? Mitään ei näyttänyt tapahtuvan. Keskelle pientä aukeaa jätetty reppu oli selvästi ollut syötti. Vaiko sittenkin pelkkä hidaste? Pitäisikö heidän jatkaa matkaa?

Takaa kuului askelten ääniä. Niitä kuului liikaa, mutta silti Nikolai ei kääntynyt katsomaan. Vaisto nimittäin varoitti, että suoraan edessä oli jotain uhkaavaa. Sitten liikkumisen ääniä tuntui kuuluvan joka puolelta. Hän koukisti polviaan, ja varautui puolustautumaan. Takaa kuului jälleen liikaa askelia. Jotain oli tekeillä. Sitten liikkumisen ääniä tuntui taas kuuluvan kaikkialta ympäriltä.

Kun selän puolelta erottui kumahtava ääni ja heti perään rusahdus kuin jotain olisi mennyt rikki, kääntyi Nikolai viimeinkin katsomaan taakseen. Hän kauhistui. Miehiä oli enää yksi jäljellä. Silmäkulmastaan Nikolai huomasi jonkin katoavan pimeyteen viimeisen soihdun valopiirin ulkopuolelle.

"Taistelkaa kuin miehet, senkin pelkurit! Ei tällainen piileskely ole kunniakkaalle soturille soveliasta!" Nikolai pyöri nyt ympäri kuin hyrrä yrittäen selvittää, kuinka monen soturin piirittämäksi he olivat joutuneet, ja mistä suunnasta heitä uhattiin. Askelia tuntui taas kuuluvan kaikkialta ympäriltä.

Viimeinen Nikolain mukana tullut soturi huitoi summittaisesti soihdullaan pimeyteen. Ele teki vaikeaksi hahmottaa, mitä pimeydessä lopulta tapahtui. Pitkin sattua, että juuri tänä yönä kävi näin navakka tuuli, Nikolai sadatteli itsekseen.

"Ryhdistäydy!" Nikolai huusi viimeisenä pystyssä olevalle soturilleen. Tämä pälyili epätietoisena joka suuntaan, ja oli selvästi menettämässä itsehillintänsä.

"Eihän niitä ole kuin muutama!" Nikolai huusi pimeyteen. Hän ei kuitenkaan ollut enää aivan varma, oliko asia niin. Heikkoutta ja epätietoisuutta ei kuitenkaan missään tapauksessa saanut näyttää juuri nyt.

7.

Esra hiipi soturien taakse pysytellen poissa soihtujen valopiiristä. Hän ihmetteli, miksi ihmeessä takaa-ajajat liikkuivat peräkkäin väljässä jonossa. Jonkinlainen siilimäinen puolustus olisi ollut selvästi parempi ratkaisu. Ehkä he eivät vielä tienneet kävelleensä ansaan? Tai ehkä he eivät olleet tottuneet vastarintaan takaa-ajettavilta? Tai ehkä syyllä ei ollut juuri nyt merkitystä, Esra muistutti itseään.

Jonon perää pitänyt soturi oli selin Esraan, ja yritti vaania saalistaan pimeyden keskellä. Soturi ei näyttänyt tiedostavan joutuneensa itse saaliin asemaan. Esra puristi teroitettua puolen kyynärän keppiä kädessään, ja punnitsi oikeaa hetkeä. Sitä ei varsinaisesti tullut: hän vain väsyi odottamaan.

Seuraavassa hetkessä tapahtui neljä asiaa melkein samaan aikaan. Esra pääsi kahdella nopealla harppauksella perää pitäneen soturin taakse, puristi vasemman kämmenensä tämän suuta vasten, ja iski samalla teroitetun keppinsä oikealla kädellä kurkkuun. Neljäntenä eleenä hän kiskaisi hämmästynyttä soturia taaksepäin. Soihtu putosi maahan ja sammui sihahtaen. Molemmat kaatuivat taaksepäin sammalen päälle pimeyden nielaistessa heidät. Esra kierähti ympäri, vetäisi keppinsä pois miehen kaulasta ja painoi tämän kasvoja maahan koko ruumiinsa painolla. Esra tunsi kaulasta pulppuavan lämpimän veren käsissään ja rintamuksellaan. Kaksi matalaa urahdusta soturi päästi, ja jäi sitten makaamaan liikkumatta.

Esra nousi viipymättä ylös, ja juoksi koko pienen aukean ympäri pysytellen edelleen tiiviisti soihtujen valon ulkopuolella. Matkan varrella hän heitti kaksi kiveä soturien ohitse, ja yritti parhaansa mukaan hallita hengitystään niin, etteivät soturit pääsisi sen avulla jäljille oikeasta suunnasta.

Joukko näytti edelleen epätietoiselta. Hienoa. Se sopi täydellisesti Esralle. Joukon taimmaiseksi jäänyt oli melkein päänsä verran Esraa pidempi. Jostain syystä tämä soturi tuijotti pääasiassa taivasta? Odottiko hän päivän valkenemista, vai toivoiko kenties erottavansa tähtikuvioita pilvisestä säästä huolimatta? Tai ehkä silläkään ei ollut juuri nyt merkitystä?

Esra syöksyi pimeydestä niin kuin jo kerran aiemminkin. Vasen käsi painautui tiiviisti soturin suuta vasten, ja teroitettu keppi lävisti pään leuan alta ylöspäin iskettynä. Soihtu putosi maahan, ja kaikeksi onneksi sammui välittömästi. Esra kiskaisi soturin taaksepäin pimeyteen niin voimakkaasti, että käsiään villisti viskova mies kaatui taaksepäin Esran päälle. Hän tunsi miehen yrittävän purra kättään samalla, kun Esra itse sysäsi keppiä entistä syvemmälle soturin pään sisään. Esra kietoi kätensä ja jalkansa miehen ympärille kuoleman kaltaiseen halaukseen. Tästä huolimatta pitkän soturin raajat viuhtoivat uintiliikkeiden kaltaisina aivan liian pitkältä tuntuvan ajan. Ääntäkään mies ei päästänyt, ja lopulta liikkuminenkin lakkasi.

Esra sysäsi ruumiin päältään, ja juoksi uudelleen pienen aukean ympäri, tällä kertaa toiseen suuntaan. Mennessään hän muisti nytkin viskoa muutaman kiven toiselle puolelle ylimääräisiä ääniä tuottamaan. Jäljellä olevat kaksi soihtua heiluivat nyt aiempaa nopeammin puolelta toiselle. Alkoi olla jo vaikeaa pysytellä kaiken aikaa valopiirin ulkopuolella.

Aimo annoksella onnea Esra löysi ensimmäisen ruumiin vierestä nyrkin kokoisen kiven, jonka oli jättänyt maahan saataville varmuuden vuoksi. Jäljellä olevat soturit näyttivät hitaasti ymmärtävän, mitä oli tapahtumassa. Nyt oli siis jo kiire.

Esra tähtäsi, ja latasi kaiken voimansa viskaten kiven kolmatta soturia kohti. Ammus osui hänen takaraivoonsa. Kuului vaimea urahdus, mutta sitäkin ilkeämpi rusahdus kallon murtuessa. Toiseksi viimeinen soihtu putosi maahan sammuen. Ennen kuin soturi ehti suistua maahan, Esra tarttui miestä kaulasta pimeyteen kiskoen. Mutta Esra oli liian hidas, tai sitten jäljelle jääneet olivat valpastuneet. Viimeisen soihdun valo häikäisi hänen silmiään hetkellisesti.

Esra päästi vielä nytkähtelevän ruumiin putoamaan, ja juoksi jälleen pienen aukean ympäri niin vauhdikkaasti kuin pystyi. Enää hänellä ei ollut mukanaan pieniä kiviä, joita viskoa. Sillä ei välttämättä ollut enää suurtakaan merkitystä, sillä hänen juonensa alkoi paljastua.

"Ryhdistäydy! Eihän niitä ole kuin muutamia!"

Esra tunnisti Nikolain äänen, ja pysähtyi niille sijoilleen edelleen pimeyden suojaan luottaen. Seuraava hetki tuntui kestävän ikuisuuden, kun Esra hiipi takaisin pitkin askelin liikkumattomaksi jääneen aiemmin kaatamansa soturin luo. Kuolemassakin tämä puristi kädessään keihään vartta, joka nyt vaihtoi omistajaa. Kohottaessaan katseensa Esra tunsi, että viimeistä soihtua pitelevä soturi tuijotti suoraan häntä kohti. Silmät kuitenkin liikkuivat epätietoisina kaikkialla muuallakin ympäristössä. Esra hymyili verenhimoisesti ymmärtäen näkevänsä vihollisen, joka ei kuitenkaan nähnyt häntä. Esra veti kerran henkeä, kuuli päässään Erik Ritarin rauhoittavan äänen tähtäämisen tärkeydestä, ja viskasi keihään niin lujalla voimalla kuin pystyi. Kivikärki osui suoraan kurkkuun. Soturin suu aukeni sanattomaan huutoon, ja sen jälkeen hän suistui maahan vaimeasti korahdellen. Viimeinenkin soihtu sammui.

Esra jäi kyykkyyn pimeyden keskelle, ja katseli hievahtamatta eteensä. Hänellä oli muutama hetki aikaa, ennen kuin Nikolain silmät tottuivat pimeyteen. He olivat nyt kahden. Esra toivoi kuitenkin, ettei Nikolai itse tiennyt sitä.

Esra pyyhki verisiä käsiä housuihinsa. Sitten hän hymyili tuntien itsensä saalistajaksi. Ja piti siitä.

8.

Nikolaista tuntui, että kaikkialta ympäriltä kuului askeleita, oksien rapinaa ja tuulen huminaa. Oli mahdotonta hahmottaa, mistä suunnasta hyökkääjät olivat tulossa. Nikolai seisoi leveässä haara-asennossa sadeviitta edelleen päällään. Hän huitoi miekallaan suurissa kaarissa, ja yritti hahmottaa samaan aikaan kaiken ympärillään tapahtuvan.

Miten monen soturin väijytykseen he olivat astuneet? Tällaisen joukon tappaminen Areenalla olisi ollut jopa viihdyttävää ja haasteellista, Nikolai mietti.

"Astukaa esiin, senkin pelkurit! Eivät miehet tällä tavalla taistele! Keitä te oikein luulette olevanne, kun istutte kiven takana piilossa?"

Vastauksena ei kuulunut kuin tuulen suhinaa, ja puiden oksat heiluivat väkivaltaisesti kuin alleviivaten tilanteen uhkaavuutta. Askeleita ei erottunut enää lainkaan. Oli kuin Nikolai olisi jätetty yksin pimeyteen. Tai ehkä hänet olikin? Ei, sellainen ei sopinut yhdenkään soturin arvolle. Ei edes sellaisen, joka piileskeli pimeydessä.

"Perkele!" Nikolai huusi ja heilautti taas miekkaansa suuressa kaaressa. Sitten hän oli kuulevinaan takaansa vauhdikkaita askelia.

9.

Nikolai ehti kääntyä puoliksi ympäri, ja ehti nähdä silmäkulmastaan, kuinka Esra syöksyi suin päin kohti keihäs tanassa. Kivinen kärki iski vasemmalta kahden alimman kylkiluun väliin, ja tarttui kiinni. Keihäs upposi kuitenkin niin syvälle, että Nikolai ymmärsi heti syntyneen vamman olevan vakava. Hänen toinen ajatuksena oli, että aukealle tultaessa miehet olisi pitänyt käskeä johonkin muuhun muotoon kuin jonoon.

Nikolai kohtasi Esran katseen hampaat irvessä ja haavoittuneen turhautunutta raivoa silmissään. Esra tuijotti takaisin kasvot valkoisina, punaiset hiukset märkinä ja sekaisina. Veren peitossa olevat kädet puristivat edelleen keihään vartta kouristuksenomaisesti.

Nikolain pääasiallinen tunne oli häpeä. Tällainen lyhyt ja hintelä poikako hänet oli keihästänyt? Hänet, heimonsa suurimman soturin Nikolai Ivanovin? Mitä Anastasia nyt sanoo, kun saa kuulla asiasta?

10.

Esra yritti kaikin voimin estää käsivarsiaan tutisemasta, mutta ei onnistunut siinä. Hän sysäsi pakonomaisesti keihästä uudelleen Nikolain kylkeen tuntien samalla, miten veriset kädet luistivat keihään puisella varrella. Soturi horjahti, ja tämän polvet alkoivat pettää. Kahden kyynärän mittainen metallinen veitsi heilahti vielä kerran viimeisenä epätoivoisena eleenä. Esra yritti väistää, mutta isku sattui. Nikolain liian pitkä veitsi viilsi Esran vasempaan reiteen pitkän haavan, joka jatkui myös polveen ja vielä vähän pohkeeseenkin.

Esra kiljaisi kivusta, ja päästi otteensa keihäästä. Nikolai kaatui maahan ase edelleen kyljessään. Esra perääntyi kaksi askelta ja kaatui takamukselleen yrittäen hahmottaa, miten pahasti oli haavoittunut. Haava näytti aamuhämärässä pitkältä, mutta onneksi pinnalliselta.

"En aio tapella reilusti", Esra sähisi ja huomasi äänensä värisevän. "Te hyökkäsitte kimppuuni isolla joukolla."

Maassa kiemurteleva Nikolai lakkasi liikkumasta ja katsoi Esraa silmät suurina kuullessaan sanan 'kimppuuni'. Sen jälkeen soturi yritti nousta pystyyn käyttäen metallista veistään tukena, mutta suistui uudelleen maahan.

"Julkea nulikka", haukkui Nikolai koiran lailla. "Jos olisit tapellut reilusti, ei tässä näin olisi käynyt!"

"Juuri siksi en tapellut reilusti", Esra vastasi, ja nousi varovasti ylös. Käveleminen luonnistui edelleen, vaikka tekikin kipeää. "Makaat siinä kuin haavoittunut eläin, joka ei kykene enää muuhun kuin pitämään isoa ääntä."

Esra lähestyi Nikolaita, joka yritti potkia häntä kauemmaksi. Hengitys kulki nyt katkonaisesti yhteen puristettujen hampaiden välistä. Nikolai yritti huitaista pitkällä veitsellään, mutta ei enää jaksanut. Esra tarttui keihääseen kiskaisten sen irti Nikolain kyljestä. Soturi huudahti, ja vääntyi kaksi kerroin.

Päivä alkoi valjeta. Esra erotti selvästi Nikolain käsivarressa olevan ihopiirroksen, joka esitti kiemurtelevaa piikikästä ruusunoksaa. Nyt tai ei koskaan, Esra mietti. Hänen oli saatava tietää.

"Nikolai Ivanov? Ja Anastasia Ivanov?"

"Tietysti", sähisi maassa makaava Nikolai. "Äläkä sinä selkärangaton mato lausu puolisoni nimeä! Et ole arvollinen sitä ääneen sanomaan! Tule tänne ja taistele kuin mies!"

Esra seisoi Nikolain vieressä keihäästä tukea ottaen. Hänen päänsä tuntui äkkiä täysin tyhjältä. Mielessä risteilivät vuorotellen selkänsä kääntänyt Jelena, seipääseen teloitetut Ilmari ja Johannes, vanhemman vangin irti leikattu pää Areenan hiekalle pudonneena ja viimeisenä Anastasia Ivanovin käsivarren ihopiirustus. Esra ei kerta kaikkiaan tiennyt, mitä hänen nyt olisi pitänyt sanoa. Tuntui kuin kaikki olisi sanomatta, ja samaan aikaan kaikki olisi jo sanottu.

"Ehkä me voisimme neuvotella tähän jonkinlaisen ratkaisun", aloitti Nikolai ihmeteltyään aikansa Esran täydellistä vaikenemista. "Minä olen heimoni kunnioitetuin soturi, kuten varmasti siellä Areenallakin näit. Tai siis oletan, että näit. Voin puhua hyvää puolestasi, kunhan pääsemme takaisin…"

Vihdoinkin Esra tiesi, mitä tuli tehdä. Hän tarttui keihääseen kaksi käsin, ja sanaakaan sanomatta iski kivisen terän Nikolain kurkkuun.

Vasta silloin Esra huomasi, että tuulikin oli tauonnut. Metsä oli hiljaa.

11.

Esra irrotti keihäänsä, ja näki Nikolain jäävän makaamaan liikkumatta. Silmät tuijottivat avoimina mitään näkemättä. Esra istahti alas kostealle sammalmättäälle, laski päänsä polviensa väliin ja hengitti pitkään tasaisesti ja rauhallisesti. Hän yritti ymmärtää olevansa edelleen hengissä. Sitten hän säpsähti. Entä jos perässä tulee vielä toinenkin takaa-ajopartio? Viimeistään silloin, kun edellinen ei palaakaan takaisin? Oli lähdettävä jatkamaan matkaa välittömästi.

Nikolai puristi edelleen suurta veistä kädessään, joten Esra joutui ponnistelemaan ennen kuin suuri soturi aseestaan luopui. Esine tuntui painavalta, ja ennen kaikkea pelottavalta. Esra tunsi oikeudekseen ottaa aseen itselleen. Sitä paitsi - hän järkeili - saatan vielä tarvita tätä. Jos ei muuta niin metallia kaupankäyntiin. Nahkaisen sadeviitan vieminen oli sen sijaan kokonaan eri asia. Esrahan vain palautti oikealle omistajalle sen, mikä oli vangittaessa vääryydellä riistetty.

45. luku

Esra tutki pintapuolisesti muiden sotureiden ruumiit, ja yritti parhaansa mukaan olla katsomatta heitä kasvoihin. Oli mahdotonta välttää ajatusta, ettei yksikään näistä sotureista enää koskaan palaisi kotiin perheidensä luokse. Toisaalta jos takaa-ajajat olisivat onnistuneet, eivät Esra ja Aaron olisi koskaan saaneet tilaisuutta yrittää päästä takaisin kotiin. Puhumattakaan Anselmista, Emilistä, Ilmarista ja Johanneksesta, jotka eivät pääse palaamaan takaisin. Jokainen heistä sai viimeisen leposijansa tien viereen seivästettynä muille varoitukseksi. Esra katseli kuivuvasta verestä punaisia käsiään, ja kielsi itseään tuntemasta syyllisyyttä.

Kaatuneiden sotureiden hallussa ei ollut mitään erityistä. Tästä Esra päätteli, etteivät he olleet varautuneet pitkälliseen takaa-ajoon. Eikä jahti kovinkaan pitkäkestoinen lopulta ollutkaan. Yhden soturin rintataskusta löytyi puoliksi kastunut valkoinen harsorulla. Esra kieritti sen jalkansa ympärille nopeaksi siteeksi pitkän haavan suojaksi. Vamma olisi ennen pitkää hoidettava paremmin, sillä muuten kävelemisestä tulisi hyvin vaikeaa. Hän muisteli heimon oman parantajan sanoneen, että vaikka haava itsessään ei tappaisi, saattaisivat jälkiseuraamukset koitua kohtaloksi. Sitä paitsi kotiin oli päästävä mahdollisimman pian muutenkin, mietti Esra tietämättä lainkaan, mihin suuntaan pitäisi lähteä.

Takaa-ajajien huomion herättänyt "Venlan" reppu lojui kyljellään pienen metsäaukean reunassa. Nikolai ei onneksi ollut aukaissut laukkua pitkällä veitsellään, mitä Esra oli hetken aikaa pelännyt. Soturi oli ilmeisesti sen verran kokenut, että ymmärsi laukun olleen ansa. Esra pureskeli yhden perunan raakana nälkäänsä, ja heitti sen jälkeen repun selkäänsä. Tuntui hyvältä, kun päällä oli jälleen kodista muistuttava nahkainen sadeviitta. Kahden kyynärän mittainen metallinen veitsi ei mahtunut vyöhön kivikirveen seuraksi, joten sitä oli kannettava käsissä. Niinhän Nikolaikin oli tehnyt.

Metsä oli edelleen hiljainen. Uusia takaa-ajajia ei näkynyt eikä kuulunut. Tästä huolimatta Esra päätti pistää juoksuksi, vaikka vasemman jalan pitkä haava tekikin kipeää.

2.

Aurinko oli jo korkealla, kun Esra lopulta salli itselleen luvan pysähtyä. Juokseminen oli nopeasti hidastunut hölkkäämiseksi, mutta hammasta purren hän oli jatkanut metsässä etenemistä. Nyt hän seisoi jälleen yhden leveän ja päällysteeltään halkeilleen tien reunassa.

Miten kannattaisi toimia? Hän ja Aaron jäivät vangeiksi tällaisella isolla tiellä. Jos takaa-ajajia on lisääkin, etsivät he varmasti juuri sellaisilta reiteiltä, joita myöten oli helppo kulkea. Esran suuntavaisto oli täysin kadonnut. Hän päätti ryhtyä seuraamaan tietä sen vieressä metsän suojassa kulkien, ja parhaansa mukaan poispäin orjia myyvän soturiheimon leiristä. Jalan haavaa särki tasaisesti. Ja mihinkähän suuntaan Aaron oli lähtenyt?

46. luku

Matkasta tuli tuskallinen. Päivät kuluivat, ja lopulta niiden luku-
määräkin unohtui. Ehkä aikaa oli kulunut kaksi päivää, tai ehkä kuusi.
Takaa-ajajia ei näkynyt eikä kuulunut, joten lopulta Esra uskaltautui
kävelemään tiellä eikä pelkästään sen vieressä. Jalan haava muuttui reu-
noiltaan punaiseksi ja turvonneeksi. Käveleminen oli entistä hitaampaa.
Esran oli ryhdyttävä syömään perunoita raakoina, sillä ruokaa oli vai-
kea saada. Kerran hän oli jaksanut tehdä tien viereen metsän puolelle
pienen ansan, ja saanut saaliiksi jäniksen. Esra mietti pitkään, uskal-
tautuisiko hän tekemään nuotion lihan kypsentämistä varten. Hou-
kuttelisivatko savu ja valo takaa-ajajat kannoille? Lopulta nälkä voitti,
ja epätasaisesti kypsynyt liha yhdessä osittain palaneiden perunoiden
kanssa olivat maistuneet suorastaan taivaallisilta. Vettä oli onneksi run-
saasti saatavilla, ja sitä Esra ammensi puroista aina tarpeen mukaan.
Selässä kulkeva reppu alkoi keventyä syömisen seurauksena. Oli siis
säännösteltävä entistä tarkemmin. Tehtävää ei saanut unohtaa.
Jalan haava märki.

2.

Matka jatkui. Lopulta Esra veisti itselleen y-kirjaimen muotoisen ke-
pin, jottei hänen tarvinnut laskea koko painoaan kipeälle jalalle. Kei-
hään hän viskasi ojaan, mutta metallisesta veitsestä hän ei luopunut. Ei
vaikka sen paino alkoikin tuntua rasittavalta. Toisaalta repun kantami-
nen muuttui koko ajan helpommaksi perunoiden vähetessä.

Esra ei ollut kohdannut yhtäkään ihmistä metsäisen taistelun jäl-
keen, mutta nyt hänen toivonsa heräsi. Leveä tie oli mutkitellut päivien
mittaan niin oikealle kuin vasemmallekin, mutta jatkunut aina suurin
piirtein samaan suuntaan eteenpäin. Nyt edessä erottui raunioiden kes-
kittymä, ja tie halkaisi alueen kahteen puoliskoon. Ehkä vastassa olisi
edes muutamia ihmisiä? Ehkä raunioissa olisi jäljellä jotain käyttökel-
poista, ja jos ei muuta niin ainakin suojaa?

Seuraavana päivänä Esra viimeinkin saavutti jo kaukaa näkemänsä rauniokeskittymän. Hän putosi polvilleen ja irvisti kivusta, kun aaltomainen särky nousi jalasta kaikkialle hänen ruumiiseensa. Kovinkaan pitkään hän ei enää jaksaisi. Eikä hän tiennyt lainkaan, missä oli. Leveän tien molemmin puolin erottui epätavallisen korkeita raunioita. Neliömäiset ikkuna-aukot olivat tarkasti toinen toisensa vieressä, ja vihreä kerros köynnöksineen näytti kietoneen miltei kaiken syleilyynsä. Vain paikoin erottui paljaita kohtia, joista näkyi harmaata pintaa ja kulmikkaita muotoja. Suojaa löytyisi siis varmasti. Toisaalta mikään ei viestinyt siitä, että ainutkaan ihminen olisi täällä kulkenut pitkiin aikoihin. Esra muisti Aaronin ajatuksen siitä, että olisi ollut kiinnostavaa nähdä tällaiset paikat silloin, kun ne vielä olivat hyvässä kunnossa. Esra yritti miettiä. Hän pystyi ajattelemaan pienet lapset leikkimässä tien vieressä. Hän oli erottavinaan ilman hevosen apua kulkevia kärryjä ajamassa ohitseen molempiin suuntiin leveää tietä myöten. Lukuisissa ikkuna-aukoissa paloivat valot, ja jostain kantautui tuoreen ruoan tuoksu. Sitten kaikki näyt katosivat, rakennukset muuttuivat uudelleen raunioiksi ja hän oli jälleen yksin.

Esra huusi niin lujaa kuin vain jaksoi. Yksinäinen lintuparvi pyrähti lentoon ikkuna-aukosta, ja kaiku vastasi. Päätäkin alkoi särkeä. Yhä enemmän Esralle vahvistui pelko siitä, ettei hän koskaan pääsisi takaisin kotiin. Miksi siis en söisi kaikkia perunoita? Osa niistä oli ollut pakko syödä muutenkin. Velvollisuudentunto kuitenkin voitti. Esra päätti, että hän pitäisi viimeiseen saakka edes sen verran perunoita mukanaan, että heimolla olisi jonkinlainen mahdollisuus.

Esra jatkoi matkaa. Mitä muutakaan hän olisi tehnyt?

3.

Raunioiden välistä kuului haukahdus. Esra puristi suurta metallista veistään kaksin käsin, ja osoitti sillä äänen tulosuuntaan. Hän ehti henkisesti varautua siihen, että joutuisi susien ahdistamaksi. Sammaloituneen kiven takaa asteli näkyviin ruskea koira. Esra tähysi nopeasti ympärilleen, mutta koira näytti olevan yksin. Eläin käveli varovaisesti lähemmäksi, jolloin sen kyljessä erottui nyrkin kokoinen läiskä valkeaa karvaa.

"Tesla?" Esra ei ollut uskoa silmiään.

Tesla haukahti, ja uskaltautui vieläkin lähemmäs. Esra istahti tielle, ja tunsi suurta helpotusta kehon painon poistuessa kipeältä jalaltaan. Koira tuli hitaasti jo niin lähelle, että Esra ylettyi rapsuttamaan eläintä leuan alta.

"Oikein mukava nähdä. En edes yritä arvailla, miten olet tänne päätynyt. Mutta ei näemmä ole helppoa sinullakaan", puheli Esra katsoen koiran kylkiä. "Surkean laiha olet sinäkin näemmä. Eikä minulla ole edes lihaa tarjota. Minulla ei oikeastaan ole juuri mitään enää."

Tesla vilkuili ympärilleen, ja katsoi sitten Esraa kysyvästi.

"Aaron voi ihan hyvin, älä sinä siitä huoli. Tai ainakin luulen, että Aaron voi hyvin. Lähdimme eri teille, mutta tapaamme kyllä vielä." Esra ei oikein enää uskonut omia puheitaan. Toivoa oli silti pidettävä yllä. Tesla työnsi päätään Esran syliin. Koira haisi pahalta, mutta se ei haitannut. Ystävällisen elävän olennon kohtaamisessa oli tarpeeksi.

"Mutta kuulehan! Meidän olisi pitänyt uskoa sinua silloin, kun varoitit niistä kimalaisista. Mistä ihmeestä sinä tiesit, että siellä raunioissa oli sellaisia? Tekikö entinen isäntäsi saman virheen kuin mekin, ja jäi sille tielleen? Vai miten ihmeessä sinä osasit varoittaa?"

Tesla ei vastannut. Sen sijaan eläin nuuhkaisi Esran vasemman jalan likaista sidettä, ja vinkaisi vaimeasti.

"Ihan oikein huomasit", kuittasi Esra, ja alkoi nousta uudelleen pystyyn y-kirjaimen muotoisesta kepistä tukea tavoitellen. "Ei mene hyvin kenelläkään tällä hetkellä."

Esra jatkoi matkaa, ja huomasi pian Teslan seuraavan perässä. Hänen mielialansa kohosi välittömästi. Ei elämä ehkä niin vastenmielistä ollutkaan.

4.

Tesla jolkotteli Esran edellä. Se haisteli ilmaa ja katseli valppaana ympärilleen, mutta ei kuitenkaan vaikuttanut johtavan Esraa mihinkään.

Ympäristökin alkoi muuttua. Raunioista tuli matalampia, ja niitä oli entistä harvemmassa. Lopulta muinaisen asutuksen jälkiä erottui enää päällysteeltään halkeilleen tien vasemmalla puolella, kun taas oikealla avautui sankka metsä. Kaukaa katsottuna se näytti Esrasta samanlaiselta kuin se, missä hän oli kohdannut Nikolain joukkoineen. Hän siirtyi vaistomaisesti tien reunaan lähemmäksi raunioita. Tuntematon metsä ei tuntunut enää turvalliselta. Eikä se sitä ollutkaan.

Metsästä tallusteli tielle karhu. Eläimessä oli isoja arpia eri puolilla kehoa. Näytti siltä, että se oli hädin tuskin selvinnyt hengissä jostakin tappelusta tai muusta sen sellaisesta. Laihuudestaan päätellen ruokaa se ei näyttänyt saaneen pitkään aikaan. Ja mikä olisikaan helpompi saalis kuin loukkaantunut ihminen, joka käytti keppiä liikkumiseen, mietti Esra.

Karhu katsoi nyt suoraan Esraan, ja murahti matalalla äänellä. Hampaat paljastuivat, eivätkä kaikki olleet enää tallella. Pakoon ei Esra olisi päässyt, eikä lähellä näyttänyt olevan suojaa. Tämä tästä nyt vielä puuttui. Esra päästi tukena toimineen keppinsä putoamaan tielle, ja tarttui kahden kyynärän mittaiseen veitseen molemmin käsin. Hänen jalkansa kesti vielä toistaiseksi ruumiin täyden painon, mutta nopeita liikkeitä Esra ei pystyisi tekemään. Hän yritti suoristaa selkänsä, ja jäljitteli Nikolain eleitä niin kuin oli nähnyt soturin tekevän Areenalla.

Ei vaikutusta. Karhu ei näyttänyt pelkäävän metallista asetta lainkaan. Tuli olisi saattanut toimia, ehti Esra ajatella, mutta sellaisen tekemiseen ei ollut aikaa. Eläin tuli vieläkin lähemmäksi, pysähtyi ja karjaisi kuin haasteen esittäen. Sen jälkeen se syöksähti valitsemaansa saalista kohti.

Esra loikkasi sivuun, oli kaatua vasemman jalkansa melkein pettäessä ja huitaisi metallisella aseellaan karhua. Terä viilsi eläimen kylkeä. Ei kuitenkaan kuolettavasti, sen Esra tiesi. Jo ennestään paljon kärsinyt karhu muuttuisi nyt entistäkin vihaisemmaksi.

Tesla haukkui, murisi ja puri karhua toiseen takakäpälään. Eläin karjaisi ja käännähti ympäri huitaisten samalla etukäpälällään. Koira väisti kuitenkin iskun perääntymällä nopeasti. Sen jälkeen Tesla hyökkäsi uudelleen, puri, ja perääntyi taas.

Koira ja karhu pyörivät toistensa ympärillä kuin tappavassa tanssissa. Esra piti metallisen aseensa karhua kohti suunnattuna, ja käveli samalla takaperin kohti raunioita. Taaksepäin olisi kannattanut vilkaista edes sen yhden kerran. Maan alle johti pieni portaikko, ja juuri sellaiselle Esra astui. Maa jalan alla ei ollutkaan siellä kuin piti, ja hän kaatui täydellä painollaan portaikon alapäässä olevaa pientä, sammaleiden valtaamaa puista ovea vasten. Osittain maatuneet säleet sinkoilivat, kun ovi hajosi kappaleiksi sitä kohdanneen painon alla. Esra putosi maan alle jatkuvia portaita myöten pimeyteen. Jokainen osuma askelmien teräviin reunoihin tuntui siltä kuin olisi joutunut kivityksen kohteeksi.

Lopulta putoaminen päättyi, ja Esra rojahti kuin säkki kostealta tuoksuvalle maapohjalle. Hän kierähti ympäri yrittäen katsoa ylös, mitä oli juuri tapahtunut. Esra oli pudonnut jonkinlaiseen kellariin, mutta takaisin maan pinnalle ei ollut matkaa kuin kourallinen kyynäriä. Pudotus oli siis tuntunut paljon pidemmältä ja pahemmalta kuin mitä se lopulta olikaan. Esra pyyhkäisi puusäleitä punaisista hiuksistaan, ja poimi maasta kahden kyynärän mittaisen metallisen veitsensä. Miten hän oli onnistunut putoamaan päätymättä oman aseensa lävistämäksi? Sitä Esra ei halunnut edes ajatella.

Ulos johtavasta aukosta Esra ehti nähdä, miten karhu sai lopultakin osuttua käpälällään Teslan kylkeen. Koira vinkaisi vihlovalla äänellä. Karhu iski uudelleen, jolloin koiran jalat pettivät. Voitonriemuisena karhu iski jäljellä olevat hampaansa Teslan niskaan, ja painoi vielä käpälillään koiraa tien halkeillutta pintaa vasten. Taistelu oli ohi.

Esra näki, miten karhu viskasi hervottomaksi valahtaneen Teslan luotaan, ja löysi sitten katseellaan varsinaisen saaliinsa. Karhu hyökkäsi villisti huutaen, mutta juuttui kellariin johtavaan oviaukkoon. Eläin oli liian iso mahtuakseen sisään, mutta yrityksestä se ei jäänyt kiinni. Karhu näytti Esralle verisiä hampaitaan, huusi villisti ja yritti tavoitella käpälillään Esraa. Saaliiksi jäi ainoastaan sammalikkuja oviaukon molemmin puolin.

Esra käytti keihään lailla metallista asettaan, ja iski karhua kaulaan. Tälläkään kertaa osuma ei ollut syvä. Eläin karjahti, ja perääntyi sitten. Hyvän tovin ajan se käyskenteli oviaukon edustalla turhautuneesti äännähdellen. Lopulta karhu poistui, ja jätti jälkeensä aavemaisen hiljaisuuden.

5.

Esran polvet tutisivat, ja sen jälkeen pettivät. Hän putosi takamukselleen, ja ehti lopultakin katsoa paremmin ympärilleen. Kellarin lattia muodostui niin hienosta hiekasta kuin mullastakin. Kauan sitten pudonneita lehtiä erottui joukossa. Muodoltaan tila oli neliömäinen, ja jokaisella sivulla oli syvennyksiä. Mitä niissä sitten olikaan säilytetty, oli se kaikki viety pois jo kauan sitten. Melkein maata viistäen koko kellarin sisäosan kiersi puinen mustunut hylly, ja kun Esra siihen kädellään tarttui, jäi hänen käteensä iso kappale säleitä ja muuta puuainesta. Ilmassa leijui vahva kosteuden ja homeen tuoksu.

Ehkä kolmanneksen kellarista muodosti kiviröykkiö. Esra ei koskaan saanut tietää, miksi ihmeessä kivet oli aikoinaan maan alle tuotu. Hän tarttui yksitellen kaksin käsin kiviin, ja alkoi rakentaa niistä estettä kellarin oviaukolle. Työ oli hidasta, ja jokaisen kiven siirtäminen tuntui edellistä raskaammalta.

Lopulta kaikki oli valmista. Lohkareiden raoista ja ennen kaikkea röykkiön yläosasta tulvi edelleen valoa sisään, mutta siitä Esra ei jaksanut välittää. Hän riisui sadeviitan yltään, levitti sen maahan ja laski oikealle puolelle perunoista jo lähes tyhjentyneen reppunsa. Lopuksi hän istahti sadeviitan päälle, ja nojasi selkänsä kellarin seinään. Kahden kyynärän mittainen metallinen veitsi sai paikkansa käden ulottuvilla vasemmalla puolella.

Esra katseli kellariin ulottuvia pieniä valokiiloja. Jalat tuntuivat puutuneilta. Sydän hakkasi, ja päässä pyöri, jos vähänkään liikkui. Vielä hän muistutti itseään tehtävän tärkeydestä, mutta senkin hän jaksoi tehdä vain heimon tunnustusta toistelemalla.

Heimo on kotini. Ilman kotia olen hukassa. Heimon luo minä
kuulun.
Heimo on elämäni. Ilman elämää olen hukassa. Heimolta saan
elämän.
Heimo on kunniani. Ilman kunniaa olen hukassa. Heimoa ilman en
ole mitään.

Esra tiesi odottavansa kuolemaa.

47. luku

Esra havahtui hereille, vaikka ei muistanut edes nukahtaneensa. Ohikiitävän hetken hän luuli sokeutuneensa, sillä kaikkialla oli pimeää. Sitten silmät tottuivat, ja hän ymmärsi yön koittaneen. Vasemman jalan haavaa särki, eikä Esra uskaltanut enää koskea siihen, saati sitten katsoa. Pimeyden keskellä hän ei olisi muutenkaan nähnyt mitään. Päätä oli vaikea pitää paikoillaan, ja seurauksena oli tasainen huojunta puolelta toiselle. Nälän tunteeseen oli jo tottunut, eikä Esra tuntenut edes tarvetta syödä. Hän koetteli pimeydessä reppua oikealla kädellään. Vielä oli hieman jäljellä. Niihin ei koskettaisi. Tehtävä oli tärkein.

2.

Suljettujen silmiensä läpikin Esra huomasi, että kellariin syttyi valo. Valon lähdettä ei näkynyt missään, mutta suoraan hänen edessään seisoi heimon ruokamestari Asser Ohrajuuri. Esra erotti, että Ohrajuuren kädet olivat poikkeuksellisen multaiset. Tutut takkuiset hiukset laskeutuivat kasvojen molemmin puolin, ja vihainen katse oli suunnattu maassa istuvaan Esraan.

"Tämä on jo julmaa", kuiskasi Esra samalla kuitenkin kiitollisena pienestäkin valaistuksesta. "Et sinä oikeasti siinä seiso."

Ohrajuuri ei vastannut.

"Pääsikö muuten Aaron perille? Ja jos ei päässyt, kertoiko teille kukaan, että saatatte ehkä joutua jonkinlaisten kostotoimien kohteeksi? Jos siis se orjia kauppaava heimo saa selville kodin sijainnin?"

Ohrajuuri ei vastannut vieläkään, mutta pui nyrkkiä Esralle hampaitaan irvistellen ja otsa hikisenä.

"Kyllä taisi nyt niin käydä, että minä olen se, joka epäonnistui. Parhaani voin silti sanoa yrittäneeni loppuun saakka. Tai siis... no... vangiksi jääminen olisi ehkä kannattanut jättää väliin."

Ohrajuuri käänsi selkänsä, ja pimeys kietoi jälleen Esran syliinsä.

3.

Jälleen suljettujen silmäluomien läpi Esra erotti lämmintä valoa. Hän oletti menettäneensä tajuntansa, tai ehkä vain nukahtaneensa. Miten pitkäksi aikaa? Sitä hän ei tiennyt.

Edessä seisoi isä Jeremia Tulikoura. Aluksi jälleennäkeminen tuntui Esrasta hyvältä. Rohtuneille huulille noussut hymy hyytyi kuitenkin pian, sillä isä tuijotti häntä suorastaan tuomitsevasti kaulasuonet pidätellystä raivosta pullottaen.

"Uskoitko sinä koskaan minun selviävän tästä tehtävästä?" Esra kysyi. "Vai lähetitkö minut matkaan ihan vain siksi, koska halusit osoittaa johtajuutta muulle heimolle, ja uhrata oman poikasi siinä missä muutkin? Vai oliko Samuel sinulle rakkaampi kuin minä?"

Jeremia ei vastannut.

"Turhaahan sitä nyt enää on miettiä. Minut sinä lähetit matkaan, ja petin odotukset. Petin koko heimon odotukset. Kaikkeni yritin, mutta eihän se mitään merkitse. Vain tulokset ratkaisevat. En voi muuta kuin pyytää anteek..."

Esra menetti tajuntansa.

4.

"Kuinka uskalsit tehdä näin! Miten minä nyt toimitan rukoukset heimon edessä? Perheraamattumme on vajaa enkä tiedä, onko oppi säilynyt oikeana! Luotin sinuun! Sinusta piti tulla seuraajani! Mitään et saanut aikaan muuta kuin surua! Häpeä!"

Esra erotti jälleen valoa, mutta ei uskaltanut nostaa katsettaan. Pappi Tiitus Kalmanlehdon ääni tuntui kuuluvan jostain läheltä, mutta Esra ei erottanut, mistä. Ikään kuin joku olisi kesken lauseen vaihtanut korvaa, johon sanomaansa kuiskasi. Tosin Kalmanlehto oli huutanut niin, että kuulijan päähän sattui.

Lopulta Esra nosti päätään, ja kohtasi Kalmanlehdon syyttävän katseen. Papilla oli päällään tuttu kaapunsa, johon pukeutuneena oli kotona toimittanut kirkollisia velvollisuuksiaan.

"Epäonnistuinhan minä, ei siitä mihinkään pääse", puhui Esra, ja huojutti samalla päätään puolelta toiselle. "Parhaani kuitenkin yritin. Asioita kyselin, vastauksia mieleen painoin ja merkintöjä vahatauluihin tein."

Kalmanlehto huitaisi kämmenellään Esraa poskelle. Käsi meni kuitenkin kauniisti Esran pään läpi, eikä hän tuntenut kasvoillaan edes tuulenvirettä.

"Vangiksi ei olisi pitänyt jäädä. Siitä se alamäki alkoi. Tai jos olisin edes kotiin takaisin päässyt, olisin voinut tietoni sinulle kertoa. Aaron ei tehnyt muistiinpanoja, enkä usko häntä sellaisten tekemisen kauheasti kiinnostaneenkaan."

Esra piti tauon, ja tuijotti hymyillen Kalmanlehtoa. "Toisaalta... ethän sinäkään ole täällä."

Kalmanlehto katosi.

5.

"Nii-koo-lai! Nii-koo-lai! Nii-koo-lai!"

Esra havahtui hereille kuullessaan Areenalla suosiotaan osoittavan yleisön huudon yhdessä tahtiin kulkevan jalkojen poljennon kanssa. Hän kiljui ja huitoi käsillään kellarin ummehtunutta ilmaa. Lopulta Esra rauhoittui, vaikka sydän hakkasi edelleen.

Edessä seisoi Nikolai Ivanov. Suuren soturin kurkku oli yhtä isoa ammottavaa haavaa. Hän yritti puhua, mutta seurauksena oli pelkkää korahtelua ja veren purskahtelua leualle. Silloin Esra ymmärsi, ettei ääni edes kuulunut Nikolain kurkusta, vaan hänen oman päänsä sisältä. Nikolain kyljessä oli pystyssä kivikärkinen keihäs. Puolet keskiruumiista oli tuoreen veren peitossa, joka kiilsi kellarin lämpimästi hohtavassa valossa.

Äkkiä Nikolain kasvot muuttuivat. Tämän toisenkin soturin Esra tunnisti, vaikka he olivat tavanneet vain lyhyen hetken verran. Miehen kaulassa oli teroitettu keppi, ja haavasta suihkusi verta. Kauhistuneet silmät tuijottivat alas Esraan. Suu tempoili kuin joku olisi painanut käden miehen suuta vasten estäen tätä puhumasta.

"Ette te ole täällä!" Esra huusi ja räpäytti silmiään kerran.

Kasvot muuttuivat jälleen. Teroitettu keppi oli tungettu alaleuasta ylös läpi pään. Silmät tuijottivat eri suuntiin, ja auki jääneestä suusta valui kuolaa.

"Menkää pois! Jättäkää minut rauhaan!" huutaa Esra ei enää jaksanut, joten hän tyytyi kuiskaamaan.

Uudet kasvot ilmestyivät, ja samassa pää kääntyi kokonaan ympäri. Takaraivo oli murskaantunut, ja veristä aivomassaa valui pitkin niskaa. Esra kuuli aivan selvästi päässään murtuvan kallon äänen.

Lopulta soturin pää kääntyi rutisten ympäri, ja verinen suu hymyili vahingoniloisesti. Esra oli aivan varma siitä, että ilme huokui nimenomaan vahingoniloa. Sitten kasvot muuttuivat jälleen.

Nikolain mukana olleen viimeisen soturin kurkussa oli keihäs pystyssä. Suu muodosti toistuvasti yhtä ja samaa sanaa. Ensin Esra ei kuullut mitään, mutta sitten ääni alkoi hitaasti voimistua hänen päänsä sisällä.

"Murhaaja... murhaaja... murhaaja..."

Esra painoi kädet korvilleen, mutta siitä ei ollut apua. Sitten tajuttomuuden tuoma pimeys armahti.

6.

Koko kellari oli kirkkaan valon kyllästämä. Esran suoraksi eteen ojennettujen jalkojen väliin laskettiin muhkurainen reppu. Esra tiesi sen olevan täynnä perunoita.

"En osannut mennä takaisin kotiin", sanoi Aaron. Hänen päästään puuttui puolet, ja Esra erotti aivomassan kappaleita Aaronin olkapäällä. "Putosin yhdeltä kalliolta aika pahasti. Ajattelin, että kannattaa palata takaisin sinun luoksesi."

"Ei, ei, ei!" kiljui Esra.

"Miten niin 'ei'?" kysyi Aaron harmissaan. "Sinähän se olet aina tiennyt, miten kannattaa toimia. Ihan vain ohjeitasi noudatin. Sinun vikasihan tämä on!"

Esra yritti tarttua kaksin käsin jalkojensa välissä olevaan reppuun. Kädet kuitenkin huitoivat ilmaa mitään koskettamatta. Lopulta Esra luovutti, ja huohotti kuuluvasti.

Sitten reppu katosi. Tilalle tuli alati korkeammalla äänellä kuuluvaa naurua. Esra tunnisti lähteen hyvin.

7.

"Tiesinhän minä, ettet sinä koskaan palaa takaisin!" Jelena Ivanov seisoi Esran edessä kauniimpana kuin koskaan ennen, ja vihaisempana kuin koskaan ennen. Kaikesta huolimatta Esrasta tuntui hyvältä, että sai nähdä morsiamensa vielä viimeisen kerran. Tai siis entisen morsiamensa, hän muistutti itseään nähdessään Jelenan ilmeen synkkenevän entisestään.

"Kuinka kehtasit tehdä minulle näin!" Jelenan ääni nousi niin korkeaksi, että Esra luuli päänsä halkeavan. "Tiesinhän minä, ettet sinä ole mies etkä mikään!"

"Kyllä minä yritin..." enempää ei Esra jaksanut sanoa. Hänen kätensä roikkuivat hervottomina sivuilla. Kumpikin yläraaja tuntui tonnin painoiselta. Oli helpointa olla liikkumatta.

"Et sinä mikään soturi ole! Etkä koskaan ollutkaan! Edes viheliäistä kirjuria tai pappia ei sinusta tullut! Sinä et ole mitään!"

Esra vain tuijotti Jelenaa suu auki, ja huomasi nyt huohottavansa. Hengittäminen muuttui koko ajan vaikeammaksi.

"Samuelin minä aina olisin halunnut!" Sen sanottuaan Jelena kääntyi ympäri, ja katosi.

Kellarin valaissut kirkkaus väheni, ja kuoli lopulta kokonaan.

"Anteeksi."

Pimeys ei vastannut.

"Anteeksi. Kyllä minä parhaani yritin."

Esran rintaa puristi. Tuntui kuin oman heimon hautapaaden kokoinen kivi olisi laskettu hänen päälleen. Ilma puristui ulos keuhkoista. Esra tunsi, miten puutuneisuus alkoi levitä sormista ja varpaista nousten sitten hitaasti kohti hänen sydäntään.

"Anteeksi."

Pimeys ei vastannut. Ketään ei ollut paikalla.

Esra aisti niskalihaksien rentoutuvan, vaikka hän kuinka yritti sitä vastustaa. Pää retkahti eteenpäin, ja tuskanhien kastelemat punaiset pitkät hiukset valahtivat silmien eteen kuin esityksen päättävä esirippu.

"Anteeksi."

Epilogi

1.

Nuori nainen käveli pellolla, ja leppeä tuuli heilutti hänen punaisia laineilevan kiharaisia hiuksiaan. Ne oli sidottu paksulle letille, joka laskeutui vyötäisille saakka. Pitkät sääret oli verhottu käytännöllisiin työhousuihin, ja jalassa hän piti korkeavartisia, mutaisia saappaita. Pitkähihainen ohut takki oli valittu ennen kaikkea auringolta suojaamaan, sillä päivästä oli tulossa poutainen. Fyysisesti vaativasta työstään huolimatta - tai ehkä juuri sen vuoksi - hän oli aina ollut ylpeä pituudestaan ja hoikasta vartalostaan, ja kulki siksi pellollakin korostetun suoraryhtisenä.

Nainen oli edellisenä päivänä löytänyt pellon reunasta epätavallisen kuopan. Se sijaitsi kauan sitten maahan asti hajonneen raunion vieressä. Kuopan reunojen tökkiminen kuokalla oli paljastanut kaksi kivistä porrasaskelmaa. Tänään nuori nainen oli palannut takaisin uusien työkalujen kera ottamaan tarkemmin selvää löydöstään.

Hän laski jo pitkään hyvin palvelleen metallisen kuokan maahan, ja iski lapiollaan hiekkaan. Metalli kirskui kivistä porrasta vasten, joten oli syytä työskennellä hellävaraisemmin. Työ osoittautui odotettua vaativammaksi, mutta nainen ei antanut sen häiritä. Hän pyyhki otsaltaan hikeä, ja laittoi kaulallaan roikkuvan kultakorun paidan sisään pois tieltä.

Lopulta portaikko päättyi, ja edessä oli nyrkin ja pään kokoisista lohkareista koottu seinämä. Nainen tökkäsi lapiollaan yhtä kiveä, joka putosi sisäänpäin. Kuului kalahdus, ikään kuin kivi olisi pudonnut metallia vasten. Hän ryhtyi siirtämään yksitellen kiviä pois tieltä. Seinämän takana oli selvästi jotain, mikä oli haluttu piilottaa. Auringon liikkuessa rataansa taivaalla kivet yksitellen kertyivät kasvavaksi pinoksi kuopan viereen.

Nainen näki, että kyseessä oli neliön muotoinen tila, ja suoraan hänen edessään oli jotain. Hän nousi ylös kuopasta, pudisteli hiekkaa vaatteistaan, ja sytytti sitten tulen mukana tuomaansa valurautaiseen lyhtyyn. Hän laskeutui takaisin portaita tämän maahan kaivetun pienen tilan eteen, ja kurkotti lyhdyllään sisään. Hän kirkaisi vaimeasti, ja häpesi heti reaktiotaan tyytyväisenä siitä, ettei kukaan ollut kuulemassa. Suoraan ulos johtavaa aukkoa vastapäätä selkä seinämää vasten nojasi luuranko. Pääkallo oli jo aikoja sitten kierähtänyt alas jalkojen väliin, mutta muuten luut näyttivät olevan paikoillaan. Nuoren naisen uteliaisuus heräsi: mitä tästä kaikesta voisi päätellä?

Vainaja oli selvästi ollut luolassa tai kuopassa jo hyvin pitkään. Luurangon vasemmalla puolella erottui pitkäomainen kappale ruostunutta metallia, johon ulkoa päin tökätty kivi oli pudotessaan osunut. Nainen poimi ruskean ja paikoin puhki ruostuneen metallikappaleen käsiinsä, katseli sitä hetken ja laski sitten takaisin maahan. Mitään mielenkiintoista ei esineessä ollut. Oikealla puolella sen sijaan oli jonkinlainen kasa, jossa erottui kangaskuituja. Nainen tarttui kiinni myttyyn, ja nosti. Lahonnut kangas hajosi hänen käsissään, ja sisältä varisi pelkkää tomua. Vainaja näytti asettaneen jotain alleen istuma-alustaksi. Jäänteitä oli kuitenkin niin vähän, ettei ollut mahdollista päätellä, mitä ainesta se oli ollut. Ehkä nahkaa tai paksua kangasta, mietti nainen silmäillessään luurankoa.

Eniten huomiota olivat herättäneet heti sisään astuessa vainajan vaateriekaleet. Paidan kangas oli hajonnut monin paikoin paljastaen kylkiluut ja selkärangankin, mutta silti lyhdyn valossa pystyi erottamaan muuta materiaalia vaaleamman sahalaitaisen lehtikuvion. Nainen otti pitkillä ja hoikilla sormilla paitansa sisästä korun esille. Se roikkui hänen kaulassaan hopeisessa ketjussa, ja varsinainen kultainen koru esitti sahalaitaista koivunlehteä.

"Miten ihmeessä sinä tällaiseen paikkaan olet päätynyt", hän mietti ja hypisteli samalla omaa koruaan vainajan paidan symbolia katsellen. Kotona hänelle oli jo lapsena opetettu, että sahalaitainen lehtikuvio oli erittäin vanha heimon tunnus. Kukaan ei kuitenkaan tuntunut tietävän, miksi juuri sitä oli alettu käyttämään symbolina. Tässä hänen edessään oli kuitenkin selvä todiste siitä, että sahalaitainen lehti todellakin oli heimon tunnuksena erittäin vanhaa perua. Tästä puhuttaisiin kylällä vielä pitkään, nainen ajatteli hymyillen itsekseen.

Hän ei uskaltanut koskea luurankoon, sillä niin hauraalta se näytti. Häntä harmitti, että vainajan henkilöllisyys olisi mitä ilmeisimmin mahdotonta selvittää. Joka tapauksessa luut ansaitsisivat tulla siirretyksi heimon omaan hautalehtoon. Sinne vainaja kuuluisi, omiensa seuraan. Nainen kapusi ylös kuopasta esiin kaivamiaan portaita myöten, sammutti lyhdyn ja keräsi työvälineensä. Hänen tuleva puolisonsa valmistautui pian ottamaan vastaan heimon papin tehtävät. Tässä oli siis mitä miellyttävin tapa kerätä kokemusta polttohautauksen suorittamisesta. Vainajan omaisia ei varmasti olisi paikalla siunaustilaisuuden kulkua arvostelemassa.

Nuori nainen heilautti punaisen lettinsä selän puolelle, ja lähti kävelemään pellon poikki. Matka olisi pitkä, mutta se ei häntä haitannut. Perunakasveja näkyi taivaanrantaan saakka, ja tätä tuulessa heiluvaa vihreää merta täplittivät valkeat kukat. Sadosta olisi tulossa hyvä.

Auringon laskiessa nainen ohitti korkean kuparisen patsaan. Se oli seissyt paikoillaan säiden armoilla jo kauan, ja siksi pinta oli aikoja sitten muuttunut kuparinpunaisesta vihreäksi. Jalustassa olevaa metallista laattaa kuitenkin vaihdettiin säännöllisesti. Se oli heimon tapa osoittaa kunnioitusta. Patsas esitti ylvään suorana seisovaa miestä. Hänen rintansa ja käsivartensa olivat huomiota herättävän leveät, ja mies piti toisessa kädessään keihästä. Jalkojensa juuressa hänellä oli kaksi muhkuraista perunasäkkiä. Nainen oli kuitenkin aina ollut sitä mieltä, että taiteilija oli epäonnistunut säkkien kuvaamisessa. Ne muistuttivat enemmänkin kahta jättimäistä vadelmaa.

Patsaan jalustaan osui laskevan auringon säde, joka sai kaiverretun tekstin kiiltämään tavallistakin erottuvammin.

AARON OPINAHJO
KIITOS SOTUREISTA SUURIN
KUN TUHO SILMIIN KATSOI
SELÄSSÄS AINOANA AVUN PERILLE KANNOIT